KB260387

이주문화연구총서 2

민족어교육과 외국어교육의 이중성

러시아의 한국어교육

장호종

　본 저서는 지난 2003년부터 러시아 노보시비르스크 국립대에서 한국어를 강의하면서 현지의 한국어교육에 대해 연구한 내용들을 정리한 것이다. 이주민과 언어라는 주제에 대하여 심도 깊은 논의를 진행할 만큼의 성과는 아니나, 이주민을 통한 언어접촉 혹은 문화접촉과 관련된 논문들을 묶어서 "문화접촉과 언어"로 한 장을 설정하였다. 그리고 러시아 한국어교육의 현황과 러시아 한국학의 전개를 주제로 발표한 논문들을 "한국어교육과 한국학"으로 엮었다. 5~6년에 걸쳐서 때로는 별개로 진행된 성과들이기에 학술지에 게재된 논문들은 용어나 체제를 통일하는 정도로 하여 본래의 의도와 내용을 충분히 살필 수 있도록 하였고, 학술대회 발표문 등은 저서 전체의 체계와 구성에 맞게 수정, 보완하였다.

　원고 정리를 끝내고 보니, 새삼 역량의 한계를 실감하게 된다. 그래도 부족한 재주로나마 의미 있는 삶을 살 수 있게끔 믿고 도움을 주신 분들에게 감사할 따름이다. 감사하는 마음 일일이 되새기며, 더욱 내실 있는 성과를 낼 수 있도록 분발하기로 한다. 체한연구의 기회를 마련해 준 한국국제교류재단, 연구의 편의를 제공해 준 아주대학교 인문과학연구소, 출판을 도와 준 도서출판 박문사 측에 감사를 드린다.

장호종

　　러시아의 한국어교육은 외국어교육와 민족어교육의 성격을 동시에 지니고 있으며 그 역사와 전통이 오래 되어 다양한 경험과 효과적인 방법을 축적하고 있다. 이러한 경험과 방법은 러시아 한국어교육 및 한국희의 자부심인 동시에 한국어교육 전체의 자산이기도 하다. 본 저서는 해외 한국어교육의 이상과 현실적 한계를 점검하는 일환으로 러시아 한국어교육의 문제를 다루었다. 한국어교육이 세계적으로 보급되고 있는 시점에서 러시아 한국어교육의 전개와 현황을 다각적으로 검토하는 일은 비교적 짧은 기간에 외형적으로 크게 성장한 한국어교육의 현실을 점검하고 미래를 전망하는 데에 도움이 될 것이다.

　　유럽에 가까이 위치한 지리적 특성상 러시아의 문화적 전통은 유럽 문화권에 가까우며, 역사적으로도 몽골의 지배기를 제외하면 아시아권 국가들과의 교류는 활발하지 못했던 편이다. 그러나 동진정책을 거듭하면서 19세기 말에는 영토를 아시아까지 확대하면서 정치적, 군사적 목적에서 아시아 국가들과의 교류를 점진적으로 늘려나가게 된다. 초기에는 일부 여행가들의 호기심에서 출발한 당시 조선에 대한 관심도 점차 정치, 군사 분야의 필요성과 맞물려 국가적인 차원으로 확대되어 나간다. 이를 뒷받침하기 위하여 1897년에 상트페테르부르크 제국대학(현 상트페테르부르크 국립대학)에 처음으로 외국어로서의 한국어 강좌가 개설되었고, 블라디보스토크 동양학대학에서도 1899년부터 한국어 강좌가 시작되었다. 중국이나 일본 등 역사적 관계가 오랜 국가를 제외하고, 특히 서구에서는 최초로 정규 교육기관에서 외국어로서의 한국어교육이 시작된 것이다.

상트페테르부르크 제국대학의 한국어 강좌는 러시아 황제 대관식에 참석한 민영환 특사 일행 가운데 통역을 담당했던 김병옥이 현지에 남아서 영사관 설치를 준비하던 중 시작하게 되었으며, 그는 『한국어교본』(1898), 『한국어학습서』(1899) 등을 저술하였다. 블라디보스토크 동양학대학의 한국어 강좌는 러시아 한국어학의 선구자 중 하나인 폿스탑킨에 의하여 시작되었으나, 러일전쟁(1905) 이후 러시아가 한반도에서 주도권을 상실하게 되면서부터 한국어교육은 대학에서 미처 정착하기도 전에 시들해져서 1910년을 전후하여 강좌가 유명무실해진다. 이후 한국어교육의 침체기를 거치게 되지만, 레닌그라드 대학(현 상트페테르부르크 국립대학)에서 동양어의 하나로 한국어를 학술적으로 연구하던 홀로도비치에 의해 『한국어 문법 1: 형태론』(1937), 『한국어의 체계』(1938) 등이 발간되기도 하였다.

한편, 1860년대부터 연해주 지역에 한인들이 이주하기 시작하여 이 지역에 한인촌을 형성하면서 1900년대 들어서는 이주민의 수도 크게 늘어났다. 이주 한인들은 집단촌락을 이루고 살았기에 몇 세대가 지난 후에도 모국어를 보존할 수 있었고, 특히 1910년 이후에는 독립운동가들이 망명하는 일이 많아 신문을 간행하고 교육기관을 설립하는 등 한국어교육의 체계를 잡아갈 수 있었다. 1917년 러시아 10월 혁명 이후로는 민족어의 보존과 발전을 장려하는 소련의 언어정책의 힘입어서 민족어로서의 한국어교육은 더욱 활성화되었다.

영토 의식이 희박하던 당시의 상당수 한인들이 연해주로 이주하게 되면서 시작된 러시아의 한인들을 위한 교육은 두 방향에서 이루어졌다.

하나는 러시아 내에 거주하는 한인들의 러시아어 교육을 위한 것으로, 러시아정교선교협회가 위치한 카잔에서『한국인을 위한 초등 러시아어 교과서』(1901),『한국인을 위한 철자 교과서』(1902),『러한회화』(1904),『러한회화를 위한 단어와 표현』(1904) 등의 교재가 편찬되었다. 러시아 선교사들이 한인 이주민들의 도움을 받아 완성한 결과물이어서 러시아 한국어교육의 초기 기반 작업의 의의를 가진다. 다른 하나는 이주 한인들에 의한 민족어로서의 한국어교육인데, 1920년대에 연해주에 한인 소학교가 설립되고 블라디보스토크에 고려사범학교가 세워지면서 교재 개발도 활발하게 진행되었다.『무식을 없이하는 자란이의 독본』(1925년), 계봉우의『붉은 아이』시리즈(1920년대),『고려어 교과서』(1932), 오창환의『고려문전』(1930),『중등학교 조선어문법교과서』(1934) 등이 대표적인 성과이다. 그러나 1930년대 후반 소련 당국이 연해주 지역의 이주 한인들을 중앙아시아로 강제 이주시키면서 민족어로서의 한국어교육도 쇠퇴하게 된다.

대상언어의 국가 주권이 상실된 상황에서 역사비교언어학을 위한 학술자료로서 한국어 연구가 일부 진행되기는 했으나, 러시아의 한국어교육은 대중적인 관심에서 벗어날 수밖에 없었다. 그러나 광복(1945) 이후 사회주의 국가가 건설된 한반도에 대한 정치적, 군사적 중요성이 다시 부각되면서 한국어교육의 활로가 조금씩 열리게 된다. 특히 북한에 가서 현지 연수 과정을 밟은 학자가 양산되기 시작하면서 대학에서의 한국어 연구가 활발해지게 된다. 홀로도비치의『한러사전』(1951), 우사토프·마주르·모즈두코프의『러한사전』(1951) 등 한국어교육을 위한 사전 편찬이 본격적으로 진행되었으며, 홀로도비치의『한국어문법개요』, 마주르의『한국어』(1956) 등 현재까지 러시아 한국어교육의 근간을 이루는 한국어 문법서들이 발간되었다. 한편, 김병하, 황윤준, 허 미하일, 김 올가 등에 의하여 이주 한인들(이하 고려인으로 칭함.)을 위한 초등학생용 한국어 교재들이 개발되기는 하였으나, 민족어로서의 한국어교육은 이미 러시아 내에서는 금지되었고, 1967년 이후에는 소비에트 연방 내의 모든 지역(카자흐스탄, 우스베키스탄 등)에서 일체의 한국어교육이 금지된다.

따라서 광복 이후 1970년대까지 러시아에서 한국어 연구가 활발하게 이루어진 데 반하여, 한국어교육은 여전히 대중의 관심 밖에 있게 된다. 사회주의 패권국으로서의 지위를 굳건히 다진 러시아에서 대중들은 국제공용어인 자국어를 두고 굳이 외국어에 관심을 가지지 않았다. 니콜스키의 『조로군사용어사전』(1963), 『조선지명사전』(1973) 등에서 알 수 있듯이 러시아의 한국어 연구는 정치적, 군사적 목적에서 한국 관계 전문가를 양성하기 위한 것이었고, 한국어교육도 소수의 한국학자나 전문가를 양성하는 과정 정도의 한계를 나타내게 된다. 그나마 1980년대에 들어서 소련 내부의 급격한 사회 변화로 인하여 소수에 의한 한국어 연구도 침체기를 겪게 된다. 극심한 경제적 곤란 탓에 신진학자의 양성마저 어렵게 된 것이다.

이와 같이 러시아의 한국어교육은 비교적 이른 시기에 시작되었으나, 외국어로서의 대중적인 수요를 끌어들이지 못하고 소수의 전문가 양성을 위한 보조 수단에 그쳤다. 고려인들의 현지화로 인하여 민족어로서의 수요 기반도 상실하였고, 학습자의 수요가 절대적으로 부족한 상황에서 유능한 교사의 양성과 효율적인 교재의 개발이 제대로 이루어질 수 없었다고 할 수 있다. 오히려 1960년대에 이미 한국어 음성학, 형태론, 구문론, 어휘론, 한글노어표기법 등 한국어학에 관한 논문 및 저서가 총 140여 편에 이를 정도로 학술적인 성취를 이루는 기현상을 낳게 된 것이다.

1990년대 이후 러시아 한국어교육은 새로운 전환기를 맞게 된다. 서울올림픽(1988)과 한일월드컵(2002) 이후 한국의 국제적인 위상이 높아지면서 러시아인들은 한국을 '경제대국'으로 재인식하게 되었고, 현지화된 고려인들도 차츰 모국에 대한 자부심을 찾게 되었다. 이를 계기로 한국어 학습자가 폭발적으로 증가하게 된 것이다. 현재 모스크바에서 블라디보스토크에 이르는 전 지역에 걸쳐 50여 개의 대학에서 한국어 강좌가 개설되었는데, 새로이 강좌를 개설하고자 하는 곳이 많아서 향후 그 수치는 더욱 증가할 것으로 기대된다. 문제는 각 교육기관에서 이를 뒷받침하는 교육 제반 여건을 충분히 갖추고 있는가 하는 점이다. 1980년대 이후 한동안 러시아에서 한국어 전문가가 오히려 감소했었기에 당장은 교육의 질적 성장을 기대하기 어려운 것이 사실이다. 짧은 기간에 학습자의 수가 급격히 증가하여 한국어 교사의 체계적인 양성이 병행되지 않았다는 점도 문제점으로 지적할 만하다. 특히 학술적인 지식을 구비한 전문가와 충분한 교육 경력을 지닌 교사가 절대적으로 부족한 탓에 제대로 된 한국어 교재를 개발하는 일조차 아직 힘에 겨운 일이다.

그럼에도 불구하고 1990년대 이후 러시아에서는 한국어 교재가 기대 이상으로 양산되고 있다. 이러한 교재는 회화나 문법 등에 집중되어 다양한 부교재들이 개발되지 못하고 있다. 또한 장기적인 계획 하에 여러 인력이 참여하여 충분한 기간을 두고 개발되지 못하여 교육기관들의 특성에 적합한 교재로 활용되기에는 수준이 낮은 교재들이 많다. 각 교육기관의 교과과정이나 이수시간에 맞추어 단계별로 적용하기도 어렵다. 급격한 체제 전환과 오랜 경제 침체기를 지내면서 교육 분야에 대한 투자가 크게 줄어 러시아의 교육기관들은 경제적으로 많은 곤란을 겪고 있으며 학자나 교사들은 재정적으로 심한 압박을 받고 있다. 사정이 이러하다 보니, 한국어 학습 열기가 고조되는 데에 비하여 이를 뒷받침할 다양한 교수법의 개발이나 현지 실정에 맞는 교재 개발 등의 교육, 연구 활동은 침체되어 있다. 따라서 외형적인 성장에 도취되어 장기적인 발전 전략을 수립하지 않으면 현재의 성과를 지속하기 어려울 것으로 보인다. 교육 기반을 충실히 다지는 일이 무엇보다 시급하다 할 것이다.

1장. 문화접촉과 언어

2장. 한국어교육과 한국학

■ 러시아 한국학의 전개 및 발전 양상 /227

■ 러시아에서의 한국학 연구 현황 /295

▬ 시베리아 지역 한국학의 현황 /315

표 차례

1장
문화접촉과 언어

민족어교육과 외국어교육의 이중성

러시아의 한국어교육

러시아 한인 이주민과 모국어[*]

1. 서론

1990년대 이후 구소련의 고려인에 대한 사회, 경제, 역사 등 여러 방면의 연구가 활발하게 진행되어 길지 않은 연구사에도 불구하고 많은 성과들이 축적되었다. 그러나 '디아스포라'에 대한 개념이 채 정립되지 않은 상황에서 연구의 대상과 시대의 변화에 따른 지역의 불일치를 고려하지 못한 한계도 분명하다.

우선, 용어 면에서 "재러동포(재소동포), 러시아동포, 러시아교포, 고려인, 고려사람" 등으로 혼란스럽게 사용되고 있으며, 개별 연구에서 사용된 용어가 대상의 범위를 명확하게 한정하지도 못하고 있는 실정이다. 강제 이주에 따른 거주 지역의 변화와 국경의 재편에 따른

---

[*] 본고는 <2009년 아주대 인문과학연구소 이주문화연구센터 특별기획학술대회 : 이주민의 언어와 역사>(아주대, 2009.04.28)에서 발표한 내용을 기초로 하였다.

국적의 변경이 있었기에 "재러동포, 러시아동포, 러시아교포"는 대상 전체를 포괄하지 못하며, '재독립국가연합동포(?)'는 표현의 생소함을 떠나서 독립국가연합의 결속력이 약하기 때문에 적절하지 못한 감이 있다. 세계 각국에 거주하는 재외한인을 지칭함에 있어서 통일성을 고려하여 일관된 용어를 사용할 필요가 있으나, 본고에서는 사적(史的) 형성 등을 고려하여 잠정적으로 "1945년 이전에 구소련 지역으로 이주한 한인과 그 후손들"을 '고려인'으로 지칭하기로 한다. 따라서 필요에 따라서는 "러시아 고려인, 우즈베키스탄 고려인, 카자흐스탄 고려인" 등으로 구분하여 표현하기로 한다.

한편, 본고는 사적 전개보다는 현황과 전망에 초점을 맞추어 대상을 러시아 고려인에 국한하지 않고, 러시아의 한인 사회를 형성하는 전체 성원을 대상으로 하여 문제에 접근하고자 한다.[1] 물론 현지 한인 사회의 대다수를 차지하는 고려인에 대한 논의가 주가 될 수밖에 없는 한계가 있다. 또한, 선행 연구에서 카자흐스탄, 우즈베키스탄 등 구소련의 국가들을 포함해 온 것과 달리, 러시아의 현황을 명확히 파악하기 위하여 러시아의 한인 사회로 범위를 한정하기로 한다. 연방 해체 이후 각국의 정치적, 경제적 상황이 상이하게 급변하고 있으므로 국가적 범위를 좁혀나가는 것이 필요하기 때문이다. 러시아의 경우도 사할린이나 연해주 등 일부 지역에 집중되었던 한계를 극복하기 위하여 상대적으로 연구가 소홀했던 지역들을 포함하여 논의를 진행하게 될 것이다.[2] 다만, 러시아의 한인 사회만을 대상으로 한 선

---

1) 이하에서 러시아 한인 이주민을 총체적인 의미로 '한인'이라 주로 칭하고 상황에 따라서 '한민족'으로 표현하기로 한다. 각각의 집단은 국적 등의 특수성을 반영하여 '한국인', '북한인(?)', '조선족', '고려인'으로 구분하기로 한다.

2) 임영상 외(2006)에서 연해주와 사할린은 물론, 러시아 전 지역의 고려인과 한민

행 연구와 조사가 미비하여 심도 있는 논의를 진행하기는 어려우므로, 타 지역을 포함한 고려인에 대한 기존 자료들을 토대로 하되 부족한 내용은 개인적인 조사로 보완하였다.

2. 러시아의 이주 한인

　공식적으로 재외동포는 "재외국민과 외국국적 동포"를 말하며, 외국국적의 동포는 "대한민국의 국적을 보유하였던 자(대한민국 정부 수립 이전에 국외로 이주한 동포를 포함) 또는 그 직계비속으로서 외국국적을 취득한 자 중 대통령령이 정하는 자"이다.[3] 그러나 러시아 이주 한인의 경우, 역사적으로 고려인의 규모가 절대적이기 때문에 '재러동포'라 하면 대개 고려인을 떠올리게 된다. 동포라는 용어가 정서적이고 감정적인 측면이 커서 민족성을 포함하기는 하지만 국적은 오히려 배제되는 측면이 있는 셈이다. 동포는 국내, 국외의 거주 지역과 국적의 구분 없이 민족성에 근거하여 표현한 용어이고 교포는 거주 지역을 국외로 한정하여 국적과 민족성에 근거해서 표현한 용어이나, 러시아처럼 이주의 역사가 오래 되어 이주민의 국적 상실 혹은 변경이 불가피한 지역에서는 일반적으로 한국인을 동포나 교포의 범

족 사회에 대하여 다루고 있는데, 이렇듯 각 지역의 자세한 조사와 연구 성과가 축적되어야 러시아 한인 사회의 전체적인 양상을 명확하게 규명할 수 있을 것이다.

3) 이상은 '재외동포의 출입국과 법적지위에 관한 법률 제2조'의 내용인데, 재외동포재단법에서는 "재외국민과 한민속 혈통"이라는 다소 보호한 표현을 사용하고 있다.

위에 포함시키기 어려운 것이 사실이다.

흔히 '교민'으로 표현되는 한국인의 러시아 진출은 양국의 외교 관계 수립(1990년) 이후 꾸준히 이루어져서, 러시아의 모스크바, 상트페테르부르크, 블라디보스토크 등 주요 도시마다 이주 한국인의 수가 상당하다. 국내에 생경한 시베리아의 경우에도 노보시비르스크와 이르쿠츠크에 대략 200~300명의 한국인이 거주하고 있으며, 톰스크, 크라스노야르스크 등에도 100명 내외의 한국인이 거주하고 있다. 대부분이 사업가, 선교사, 유학생들이며, 이주 초기에는 현지 적응에 실패하는 경우가 많았으나, 최근에는 비교적 안정적으로 정착하고 있다. 이들은 현지 고려인들과 교류를 통하여 현지에 뿌리내리는 데에 많은 도움을 받고 있다. 이주 초기에 '한민족'이라는 정서에 지나치게 의존하여 갈등과 마찰을 겪은 시행착오를 경험하면서 고려인의 민족 정체성에 대하여 비교적 객관적인 시각을 갖고 있는 편이다. 반면에 한국의 종교단체들이 고려인을 주된 포교 대상으로 삼고 짧은 기간에 교세를 확장해가는 과정에서 고려인들에게 호응을 얻는 일련의 활동들도 많이 펼치고 있으나 현지의 정서를 고려하지 않아 반감을 사는 일도 적지 않다.

참고로 윤인진(2004: 146)에서 인용한 고려인의 출석 교회의 세대별 비교를 제시한다.[4]

---

4) 이는 우즈베키스탄과 카자흐스탄 등의 고려인을 포함하였을 뿐 아니라, 러시아의 경우에도 모스크바, 상트페테르부르크, 사할린 등 한국 개신교의 진출이 활발한 지역의 고려인을 대상으로 하였으므로 러시아 전역의 사정과는 다소 차이가 있을 수 있다. 공보처에서 1995년에 독립국가연합의 고려인 400명 표본을 추출하여 조사한 통계에서는 불교 8.7%, 개신교 21.9%, 천주교 0.8%, 기타 13.2%, 종교 없음 55.4%로 나타났다. 중요한 사실은 실제로 '교회에 다니지 않는다'와 '종교 없음'이 신앙생활을 하지 않는다는 의미는 아닐 것이라는 점이다.

<표1> 고려인 출석 교회의 세대별 비교(단위: %, 1997~1998년)

교회 종류	전체	1세대	2세대	3세대	4세대
교회에 다니지 않는다	57.1	51.9	58.7	59.0	55.7
러시아 정교	2.1	3.1	0.4	2.3	3.2
개신교 교회	37.1	38.9	38.9	35.2	37.3
회교 사원	0.0	0.0	0.0	0.0	0.0
기타 교회	3.8	6.2	2.6	3.5	3.8
사례수(명)	960	162	269	344	185

북한인의 경우, 1946년 소련과 북한의 쌍방협정에 기초하여 수산업 종사자로 북한의 인력 2,000여 명이 사할린에 파견된 것이 시초로 알려져 있다. 이후 양국의 이해관계가 맞아서 어업 노무자, 벌목작업 노무자, 건설 노무자, 광산 노무자, 농업 노무자 등의 파견이 활발하게 이루어진 결과, 1989년에는 극동러시아 외국인 노동자 26,168명 중 북한인이 20,550명에 달하기도 하였다.5) 1990년대 이후 양국의 관계가 다소 소원해지면서 북한 정부의 공식적인 인력 파견은 감소하고 있으나, 경제적인 이유에서 탈북자가 증가하면서 주요 도시마다 1,000여 명 안팎의 북한인이 거주하고 있는 것으로 알려져 있다. 그러나 정치적 이유에서 이들의 수가 공식적으로 집계되지 않고 있기 때문에 도시에 따라서 이보다 많은 수가 거주하고 있을 수도 있다. 1990년대까지는 주로 극동러시아 지역에 거주하는 벌목공이 많았으

---

5) 이채문(2007: 396)에 따르면, 1990년대 초 극동러시아 하바롭스크의 경우 외국인 근로자 15,000여 명 중 북한인이 90%에 이를 정도로 북한의 인력 수출이 활발했다고 한다. 이러한 공식적인 인력 파견 외에도 1945년 소련군이 북한 지역을 점령한 이후부터 정치적인 이유로 북한을 이탈하여 소련국민이 된 사람들과 그 후손들도 이 부류에 포함할 수 있을 것이다.

나, 최근에는 러시아 전 지역의 주요 도시마다 이들의 수가 많아졌으며 대부분 건설 노무자나 시장 상인으로 일하고 있다. 북한 정부가 공식적으로 파견한 경우에는 상호 감시가 심하여 한국인들과의 교류는 전무하며,[6] 현지 고려인 사회와도 단절한 채 지내고 있다. 탈북자들도 불법체류라는 법적 한계로 인하여 외부와의 교류를 극도로 꺼리는 편이다. 일부 한국인 선교사나 사업가들이 탈북자들을 돕는 경우가 드물게 있으나 사정상 공개적으로 외부에 드러내지는 못하고 있다.

조선족은 정확한 수를 파악하기가 더욱 곤란하다. 외형적으로는 중국인 이주민에 포함되어 있고, 중국인 이주민의 공식적인 집계도 잘 이루어지지 않는 가운데 조선족을 산출하기가 쉽지 않다. 1990년대 말까지 러시아 전역에 대략 200~300만 명에 이르는 중국인 이주민이 체류하는 것으로 추정되었으나, 2006년 이후 러시아 정부가 중국인의 취업 활동을 크게 제한하면서 공식적으로는 수가 크게 감소한 것으로 알려져 있다. 한때 연해주 상권의 대부분을 장악한 중국인들의 러시아 진출에 위기의식을 느낀 러시아 정부가 적극적으로 대응한 결과이다. 러시아 이주 중국인의 수가 줄어서 조선족의 수도 크게 감소했을 것이기는 하지만 여전히 주요 도시마다 1,000여 명 이상의 조선족이 체류하고 있을 것으로 추정된다. '러시안 드림'을 좇아 이주한 경우가 대부분이므로 상업에 종사하는 이들이 압도적인데, 불법체류인 경우가 많아서 사회적인 관계를 형성하는 데에 제약이

---

6) 일례로, 시베리아 교통대에는 러시아의 철도 기술을 배우기 위하여 유학 온 20~30여 명의 남북한 학생들이 수학하였으나, 동일한 강의를 수강할 때조차 서로 인사도 나누지 못하고 지냈으며 기숙사도 층을 구분하여 배정받았다.

많다. 또한 중국인들의 비호 아래 시장에서 장사를 해야 하므로 한인 사회와 교류하는 경우가 드물고, 민족 정체성에 대한 인식의 차이나 언어적 제약 등으로 고려인들과의 관계도 원만하지 못한 것으로 알려져 있다.[7]

이처럼 러시아의 한인 사회는 한국인, 북한인, 조선족, 고려인으로 형성될 수 있으나, 외적인 요인에 의하여 실제로는 한국인과 고려인의 교류, 협력만이 일부 이루어지고 있는 실정이다. 한편, 외교통상부와 재외동포재단 등 유관기관의 통계(2003년)에 따르면, 고려인은 약 65만 명에 달하는 것으로 추정된다. 러시아에 약 19만 명, 우즈베키스탄에 약 23만 명, 카자흐스탄에 약 10만 명, 우크라이나에 약 1만 3천 명, 키르기스스탄에 약 2만 명이 거주하고 있는데, 1990년대 중반 이후에는 중앙아시아 각국의 경제 침체 등을 이유로 러시아로 역이주하는 고려인이 늘고 있는 추세이다. 2000년대 들어서도 3~4만 명 이상의 고려인 역이주가 이루어진 것으로 추정되나 공식적인 집계는 나오지 않고 있다.[8] 중앙아시아 각국의 자국어 정책이 강화되면서 역이주는 더욱 증가할 것으로 보인다. 따라서 향후 러시아의 고려인 사회는 더욱 확장될 전망이다. 스탈린의 강제이주정책(1937년) 이후 고려인 사회의 중심이 연해주에서 중앙아시아로 옮겨 갔으나, 최근 들어 다시 그 중심이 러시아로 바뀌고 있는 것이다.

---

7) 재외한인에 대한 기존 연구들은 재미동포의 90% 이상, 중국 조선족의 80% 이상이 한국어 구사가 가능한 것으로 보고하고 있다. 반면에 러시아 고려인의 경우 한국어 구사가 가능한 비율이 10%를 넘지 않는다.

8) 러시아의 인구센서스는 소수 민족의 상세한 정보를 제공하지 않으므로 정확한 현황을 파악하는 데에 다소 어려움이 있다. 또한 국내 유관기관들의 통계는 현지의 자료를 바탕으로 한 추정치에 머무는 수준이다. 구소련 지역 고려인 사회의 변화 추세는 남혜경 외(2005)를 참고할 수 있다.

다음은 러시아 각 지역에 거주하고 있는 고려인의 분포이다.

<표2> 러시아 각 지역의 고려인 분포(2008년 기준, 추정치)[9]

권역	지역	수(단위 : 명)	비고
유럽러시아	모스크바	40,000	
	상트페테르부르크	10,000	
	북카프카스	65,000	주요도시-로스토프나도누
시베리아	노보시비르스크	2,500	
	톰스크	1,200	
	옴스크	500	
	크라스노야르스크	400	
	이르쿠츠크	1,000	
	사하공화국	5,000	수도 - 야쿠츠크
극동러시아	블라디보스토크	25,000	통칭 연해주
	우수리스크	15,000	
	사할린	40,000	
	하바롭스크	14,000	

러시아 고려인은 대체로 세 부류로 구분할 수 있는데, 러시아 각 지역에 형성된 고려인 사회의 특성을 정확히 파악하기 위하여 각 부류에 대한 이해가 선결되어야 한다.[10]

---

9) 광활한 국토와 역사적 특수성으로 인하여 러시아를 대상으로 한 연구는 크게 세 권역으로 나누어 진행하는 것이 여러 모로 유리하다. 따라서 모스크바와 상트페테르부르크를 중심으로 한 유럽러시아, 노보시비르스크와 이르쿠츠크를 중심으로 한 시베리아, 블라디보스토크와 하바롭스크를 중심으로 한 극동러시아로 구분하여 논의를 진행하는 것이 보통이다.

10) 윤인진(2004 : 87~91)에서는 "대륙의 고려사람, 사할린 고려사람, 북한 출신 고려사람"으로 구분하고 있으나, 본 연구에서는 잠정적으로 고려인을 1945년 이전에 구소련 지역으로 이주한 사람들과 그 후손으로 한정하였기에 '북한 출신

첫째는 1990년대 이전에 러시아 주요 도시에 정착한 중앙아시아 출신이다. 간첩혐의로 1937년 중앙아시아로 강제 이주된 고려인들은 1957년부터 일부 복권되어 러시아 주요 도시에 유학하면서 그 도시에 정착하기 시작하였다. 이들은 고등교육을 통하여 각 도시에서 주요 지위에 오른 경우가 많아서 사회적으로 안정된 기반을 가지게 된다. 모스크바뿐 아니라 각 지역의 실력자로 자리매김한 경우가 많은데, 특히 주요 대도시에는 이들이 정계, 재계, 학계 등 각 분야의 주요 인사로 활동하고 있다. 향후 한국과 러시아의 교류와 협력에서 큰 역할을 담당할 것으로 기대된다. 그러나 이주 2~3세대에 속하는 이들은 철저한 현지화로 인하여 한국어 구사력이 전무한 경우가 대부분이고, 4~5세대의 젊은 계층은 이러한 현상이 더욱 심화된다.

둘째는 1930~40년대에 일본의 강제 징용에 의하여 사할린 지역에 정착한 사할린 출신이다. 타 지역의 고려인들보다 한민족으로서의 정체성을 비교적 오래 유지해 온 이들은 일정 수준 이상의 한국어 구사력을 지니고 있어서 러시아 내 타 지역으로 이주하면서 현지의 고려인들과 마찰을 겪는 경우가 종종 있다.[11] 이러한 경향은 고려인의 분포가 높아서 오히려 반목과 대립이 심하고 단합이 힘든 지역에서 많이 발생하는데, 고려인 사회의 규모가 작은 지역에서는 비교적 사할린 출신과 타 지역 출신이 잘 조화를 이루고 있다. 1990년대 이후

고려사람'의 부류는 제외하였다.

11) 언어와 민족 정체성의 상관관계가 학술적으로 분명하게 규명된 것은 아니나, 언어가 구성원들의 상호작용과 연대감, 동질감 등의 측면에서 매우 중요하게 작용하는 것이 사실이다. 러시아에서 고려인과 조선족의 부조화, 고려인 내부에서도 사할린 출신과 비사할린 출신의 갈등은 모국어의 보존 여부를 기준으로 각 집단의 민족 정체성을 판단하는 것이 주요 원인의 하나이다.

한국인의 러시아 진출이 늘어나면서 한국어를 구사할 수 있는 사할린 출신 고려인의 역할도 증가하고 있다.

셋째는 1990년대 후반 이후, 특히 최근 들어서 급증하고 있는 중앙아시아 출신 역이주자들이다. 우즈베키스탄이나 카자흐스탄 등 구소련의 국가들은 경제 개발 속도가 더딘 편이어서 그나마 경제 상황이 나은 러시아로 귀향하는 고려인이 증가하고 있다. 이에는 중앙아시아 각국이 자국어우선정책을 펼치게 된 상황도 한 요인으로 작용하였다. 러시아 정부의 관련 법규가 마련된 2005년 이후에는 중앙아시아 고려인들의 합법적인 귀향이 늘고 있으나, 그 이전에 귀향한 이들 가운데 상당수는 불법 체류의 신분으로 불안한 나날을 보내고 있다. 또한 러시아에 생활 기반을 마련하지 못하여 경제적인 곤란을 겪고 있기도 하다. 주요 도시마다 이러한 역이주가 크게 증가하고 있어서 고려인 사회의 규모가 확장되고 있다.

이러한 집단적 기반에 따라서 러시아 각 지역의 고려인 사회가 단합하고 분열하는 양상을 띠고 있다. 모스크바 등 대도시에는 첫째 부류에 해당하는 고려인들이 주류를 이루고 있었으며, 이들은 한민족으로서의 전통을 보존하는 데에 관심을 가지기는 했으나 한국어교육에는 그다지 열정적이지 않았다. 소비에트 정부가 강제적으로 연방 내 소수 민족의 민족어교육을 금지해 온 탓에 이들에게 이미 한국어는 모국어로서의 의의가 없었으며, 러시아를 구성하는 100여 개 소수 민족의 하나로서 자신들의 문화적 정체성을 이어가는 정도의 관심만 있었을 뿐이다. 반면에 소도시나 농촌 지역에는 셋째 부류에 해당하는 고려인들이 다수를 차지하고 있으나 사회적, 경제적 지위가 불안하여 민족 정체성의 문제에 관심을 가질 여력이 없는 실정이다.

3. 고려인의 민족 정체성과 모국어

디아스포라에 대한 새로운 인식이 대두되면서, 디아스포라의 조건에 대한 논의도 다양하게 진행되고 있다. 엄격한 기준을 적용하면, (1)특정한 기원지로부터 외국의 주변적인 장소로의 이동, (2)모국에 대한 집합적인 기억, (3)거주국 사회에서 수용될 수 있다는 희망의 포기와 그로 인한 거주국 사회에서의 소외와 격리, (4)조상의 모국을 후손들이 결국 회귀할 진정하고 이상적인 땅으로 보는 견해, (5)모국에 대한 정치적, 경제적 헌신, (6)모국과의 지속적인 관계 유지를 충족해야 디아스포라라고 할 수 있을 것이다.[12] 그러나 고려인의 경우, 일제 식민지 시기와 남·북한 정부의 수립으로 '모국'의 위상이 흔들리게 되자 정체성의 확립에 곤란을 겪을 수밖에 없었다.

다음은 공보처에서 1995년에 독립국가연합의 고려인 400명 표본을 추출하여 민족 정체성에 대한 인식 정도와 그에 대한 가치 판단에 대하여 조사한 설문의 결과이다.

---

12) 이상과 같은 조건을 완벽하게 충족하는 디아스포라는 존재하기 어려운 것이 사실이다. 따라서 다소 완화된 기준을 적용하여, (1) 한 기원지로부터 많은 사람들이 두 개 이상의 외국으로 분산한 것, (2) 정치적, 경제적, 기타 압박 요인에 의하여 비자발적이고 강제적으로 모국을 떠난 것, (3) 고유한 민족 문화와 정체성을 유지하고자 노력하는 것, (4) 다른 나라에 살고 있는 동족에 대해 애착과 연대감을 갖고 서로 교류하고 소통하기 위한 초국적 네트워크를 만들려고 노력하는 것, (5) 모국과의 유대를 지키려고 노력하는 것을 디아스포라의 공통적인 속성으로 파악하기도 한다. 디아스포라의 개념은 윤인진(2004: 4~8)을 참고하여 정리하였다.

<표3> 고려인의 민족적 정체성에 대한 인식 정도

자신이 '한민족'이라는 생각을 어느 정도 자주 하는가	매우 자주 한다	가끔 한다	거의 하지 않는다	전혀 하지 않는다	모름/ 무응답
비율(%)	40.9	42.1	7.5	8.0	1.5
자신이 '한민족'임에 얼마나 긍지를 가지고 있는가	커다란 긍지를 가지고 있다	어느 정도 긍지를 갖고 있다	별로 긍지를 갖고 있지 않다	전혀 긍지를 갖고 있지 않다	모름/ 무응답
비율(%)	25.6	53.3	10.7	5.5	4.8

위에서 알 수 있듯이 고려인들은 한민족이라는 심리적 일체성에 대체로 긍정적인 답변(83.0%)을 하고 있으며, 한민족으로서의 긍지를 느끼는 비율(78.9%)도 상당히 높은 편이다. 한국방송공사에서 1999년에 실시한 조사에서는 중국 조선족의 경우 23.5%만이 민족적 정체감을 느끼고 있는 데 비해 고려인은 이보다 훨씬 많은 96.3%가 "한인에 가깝다"는 민족적 정체감을 나타기도 했다. 또한 한인으로서의 자부심도 10점을 기준으로 할 때 평균 7.6점으로 타 지역의 재외 동포들보다 높은 수치를 보였다.[13] 그러나 이러한 통계치는 전반적으로 고려인의 심리적인 요소만을 드러낼 뿐 민족 정체성의 실질적인 측면에서는 반대의 양상을 띠게 된다.

다음은 윤인진(2004: 141)에서 인용한 한인으로서의 동일시 정도의 고려인 세대별 비교이다.

---

13) 고려인의 민족 정체성에 대한 통계 및 분석은 기광서(2001)을 참고하여 정리하였다.

<표4> 한인으로서의 동일시 정도의 고려인 세대별 비교

(단위: %, 1997~1998년)

동일시 정도	전체	1세대	2세대	3세대	4세대
100% 러시아인 또는 원주민	1.0	2.4	0.6	1.2	0.0
75% 러시아인 또는 원주민	2.0	2.4	0.3	3.6	1.6
50% 한인	24.6	25.6	18.4	26.7	30.4
75% 한인	10.1	6.7	8.1	12.9	11.4
100% 한인	62.2	62.8	72.5	55.6	56.5
사례수(명)	990	164	309	333	184

위의 표를 보면, 대체로 세대가 젊어질수록 자신을 전적으로 한인으로 동일시하기보다는 부분적으로 동일시하는 경향이 강하다는 사실을 알 수 있다. 또한 1세대의 경우에도 100% 한인으로 동일시하는 비율이 <표3>을 통해 기대한 만큼의 수치는 아니다. 자신을 부분적으로 한인으로 동일시하는 것은 장준희(1999 : 65)에서 지적하고 있듯이, 자신들이 '한국인'도 '북한인(조선인)'도 아니며, 한민족으로서의 혈통을 지니고 있지만 거주국인 러시아의 문화와 국민정체성을 갖고 있는 혼합된 이중 정체성을 표명하는 것이다. 최한우(1996 : 229)에서는 이를 "고려인이 민족적 전통을 보존하고 있다면 그것은 사회주의화하고 러시아화된 사회 속에서 생존하는 화석화된 게마인샤프트적 잔재로서 민족의 정체성과 관련해서는 큰 의미를 갖지 못한다"고 극단적으로 표현하고 있다.

이와 같이 고려인들이 모국으로부터의 일정한 거리를 유지한 채, 거주국의 문화에 빠르게 동화되어간 또 다른 원인으로 모국어의 상실을 꼽을 수 있다. 1860년대에 시작된 극동러시아 지역으로의 한인

이주는 1920년대에 이르러서는 대규모의 한인촌을 세울 수 있을 정도로 활발하게 진행되었다.[14] 이들은 모국어의 교육 및 보급에 힘써서 연해주 크라스키노에 초급학교가 설립(1926년)된 것을 비롯하여, 블라디보스토크에 한국어교사 양성을 목적으로 한 고려사범대학이 설립(1930년)되었고 여러 전문학교가 문을 열게 되었다. 그리하여 1930년대 초반에는 연해주와 하바롭스크 지역에 380여 개, 사할린에 240여 개의 한인 학교가 있었으며, 6종의 잡지와 7종의 신문이 한글로 발간되었다. 그러나 1937년 강제이주와 1938년 민족어교육금지로 인하여 러시아 고려인의 모국어 상실과정이 본격화되었다. 한인학교에서도 한국어교육이 금지되고 모든 교습이 러시아어로 실행되었으며 교원양성기관인 고려사범대학조차 비슷한 과정을 겪었다. 이때부터 고려인들의 이름도 러시아식이 많이 사용되었다.[15]

다음은 유 일리야(1991: 16)에서 인용한 고려인들의 모국어 분포이다.[16]

<표5> 고려인의 모국어 분포도(단위: %)

	한국어				러시아어		
	1959	1970	1979	1989	1959	1970	1979
러시아	81.5	66.8	45.2	36.4	18.2	33.0	54.5

---

14) 김 게르만(2005 : 184)에 따르면, 1929년 블라디보스토크 관구 내 한인 이주자가 150,795명(남 81,987명, 여 68,808명)에 달했다.

15) 이 시기 고려인의 한국어교육은 고영근(1998), 기광서(2001), 장호종(2006d)을, 고려인의 이름과 성씨 변화는 장호종(2007c)를 참고할 수 있다.

16) 자료가 다소 오래되기는 했으나 러시아 고려인의 모국어 상실 과정을 잘 살필 수 있는 이점이 있어서 인용하였다. 다만, 한국어를 모국어로 인정하는 것과 한국어를 구사할 수 있는 것과는 차이가 있으므로 주의를 요한다. 실제로 한국어 구사자의 비율은 더욱 낮았을 것이다.

우즈베키스탄	81.8	73.5	62.1	55.7	18.2	26.4	37.7
카자흐스탄	74.2	64.0	56.0	51.7	25.7	35.9	43.8
키르기스스탄	68.8	64.5	54.6	33.7	31.1	35.3	45.3
타지키스탄	70.5	68.6	58.2	54.6	29.4	31.3	41.7
투르크메니스탄	67.0	73.0	51.0	55.3	32.8	26.8	48.9
소련 전체	79.3	68.6	55.4	49.4	20.5	31.3	44.4

러시아 고려인의 경우, 한국어를 모국어로 인정하는 비율이 1959년 81.5%에서 1989년 36.4%로 급격하게 감소하였으며, 1979년을 기점으로 모국어로서의 한국어와 러시아어 비율이 역전되었음을 알 수 있다. 이러한 현상은 최한우(1996)에서 지적하고 있듯이, 구소련 체제 하에서 고려인이 택한 생존과 신분상승의 전략에 연유한다고 볼 수 있다. 러시아어가 의사소통, 과학, 지식의 언어로서 기능했을 뿐 아니라, 고려인과 같은 소수 민족의 사회적 신분상승의 도구로 필수적이었기 때문이다.

다음은 윤인진(2004 : 138)에서 인용한 고려인의 언어 구사 현황이다.

<표6> 자유롭게 사용하는 언어의 고려인 세대별 비교

(단위: %, 1997~1998년)

언어	전체	1세대	2세대	3세대	4세대
한국어	8.5	25.2	11.6	2.0	1.1
러시아어	91.4	74.8	88.1	98.0	98.9
카자흐어/ 우즈벡어	0.0	0.0	0.3	0.0	0.0
사례수(명)	1,004	159	310	348	187

이상과 같이 고려인의 모국어 상실은 매우 빠르게 진행되어 현재 이들의 민족 정체성은 상당히 상징적이고 정신적인 것에 머무를 수밖에 없다.

4. 러시아 이주 한인의 모국어 교육

앞서 살펴 본 바와 같이, 러시아의 고려인 사회는 대체로 현지에 동화되어 각계의 요직에 진출한 고려인들에 의하여 주도되어 왔다. 이들은 민족 전통의 보존 의식은 있으나 한국어가 더 이상 모국어로서의 의의를 지니지 못하는 경우가 많았다. 그러나 최근 한국의 국제적인 위상이 높아짐에 따라서 현지의 고려인 사회에서도 한국어에 대한 관심이 증가하고 있으며, 이러한 경향은 특히 젊은 세대에서 두드러지게 나타나고 있다. 지역마다 편차가 심하기는 하지만, 러시아의 전 지역에 걸쳐서 한국 기업들의 진출이 이루어지고 있으며 한국인 사업가들이 현지에 정착하는 일이 증가하고 있기 때문에 이에 대한 기대치도 높아지고 있다. 반면에 초, 중등 정규교육기관에서는 한국어교육을 하고 있는 곳이 거의 없으므로, 대부분의 고려인들은 대학에 입학해서야 비로소 한국어를 정식으로 습득할 수 있다.[17]

다음은 러시아에서 한국어 강좌가 개설된 대학의 분포이다.

---

17) 러시아의 국립 초, 중등교육기관 중 한인학교는 모스크바의 1086학교가 유일하다. 1992년 모스크바 시정부가 설립하였으며, 한국어, 역사, 문화 등 한국 관련 교육을 중점적으로 실시하고 있다. 1,000여 명의 학생 중 절반 이상이 고려인이다.

<표7> 러시아 지역별 한국어 강좌 개설 대학 분포

(2008년 기준, 단위: 개)

권역	도시	대학	비고
유럽러시아	모스크바	6	
	상트페테르부르크	3	
	카잔	1	
	로스토프나도누	1	
	크라스노다르	1	
	마그니토고르스크	1	
	볼고그라드	1	소계 14
시베리아	노보시비르스크	3	
	이르쿠츠크	4	
	크라스노야르스크	1	
	야쿠츠크	1	
	울란우데	1	
	바르나울	1	
	톰스크	2	소계 13
극동러시아	블라디보스토크	7	
	하바롭스크	5	
	우수리스크	2	
	유즈노사할린스크	1	
	블라고베셴스크	1	
	나홋카	2	
	아르툠	1	소계 19
합		46	

위의 표에서 보듯이, 러시아 전 지역에 걸쳐서 고르게 한국어 강좌를 개설한 대학이 분포되어 있다. 그러나 학생 가운데 고려인이 차지하는 비중은 지역별, 대학별로 차이가 있다. 각 대학의 학생 현황을 파악하는 데에 한계가 있으므로 노보시비르스크의 경우를 참고로 제시하기로 한다.

<표8> 노보시비르스크 한국어교육기관의 학생 현황

(2008년 기준, 단위: 명)

교육기관	재학생		졸업생		비고
	전체	고려인	전체	고려인	
노보시비르스크 국립대	46	0	37	3	학과(전공)
노보시비르스크 국립공대	25	12	32	15	학과(전공)
시베리아 교통대	15	10	23	16	제2외국어
합	86	22	92	34	

고등교육기관에서는 한국어교육이 차츰 자리잡아 가고 있음에 비하여 초, 중등교육기관에서는 한국어교육이 보급될 여건을 전혀 갖추지 못하고 있다. <표7>의 한국어 강좌 개설 46개 대학 중 사범대는 5개에 불과하다. 따라서 현지에서 당장 초, 중등 한국어 교사의 지속적인 양성을 기대할 수 없는 형편이다. 모스크바, 상트페테르부르크 등 일부 도시를 제외하면, 한국어를 가르치는 초, 중등교육기관이 있는 지역도 거의 없는 실정이다.

사정이 이러하다 보니, 북한인이나 조선족의 경우는 논외로 하더라도 현지에 정착한 한국인 가정은 자녀 교육의 문제를 심각하게 고민하고 있다. 한국에서 어느 정도 성장한 후 이주한 한국인 자녀들은 그나마 일정한 한국어 능력을 유지하지만, 현지에서 출생했거나 유아기에 이주한 한국인 자녀들은 모국어 습득에 어려움을 겪고 있다. 더욱이 비교적 한국인 사회가 크게 형성된 모스크바, 상트페테르부르크, 블라디보스토크를 제외하면 한국인의 수가 많지 않은 지역에서는 한국학교 개설을 기대하기도 어렵다.

이 때문에 어려움을 겪는 것은 비단 한국인 자녀들에 국한되는 것이 아니어서, 고려인 자녀들 역시 정규교육을 통하여 한국어를 배울 수 있는 기회가 찾기가 쉽지 않다. 따라서 대안의 하나로 비정규 교육기관이라 할 한글학교가 활성화되기 시작하였다. 고려인들의 한국어 습득에 대한 욕구가 증가하면서 현지에 진출한 선교사들의 종교적인 목적이 결합하여 러시아 각 지역에서 한글학교가 성행하기 시작한 것이다. 비자 취득의 용이함과 선교 활동의 편의를 목적으로 한 점은 문제가 될 수 있으나, 러시아 한국어교육에서 선교사들의 비중은 매우 큰 것이 사실이다.

다음은 주러 한국대사관과 블라디보스토크 총영사관에 등록된 한글학교의 분포이다.

<표 9> 러시아 권역별 재외공관 등록 한글학교 분포(단위: 개)

	2004년	2005년	비고(가감)
유럽러시아	45	43	-2
시베리아	10	8	-2
극동러시아	105	90	-15
합	160	141	-19

위의 수치는 공식적으로 재외공관에 등록한 한글학교만을 대상으로 한 것이고, 대부분의 교사는 한국인 선교사들로 구성되어 있다. 그러나 재외공관이 멀거나 하여 등록하지 않은 경우도 있어서 실제 수치는 더욱 증가할 것으로 추정된다. 노보시비르스크의 경우에도 위의 표에는 2004년 10개 중 세 곳, 2005년 8개 중 한 곳만 포함되어

있으나, 실제로는 10여 곳 이상에서 한글학교를 운영하고 있는 것으로 알려져 있다. 톰스크, 이르쿠츠크, 크라스노야르스크 등에서도 선교사들의 선교 활동이 활발하게 이루어지고 있으므로, 시베리아 전 지역에서 최소 50여 개 이상의 한글학교가 운영되고 있을 것으로 추산된다. 대부분 한글학교는 선교사 3~4명이 50~100여 명 안팎의 고려인에게 한국어를 가르치고 있는데, 전문적인 한국어 교사가 아니라는 점과 한국어 교재 등의 교육 자료를 구비하지 못하고 있는 등의 문제점을 드러내고 있다.

5. 결론

본문에서 고찰한 내용은 다음과 같다.

(1) 러시아의 이주 한인은 한국인, 북한인, 조선족, 고려인으로 이루어진다. 역사적 배경이나 규모 면에서 고려인이 압도적인 비중을 차지한다.
(2) 고려인은 오랜 이주의 역사와 러시아의 민족어금지정책으로 인해 모국어를 상실하고 급속히 현지화하면서 민족 정체성이 크게 약화되었다.
(3) 고려인의 정체성 회복을 위해서는 물론이고, 러시아 한인 사회의 균형적인 발전을 위해서 러시아 이주 한인 전체를 대상으로 모국어 교육을 실시해나가야 한다.

따라서 한글학교와 같이 일시적이고 비정규적인 교육기관이 아닌

정규 한인학교를 설립하여 한국어를 비롯한 민족교육을 활성화해야
할 필요가 있다. 또한 러시아 한인의 본국과의 다양한 교류를 증진하
고 이를 제도적으로 뒷받침해야 한다. 아울러 정치적인 충돌을 피하
면서도 러시아 한인 사회를 이루는 집단들을 아우를 수 있는 방안을
차츰 마련해 나가는 것도 고려해야 할 시기이다.

다음은 러시아의 권역별 재외공관과 재외교육기관의 현황이다.

<표 10> 러시아 권역별 재외공관 및 재외교육기관 현황

(2008년 기준, 단위: 개)[18]

권역	도시	재외공관	한국 문화원	한국교육원	한국학교
유럽러시아	모스크바	1	1	0	1(+1)
	상트 페테르부르크	1	0	0	0
	로스토프나도누	0	0	1	0
시베리아	-	(1)	0	0	0
극동러시아	블라디보스토크	1	0	1	0
	하바롭스크	0	0	1	0
	사할린	0	0	1	0
합		3(+1)	1	4	1(+1)

한인 사회가 아직 크게 형성되지 못한 지역이라 할지라도, 향후 러

---

18) 2004년 한러 양국 정부의 합의에 따라 시베리아의 이르쿠츠크에 총영사관이 개
   설될 예정이다. 2009년 4월 현재까지도 공식적으로 개관하지 못하고 있을 정도
   로 많이 늦어지고는 있으나, 이르쿠츠크 총영사관이 개설되면 시베리아 지역 한
   인 사회의 발전에 크게 도움이 될 것이다. 아울러 한국어교육이 안정적으로 성
   장하기 위해서는 한국 문화원이나 한국교육원 등의 설치도 함께 이루어지는 것
   이 바람직하다.

시아 한인 사회가 안정적으로 발전하기 위한 기반을 제공하는 측면에서 한국 측의 관심과 지원을 확대해가는 것이 바람직하다. 일례로 시베리아의 노보시비르스크에는 이미 중국의 공자학원이 설립되었으며, 일본의 홋카이도문화센터가 운영 중이다. 국제사회에서의 영향력이나 경제력을 감안하여 중국이나 일본의 경우와 비교하기에는 무리가 있으나, 장기적인 안목에서 지역별 균형적인 투자를 통하여 단계적으로 접근해 나가는 인식의 전환이 필요한 시점이다.

러시아어에서의 한국 성씨의 변이 양상[*]

1. 서론

한국의 성씨는 대체로 한 음절로 이루어져 일견 여러 성씨 간에 구별이 쉽지 않을 듯하나, 한글 체계 내에서 그 변별이 용이하며 때로는 한자나 본관 등을 활용하여 각 성(姓)을 구분하고 있다. 이처럼 표기가 비교적 안정적으로 고정되어 있고, 성씨에 대한 애착이 강하여 '유와 류(柳)' 정도의 혼용이 있을 뿐 변이형이 발생할 일이 별로 없는 편이다. 분단으로 인해 다소 상이해진 남북한의 언어체계를 감안하더라도 '리와 이(李)', '림과 임(林)'[1]과 같이 변이형간의 유추가 쉬워서 한국어 체계 내에서 성의 변이는 별다른 관심을 기울이지 않는다.

그러나 외국어와의 접촉 과정에서는 그 상황이 달라져서 널리 활

---

1) 이하에서는 남북한의 차이를 고려하지 않고 남한의 표기만을 대상으로 한다.

용되고 있는 로마자 표기에서조차 'Bak, Pak, Park(朴)'와 같이 다양한 변이형이 발생하게 된다.[2] 외국과의 교류가 활발해지고 해외 이민이 증가함에 따라 이러한 현상은 더 확산되고 있는 상황이어서 한자문화권에서는 그나마 나은 형편이지만 기타 언어권에서는 그 유추가 쉽지 않은 각종 변이형이 생겨나고 있다. 따라서 외국과의 교류를 발전적으로 전개하고 본국과 해외 이민자들의 관계를 유지해 나가기 위해서도 성씨의 변이형에 대해 관심을 가질 필요가 있다.

그 일환으로 본고는 한국 성씨가 러시아어에서 어떠한 모습으로 실현되고 있으며, 원인이 무엇인지를 다루고자 한다. 양국 관계가 정상화된 1990년대 이후 러시아에 정착하거나 장기체류하는 한국인들이 증가하는 과정에서 여러 성이 혼란스럽게 표기되고 있다. 더욱이 오래 전에 러시아에 정착한 고려인들의 경우 본래의 성을 확인하기 어려운 다양한 변이형이 생겨났으나, 그 양상이 한국에 잘 소개되지 않고 있다. 문화교류를 활성화하여 한러 관계를 진전시키는 차원이나 고려인 사회의 문제에 대한 접근 방법을 다양화하는 측면에서 러시아어에서 발생하는 한국 성씨의 변이형 연구는 의미 있는 일이 될 것으로 기대한다.

---

2) 성이나 이름은 일단 관례에 의한 표기가 굳어지고 특히 개인이 고수하는 표기가 있는 경우 규범에 따른 표기를 강요하기 어렵다. 통일된 체계를 활용할 때 기대되는 여러 이점에도 불구하고 오랫동안 'Lee'였던 사람에게 하루아침에 'I'가 되라고 할 수는 없는 노릇이다. 이러한 이유로 "국어의 로마자 표기법"(2000)에서도 인명은 예외로 하고 있다. 일관된 표기를 위해 성씨의 로마자 표기는 "국어의 로마자 표기법"을 따르되, 'Kim'(金)과 같이 규정보다 널리 통용되는 예는 이를 최대한 반영하여 ( ) 안에 병기하기로 한다.

2. 음운과 문자 체계의 차이에 따른 변이

동일한 한국 성씨가 러시아어에서 다양하게 표기되는 주된 원인은 무엇보다도 두 언어의 음운체계가 다를 뿐 아니라 기원이 다른 문자 체계를 가지고 있기 때문이다. 우선 논의의 편의를 위하여 러시아어를 로마자, 한글과 대조하기로 한다. 한국 내에서 러시아어가 잘 통용되지 않는 현실을 고려하여 이하에서는 러시아어를 제시하고 [ ] 안에 로마자를 병기하기로 한다. 언어학의 측면에서 성씨의 문제는 음운론적 현상으로 보기 어렵고 표기로서의 성격이 강하다. 따라서 정밀한 음성전사(transcription)가 필요한 것은 아니므로 [ ]는 자역(transliteration)으로 활용하기로 한다.

다음은 러시아어를 로마자, 한글과 대조한 것이다.

<표 11> 러시아어와 로마자, 한글 대조표[3]

러시아어	로마자	발음	한글	러시아어	로마자	발음	한글
а	a	[a]	ㅏ	р	r	[r]	ㄹ
б	b	[b]	ㅂ	с	s	[s]	ㅅ
в	v	[v]	ㅂ	т	t	[t]	ㅌ

---

3) 러시아어의 로마자 표기는 일반적으로 널리 통용되는 방식과 러시아 국가표준을 바탕으로 하여, 발표의 성격에 맞게 일부 조정하였다. 러시아어의 한글 표기는 원 발음에 충실하기보다는 "러시아어 외래어 표기법"(2005)에 따라 표기하되, 가능한 이를 피하기로 한다. 아직까지 러시아어와 한국어의 상호표기는 충분히 연구되지 못하고 로마자를 매개로 하는 수준에 머물러 있다. 가령 '권'(權)씨는 러시아어 'Квон[Kvon]'으로 표기되어 이를 다시 규정에 따라 한글로 옮기면 '크본'과 같이 생경한 결과가 나오기도 한다. 러시아어의 로마자와 한글 표기에 대한 자세한 내용은 장호종(2005b, 2006c)를 참고할 수 있다.

г	g	[g]	ㄱ	у	u	[u]	ㅜ
д	d	[d]	ㄷ	ф	f	[f]	ㅍ
е	e	[e]	ㅔ/ㅐ	х	kh	[x]	ㅎ
ё	yo	[jo]	ㅛ	ц	ts	[ts]	ㅊ
ж	zh	[ʒ]	ㅈ	ч	ch	[tʃ]	ㅊ
з	z	[z]	ㅈ	ш	sh	[ʃ]	ㅅ
и	i	[i]	ㅣ	щ	shch	[ʃtʃ]	ㅅ
й	i	[j]	ㅣ	ъ	″	–	–
к	k	[k]	ㅋ	ы	y	[ɨ]	ㅣ
л	l	[l]	ㄹ	ь	′	–	(ㅣ)
м	m	[m]	ㅁ	э	e	[e]	ㅔ
н	n	[n]	ㄴ	ю	yu	[ju]	ㅠ
о	o	[o]	ㅗ	я	ya	[ja]	ㅑ
п	p	[p]	ㅍ				

한국어의 모음은 'ㅔ'와 'ㅐ'의 구별이 약화되는 등 음운체계가 간소화되고 있기는 하지만 여전히 21개의 모음체계가 표기에서 중요한 역할을 하고 있다. 이에 반해 러시아어의 모음은 'a[a], э[eʹ], ы[y], о[o], у[u]; я[ya], е[e], и[i], ё[yo], ю[yu]'의 10개에 불과하여 한글의 모음을 온전히 다 옮겨 적지 못한다. 특히 'ㅓ, ㅕ'에 해당하는 발음과 문자가 없어서 러시아어 표기에서 한국어 'ㅓ, ㅕ'와 'ㅗ, ㅛ'의 구분이 없어진다. (1a)와 같이 대응하는 성씨가 없어서 별다른 문제가 없는 경우도 있으나, (1b)와 같이 서로 다른 성씨가 동일하게 표기되기도 한다.

1) a. 명(明) - Мён[Myon], 엄(嚴) - Ом[Om], 여(余) - Ё[Yo]

   b. 서(徐) - Со[So], 소(蘇) - Со[So]; 성(成) - Сон[Son], 송(宋)

- Сон[Son]

  'ㅔ'와 'ㅐ'의 구분이 없는 러시아어의 특성으로 인하여 변종이 발생하기도 하는데, 한국어 'ㅐ'와 러시아어와 대응관계가 분명하지 않아서 e[e]와 э[e′]가 혼용되는 편이다. 러시아어의 전형적인 음운구조와 다르기 때문에 외국어 혹은 외래어로서의 인식이 강하여 (2a)처럼 대체로 э[e′]로 고정된 경우도 있다. 그러나 (2b)처럼 특정한 경향 없이 상황에 따라, 개인의 취향(?)에 따라 e[e]와 э[e′]가 혼용되어 나타나는 경우가 대부분이다.[4]

  2) a. 맹(孟) – Мэн[Me′n]
     b. 배(裵) – Пе[Pe], Пэ[Pe′]; 백(白) – Пек[Pek], Пэк[Pe′k]

  한편, 러시아어에는 'ŋ'의 음가가 없어서 한국 성씨를 러시아어로 표기할 때 한국어의 종성 'ㅇ'과 'ㄴ'의 구별이 없어져 상이한 성씨간

---

4) 자국어의 인명을 외국어로 표기하거나 이와 반대로 외국어 이름을 자국어로 표기할 때 상이한 여러 표기가 발생하는 주요 원인의 하나로 행정 처리상의 오류를 꼽을 수 있다. 한 마디로 서류에 이름을 기재하는 과정에서 행정직원이 해당 외국어를 잘 몰라서 대강 들리는 대로 기입하거나 당사자가 현지어에 익숙하지 않아서 실수를 하게 되는 것이다. 이러한 오류는 시정이 가능한 것이고 아직 고착화된 경향을 보이는 것이 아니므로 공문서나 서적 등을 통해 확인이 가능한 표기들을 대상으로 하되, 러시아인에게 한국 성씨를 들려주고 러시아어로 적게 하는 방법을 통해 부족한 자료를 보충하였다. 이를 통하여 '맹'(孟)씨 같은 경우 비교적 Мэн[Me′n]으로 고정된 반면에, '배'(裵)씨의 예처럼 Пе[Pe], Пэ[Pe′] 등이 혼용되는 경우가 있음을 확인하였다. 상호표기법이 잘 보급되지 않은 언어간에 로마자 표기를 참고하게 되는 경향을 고려할 때, '배'(裵)씨는 Бае[Bae] 등으로 표기될 가능성도 있으나 이러한 예가 잘 나타나지 않으므로 생략하였다. 즉, 본문에서 제시한 자료는 출현 가능한 예들이 아니라 실제 출현한 예들이며, 그 중에서도 오류가 확연한 것들은 제외하였다.

의 구분이 없어지기도 하고, 이를 극복하기 위하여 변종이 생기기도 한다. 한국어에서 성씨 구분의 중요한 역할을 담당하는 음절말 'ㅇ' 음가의 부재로 인하여 러시아어에서는 (3a)에서 보듯이 여러 성씨가 동일하게 표기되는 경우가 있다. 반면에 이를 굳이 구별하려다 보면 (3b)에서처럼 동일한 성씨가 서로 다르게 표기되기도 한다.[5]

   3) a. 손(孫) - Сон[Son], 성(成) - Сон[Son], 송(宋) - Сон[Son]
      b. 강(姜) - Кан[Kan], Канг[Kang]; 양(梁) - Ян[Yan], Янг[Yang]

한국어와 러시아어의 파열음과 파찰음 체계가 다르다는 점도 변이형이 발생하는 주요 원인이 되기도 하는데, 한국어가 'ㅂ, ㅃ, ㅍ'과 같은 3중체계임에 비하여 러시아어는 'б, п'와 같이 2중체계를 이루기 때문이다. 'ㅃ'이나 'ㅍ'이 성씨에 나타나는 일이 드물기 때문에 'ㅂ' 계열은 (4a)와 같이 'ㅂ'이 п[p]로 일관되게 나타나서 별 문제가 없는 편이지만, 'ㅈ' 계열은 그 대응관계가 분명하지 않아서 (4b)와 같이 다양한 변이형이 발생한다.

   4) a. 방(方) - Пан[Pan], 부(夫) - Пу[Pu]
      b. 조(趙) - Чжо[Chzho], Джо[Dzho], Чо[Cho]

마찰음 체계가 다르고 대응관계를 명확히 하기 어려워서 다양한

---

5) 종성의 'ㅇ'과 'ㄴ'이 한국어에서는 음절 구별의 기능을 하지만, 사실 러시아어에서는 두 문자를 구별하기 위한 노력이 아무런 효과가 없다. 예를 들어 '홍'(洪)씨를 굳이 Хонг[Khong]으로 표기해도 러시아인은 '혼그' 하는 식으로 발음한다. 이하에서는 편의상 Хон[Khon]만 예시하거나 Хон(г)[Khon(g)]처럼 예시하기로 한다.

표기가 나타나기도 하며, 한국어의 w계 이중모음이 러시아어에서는 모음이 아닌 자음으로 인식되어 표기에 곤란을 겪기도 한다. 'ㅅ'은 대체로 (5a)와 같이 러시아어 с[s]로 실현되지만, (5b)처럼 с[s]와 ш[sh]가 혼용되기도 하여 일정한 경향을 찾기 어렵다. 한편, 'ㅝ, ㅘ' 같은 표기는 (6)처럼 일관되게 표기하기는 하지만, 한국어의 원 발음과는 차이를 보이게 된다.

> 5) a. 석(石) – Сок[Sok], 심(沈) – Сим[Sim]
>   b. 신(愼) – Син[Sin], 신(愼) – Шин[Shin]
> 6) 권(權) – Квон[Kvon], 황(黃) – Хван[Khvan]

3. 고려인과 한국인 성씨의 표기 차이

　앞서 설명한 내용은 주로 한국인[6]의 성씨가 다양하게 표기되는 데에 초점을 맞춘 것으로 이는 단순한 표기상의 혼란으로 볼 수도 있다. 이러한 문제점들을 해결하기 위하여 '홀로도비치 1954', '콘체비치 1966', '마주르 1975' 등의 연구가 있었으나 일반에는 잘 보급되어 있지 않다. 이들 체계는 대체로 학술용이므로 정밀한 전사를 위해 러

---

6) 단일민족임을 자부하는 탓에 민족과 국민의 구분이 그다지 중요하지 않은 문제여서 흔히 '한국인'이라는 표현은 국민을 의미하기도 하지만, 민족을 뜻하기도 한다. 본고에서는 국적을 기준으로 한국인과 고려인을 구별하여 표현하는데, 남북은 굳이 구분하지 않았고 때에 따라서는 '한국인'이 '민족'의 개념일 수도 있다. 재러동포, 재중동포 등의 표현은 '고려인, 조선족'으로 통일하기로 한다. 이러한 용어들에 대한 논의는 생략하기로 한다. 그리고 이하에서 말하는 '고려인'은 구소련 국가들을 배제한 러시아의 고려인임을 밝힌다.

시아어 외의 특수문자도 이용하고 있으며, 러시아어 화자의 언어감각에 잘 맞지 않는 편이다.[7] 그러나 새로운 체계가 확립되거나 표기법의 보급이 활성화되면 한국인 성씨의 변이 문제는 어느 정도 극복할 수 있을 것이다.

반면에 고려인을 포함할 경우, 한국 성씨의 러시아어 표기는 그 사정이 다소 복잡해진다. 우선 한국인과 고려인의 표기 차이가 전혀 없는 예들도 쉽게 찾을 수 있다. (7a)처럼 두 언어의 발음이나 문자가 쉽게 대응되는 'ㄴ, ㅏ' 등이 중심인 성씨들은 별다른 변이형이 발생하지 않는다. 그 수가 많고 널리 알려진 한국의 대표적인 성씨들도 대부분 (7b)와 같이 비교적 안정적으로 표기가 고정되어 있는 편이다.

  7) a. 남(南) – Нам[Nam], 안(安) – Ан[An]
     b. 김(金) – Ким[Kim], 박(朴) – Пак[Pak]

그러나 한국인과 고려인의 성씨가 러시아어로 다르게 표현되어 말 그대로 '변종'(變種)이라 할 만큼 상당히 변화된 경우가 더 많은 편이다. 이러한 경향은 주로 한국어와 러시아어의 발음이나 문자의 대응이 까다로운 'ㅊ' 등이 포함된 성씨들에서 나타난다. 그 가운데에서도

____

7) 편의상 '홀로도비치 1954', '콘체비치 1966', '마주르 1975'로 지칭한 표기는 각각 Холодович[홀로도비치](1951/1958), Российское корееведение 3[러시아 한국학 3](2003), Мазур[마주르](2004) 등에서 그 내용을 확인할 수 있다. 그리고 각각의 표기 체계가 가지는 특징은 김지윤(2005)를 참고할 수 있다. '홀로도비치 1954', '콘체비치 1966' 체계는 일부 불가능한 경우가 있으나 대체로 한국어의 원 발음을 복원하기 쉬우므로 음운론뿐 아니라 일반적인 학술 연구에 적합하고, '마주르 1975' 체계는 한국어의 본래 표기를 복원하기 쉽기 때문에 형태론이나 통사론 연구에 적합한 편이다. 다만, 여러 사정을 고려하여 이들을 다소 다듬거나 새로운 체계를 마련해야 할 것으로 생각한다.

러시아에 깊이 뿌리를 내린 고려인의 성씨는 (8a)와 같이 한국인의 표기에 영향을 끼치기도 하지만, 대개는 (8b)에서 보듯이 동일한 성씨라도 러시아어 표기가 전혀 다르게 실현된다.

> 8) a. 최(崔) – Цой[Tsoj](고)/ Чхве[Chkhve], Цой[Tsoj](한)
>   b. 채(蔡) – Цай[Tsaj](고)/ Чхве[Chkhe], Чхве[Chkhe′](한)

서로 다르게 표기되더라도 한국인과 고려인 성씨의 상관관계를 쉽게 유추할 수 있는 경우도 있으나 그러한 일이 꽤 불가할 것 같은 예도 많다. (9a)와 같은 경우는 러시아어에 'ㅓ' 모음이 없다는 정도의 간단한 지식만 있어도 같은 성씨려니 짐작할 수 있을 듯하다. 반면에 역사적 변천 과정과 일부 방언을 제외하면 'ㅈ'과 'ㅌ'이 확연히 구별되는 현대 한국어의 특성을 고려할 때 (9b)와 같은 경우는 그 표현이 상이하여 러시아어에 익숙한 사람이라도 둘을 같은 성씨로 인식하기 어려울 성 싶다.8)

> 9) a. 엄(嚴) – Эм[E′m](고)/ Ом[Om](한)
>   b. 장(張) – Тян[Tyan](고)/ Чжан[Chzhan], Джан[Dzhan], Чан [Chan](한)

---

8) 개인적으로도 '장'(張)을 Чжан[Chzhan], Чжанг[Chzhang], Джан[Dzhan], Джанг[Dzhang], Чан[Chan], Чанг[Chang] 중 무엇으로 표기해야 하는지 몰라서 꽤 고생한 경험이 있다. Джанг[Dzhang]으로 표기하니 '쟝' 비슷하게 발음하기에 Чжанг[Chzhang]으로 바꾸었더니 '잔그'하는 식으로 발음하여 결국 명함만 여러 번 바꾸었다. 그러던 중에 같은 성씨라고 반가워하던 고려인 '탼'(Тян[Tyan])을 만났다. 반가움보다는 '명함을 또 새로 만들어야 하는구나!' 하는 걱정이 앞섰다.

이 외에도 성씨가 상이하게 표기되는 예들은 매우 많아서 러시아
인들은 성만으로도 특정인이 고려인인지 한국인인지 구별할 수 있을
정도이다. 물론 러시아인들에게 (10a)와 같은 예가 한 성씨인지는 중
요한 문제가 아니며, 한국인들도 (10b)의 경우 그냥 러시아인이려니
생각하기 십상이다. 세계 각지의 한국인 이민들이 현지식으로 이름
을 짓더라도 성씨는 한국식으로 고수하려는 성향이 강하다는 것을
고려할 때 '헤가이'와 같은 표현은 단음절이라는 한국 성씨의 고유 특
성에서 많이 벗어난 편이다.

10) a. 천(千) – Чен[Chen](고)/ Чхон[Chkhon](한)
    b. 허(許) – Хегай[Khegaj](고)/ Хо[Kho](한)

한국인의 성씨와 전혀 다르게 표기되는 고려인의 성씨는 심지어
동일한 성도 각기 다른 형태로 굳어진 예도 있다. 언뜻 보아 접미사
같은 '-가이'(гай[gaj])가 첨가된 (11a)의 형태도 한국인과 달리 고려
인의 경우에는 각자 취향대로 선택하여 임의대로 표기할 수 있는 것
이 아니다. 즉, 고려인 성씨의 경우에는 러시아어 내에서 변형된 형태
로 고착화된 상황이다. (11b)와 같은 예도 고려인의 경우 각각의 표
기는 서로 별개의 성씨로 다루어지게 된다.

11) a. 배(裵) – Бя[Bya], Бягай[Byagaj](고)/ Пе[Pe], Пэ[Pe′], Бе
    [Be](한)
    b. 최(崔) – Цой[Tsoj], Цхай[Tskhaj], Цхой[Tskhoj](고)/ Чхве
    [Chkhve](한)

이처럼 러시아어에서 고려인과 한국인의 성씨는 다양한 변이형이 발생하고 있으며, 그 모습과 성격도 다른 편이다. 여기에 조선족의 러시아어 표기를 포함하면 더욱 많은 변이형을 발견하게 된다. 조선족은 중국어 발음에 따라 러시아어로 표기됨에도 불구하고 한국어, 중국어, 러시아어의 발음 및 문자의 대응관계가 분명하여 (12a)처럼 고려인, 한국인, 조선족의 표기가 크게 다르지 않은 경우도 있다. 그러나 대부분 (12b)나 (12c)와 같이 그 차이가 확연하게 나타나게 됨은 물론이다.

12) a. 명(明) - Мен[Men](고)/ Мён[Myon](한)/ Мин[Min](조)
　　 b. 정(丁) - Тен[Ten](고)/ Чжон[Chzhon](한)/ Дин[Din](조)
　　 c. 차(車) - Чагай[Chagaj](고)/ Чха[Chkha](한)/ Чэ[Che′](조)

　최근 러시아 내에 장기체류하거나 이주하는 조선족의 수가 계속 증가하고 있어서 한국 성씨의 변이형은 더욱 많아질 듯하다. 그러나 아직은 충분한 자료를 수집할 만큼 조선족이 많지 않고, 여러 이유로 하여 조사에 어려움이 있다. 조선족을 포함하여 한국 성씨가 러시아어에서 어떠한 양상으로 실현되는지 상세히 살펴보는 것은 생략하고 고려인, 한국인, 조선족의 성씨가 각각 어떻게 표기되는지를 본고 끝에 표로 제시하기로 한다.9)

---

9) 실제로 그러할 가능성은 많지 않겠으나 러시아 내에 조선족 외에도 재일교포나 재미교포 등의 이민 수가 증가한다면, 한국 성씨의 변이형은 더욱 다양한 양상으로 나타날 것이다.

4. 고려인 성씨의 변이 양상과 원인

앞에서는 한국인과 고려인의 성씨가 전혀 다르게 표기되어 다양한 변이형이 존재한다는 사실을 주로 설명하였다. 한국인의 러시아 이민 역사가 그리 오래되지 않아 한국인의 성씨는 아직 러시아어의 체계 속에 녹아든 것이 아니므로,[10] 그 변이가 유동적이고 일시적인 혼란으로 이해할 수 있다. 그러나 고려인의 이민은 이미 140년이 넘는 역사를 지니고 있어[11] 고려인의 성씨는 러시아어 속에 뿌리를 내린 편이므로 그 변이가 한국인의 성씨에 비하여 매우 고정적이다.

따라서 성씨가 러시아어의 특성에 맞게 변형되어 이미 오래 전에 고착화되기도 하였다. 그 가운데에는 (13a)처럼 한국인의 그것과 유사하나 러시아어의 음운 특성에 맞게 변형된 것도 있고, (13b, c)에서 보듯이 러시아어의 성씨 특성에 맞게 다음절화한 것도 있다. 다음절화한 성씨의 경우에도 변형된 성씨와 단음절을 유지하는 성씨가

---

10) 앞으로는 한국인 이민의 성씨도 차츰 러시아어에 정착할 것으로 보인다. 러시아인명은 성, 이름, 부칭으로 구성되어 있는데, 부칭(父稱)이란 아버지가 누구인지를 밝혀주는 것이다. 아버지의 이름이 Иван[Ivan]이면 아들의 부칭은 Иванович[Ivanovich], 딸의 부칭은 Ивановна[Ivanovna] 하는 식으로 형성된다. 한국식 성과 이름만 지니고 이주한 한국인 이민 1세대는 이러한 러시아인명 구성에서 자유롭겠으나, 러시아에서 출생하는 이민 2세대는 점차 러시아식으로 부칭을 만들어서 표시하게 될 가능성도 있다. 예를 들어 아버지가 '김경덕'이면 딸은 '김 하늘 경덕예브나'처럼 러시아인명과 같은 구조로 바뀌게 되는 것이다. 실제로 이미 고려인들은 부칭을 가지고 있어서 러시아어의 인명 구성을 따르고 있다.

11) 1860년대 초 두만강 하류에 위치한 함북 경흥의 주민 60여 명이 연해주 인근의 소도시로 이주한 이래 연해주에는 상당수의 조선인이 거주하고 있었다. 이를 기념하여 러시아 정부는 지난 2004년을 "러시아 고려인의 자발적 이주 140주년"으로 선포하고 여러 행사를 열기도 하였다.

(13b)처럼 공존하기도 하고, (13c)와 같이 변형된 성씨만 존재하기도
한다.

> 13) a. 태(太) - Тхай[Tkhaj](고)/ Тхе[Tkhe], Тхэ[Tkhe′](한)
> b. 고(高) - Ко[Ko], Когай[Kogaj]
> c. 주(朱) - Дюгай[Dyugaj]

특히 '-가이'(гай [gaj])는 매우 흥미로운 현상인데, 이는 '행정직
원'의 작품이었을 것으로 추정된다. 즉, 고려인들이 러시아에 정착하
던 초기에 이들의 이름을 서류에 기록하던 행정관리들에게 다음절인
러시아 성씨의 특성에 비추어 외자인 한국 성씨가 매우 어색했을 것
이다. "이름이 무엇인가?" "고." "뭐라고?" "고." "뭐?" "내 참, 고가라
니까." "아, 고가!" 이런 식의 대화가 오고 가다가 '고'에 접미사 '-가'
(哥)가 결합하여 '고가'로 둔갑한 것이다.

전형적인 러시아 성씨는 다음절일 뿐 아니라 Петров[Petrov], Лу
кин[Lukin] 등과 같이 자음으로 끝난다. 그런 그들에게 한국의 외자
성씨 중 자음으로 끝나는 것은 그나마 수용이 가능했지만, 모음으로
끝나는 것은 굳이 러시아 성씨의 특성에 맞게 변형시켜 받아들였던
모양이다. 따라서 (14a)와 같이 모음으로 끝나는 성씨는 일부 예외가
있기는 하지만, 대체로 '-가이'가 결합된 형태로 변화하였다. 그러나
(14b)에서 보듯이 단음절이더라도 자음으로 끝나는 성씨들에는 절대
'-가이'가 결합되지 않는다.[12]

---

12) 단음절 성씨 중 '최'(崔)와 '채'(蔡) 등은 한국인의 표기와 비교하여 보면, 이미
자음으로 끝나는 러시아어 성씨의 특성에 맞게 변형된 것임을 알 수 있다. Цой
[Tsoj]와 Цай[Tsaj]에서 й[j]가 한국어에서는 '반모음'에 해당하지만, 러시아어

14) a. 노(魯) - Ногай[Nogaj], 마(馬) - Магай[Magaj], 유(俞) - Юга
й[Yugaj]

b. 연(延) - Ён[En], 윤(尹) - Юн[Yun], 홍(洪) - Хон[Khon]

한편, 고려인 성씨의 변이가 발생하는 주요 원인으로 수많은 성이
존재하는 러시아어의 특성과 전통적으로 새로운 성씨를 만들어내는
데에 익숙한 러시아인의 성향을 꼽을 수 있다. (15a)처럼 단순히 자
역되어 정착된 형태와 러시아어의 구조에 맞게 변형된 형태가 함께
공존하는 예들도 많고, (15b)와 같이 동일한 성이 다양한 변이형을
만들어내는 경우도 있다. 특히 (15b)에서처럼 원 형태와의 관련성을
유추하기 쉽지 않은 변이형이 생겨나기도 한다.

15) a. 배(裵) - Бя[Bya], Бягай[Byagaj]

b. 이(李) - Ли[Li], И[I], Ни[Ni], Нигай[Nigaj], Нили[Nili][13)

한국의 성씨 체계가 거의 고정적이며 개개인이 역사적인 성씨에
집착하는 성향이 강한 데 비하여, 100여 민족으로 구성된 다민족 국
가답게 러시아에서는 성씨의 생성이 비교적 자유롭고 국민들 역시

에서는 '반자음'이기 때문이다. гай[gaj]의 й[j]도 반자음이다. 한편, 자료를 확
인할 수 없어서 '남궁'(南宮), '선우'(鮮于) 등 2음절 성씨들의 예는 제시하지 못
하였다.

13) 대표적인 성씨인 '박'(朴)씨나 '김'(金)씨 등이 자역 수준의 과정을 거쳐 단일하
게 러시아어에 정착한 데 비하여 '이'(李)씨가 이렇듯 다양한 변이형을 형성한
것이 다소 의아할 수도 있다. 우선 한국어에서도 남북한이 '이'와 '리'의 변이형
을 가지고 있다는 것을 고려하면 어느 정도 수긍이 갈 것이다. 또한 Ни[Ni], Ни
гай[Nigaj]와 같이 형성되는 데에는 육진방언의 영향이 있었을 것으로 짐작할
수 있다. 그러나 Нили[Nili]의 형성 과정은 쉽게 유추가 되지 않는다.

이를 심각한 문제로 생각하지 않는 편이다. 예를 들어 차이콥스키는 할아버지의 성씨인 '차이코'에 '-스키'를 덧붙여 폴란드식으로 바꾸었고, 타타르인들은 러시아 전통 성씨인 '사타로프'를 사용하기는 하되 '사타르'와 같이 타타르식으로 바꾸어 사용한다.[14]

사정이 이러하다 보니 러시아어에는 30~40만에서 많게는 100만여 개의 성씨가 존재하는 것으로 보고될 정도로 성씨의 생성이 활발하고 또 그렇게 파생된 형태는 별개의 성으로 취급되고 있다. 따라서 (15b)와 같은 형태들은 적어도 러시아인에게는 각각 다른 성씨일 뿐이고, 러시아 문화에 동화되었거나 뿌리에 대한 관심이 없거나 가족의 이주사를 알지 못하는, 이주 후 3~4세대가 지나 이제 '한국인'이라는 자각이 별로 없는 젊은 고려인들에게 Нили[Nili]는 '이'(李)가 아닌 Нили[Nili]일 뿐이다.

이주자들의 방언도 고려인의 성씨가 다양하게 변화한 주요 원인에서 빼놓을 수 없다. 러시아 이주 초기의 고려인 중 상당수가 함경북

---

14) 외래어를 제외하면 어두에서 'ㄹ'이 전혀 실현되지 않는 현대 한국어의 체계와 두음법칙을 엄격하게 적용한 "한글 맞춤법"(1988)의 강제에도 불구하고 여전히 '류'(柳)를 고집할 정도로 한국인은 성씨의 변이에 대하여 매우 예민한 편이다. 그러나 러시아인은 행정상의 사소한 실수로 성의 변화가 생겼다 하더라도 그냥 변화된 형태를 사용하기도 할 만큼 성씨의 고수에 대한 집착이 약한 편이다. 때로는 일부러 성씨에 변화를 주어 사용하기도 한다. 한자를 기반으로 한 한국 성씨는 형태가 중요할 뿐 그 뜻이 큰 비중을 차지하지 않는 데에 비하여 러시아 성씨는 단어로부터 파생된 경우가 많아서 의미가 차지하는 비중이 크기 때문이다. 예를 들어 러시아 현 대통령의 성씨인 '푸틴'(Путин[Putin])은 "길"이라는 의미를 지닌 단어 путь[put']와 이에서 파생된 путный[putnyj]에서 유래했다고 한다. путь[put']는 고대 러시아어에서 "유익, 소득; 질서, 규칙" 등의 의미도 있었다고 하며, путный[putnyj]는 "사리를 아는, 분별력 있는, 쓸모 있는"이라는 의미가 있으니 꽤나 멋들어진 성씨이다. 물론 그 성씨의 기원이 되는 단어가 오래 전에는 좋은 뜻이었지만 현재 나쁜 뜻으로 변한 경우도 있을 터라 이러한 경우에 성을 바꾸기도 하는 것이다.

도 출신이었던 것으로 알려져 있다. 특히 이들은 육진방언권의 일원이었으므로, 그 방언의 특성이 러시아어 표기에 영향을 끼친 것으로 이해할 수 있다. 'ㅊ'은 치조음 [ts^h]였던 중세국어시기를 지나면서 대부분의 방언권에서 구개음 [tʃ^h]로 변화하여 (16a)와 같이 러시아어에서도 ч[ch]로 정착하였으나, 치조음 [ts^h]를 유지하던 육진방언의 영향을 받아 (16b)에서 보듯이 ц[ts]로 정착하기도 하였다.[15]

   16) a. 천(千) – Чен[Chen]
       b. 최(崔) – Цой[Tsoj], Цхай[Tskhaj], Цхой[Tskhoj]

'ㄷ-구개음화'는 'ㅈ'이 치조음 [ts]에서 구개음 [tʃ]로 변화된 이후에야 실현되는 것으로 알려져 있다. 그런데 'ㅈ' 계열이 아직 치조음 [ts]의 성격을 유지한 육진방언에서는 'ㄷ-구개음화'가 이루어지지 않아서 고려인 성씨가 러시아어로 표기될 때 영향을 끼치기도 하였다. 러시아어에 정착하는 과정에서 'ㅈ'을 초성으로 하는 성씨들은 (17a)에서 보듯이 т[t]로 실현되기도 하였고, (17b)와 같이 д[d]로 실현되기도 하였다.

   17) a. 장(張) – Тян[Tyan], 지(池) – Тигай[Tigaj]
       b. 주(周) – Дюгай[Dyugaj], 진(陳) – Дин[Din]

대체로 'ㄹ'이 어말이나 자음 앞에서 [l]로 실현되는 데 비하여, 독

---

15) 육진방언의 특성은 곽충구(1994, 2000, 2003)을 참조하였고, 기타 방언학과 관련한 내용은 김성렬(2001), 김동소(2005), 이상규(2004)를 참조하였다.

특하게 육진방언에서는 [r]로 조음된다는 점이 러시아어에서 고려인 성씨의 변이를 형성하는 데에 영향을 끼치기도 하였다. 성씨 가운데에서 실례를 많이 확인하기 어려우나 (18a)에서 보듯이 한국인 성씨의 경우 종성 '르'이 л[l]이나 ль[l']로 표기되는 데에 비해 고려인 성씨에서는 p[r]로 고정되어 한국인 성씨와 구별하여 쓰인다.

> 18) a. 설(薛) – Шер[Sher](고)/ Сол[Sol], Соль[Sol'](한)
>   b. 김준길 – Ким Дюн Гир[Kim Dyun Gil](고)
>   c. 김회길 – Ким Хои-гил[Kim Khoi-kil](한)

(18b, c)에서 보듯이 성씨는 그 수가 제한적이어서 충분한 자료를 구하기 어려우므로 성씨뿐 아니라 이름을 포함하면, 한국 인명의 변이 양상에 대한 더욱 많은 자료를 구할 수 있을 것이다. 그러나 그 변이의 정도가 심하고 러시아어 내에서 한국어의 여러 자음과 모음이 변별력을 잃어서 러시아어로 표기된 고려인의 성명을 보고 원 형태를 찾아내기가 매우 어렵다. 또한 이제는 많은 고려인이 한국 성씨는 유지하지만 이름은 러시아어로 되어 있고, 한국 이름이라 하더라도 자신도 원래의 한자와 한글 형태를 모르는 경우가 많아서 본고에서는 포함하지 않았다.

5. 결론

본고에서는 러시아어에서 한국 성씨가 어떠한 모습으로 실현되는

가에 초점을 맞추어, 두 언어의 음성 및 문자체계의 차이로 인해 한국 성씨가 러시아어에서 다양하게 표기되는데 한국인과 고려인의 성씨가 상이하게 표기되기도 하며 고려인의 성씨는 원 형태에서 상당히 벗어난 여러 변이형이 존재함을 밝혔다. 조선족의 성씨에 대하여도 일부 언급하여 러시아어에서 한국 성씨의 변이형이 다양하게 나타남을 확인하였다.

아울러 이러한 논의는 다음과 같은 문제와도 관련이 있다.

첫째, 성씨와 이름을 포함한 한국어 고유명사의 외국어 표기에 한국이 관심을 가질 필요가 있는가 하는 점이다. 정부는 현재 20여 개의 언어를 한글로 표기하는 공식적인 규범을 제정하여 국민들의 언어생활의 편의를 도모하고 있다. 한글의 로마자 표기를 규범화하여 한국어의 언어생활을 영위하기 위해 요구되는, 한국어를 외국어로 표기하는 최소한의 체계도 갖추고 있다. 한국어를 기타 외국어로 표기하는 체계를 한국이 마련해야 할 필요가 있는가?

둘째, 이주의 역사가 오래 되어 현지어에 완전히 정착한 한국 성씨는 한국어의 범주에 포함되는가 하는 점이다. 이제 대다수의 러시아 고려인은 한국어로 언어생활을 하지 않고 있어서, 젊은 고려인들 대다수는 한국어를 할 줄 모르고 한글을 쓸 줄 모른다. 고려인 Сон[Son]은 자신이 '손'인지 '송'인지 알지 못하며 관심도 없다. 한국인 '이'는 러시아인 Нили[Nili]가 같은 성씨인 줄 모른다. Егай[Egaj]를 한국어의 성씨에 포함할 수 있는가?

본문에서 소개한 내용을 발표문 끝에 표로 제시하였으므로 그 내용은 따로 요약하지 않는다. 다만 위와 같은 고민을 제기하는 것으로 결론을 대신하기로 한다.

<표 12> 한국 성씨의 러시아어 변이형

성씨[16]		로마자	고려인 성씨의 러시아어 표기	한국인 성씨의 러시아어 표기	조선족 성씨의 러시아어 표기[17]
강	姜	Gang (Kang)	Кан[Kan]	Кан(г)[Kan(g)] Ган(г)[Gan(g)] ?Канъ[Kan″][18]	Цзян/jiāng/
	康				Кан/kāng/
	彊				Цзян/jiāng/
	强				Цян/qiáng/
고	高	Go (Ko)	Ко[Ko] Когай[Kogaj]	Ко[Ko] Го[Go]	Гао/gāo/
권	權	Gwon (Kwon)	Квон[Kvon]	Квон[Kvon]	Цюань/quán/
김	金	Gim (Kim)	Ким[Kim]	Ким[Kim]	Цзинь/jīn/
남	南	Nam	Нам[Nam]	Нам[Nam]	Нань/nán/
노	魯	No	Ногай[Nogaj]	Но[No]	Лу/lǔ/
	路				Лу/lù/
마	馬	Ma	Магай[Magaj]	Ма[Ma]	Ма/mǎ/
맹	孟	Maeng	Мян[Myan]	Мэн(г)[Me′n(g)]	Мэн/mèng/
명	明	Myeong	Мен[Men]	Мён(г)[Myon(g)] ?Мйонъ[Mjon″] ?Мйɔнъ[Mjɔn″]	Мин/míng/
문	文	Mun	Мун[Mun]	Мун[Mun]	Вэнь/wén/
민	閔	Min	Мин[Min]	Мин[Min]	Минь/mǐn/
박	朴	Bak (Pak) (Park)	Пак[Pak]	Пак[Pak]	Пяо/piáo/ (Пу/pǔ/)[19]
방	方	Bang	Пан[Pan]	Пан(г)[Pan(g)] ?Панъ[Pan″]	Фан/fāng/
배	裵	Bae	Бя[Bya] Бягай[Byagaj]	Пе[Pe] Бе[Be] Пɜ[Pe′]	Пэй/péi/
백	白	Baek	Пяк[Pyak]	Пек[Pek]	Бай/bái/

				Пэк[Pe′k]	
부	夫	Bu	Пу[Pu]	Пу[Pu]	Фу/fū/
서	徐	Seo (Suh)	Шегай[Shegaj]	Со[So] ?Сɔ[Sɔ]	Сюй/xú/
석	石	Seok	Шек[Shek]	Сок[Sok] ?Сɔк[Sɔk]	Ши/shí/
	昔				Си/xī/
설	薛	Seol	Шер[Sher]	Сол[Sol] Соль[Sol′] ?Сɔль[Sɔl′]	Сюе/xuē/
성	成	Seong	Сен[Sen]	Сон(г)[Son(g)] ?Сɔнъ[Sɔn″]	Чэн/chéng/
	星				Син/xīng/
손	孫	Son (Sohn)	Сон[Son]	Сон[Son]	Сунь/sūn/
송	宋	Song		Сон(г)[Son(g)] ?Сонъ[Son″]	Сун/sòng/
신	申	Sin (Shin)	Шин[Shin]	Шин[Shin] Син[Sin]	Шэнь/shēn/
	愼				Шэнь/shèn/
	辛				Синь/xīn/
심	沈	Sim (Shim)	Сим[Sim]	Сим[Sim]	Шэнь/shěn/
안	安	An (Ahn)	Ан[an]	Ан[An]	Ань/ān/
양	梁	Yang	Ян[Yan] Лян[Lyan]	Ян(г)[Yan(g)] Лян(г)[Lyan(g)] ?Янъ[Yan″]	Лян/liáng/
	楊				Ян/yáng/
엄	嚴	Eom	Эм[E′m]	Ом[Om] ?Ɔм[Ɔm]	Янь/yán/
여	余	Yeo	Егай[Egaj]	Ё[Yo] ?Йо[Jo] ?Йɔ[Jɔ]	Юй/yú/
연	延	Yeon	Ен[En]	Ён[Yon] ?Йон[Jon] ?Йɔн[Jɔn]	Янь/yán/
오	吳	O	Огай[Ogaj]	О[O]	У/wú/

		(Oh)			
우	禹	U	Угай[Ugaj]	У[U]	Юй/yǔ/
유[20] (류)	柳	Yu	Югай[Yugaj]	Ю[Yu] Лю[Lyu]	Лю/liǔ/
유	俞	Yu	Югай[Yugaj] Ю[Yu]	Ю[Yu]	Юй/yú/
윤	尹	Yun	Юн[Yun]	Юн[Yun]	Инь/yǐn/
이	李	I (Lee) (Rhee)	Ли[Li] Ни[Ni] Нигай[Nigaj] Нили[Nili] И[I]	Ли[Li] И[I]	Ли/lǐ/
인	印	In	Ин[In]	Ин[In]	Инь/yìn/
임	林	Im (Yim) (Lim)	Лим[Lim]	Лим[Lim] Им[Im]	Линь/lín/
장	張	Jang (Chang)	Тян[Tyan]	Чжан(г)[Chzhan(g)] Джан(г)[Dzhan(g)] Чан(г)[Chan(g)] ?Чанъ[Chan″]	Чжан/zhāng/
전	全	Jeon (Jun)	Джен[Dzhen]	Чжон[Chzhon] Джон[Dzhon] Чон[Chon] ?Чɔн[Chɔn]	Цюань/quán/
	田				Тянь/tián/
정	鄭	Jeong (Jung)	Тен[Ten]	Чжон(г)[Chzhon(g)] Джон(г)[Dzhon(g)] Чон(г)[Chon(g)] ?Чɔнъ[Chɔn″]	Чжэн/zhèng/
	丁				Дин/dīng/
조	趙	Jo (Cho)	Тё[Tyo]	Чжо[Chzho] Джо[Dzho] Чо[Cho]	Чжао/zhào/
	曹				(Цао/cáo/)[21]
주	周	Ju	Дюгай [Dyugaj]	Чжу[Chzhu] Джу[Dzhu]	Чжоу/zhōu/

				Чу[Chu]	Чу/zhū/
지	池	Ji	Тигай[Tigaj]	Чжи[Chzhi]	Чи/chí/
	智	(Jee)		Джи[Dzhi] Чи[Chi]	Чжи/zhì/
진	陳	Jin	Дин[Din]	Чжин[Chzhin] Джин[Dzhin] Чин[Chin]	Чэнь/chén/
차	車	Cha	Чагай[Chagaj]	Чха[Chkha]	Чэ/chē/
천	千	Cheon	Чен[Chen]	Чхон[Chkhon] ?Чхɔн[Chkhɔn]	Цянь/qiān/
채	蔡	Chae	Цай[Tsaj]	Чхе[Chkhe] Чхэ[Chkhe′]	Цай/cài/
최	崔	Choe (Choi)	Цой[Tsoj] Цхай[Tskhaj] Цхой[Tskhoj]	Чхве[Chkhve] Цой[Tsoj]	Цуй/cūi/
태	太	Tae	Тхай[Tkhaj]	Тхе[Tkhe] Тхэ[Tkhe′]	Тай/tài/
한	韓	Han	Хан[Khan]	Хан[Khan]	Хань/hán/
허	許	Heo	Хегай[Khegaj]	Хо[Kho] ?Хɔ[Khɔ]	Сюй/xǔ/
현	玄	Hyeon	Хен[Khen]	Хён[Khyon] ?Хйɔн[Khjɔn]	Сюань/xuán/
홍	洪	Hong	Хон[Khon]	Хон(г)[Khon(g)] ?Хонъ[Khon″]	Хун/hóng/
황	黃	Hwang	Хван[Khvan]	Хван(г)[Khvan(g)] ?Хванъ[Khvan″]	Хуан/huáng/

16) 모든 성씨를 예시할 수 없으므로, 특히 공문서나 서적 등을 통해 실제 확인이 가능한 고려인의 성씨를 중심으로, Цой Ен Гын & Ян Вон Сик[Tsoj En Gyn & Yan Von Sik](2002) 등을 기초로 하여 작성하였다.

17) 중국어의 러시아어 표기는 공식적인 규범을 찾을 수 없고 실례를 확인하는 데에 어려움이 많아서 上海外國語學院 漢俄詞典編寫組編(1989/ 2004), 辛華編

(1982/1997) 등을 참고하여//안에 제시한 병음을 기준으로 하여 러시아어를 표기하였다. 따라서 다양한 변이의 모습을 일일이 반영하지 못하였다.

18) ?이 표시된 예는 '홀로도비치 1954', '콘체비치 1966', '마주르 1975' 등의 체계에 따른 표현이나 실제로는 거의 사용되지 않는 것들이다.

19) 중국에서 조선족 '박'(朴)씨는 Пяо/piáo/로 중국인 '박(朴)'씨는 Пу/pǔ/로 발음된다.

20) 비교의 편의를 고려하여 '류'로 다루지 않고 '유'로 표기하였다.

21) 한국어에만 존재하는 '조'(曹)씨가 조선족에는 있는지, 있으면 중국에서 한자를 어떻게 표기하는지 확인할 수 없어서 '조'(曹)의 병음을 ( )에 넣었다.

민족어교육과 외국어교육의 이중성

러시아의 한국어교육

"러시아어 외래어 표기법" 의 비판적 이해[*]

1. 서론

한러 관계는 비록 역사적인 굴곡이 있었으나, 남북을 따로 고려하지 않고 한국 전체로 본다면 매우 밀접한 관계를 유지해 왔다고 할 수 있다.[1] 더욱이 한러수교(1990) 이후 양국의 사회·정치·경제·

　*　본고는 <상트페테르부르크 국립대 동양학부 150주년 기념 국제학술대회>(상트페테르부르크 국립대, 2006.04.04~06)에서 발표한 "Критический обзор южнокорейской системы транслитерации русского письма корейскими буквами(2005 г.)"를 기초로 『한중인문학연구』 18집(한중인문학회, pp.307~346)에 게재하였다. 발표자료집의 분량에 제한이 있어서 자세한 내용을 생략하였기에 이를 상세히 하고 부족한 내용을 보완하였다. 발표 당시 귀한 조언을 주신 러시아 한국학자들께 감사한다. 또한 본고를 작성하는 데 있어서 노보시비르스크 국립대 동양학과 한국학전공 재학생 및 졸업생들의 도움이 컸다. 특히 바클라노바 양은 용례와 참고자료를 찾는 데에 큰 도움을 주었다. 진심으로 감사한다.

 1) 본고에서 "한국, 조선, 고려, 남한, 북한" 등의 명칭은 한국으로 단일화하고, "러시아, 제정 러시아, 소련, 러시아 연방" 등의 명칭은 러시아로 일원화하기로 한

문화적 교류는 빠른 속도로 발전하고 있다. 이러한 역사적 관계와 현재적 상황을 고려할 때, 전반적인 교류 위상에 걸맞은 학술 교류가 진행되어야 하며 양국의 교류를 뒷받침할 학술 연구가 이루어져야 할 것이다.

본고는 그 일환으로 양국 상호간의 표기법 연구 및 보급 문제를 다루고자 한다. 상대의 언어를 자국의 언어로 어떻게 옮기는가 하는 것은 전반적인 상호 교류, 특히 학술 교류의 정도를 파악하는 한 척도가 될 수 있기 때문이다. 한편으로는 세분화·전문화된 상호간의 표기 체계가 다양한 분야의 교류를 활성화하기 위한 기반이 되기도 한다. 그러나 그간 상호 표기법 연구 및 보급을 각각 한국과 러시아에서 개별적·간헐적으로 진행한 편이므로, 시대 변화에 알맞게 지속적인 공동 작업으로 전환할 필요가 있다.

이에 2에서는 현재 양국의 상호간 표기 실태 일부를 살펴, 한국과 러시아의 전반적인 교류를 뒷받침하기 위해서도 표기법 연구 및 보급이 필요하다는 사실을 확인하기로 한다. 3에서는 지속적인 한러 공동 표기법 연구의 필요성에 대한 관심을 불러일으키기 위한 일환으로 2005년에 개정된 한국의 "러시아어 외래어 표기법"의 내용이 어떠하며, 그 문제점이 무엇인가를 설명하기로 한다. 그리고 4에서는 러시아의 한국어교육에 다소나마 보탬이 되도록 "러시아어 외래어 표기법"의 내용을 설명하기로 한다.

이처럼 본고의 주된 목적은 한국의 "러시아어 외래어 표기법"이 러시아 한국어교육에 도입될 수 있는 기초를 제공하는 데에 있다. 아

다. 그러나 상황에 따라서는 한국이나 러시아 이외의 명칭을 사용하여 구체적으로 지칭할 것이다.

울러 한러 양국의 표기법 공동 연구 및 보급 필요성에 대한 관심을
불러일으키는 것을 한 목적으로 한다.

2. 한러 상호간 표기법 연구 및 보급의 필요성

외국어의 자국어 표기는 방식, 대상, 목적이나 정도를 기준으로 유
형을 몇 가지로 나눌 수 있다. 먼저, 방식에 따라 전사와 자역이 구분
된다. 전사(轉寫, transcription)는 기호를 이용하여 한 언어의 발음을
적는 것이고, 자역(字譯, transliteration)은 한 언어의 문자 체계를 다
른 언어의 문자 체계로 옮겨 적는 것이다. 그러나 이를 엄격하게 구
분하여 사용하기 어렵기 때문에, 둘을 혼합한 절충식을 활용하는 것
이 보통이다.[2]

대상이나 용도에 따라서는 일반용, 학습용, 학술용으로 나뉜다. 외
국어 중 특히 외래어를 일반인의 언어 감각에 맞게 자국 언어로 바꾸
어 표기한 것이 일반용이고, 학자들이 연구를 목적으로 외국어를 자
국의 언어로 표기한 것이 학술용이다. 철자식 발음(綴字式 發音, spel
ling pronunciation)에 이끌리는 것을 방지하기 위하여, 외국어를 배
우는 이들을 위한 학습용 표기는 가급적이면 만들지 않는 것이 바람
직하다.[3]

---

2) 이하에서 설명하게 될 "외래어 표기법" 전반에 대한 이해는 김세중(1998), 김하
수(1999), 김기중(2001)과 국립국어원 홈페이지(http://www.korean.go.kr)를, 한
국어의 음운 특성은 김성렬(1994), 배주채(2003), 신지영·차재영(2003)을 참고
하였다. 러시아어의 음운 특성은 강덕수 외(1996), 박신근(1999), 이은순 편역
(2001)과 고대러시아문화연구소의 『노한사전』(2003)을 참고하였다.

정도나 목적에 따라서는 간략표기와 정밀표기로 구분할 수 있다. 간략표기는 대개 외국어의 자국어 표기를 쉽게 하기 위한 것인데, 특히 최근에는 컴퓨터 자판의 배열과 관련하여 간략표기의 중요성이 늘고 있다. 정밀표기는 외국어 본래의 문자나 발음 등 원 모습을 온전히 복원하기 위하여 다소 복잡한 기호를 활용하는 체계이다.

외국어의 자국어 표기는 이상과 같은 유형들을 상황에 맞게 적절히 적용함으로써, 사용 의도를 달성할 수 있게 된다. 그러나 현재 한러 상호간의 표기법은 아직 체제가 온전히 갖추어져 있지 않아서 사용 의도가 충분히 달성되기 어려운 실정이다.

다음은 러시아에서 출간된 한국인 관광객을 위한 일부 안내서에서 인용한 예이다.[4]

> 계이도르, 하리또노바, 꾸또보이, 알렉싼드로프, 아르따모노프, 베니아민쏜, 브도빈, 빅또로프, 그리고로프, 제미도프, 자하르첸코, 꼬르뉴쉰, 멜니꼬프, 멘젤례예프, 뽈랴꼬프, 라흐마노프, 싸빅, 쏠로마찐, 스떼이네르트, 뜨룭스끼, 흐멜례프스끼, 쉬아바노프, 일보바, 꼬르닐로바, 을군스끼, 꾸드랴프쪠프, 꾸즈녜쪼프(『모스크바』, 2003, 상트페테르부르그·모스크바: P-2 출판사·아마란트 출판사, 속표지에서)

> 피오트로프스키, 마트베예프, 베스닌, 쿠드랴프체바, 파쉬코바, 쿠토보

---

3) 가령 러시아어를 배우는 한국인 학생이 러시아어 문장을 한글로 전사하여 익힌다면 외국어 학습에서 부정적인 결과를 낳게 된다. 이른바 철자식 발음에 이끌려 원어 발음을 습득하기 어려워지기 때문이다. 그러나 그 학생이 러시아어 인명을 한글로 표기하는 일은 한국어 사용자로서 매우 자연스러운 현상이다. 이는 외국어와 외래어가 어떻게 다른지 설명할 수 있는 한 예이다.

4) 이하에서 인용은 원문의 내용을 확인하기 위하여, 설령 사소한 오류라 하더라도 수정하지 않고 그대로 옮기기로 한다.

의, 카르닐로바, 마로조바, 바브로바, 바그다노프, 그론스키, 데미도프, 사비크, 테레베닌, 트루프스키, 팔린, 헤이페츠, 샤블로프스키, 리젠코바(『에르미타쥐』, 2005, 상트페테르부르크 : Ivan Fiodorov 출판사, 속 표지에서)

대상으로 보아 일반용 표기를 사용하여야 할 것이나, 일부에서는 동일한 인명·지명도 각기 다르게 표기되어 있으며 한국어 화자(話者)의 언어 감각에 맞지 않는 것이 많다. 이는 Kurbanov[쿠르바노프](2005: 238)에서 지적하고 있듯이, 분단에 따라 한국어가 다원화된 데에 따른 결과일 수 있다. 한편으로는 러시아의 한국어교육에서 한국의 러-한 표기법이 도입되거나 보급되지 못한 데에 그 원인이 있다 할 것이다.

외국어의 표기 체계는 내적인 완성도를 갖추는 것은 물론이고, 외적인 권위를 획득할 수 있어야 한다. 외적인 권위는 그 체계가 널리 보급되고, 잘 지켜질 때에 비로소 얻어지는 것이다.

다음은 한국에 소개된 러시아 한국학의 역사 및 현황에 관한 논문들에서 인용한 예이다.

> 쌍뜨-뻬쩨르부르그 대학의 총장인 류드밀라 베르뷔뜨스까야는 "1897년 가을, 한국어 연구가 쌍뜨-뻬쩨르부르그 대학교 동양 학부에서 최초로 도입되었고, 그 때 한국어 교사들은 쌍뜨-뻬쩨르부르그에 한국 사절단과 함께 왔던 김평옥과 민경식이었다."고 언급하고 있다.(권철근, 1999, 「러시아에서의 한국학의 제 분야와 범위」, 『러시아지역연구』 3, 한국외대 러시아연구소, pp.49~50에서)
> 상트 페테르부르그 대학에서 죄조로 한국어교육이 시삭된 것은 왕세

니콜라이 2세의 즉위식에 축하사절로 참석한 민경식과 <u>김평옥</u>이 1897
년에 이 대학에서 우리말을 가르치면서부터 였다.(김현택, 1999, 「러시
아에서 한국학 연구의 역사와 현재 상황」, 『러시아지역연구』3, 한국
외대 러시아연구소, p.12에서)
<u>쌍끄뜨-뻬쩨르부르그</u> 황립대학의 한국어 강좌를 위해 당시 공사관 통
역관이었던 <u>김평옥</u>씨 외에 민경식도 초빙되었으나, 후자는 매우 짧은
기간 동안만 강의를 하였고(유학수, 1999, 「러시아에서의 주요 한국학
연구기관과 교육기관」, 『슬라브연구』15, 한국외대 러시아연구소, p.92
에서)
<u>1897년 페테르부르그국립대학교</u>에서 최초로 한국어 강좌가 개설되었
는데 민경식과 <u>김병옥</u>이 최초의 강사로서 10여년 동안 강의했으며(임
홍수, 1999, 「러시아와 중앙아시아에서의 한국어교육 실태와 문제점」,
『러시아지역연구』3, 한국외대 러시아연구소, p.109에서)

위에서 보면, 동일한 지명도 각기 다르게 표기되고 있다. 학술용
표기는 일반용 표기보다 원 발음을 중시할 수 있으나, 학자 개개인에
따라 다르게 표기하기보다는 학계 내에서 보편적인 방식으로 동일하
게 표기하는 것이 바람직하다. 더욱이 서지학적 작업에서는 표기상
의 혼란을 막는 것이 중요한데, 위의 연구들을 통하여 유럽 최초의
공식적인 한국어 강좌를 개설한 상트페테르부르크 국립대에서 처음
으로 한국어 강의를 담당했던 인물이 누구인지 확인하기 어렵다. 러
시아의 한-러 표기법이 한국에 잘 알려지지 않은 탓에, 러시아어로
표기된 한국어 인명을 다시 한국어로 표기하는 과정에서 **Ким Пён
Ок**을 각기 다르게 이해한 결과이다.
학술적인 작업에서는 어떠한 표기 체계를 사용했는가를 밝히는 것
이 중요하고, 그 표기 체계가 내적인 완성도를 갖추어야 하며 널리

보급되어 그 권위를 인정받을 수 있는 외적인 보편성을 획득한 것이어야 한다. 그러나 그간의 한러 상호 연구에 있어서, 이러한 기본적인 사항을 대체로 소홀히 한 경향이 있어 왔다.5)

이렇듯 그간 연구된 상호 표기법은 한국과 러시아에서 각각 개별적으로 이루어져서 상대 언어의 특성을 잘 반영하지 못하거나, 방식이나 대상·정도에 따른 다양하면서도 권위 있는 표기 체계가 없거나, 이미 오래된 것이어서 시대 변화에 적절히 대응하기 어려운 편이다. 또한 자국에서 마련한 상대 언어의 자국어 표기 체계가 상대국은 물론 자국 내에서도 잘 보급되지 않은 편이다.

다음은 기존 러시아의 한-러 표기 체계 일부를 활용하여, '민주주의의 의의'를 러시아어로 옮겨 본 것이다.6)

---

5) 어떠한 표기 체계였는지 알 수 없다면, 그리고 그 체계가 원 문자를 복원하는 목적의 정밀 표기가 아니었다면, Ким Пён Ок은 한글로 복원할 때 "김병옥, 김변옥, 김평옥, 김편옥, 김병억, 김변억, 김평억, 김편억" 등 다양한 방식으로 표기될 것이다. 이는 학술상의 작업에서도 문제가 될 뿐 아니라, 일반의 언어 생활에서도 큰 불편을 초래할 수 있다. 따라서 외국어의 표기 체계는 세분화·전문화될 필요가 있는데, 아직까지 한러 양국의 상호 표기법은 이를 온전히 갖추지 못하고 있는 실정이다. 개인적으로도 '장(張)'을 표기하는 데 있어 Чжан, Чжанг, Джан, Джанг, Чан, Чанг 등 어떠한 것이 좋은지 몰라서 고생한 경험이 있다. 어떠한 방식이 옳은가를 떠나서, 일반인을 위한 권위 있는 규범적 표기 체계가 마련되어야 할 것이다. 이러한 일반용 표기는 대개 학자 개개인의 표기 체계보다는 국가 차원의 공식적인 표기 체계로 정립되는 것이 바람직하다.

6) 사실 '민주주의의 의의'와 같은 표현을 러시아어로 옮길 필요성이 그다지 큰 것은 아니고, 논의를 위하여 한 예로 보인 것뿐이다. 논문의 목적에 비추어 큰 비중을 차지하는 내용이 아니므로, 러시아의 한국어 표기 체계를 자세히 언급하지는 않기로 한다. 편의상 '홀로도비치 1954', '콘체비치 1966', '마주르 1975'로 지칭한 표기는 각각 Холодович[홀로도비치](1951/1958), Российское корееведение 3[러시아 한국학 3](2003), Мазур[마주르](2004)에서 그 내용을 확인할 수 있다. 그리고 각각의 표기 체계가 가지는 특징은 김지윤(2005)를 참고할 수 있다.

минчжучжуыйый ыйый (홀로도비치 1954)

минджуджуыйый ыйый (콘체비치 1966)

минчучуыйый ыйый (마주르 1975)

위의 표기대로라면, 한국어에 익숙하지 않은 러시아 일반인은 읽기가 쉽지 않을 것이다. '홀로도비치 1954', '콘체비치 1966', '마주르 1975' 체계는 대체로 보아 학술용이므로, 러시아어 일반 화자에게는 적합하지 않기 때문이다. '홀로도비치 1954', '콘체비치 1966' 체계는, 일부 불가능한 경우가 있으나 대체로 한국어의 원 발음을 복원하기 쉬우므로 음운론뿐 아니라 일반적인 학술 연구에 적합하다. 한편, '마주르 1975' 체계는 한국어의 본래 표기를 복원하기 쉽기 때문에 형태론이나 통사론 연구에 적합하다. 그러나 이들 체계는 러시아 일반인의 언어 감각에는 잘 맞지 않을 것으로 보인다. 또한 이들 체계는 만든 지 오래 되었으며 러시아어 자모 이외의 문자도 사용했기 때문에 컴퓨터 이용 시 능률이 떨어진다는 단점이 있고, 규범성이 약하므로 일반인을 위한 보급의 측면에서 한계를 드러낸다.

현재 한러 양국은 다양한 분야에 걸쳐 활발하게 전개되고 있는 교류의 영향으로 서로의 언어를 배우려는 학생들이 증가하고 있는 추세이다. 상호간의 언어 교육이 원활하게 이루어지기 위해서도 표기법의 연구 및 보급이 중요한 의의를 가진다. 특히 러시아 내에서는 한국의 위상이 높아짐에 따라, 한국어를 배우고자 하는 이들이 증가하는 추세에 있다.[7] 따라서 3에서는 최근에 개정된 "러시아어 외래

---

7) 일례로 김중섭(2001: 13)에서는 2001년 현재 러시아 44개 대학에서 127명의 교원을 통해 2,060명의 대학생들이 한국어를 배우고 있다고 보고하고 있다. 다만, 이 자료는 러시아 외에도 구 소련권을 일부 포함하는 한편, 누락된 정보도 많다

어 표기법"의 내용을 확인하고 그 문제점을 짚어보기로 한다. 이를 통하여 한러 상호간에 표기법을 공동으로 연구하는 작업이 필요하다는 관심을 불러일으키고자 함이다. 작게는 "러시아어 외래어 표기법"을 소개하여 러시아의 한국어교육에 다소나마 도움이 되고자 함이다.

3. "러시아어 외래어 표기법"의 내용과 문제점

한국에서 외래어 표기를 위한 최초의 시도는 <동국정운(東國正韻)>(1447)의 한자음 표기에서 비롯되었으나, 본격적인 외래어 표기 역사는 조선어학회의 "한글 맞춤법 통일안"(1933)과 "외래어 표기법 통일안"(1941)에서 시작되었다고 할 수 있다. "한글 맞춤법 통일안" 제6장의 내용에 바탕을 둔 "외래어 표기법 통일안"은 국제음성기호 (國際音聲記號, International Phonetic Alphabet: IPA)를 표준으로 하는 표음주의(表音主義)와 현재 사용하는 한글의 자모와 자형만을 이용하여 적는다는 원칙을 정하였다.[8]

는 점에 주의할 필요가 있다. 또한 발표 시기와 달리 인용된 자료들이 대부분 1990년을 기준으로 하고 있다. 이 외에 비교적 최근의 러시아 한국어 및 한국학 연구·교육 현황은 **Концевич**[콘체비치](2003a, b), 장호종(2006b, e)를 참고할 수 있다.

8) 북한의 외래어 표기도 조선어학회의 "한글 맞춤법 통일안"(1933)과 "외래어 표기법 통일안"(1941)에 뿌리를 두고 있으므로, 분단 초기에는 남북한의 외래어 표기가 큰 차이가 없었다. 그러나 북한의 "조선어 외래어 표기법"(1956)에서는 유럽 언어들을 한글로 표기할 때 러시아어를 기초로 하여 표기할 것을 규정하는 등 러시아어의 표기에 많은 비중을 두어, 영어와 로마자에 기반을 둔 남한의 외래어 표기와 차츰 차이가 생기게 된다. 한편, "외국말 적기법"(1985)에서는 각 언어들을 직접 한글로 옮겨 적을 수 있도록 규정하여 러시아어의 비중을 다소

외래어 표기법은 이후 문교부의 "들온말 적는 법"(1948), "로마자의 한글화 표기법"(1958)을 거쳐서 지금의 "외래어 표기법"(1986)으로 정착되었다.

다음은 현행 "외래어 표기법"(문교부 고시 제85-11호, 1986.01.07.)의 체제인데, 제1장 '표기의 기본 원칙', 제2장 '표기 일람표', 제3장 '표기 세칙', 제4장 '인명·지명 표기의 원칙'의 4개 장으로 구성되어 있다.

"외래어 표기법"(문교부 고시 제85-11호, 1986.01.07.)

제1장 표기의 기본 원칙
제1항 외래어는 국어의 현용 24자모만으로 적는다.
제2항 외래어의 1 음운은 원칙적으로 1 기호로 적는다.
제3항 받침에는 'ㄱ, ㄴ, ㄹ, ㅁ, ㅂ, ㅅ, ㅇ'만을 쓴다.
제4항 파열음 표기에는 된소리를 쓰지 않는 것을 원칙으로 한다.
제5항 이미 굳어진 외래어는 관용을 존중하되, 그 범위와 용례는 따
　　　로 정한다.
제2장 표기 일람표
<표1> 국제 음성 기호와 한글 대조표
<표2> 에스파냐 어 자모와 한글 대조표
<표3> 이탈리아 어 자모와 한글 대조표

낮춘 것으로 알려져 있으나, "깜빠니야(캠페인), 레알리즘(리얼리즘), 로씨아(러시아), 아까제미아(아카데미), 뜨락또르(트랙터)" 등 외래어 표기에서 러시아어의 영향 정도가 남한에 비하여 현저히 높은 편이다. 러시아어의 남북한 외래어 표기법 비교에 관한 내용은 전수태(1988), 배현숙(1989), 성광수(1989), 권미정(1991), 김희진(1996, 1998), 신은경(2002), 정동환(2002), 연규동(2003) 등을 참고할 수 있다. 이하 북한의 표기 체계는 설명을 생략하기로 한다.

제3장 표기 세칙

　　본래 러시아어의 한글 표기는 "외래어 표기법"(1986)이 제정되고 난 후에, 그에 따라 발간된 「외래어 표기 용례집(지명·인명)」(1986)의 '일러두기'에 '러시아어의 표기 원칙'이라는 세칙의 형태로 덧붙여져 있었다. '일러두기'는 10개의 장으로 이루어져 있는데, 제1장~제5장은 「외래어 표기 용례집(지명·인명)」(1986)에 수록된 내용의 범위, 표제어의 분류와 배열, 해설, 약어 및 기호, 찾아보기 등 해당 용례집에 대한 설명이다. 제6장은 '표기의 원칙', 제7장은 '기타 언어 표기의 일반 원칙', 제8장은 '라틴 어의 표기 원칙', 제9장은 '그리스 어의 표기 원칙', 제10장은 '러시아어의 표기 원칙'이다. 그러나 '러시아어의 표기 원칙'은 정식으로 고시된 것이 아니어서 보급·전파가 잘 이루어지지 못했고 실제 언어생활에서 잘 지켜지지 않았다. 또한 규범으

로서의 권위를 지니기에는 내적인 완성도가 부족했었다.[9]

이를 바로잡기 위하여 "러시아어 외래어 표기법"을 새로이 제정했는데, 공식적으로는 제정(制定)이지만 이미 '러시아어의 표기 원칙'이 있었으므로 실은 개정(改正)에 해당한다. "러시아어 외래어 표기법"(문화관광부 고시 제2005-32호, 2005.12.28.)은 '표기 일람표'와 '표기 세칙'으로 구성되어 있다. 그리고 널리 사용되는 주요 용례들은 「외래어 표기 용례집(포르투갈어, 네덜란드어, 러시아어)」(국립국어원 편, 2006)에 소개되어 있다.

"러시아어 외래어 표기법"(2005)이 종래의 '러시아어의 표기 원칙'(1986)에 비하여 개선된 사항은 다음과 같다.

첫째, 규범(規範)으로서의 권위를 지니게 되었다. 앞서 설명한 바와 같이 '러시아어의 표기 원칙'은 공식적으로 고시된 것이 아니어서, 보급이나 강제성의 측면에서 매우 취약한 규정이었다. 즉, 쉽게 내용을 확인할 수도 없었고, 따라서 실제 언어생활에서 잘 지켜지지 않았다. 그러나 "러시아어 외래어 표기법"은 국가의 공식적인 어문규범(語文規範)으로 고시됨으로써 보급이나 강제성의 측면에서 더 나은 성과를 기대할 수 있게 되었다.

둘째, 로마자에 대한 의존도를 일부 줄였다. '러시아어의 표기 원칙'에서는 키릴문자를 전혀 활용하지 않고 로마자만을 대상으로 규정을 설명하였다. 이로 인해 고유의 문자를 가진 러시아어의 특성을 잘 반영할 수 없는 한계가 있었다. 그러나 "러시아어 외래어 표기법"에서는 로마자를 기본으로 하되 키릴문자를 병기하여 러시아어의 특

---

9) '러시아어의 표기 원칙'(1986)의 내용과 그 문제점은 장초중(2005 b)를 참고할 수 있다.

성을 어느 정도 반영할 수 있게 되었다. 그리고 키릴문자를 병기함으로써 로마자화된 러시아어가 아닌, 실제 러시아어를 표기하는 일이 가능해져서 일례로 **Мария Шарапова**(Maria Sharapova)는 '마리아 샤라포바'에서 '마리야 샤라포바'로 바뀌었다.

셋째, 러시아어의 원어 발음을 일정 정도 반영하였다. '러시아어의 표기 원칙'에서는 국제음성기호와 로마자를 중시한 결과, 혹은 러시아어에 대한 영어권의 이해를 무비판적으로 수용함으로써 예컨대 **щ**(shch)를 '시치'로 하여 **борщ**(borshch) '보르시치'로 표기하는 등 러시아어의 원어 발음과 동떨어진 측면이 있었다. 그러나 "러시아어 외래어 표기법"에서는 이를 일부 수정하였다. 즉, '보르시치'가 '보르시'로 바뀐 것이다.10)

넷째, 규정의 내적 완성도가 다소 높아졌다. '러시아어의 표기 원칙'에서는 표기 일람표를 마련하지 않고, 12개 항의 세칙만으로 표기 규정을 설명하다 보니 설명이 누락된 문자가 있을 정도로 규정의 완성도가 부실한 편이었다. 그러나 "러시아어 외래어 표기법"은 표기 일람표와 10개 항의 표기 세칙을 갖춤으로써, 러시아어의 한글 표기를 비교적 자세히 설명할 수 있게 되었다.

다음은 개정된 "러시아어 외래어 표기법"의 내용이다.11)

---

10) 이 외에도 몇 가지 주목할 만한 개정이 있다. г(g) 앞의 н(n)을 앞 음절의 받침 'ㅇ'으로 적던 종래의 표기를 대체로 'ㄴ'으로 바꾸어 **Архангельск**(Arkhangel'sk)가 '아르항겔스크'에서 '아르한겔스크'로 바뀌었다. 또한 ш(sh)의 표기를 조정하여 **Пушкин**(Pushkin)이 '푸슈킨'에서 '푸시킨'으로 바뀌었다.

11) 본고의 주요한 목적 가운데 하나는 러시아의 한국어교육에 있어 한국의 러-한 표기 체계를 소개하는 것이므로, 다소 길지만 "러시아어 외래어 표기법" 전문을 옮겼다. 종래의 '러시아어의 표기 원칙'(1986)이 러시아는 물론 한국 내에서도 잘 알려지지 않았고, 더욱이 최근에 개정된 "러시아어 외래어 표기법"(2005)은

"러시아어 외래어 표기법"

(문화관광부 고시 제2005-32호, 2005.12.28.)

'표기 일람표'

<표 13> 러시아어 자모와 한글 대조표

로마자	러시아어 자모	한글			보기
		모음 앞	자음 앞	어말	
자음	b	б	ㅂ	ㅂ, 브	프	Bolotov(Болотов) 볼로토프, Bobrov(Бобров) 보브로프, Kurbskii(Курбский)쿠릅스키, Gleb(Глеб) 글레프
	ch	ч	ㅊ	치		Goncharov(Гончаров) 곤차로프, Manechka(Манечка) 마네치카, Yakubovich(Якубович) 야쿠보비치
	d	д	ㄷ	ㅅ, 드	트	Dmitrii(Дмитрий) 드미트리, Benediktov(Бенедиктов) 베네딕토프, Nakhodka(Находка) 나홋카, Voskhod(Восход) 보스호트
	f	ф	ㅍ	ㅂ, 프	프	Fyodor(Фёдор) 표도르, Yefremov(Ефремов) 예프레모프, Iosif(Иосиф) 이오시프
	g	г	ㄱ	ㄱ, 그	크	Gogol'(Гоголь) 고골, Musorgskii(Мусоргский) 무소륵스키, Bogdan(Богдан) 보그단, Andarbag(Андарбаг) 안다르바크

아직 널리 보급되지 못하고 있기 때문이다. 한편, 본고는 한러 상호간의 표기법을 공동으로 연구하고 보급해야 한다는 취지에서 이루어진 것이다. 뚜렷한 학술 교류의 성과 없이 한국에서 자체적으로 만든 "러시아어 외래어 표기법"은 한국의 유수한 대학 러시아어 교수들이 참여하여 짧지 않은 기간에 힘들게 작업한 결과임에도 불구하고 여러 문제점을 안고 있다. 따라서 그 문제점을 정확히 파악하기 위하여 사소한 오타라 할지라도 원문의 오류를 수정하지 않고 그대로 옮기기로 한다.

					예
	kh	х	ㅎ	ㅎ	Khabarovsk(Хабаровск) 하바롭스크, Akhmatova(Ахматова) 아흐마토바, Oistrakh(Ойстрах) 오이스트라흐
	k	к	ㅋ	ㄱ, ㅋ / 크	Kalmyk(Калмык) 칼미크, Aksakov(Аксаков) 악사코프, Kvas(Квас) 크바스, Vladivostok(Владивосток) 블라디보스토크
	l	л	르, ㄹㄹ	ㄹ	Lenin(Ленин) 레닌, Nikolai(Николай) 니콜라이, Krylov(Крылов) 크릴로프, Pavel(Павел) 파벨
	m	м	ㅁ	ㅁ, 므 / ㅁ	Mikhaiil(Михаийл) 미하일, Maksim(Максим) 막심, Mtsensk(Мценск) 므첸스크
	n	н	ㄴ	ㄴ	Nadya(Надя) 나댜, Stefan(Стефан) 스테판
자음	p	п	ㅍ	ㅂ, ㅍ / 프	Pyotr(Пётр) 표트르, Rostopchinya(Ростопчиня) 로스톱치냐, Pskov(Псков) 프스코프, Maikop(Майкоп) 마이코프
	r	р	ㄹ	르	Rybinsk(Рыбинск) 리빈스크, Lermontov(Лермонтов) 레르몬토프, Artyom(Артём) 아르툠
	s	с	ㅅ	스	Vasilii(Василий) 바실리, Stefan(Стефан) 스테판, Boris(Борис) 보리스
	sh	ш	시*	시	Shelgunov(Шелгунов) 셸구노프, Shishkov(Шишков) 시시코프
	shch	щ	시*	시	Shcherbakov(Щербаков) 셰르바코프, Shchirets (Щирец) 시레츠, borshch(борщ) 보르시
	t	т	ㅌ	ㅅ, ㅌ / 트	Tat'yana(Татьяна) 타티야나, Khvatkov(Хватков) 흐밧코프, Tver'(Тверь) 트베리, Buryat(Бурят) 부랴트

	tch	тч	ㅊ	–	Gatchina(Гатчина) 가치나, Tyutchev(Тютчев) 튜체프
	ts	ц, тс	ㅊ	ㅊ	Kapitsa(Капица) 카피차, Tsvetaeva(Цветаева) 츠베타예바, Bryatsk(Брятск) 브랴츠크, Yakutsk(Якутск) 야쿠츠크
	v	в	ㅂ	ㅂ, 브 / 프	Verevkin(Веревкин) 베렙킨, Dostoevskii(Достоевский) 도스토옙스키, Vladivostok(Владивосток) 블라디보스토크, Markov(Марков) 마르코프
	z	з	ㅈ	즈, 스 / 스	Zaichev(Зайчев) 자이체프, Kuznetsov(Кузнецов) 쿠즈네초프, Agryz(Агрыз) 아그리스
	zh	ж	ㅈ	즈, 시 / 시	Zhadovskaya(Жадовская) 자돕스카야, Zhdanov(Жданов) 즈다노프, Luzhkov(Лужков) 루시코프, Kebezh(Кебеж) 케베시
	j/i	й	이	이	Yurii(Юрий)유리, Andrei(Андрей)안드레이, Belyi(Белый)벨리
모 음	a	а	아		Aksakov(Аксаков) 악사코프, Abakan(Абакан) 아바칸
	e	е / э	에, 예		Petrov(Петров) 페트로프, Evgenii(Евгений) 예브게니, Alekseev(Алексеев) 알렉세예프, Ertel'(Эртель) 예르텔
	i	и	이		Ivanov(Иванов) 이바노프, Iosif(Иосиф) 이오시프
	o	о	오		Khomyakov(Хомяков) 호먀코프, Oka(Ока) 오카
	u	у	우		Ushakov(Ушаков) 우샤코프, Sarapul(Сарапул) 사라풀
	y	ы	이		Saltykov(Салтыков) 살티코프, Kyra(Кыра) 키라,

			Belyi(Белый)벨리
ya	я	야	Yasinskii(Ясинский) 야신스키, Adygeya(Адыгея) 아디게야
yo	ё	요	Solov'yov(Соловьёв) 솔로비요프, Artyom(Артём) 아르툠
yu	ю	유	Yurii(Юрий) 유리, Yurga(Юрга) 유르가

* sh(ш), shch(щ)의 '시'가 뒤따르는 모음과 결합할 때에는 합쳐서 한 음절로 적는다.

'표기 세칙'

제21절 러시아어의 표기

<표 13>에 따르고, 다음과 같은 특징을 살려서 적는다.

제1항 p(п), t(т), k(к), b(б), d(д), g(г), f(ф), v(в)

파열음과 마찰음 f(ф)·v(в)는 무성 자음 앞에서는 앞 음절의 받침으로 적고, 유성 자음 앞에서는 '으'를 붙여 적는다.

<보기> Sadko(Садко) 삿코

　　　　Agryz(Агрыз) 아그리스

　　　　Akbaur(Акбаур) 아크바우르

　　　　Rostopchinya(Ростопчиня) 로스톱치냐

　　　　Akmeizm(Акмеизм) 아크메이즘

　　　　Rubtsovsk(Рубцовск) 룹촙스크

　　　　Bryatsk(Брятск) 브랴츠크

　　　　Lopatka(Лопатка) 로팟카

　　　　Yefremov(Ефремов) 예프레모프

　　　　Dostoevskii(Достоевский) 도스토옙스키

제2항 z(з), zh(ж)

z(з)와 zh(ж)는 유성 자음 앞에서는 '즈'로 적고 무성 자음 앞에서는 각

각 '스, 시'로 적는다.
<보기> Nazran'(Назрань) 나즈란
　　　 Nizhnii Tagil(Нижний Тагил) 니즈니타길
　　　 Ostrogozhsk(Острогожск) 오스트로고시스크
　　　 Luzhkov(Лужков) 루시코프

제3항 지명의 -grad(град)와 -gorod(город)는 관용을 살려 각각 '-그
라드', '-고로드'로 표기한다.
<보기> Volgograd(Волгоград) 볼고그라드
　　　 Kaliningrad(Калининград) 칼리닌그라드
　　　 Slavgorod(Славгород) 슬라브고로드

제4항 자음 앞의 -ds(дс)-는 '츠'로 적는다.
<보기> Petrozabodsk(Петрозаводск) 페트로자보츠크
　　　 Vernadskii(Вернадский) 베르나츠키

제5항 어말 또는 자음 앞의 l(л)은 받침 'ㄹ'로 적고, 어중의 l이 모음
앞에 올 때에는 'ㄹㄹ'로 적는다.
<보기> Pavel(Павел) 파벨
　　　 Nikolaevich(Николаевич) 니콜라예비치
　　　 Zemlya(Земля) 제믈랴
　　　 Tsimlyansk(Цимлянск) 치믈랴스크

제6항 l'(ль), m(м)이 어두 자음 앞에 오는 경우에는 각각 '리', '므'로
적는다.
<보기> L'bovna(Льбовна) 리보브나
　　　 Mtsensk(Мценск) 므첸스크

제7항 같은 자음이 겹치는 경우에는 겹치지 않은 경우와 같이 적는다.
다만, mm(мм), nn(нн)은 모음 앞에서 'ㅁㅁ', 'ㄴㄴ'으로 적는다.
<보기> Gippius(Гиппиус) 기피우스
　　　　Avvakum(Аввакум) 아바쿰
　　　　Odessa(Одесса) 오데사
　　　　Akkol'(Акколь) 아콜
　　　　Sollogub(Соллогуб) 솔로구프
　　　　Anna(Анна) 안나
　　　　Gamma(Гамма) 감마

제8항 e(е, э)는 자음 뒤에서는 '에'로 적고, 그 외의 경우에는 '예'로
적는다.
<보기> Aleksei(Алексей) 알렉세이
　　　　Egvekinot(Егвекинот) 예그베키노트

제9항 연음 부호 '(ь)
연음 부호 '(ь)은 '이'로 적는다. 다만 l', m', n'(ль, мь, нь)이 자음 앞이
나 어말에 오는 경우에는 적지 않는다.
<보기> L'bovna(Льбовна) 리보브나
　　　　Igor'(Игорь) 이고리
　　　　Il'ya(Илья) 일리야
　　　　D'yakovo(Дьяково) 디야코보
　　　　Ol'ga(Ольга) 올가
　　　　Perm'(Пермь) 페름
　　　　Ryazan'(Рязань) 랴잔
　　　　Gogol'(Гоголь) 고골

제10항 dz(дз), dzh(дж)는 각각 z, zh와 같이 적는다.

<보기> Dzerzhinskii(Дзержинский) 제르진스키
　　　Tadzhikistan(Таджикистан) 타지키스탄

　이상과 같은 긍정적인 일부 수정·보완에도 불구하고, 개선된 사항들이 근본적인 한계를 극복하기에는 미흡하기 때문에, "러시아어 외래어 표기법"은 다음과 같은 문제점들을 안고 있다.

　첫째, 규범으로서의 권위를 획득하기 위한 보급의 측면에서 여전히 취약하다. "러시아어 외래어 표기법"은 어문규범이기 때문에 이론적인 설명이 생략되어 있다. 예를 들면 б(b)가 모음 앞, 자음 앞, 어말에서 각각 "ㅂ, ㅂ/브, 프"로 다르게 표기되는 이유를 설명할 수 있어야 한다. 그러나 러시아어에 익숙한 학자가 부족한 국내 한국어학계의 현황을 고려할 때 규정에 대한 이론적 뒷받침을 기대하기 어려운 편이다. 따라서 "러시아어 외래어 표기법"은 국내뿐 아니라, 러시아의 한국어교육계에서도 설득력 있게 수용되기 힘든 것이 사실이다. 물론 지금까지 러시아어의 한글 표기는 주로 국내 러시아학계에서 다루어 왔으나, 외래어 표기법의 일부인 "러시아어 외래어 표기법"은 한국어의 고유한 특성과 외래어 표기 전반의 체제를 반영하기 위하여 궁극적으로 국내 한국어학계에서 다루는 것이 바람직하다. 다만, 한국과 러시아의 언어학계가 지속적인 교류를 통하여 상호 언어의 특성을 충실히 반영할 수 있는 기반을 마련하는 일이 선행되어야 함은 물론이다.[12]

[12) 러시아어를 한글로 표기하는 방안에 대한 한국의 선행 연구는 임현수(1982a, b), 강덕수(1991, 1992), 박춘은(1995, 2001, 2004), 최문정(2002) 등 주로 국내의 러시아학자들에 의하여 이루어졌다. 이러한 일련의 성과들은 러시아어의 성실 전사로서의 성격이 강하기 때문에, "러시아어 외래어 표기법"의 제정을 위한 사

둘째, 로마자에 대한 의존도가 여전히 높은 편이다. "러시아어 외래어 표기법"은 키릴문자를 병기하고 있으나, 한글 표기의 기준이 결국 로마자이다. 일례로 э(e)는 '러시아어의 표기 원칙'에서 항상 '에'로 표기되었으나, "러시아어 외래어 표기법"에서는 e(e)와 동일하게 어두와 모음 뒤에서 '예'로 표기하는 것으로 변경되었다. Аэрофлот(Aeroflot)가 '아에로플로트'에서 '아예로플로트'로 바뀐 것이다. 이는 원지음을 반영하기 위한 것도 아니고, 단지 로마자 표기에서 э(e)와 e(e)가 동일하기 때문에 편의상 실제 발음을 무시한 개악(改惡)에 가깝다. 더구나 "러시아어 외래어 표기법"에서는 적용하는 러시아어의 로마자화 체계가 무엇인가에 따라 한글 표기가 혼란스러워질 수도 있다는 사실을 간과하고 있다. 예컨대 ы를 로마자 y로 표기하면 ыo(yo, 이오)와 ё(yo, 요)의 로마자 표기가 같아지기 때문에, Budyonovsk는 '부디오놉스크'와 '부됴놉스크' 중 어떠한 표기를 취해야 하는가 하는 혼란이 생긴다.[13]

전 작업에 해당한다. 따라서 사후 작업으로서 국내 한국어학자들에 의해 규정을 뒷받침할 이론적 설명이 이루어져야 하나, 이러한 성과가 드물다. 본고는 개정된 표기법의 보완 및 보급을 위해 이루어졌으며, 한편으로 상호 표기법 연구 및 보급에 있어서 한러 학계간의 지속적인 공동 작업이 필요하다는 사실을 강조하고자 한다.

13) 사실 러시아어의 로마자화에 있어서 러시아 국가표준안(ГОСТ 7.79-2000, с 2002 г)을 참고하면, э(e′)와 e(e), ыo(y′o)와 ё(yo)가 로마자상으로 구별되기 때문에 '아예로플로트'와 같은 오류나 "부디오놉스크, 부됴놉스크"와 같은 혼란을 줄일 수 있다. 그러나 국내에서 주로 사용하고 있는 러시아어의 로마자화 체계는 러시아 국가표준안이 아닌 영어권의 일명 '지리학회안'에 대체로 일치한다. 영어권에서 사용하는 러시아어의 로마자화 체계는 Shaw(1967: 8)를, 국내에서 일반적으로 사용되는 러시아어 로마자화 체계와 러시아 국가표준안의 비교는 장호종(2005b, 2006c)를 참고할 수 있다. 덧붙이자면, 『외래어 표기 용례집(포르투갈어, 네덜란드어, 러시아어)』(2006)의 Будыоновск(Budyonovsk)는 Буденовск의 잘못된 표기이다.

셋째, 러시아어의 원지음과는 여전히 거리가 먼 표기들이 많다. 예를 들어 ы(y)는 대체로 '으'나 '의'에 가까우나, "러시아어 외래어 표기법"에서는 ы(y)를 '이'로 표기하고 있다.14) 아울러 러시아어의 음운현상을 모두 적용한 것은 아니며, 규정의 기술이 미흡하고 설명이 생략된 용례가 나타날 경우 표기상의 혼란을 가져올 수 있다. "러시아어 외래어 표기법"은 대체로 유성자음의 무성음화를 충실히 반영한 반면에, 무성자음의 유성음화는 전혀 언급하지 않고 있다. 실제로 한글로 표기할 일은 없겠으나, **Речной вокзал**(Rechnoi vokzal, 강변역)을 "러시아어 외래어 표기법"의 규정에 따라 굳이 표기하면 '레치노이 보크잘'이 되어, '리치노이 바그잘'에 가까운 원어 발음과 다르다. 그러나 이 문제는 외래어 표기법의 본질적인 성격을 고려하면, 그다지 큰 문제가 되지 않는다. "러시아어 외래어 표기법"이 반드시 러시아어의 원어 발음을 충실히 반영할 필요는 없기 때문이다. 외래어 표기법은 음성학자의 정밀전사(精密轉寫, narrow transcription) 체계가 아니라, 일반인을 위한 자국어화된 외국어의 표기 체계라는 점을 고려할 필요가 있다. 다만, "러시아어 외래어 표기법"을 제정함에 있어 한국어의 특성뿐 아니라 러시아어의 특성에 대한 충분한 논의가 이루어졌어야 하고, 영어권의 러시아어에 대한 이해를 무비판적으로 수용하지 않았어야 함은 물론이다.

넷째, 규정의 내적 완성도 측면에서 한 국가의 공식적인 규범으로

---

14) ы(y)를 '이'로 표기하는 까닭은 한국어와 러시아어의 고유한 특성을 충분히 반영하기 위함이다. 가령 ы(y)를 '의'로 표기하면 '틔'와 같이 현대 한국어에서 불가능한 발음으로 표기되는 일이 생기게 되고, '으'로 표기하면 러시아어의 자음군(子音群)과 구별하기 어렵게 된다. 일반적 오해와 달리 실제로는 ы(y)가 '으', '의', '이' 가운데 어느 것과도 정확하게 일치하지 않는다.

서 권위를 가지기에는 여전히 미흡하다. "러시아어 외래어 표기법"이
공식적인 언어규범으로 정착하기 위해서 규정의 기술이 치밀하여 예
측 가능해야 하고 오류가 적어야 하며 용례가 적절해야 한다. 가령
в(v)는 '표기 일람표'에서 "모음 앞, 자음 앞, 어말"에서 각각 "ㅂ, ㅂ/
브, 프"로 적는다고 하였고, '표기 세칙' 제1항에서 무성 자음 앞에서
는 앞 음절의 받침으로 적고, 유성 자음 앞에서는 '으'를 붙여 적는다
고 설명하고 있다. 그런데 Всеволод(Vsevolod)에서는 어두의 в(v)
가 비록 무성 자음 앞에 있으나, 앞 음절을 갖지 않기 때문에 규정대
로 표기할 수가 없다. 더욱이 '으'를 붙여 적는다고 해도 '브'로 적어야
하는가, '프'로 적어야 하는가의 문제가 발생한다. 한편, '표기 일람표'
의 к(k) 항에서 보듯이 Квас(Kvas)를 고유명사로 만드는 사소한 오
타(誤打)나, '표기 일람표'의 тс(ts) 항과 '표기 세칙'의 제1항에서 보
듯이 Брятск(Bryatsk)와 같은 출처 불명의 용례를 줄이는 일 또한
내적인 완성도의 측면에서 신경을 써야 할 부분이다.[15]

　이처럼 "러시아어 외래어 표기법"은 여전히 많은 문제를 안고 있
으나, 기술을 일부 수정하고 적절한 용례를 이용하여 러시아어의 한
글 표기에 활용하는 방안을 모색하는 것이 바람직하다. 완전무결한

---

15) 물론 квас(kvas, 크바스)가 소규모 회사명의 고유명사로 존재할 수도 있으나,
　　『외래어 표기 용례집』에서 "엿기름, 보리, 호밀 따위로 만든 러시아의 맥주"로
　　설명한 것을 보면 일반 명사로서의 квас(kvas)를 염두에 둔 것일 것이다. 다만,
　　일반 명사라면 한국어 어휘 체계 내에서 외래어로 다룰 수 있는가, 즉 "러시아
　　어 외래어 표기법"의 대상인가를 고려할 필요가 있을 것이다. 이는 외래어의 개
　　념과 관련하여 새로운 쟁점이 될 수 있는 사항이나, 본고의 목적상 자세한 논의
　　는 생략하기로 한다. 참고로 "러시아어 외래어 표기법"의 Брятск(Bryatsk)는
　　Братск(Bratsk) 또는 Брянск(Bryansk)의 잘못인 듯하다. 그리고 "러시아어
　　외래어 표기법"에서는 유성자음의 무성음화를 반영하고 있으므로 Всеволод
　　(Vsevolod)는 '프세볼로트'로 적게 된다.

체계가 아니라 하여 무시하기보다는 규범으로서의 권위를 존중하는 것이 실제 언어생활에 도움이 되기 때문이다. 따라서 4에서는 "러시아어 외래어 표기법"의 오류를 일부 수정하고 적절한 용례를 첨가하여, 러시아어의 한글 표기에 유용하게 활용될 수 있도록 하고자 한다.

4. "러시아어 외래어 표기법"의 이해

앞서 설명한 바와 같이 최근에 개정된 "러시아어 외래어 표기법"은 '표기 일람표'와 '표기 세칙'이 정밀하게 기술되지 못하여, 누락된 설명이 많고 용례가 생략되었거나 적절하지 못한 편이다. 따라서 "러시아어 외래어 표기법"의 체제 내에서 충분히 설명할 수 있으나 기술이 이루어지지 않은 항목은 규정의 범위 내에서 이를 보완하였다. 그러나 현 체제 내에서 설명이 불가능하거나 체제의 상당 부분에 수정을 가해야 하는 용례를 확인한 경우에는 <문제점>에서 그러한 용례를 밝혔다.

그리고 "러시아어 외래어 표기법"이 로마자를 기초로 하고 있어 오히려 러시아어를 아는 사람이 이해하기 쉽지 않다는 점을 고려하여 러시아어 자모순으로 설명하였다. 이는 본고가 "러시아어 외래어 표기법"을 소개하여 러시아의 한국어교육에 활용하는 데에 다소나마 도움이 되고자 함이다.

러시아어의 한글 표기는 서로의 문자 체계 특성이 다르기 때문에 표기 일람표를 작성하는 일이 쉽지 않다. 물론 역사주의적인 표기법의 영어나 프랑스어에 비하여 형태주의적인 표기법의 러시아어는 한글로 옮기기가 쉬운 편이다. 그러나 "러시아어 외래어 표기법"은 자역에 전사의 방식을 일부 도입하여 표기 체계가 다소 복잡해졌다. 또한 같은 표음문자이며 음소문자이기는 하지만 러시아어와 한국어의 문자가 서로 다른 뿌리를 가지고 있으며, 한글은 음소문자이면서도 음절문자처럼 표기하기 때문에 러시아어를 한글로 표기하는 일이 그리 쉽지 않다. 따라서 아래의 설명을 바탕으로 일반인을 위한 표기 일람표와 표기 세칙을 다시 작성하는 일은 후행 연구로 미루기로 한다.

이하 러시아어의 로마자 표기는 한국에서 관례대로 사용하고 있는 표기를 기본으로 하되, 필요한 경우 러시아 국가표준안(ГОСТ 7.79-2000, с 2002 г)의 표기를 병기하였다. 용례는 "러시아어 외래어 표기법"의 '표기 일람표', '표기 세칙' 및 『외래어 표기 용례집(포르투갈어, 네덜란드어, 러시아어)』을 기초로 하였으나, 필요에 따라 러시아어 인명, 지명, 고유명사, 일반 용어 및 한국어 어휘 체계에 수용된 러시아어계 외래어 가운데에서 용례를 찾아 제시하였다.

이와 같은 기준에 따른 적절한 용례를 제시하기 어려운 항목은 용례를 생략하기로 한다. 용례 중 * 표시가 있는 것은 규정과 다르게 관용에 따라 표기된 것이고, # 표시가 있는 것은 아직은 한국어 어휘 체계 내에서 외래어로 다루기 어려우나 사용 빈도가 높은 편인 일반 용어이다.

1. а(a)
(1) 자음 뒤에서 자음과 합쳐 'ㅏ'로 적는다. 예를 들어 Иванов
    (Ivanov)는 '이바노프'로 적는다.

(2) 어두나 모음 뒤에서 '아'로 적는다. 예를 들어 Аксаков(Aksakov)는 '악사코프'로, Иоасаф(Ioasaf)는 '이오아사프'로 적는다.

2. б(b)

(1) 모음 앞에서 모음과 합쳐 'ㅂ'으로 적는다. 예를 들어 Бакст(Bakst)는 '박스트'로 적는다.

(2) 무성자음 앞에서 앞 음절의 받침 'ㅂ'으로 적는다. 예를 들어 Курбский(Kurbskii)는 '쿠릅스키'로 적는다.

(3) 유성자음 앞에서 '브'로 적는다. 예를 들어 Бобров(Bobrov)는 '보브로프'로 적는다.

(4) 어말에서 '프로 적는다. 예를 들어 Глеб(Gleb)는 '글레프'로 적는다.

3. в(v)

(1) 모음 앞에서 모음과 합쳐 'ㅂ'으로 적는다. 예를 들어 водка(vodka)는 '*#보드카'로 적는다.

(2) 무성자음 앞에서 앞 음절의 받침 'ㅂ'으로 적는다. 예를 들어 Хабаровск(Khabarovsk)는 '하바롭스크'로 적는다. 단, 어두 무성자음 앞에서는 '프로 적어서, Всеволод(Vsevolod)는 '프세볼로트'가 된다.

(3) 유성자음 앞에서 '브'로 적는다. 예를 들어 Владивосток(Vladivostok)는 '블라디보스토크'로 적는다.

(4) 어말에서 '프로 적는다. 예를 들어 Чехов(Chekhov)는 '체호프'로 적는다.

4. г(g)

(1) 모음 앞에서 모음과 합쳐 'ㄱ'으로 적는다. 즉, га(ga), ге(ge), го(go), гу(gu), ги(gi)를 각각 "가, 게, 고, 구, 기"로 적는다. 예를 들어 Герасимова(Gerasimova)는 '게라시모바'로 적는다. 러시아어의 정자법에는 г(g) 뒤에 모음 я(ya), ё(yo), ю(yu), ы(y/ y')와 연음 부호 ь(')를 쓰지 못하도록 규정하고 있으나, 외래어계 어휘에서는 가능할 수도 있다.

(2) 무성자음 앞에서 앞 음절의 받침 'ㄱ'으로 적는다. 예를 들어 Мусоргский(Musorgskii)는 '무소륵스키'로 적는다.

(3) 유성자음 앞에서 '그'로 적는다. 예를 들어 Богдан(Bogdan)은 '보그단'으로 적는다.

(4) 어말에서 '크'로 적는다. 예를 들어 Андарбаг(Andarbag)는 '안다르바크'로 적는다.

<문제점> "러시아어 외래어 표기법"에는 Мягков(Myagkov)를 "먀코프, 먀코프, 먀흐코프" 중 어느 것으로 적는지에 대한 설명이 없다.[16]

5. д(d)

(1) 모음 앞에서 모음과 합쳐 'ㄷ'으로 적는다. 예를 들어 Бенедик

---

[16] 이 문제는 '표기 세칙' 제7항 "같은 자음이 겹치는 경우에는 겹치지 않은 경우와 같이 적는다."의 규정을 좀더 정밀하게 기술해야 해결할 수 있다. 즉, '같은 자음'이란 러시아어를 기준으로 하는지, 한글을 기준으로 하는지, 음운변화 이전을 기준으로 하는지, 음운변화 이후를 기준으로 하는지에 대한 기술이 이루어져야 한다. 한편, 이 경우에는 к(k) 앞의 г(g)가 x(kh)로 소리 나는 현상을 한글 표기에 반영할 것인지에 대한 고려도 필요하다.

тов(Benediktov)는 '베네딕토프'로 적는다.

(2) 무성자음 앞에서 앞 음절의 받침 'ㅅ'으로 적는다. 예를 들어 Находка(Nakhodka)는 '나홋카'로 적는다. 단, 자음 앞의 дс(ds)는 '츠'로 적고 дт(dt)에서는 д(d)를 무시해서, Бердск(Berdsk)는 '베르츠크'가, Кронштадт(Kronshtadt)는 '크론시타트'가 된다.

(3) 유성자음 앞에서 '드'로 적는다. 예를 들어 Дмитрий(Dmitrii)는 '드미트리'로 적는다. 단, дж(dzh)와 дз(dz)에서는 д(d)를 무시해서, Джарылгасинова(Dzharylgasinova)는 '자릴가시노바'가, Дзержинский (Dzerzhinskii)는 '제르진스키'가 된다.

(4) 어말에서 '트'로 적는다. 예를 들어 Восход(Voskhod)는 '보스호트'로 적는다. 단, 지명의 -град(-grad)와 -город(-gorod)에서는 д(d)를 '드'로 적어서, Волгоград(Volgograd)는 '볼고그라드'가, Славгород(Slavgorod)는 '슬라브고로드'가 된다.

6. е(e)

(1) 자음 뒤에서 자음과 합쳐 'ㅔ'로 적는다. 예를 들어 Петров(Petrov)는 '페트로프'로 적는다.

(2) 어두나 모음 뒤에서 '예'로 적는다. 예를 들어 Евгений(Evgenii)는 '예브게니'로, Алексеев(Alekseev)는 '알렉세예프'로 적는다.

7. ё(yo)

(1) 자음 뒤에서 자음과 합쳐 'ㅛ'로 적는다. 예를 들어 Артём(Artyom)은 '아르툠'으로 적는다.

(2) 어두나 모음 뒤에서 '요'로 적는다.

8. ж(zh)

(1) 모음 앞에서 모음과 합쳐 'ㅈ'으로 적는다. 즉, жа(zha), же(zhe), жо(zho), жё(zhyo), жу(zhu), жи(zhi)를 각각 "자, 제, 조, 조, 주, 지"로 적는다. 예들 들어 Жамбалова(Zhambalova)는 '잠발로바'로 적는다. 러시아어의 정자법에는 ж(zh) 뒤에 모음 я(ya), ю(yu), ы(y/ y′)를 쓰지 못하도록 규정하고 있으나, 외래어계 어휘에서는 가능할 수도 있다.

(2) 무성자음 앞에서 '시'로 적는다. 예를 들어 Лужков(Luzhkov)는 '루시코프'로 적는다.

(3) 유성자음 앞에서 '즈'로 적는다. 예를 들어 Жданов(Zhdanov)는 '즈다노프'로 적는다.

(4) 어말에서 '시'로 적는다. 예를 들어 Воронеж(Voronezh)는 '보로네시'로 적는다.

9. з(z)

(1) 모음 앞에서 모음과 합쳐 'ㅈ'으로 적는다. 즉, за(za), зя(zya), зе(ze), зо(zo), зё(zyo), зу(zu), зю(zyu), зи(zi), зы(zy/ zy′)를 각각 "자, 자, 제, 조, 조, 주, 주, 지, 지"로 적는다. 예를 들어 Зайцев(Zaitsev)는 '자이체프'로 적는다.

(2) 무성자음 앞에서 '스'로 적는다.

(3) 유성자음 앞에서 '즈'로 적는다. 예를 들어 Кузнецов(Kuznetsov)는 '쿠즈네초프'로 적는다.

(4) 어말에서 '스'로 적는다. 예를 들어 колхоз(kolkhoz)는 '콜호스'
로 적는다.

<문제점> "러시아어 외래어 표기법"에는 Рузский район(Ruzskii
raion)을 "룻스키 라이온, 루스키 라이온" 중 어느 것으로 적는지에
대한 설명이 없다.[17]

10. и(i)

(1) 자음 뒤에서 자음과 합쳐 'ㅣ'로 적는다. 예를 들어 Гачина(Gat
china)는 '가치나'로 적는다.

(2) 어두나 모음 뒤에서 '이'로 적는다. 예를 들어 Иван(Ivan)은
'이반'으로, Пеипус(Peipus)는 '페이푸스'로, Салаир(Salair)는
'살라이르'로 적는다.

11. 반모음 й(i/ j)

(1) 모음 뒤에서 '이'로 적는다. 예를 들어 Андрей(Andrei)는 '안드
레이'로 적는다. 단, и(i), ы(y/ y′) 뒤에서는 반모음 й(i/ j)를
무시해서, Юрий(Yurii)는 '유리'가, Белый(Belyi)는 '벨리'가
된다. "러시아어 외래어 표기법"의 '표기 일람표'에서는 반모음
й(i/ j)를 자음으로 분류했으나, 기본적으로 모음 'ㅣ'로 다룬
것으로 이해할 수 있다. 또한 외래어계 어휘에서는 반모음 й(i/
j)가 어두 모음 앞에 나타나는 일이 있는 바, 이 때에는 뒤따르
는 모음과 합쳐 적는다. 예를 들어 Йошкар-Ола(Ioshkar-Ola)

---

17) 이 문제는 '표기 세칙' 제7항 "같은 자음이 겹치는 경우에는 겹치지 않은 경우와
같이 적는다."의 규정을 좀더 정밀하게 기술해야 해결할 수 있다.

는 '요시카르올라'로 적는다.

12. к(k)

(1) 모음 앞에서 모음과 합쳐 'ㅋ'으로 적는다. 즉, кa(ka), кe(ke), кo(ko), кy(ku), кu(ki)를 각각 "카, 케, 코, 쿠, 키"로 적는다. 예를 들어 Достоевский(Dostoevskii)는 '도스토옙스키'로 적는다. 러시아어의 정자법에는 к(k) 뒤에 모음 я(ya), ё(yo), ю(yu), ы(y/ y')와 연음 부호 ь(')를 쓰지 못하도록 규정하고 있으나, 외래어계 어휘에서는 가능할 수도 있다. 예를 들어 Кяхта(Kyakhta)는 '캬흐타'로, Кюхельбекер(Kyukhel'beker) '큐헬베케르'로, Кыштовка(Kyshtovka)는 '키시톱카'로 적는다.

(2) 무성자음 앞에서 앞 음절의 받침 'ㄱ'으로 적는다. 예를 들어 Александр(Aleksandr)는 '알렉산드르'로 적는다. 단, 어두 또는 л(l) 뒤 무성자음 앞에서는 '크'로 적어서, Ксения(Kseniya)는 '크세니야'가, Алкснис(Alksnis)는 '알크스니스'가 된다.

(3) 유성자음 앞에서 '크'로 적는다. 예를 들어 Москва(Moskva)는 '모스크바'로 적는다.

(4) 어말에서 '크'로 적는다. 예를 들어 Академгородок(Akademgorodok)는 '아카뎀고로도크'로 적는다.

13. л(l)

(1) 어두 모음 앞에서 모음과 합쳐 'ㄹ'로 적는다. 예를 들어 Ленин(Lenin)은 '레닌'으로 적는다.

(2) 어중 모음 앞에서 'ㄹㄹ'로 적는다. 예를 들어 Николай(Niko

lai)는 '니콜라이'로 적는다.

(3) 자음 앞 또는 어말에서 앞 음절의 받침 'ㄹ'로 적는다. 예를 들어 Алтай(Altai)는 '알타이'로, Байкал(Baikal)은 '바이칼'로 적는다. 단, 어두 자음 앞에서는 '르'로 적고 모음이 뒤따르지 않는 비음(鼻音) м(m), н(n) 앞[18]에서는 'ㄹ르'로 적어서, Лбо ва(Lbova)는 '르보바'가, Холм(Kholm)은 '홀름'이 된다.

<문제점> "러시아어 외래어 표기법"에는 Солнцев(Solntsev)를 "솔른체프, 솔느체프, 손체프" 중 어느 것으로 적는지에 대한 설명이 없다.[19]

14. м(m)

(1) 모음 앞에서 모음과 합쳐 'ㅁ'으로 적는다. 예를 들어 Менделе ев(Mendeleev)는 '멘델레예프'로 적는다.

(2) 자음 앞 또는 어말에서 앞 음절의 받침 'ㅁ'으로 적는다. 예를 들어 Немцов(Nemtsov)는 '넴초프'로, Максим(Maksim)은 '막심'으로 적는다. 단, 어두 자음 앞에서는 '므'로 적어서, Мстисл ав(Mstislav)는 '므스티슬라프'가 된다.

---

[18] 이 내용은 『외래어 표기 용례집』의 용례를 참고하여 보완하였으나, 일부 수정 될 수도 있다. 이와 관련하여 "외래어 표기법" 제3장 제1절 '영어의 표기' 제6항 을 참고할 수 있다.

[19] 이 문제는 '표기 일람표' л(l)항과 н(n)항, '표기 세칙' 제5항과 제6항의 규정을 좀더 정밀하게 기술해야 해결할 수 있다. 한편, 이 경우에는 묵음(默音)을 한글 표기에 반영할 것인지에 대한 고려도 필요하다.

15. н(n)

(1) 모음 앞에서 모음과 합쳐 'ㄴ'으로 적는다. 예를 들어 Новосиб
    ирск(Novosibirsk)는 '노보시비르스크'로 적는다.

(2) 자음 앞 또는 어말에서 앞 음절의 받침 'ㄴ'으로 적는다. 예를
    들어 Архангельск(Arkhangel'sk)는 '아르한겔스크'로, Алкин
    (Alkin)은 '알킨'으로 적는다. 단, 어두 자음 앞에서는 '느'로 적
    는다.[20] 또한 нг(ng)는 외래어계 어휘에서 앞 음절의 받침 'ㅇ'
    으로 적을 수도 있어서, Беринг(Bering)은 '베링'이 된다.

16. о(о)

(1) 자음 뒤에서 자음과 합쳐 'ㅗ'로 적는다. 예를 들어 Хомяков
    (Khomyakov)는 '호먀코프'로 적는다.

(2) 어두나 모음 뒤에서 '오'로 적는다. 예를 들어 Ольга(Ol'ga)는
    '올가'로, Леонтьев(Leont'ev)는 '레온티예프'로 적는다.

17. п(p)

(1) 모음 앞에서 모음과 합쳐 'ㅍ'으로 적는다. 예를 들어 Пётр(Pyotr)
    는 '표트르'로 적는다.

(2) 무성자음 앞에서 앞 음절의 받침 'ㅂ'으로 적는다. 예를 들어
    Щепкин(Shchepkin)은 '셉킨'으로 적는다. 단, 어두 무성자음
    앞에서는 '프'로 적어서, Псков(Pskov)는 '프스코프'가 된다.

(3) 유성자음 앞에서 '프'로 적는다. 예를 들어 Куприн(Kuprin)은

---

20) 이 내용은 러시아어의 일반적인 경우를 상정하여 보완하였으나, 일부 수정될 수
    도 있다. м(m)항의 기술과 균형을 맞추기 위해서도 이 규정이 필요하다.

'쿠프린'으로 적는다.

(4) 어말에서 '프'로 적는다. 예를 들어 Майкоп(Maikop)는 '마이코프'로 적는다.

18. p(r)

(1) 모음 앞에서 모음과 합쳐 'ㄹ'로 적는다. 예를 들어 Екатерина(Ekaterina)는 '예카테리나'로 적는다.

(2) 자음 앞 또는 어말에서 '르'로 적는다. 예를 들어 Лермонтов(Lermontov)는 '레르몬토프'로, Амур(Amur)는 '아무르'로 적는다. p(r)는 앞 음절의 받침으로 적지 않는다.

19. c(s)

(1) 모음 앞에서 모음과 합쳐 'ㅅ'으로 적는다. 예를 들어 Санкт-Петербург(Sankt Peterburg)는 '*상트페테르부르크'로 적는다.

(2) 자음 앞 또는 어말에서 '스'로 적는다. 예를 들어 Толстой(Tolstoi)는 '톨스토이'로, Борис(Boris)는 '보리스'로 적는다. c(s)는 앞 음절의 받침으로 적지 않는다.

20. т(t)

(1) 모음 앞에서 모음과 합쳐 'ㅌ'으로 적는다. 예를 들어 Путин(Putin)은 '푸틴'으로 적는다.

(2) 무성자음 앞에서 앞 음절의 받침 'ㅅ'으로 적는다. 예를 들어 Хватков(Khvatkov)는 '흐밧코프'로 적는다. 단, 어두 무성자음 앞에서는 '트'로 적고 тс(ts)는 '츠'로 적으며 тч(tch)에서는 т(t)

를 무시해서, Ткаченко(Tkachenko)는 '트카첸코'가, Иркутск
(Irkutsk)는 '이르쿠츠크'가, Тютчев(Tyutchev)는 '튜체프'가
된다.

(3) 유성자음 앞에서 '트'로 적는다. 예를 들어 Тверь(Tver')는 '트
베리'로 적는다.

(4) 어말에서 '트'로 적는다. 예를 들어 декабрист(dekabrist)는 '데
카브리스트'로 적는다.

21. у(u)

(1) 자음 뒤에서 자음과 합쳐 'ㅜ'로 적는다. 예를 들어 Самбуева
(Sambueva)는 '삼부예바'로 적는다.

(2) 어두나 모음 뒤에서 '우'로 적는다. 예를 들어 Урсула(Ursula)
는 '우르술라'로, Аулов(Aulov)는 '아울로프'로 적는다.

22. ф(f)

(1) 모음 앞에서 모음과 합쳐 'ㅍ'으로 적는다. 예를 들어 София
(Sofiya)는 '소피야'로 적는다.

(2) 무성자음 앞에서 앞 음절의 받침 'ㅂ'으로 적는다. 단, 어두 무
성자음 앞에서는 '프'로 적어서, Фтомов(Ftomov)는 '프토모프'
가 된다.

(3) 유성자음 앞에서 '프'로 적는다. 예를 들어 Ефремов(Efremov)
는 '예프레모프'로 적는다.

(4) 어말에서 '프'로 적는다. 예를 들어 Иосиф(Iosif)는 '이오시프'
로 적는다.

23. **х**(kh)

(1) 모음 앞에서 모음과 합쳐 'ㅎ'으로 적는다. 즉, xa(kha), xe(khe), xo(kho), xy(khu), xи(khi)를 각각 "하, 헤, 호, 후, 히"로 적는다. 예를 들어 <u>Х</u>олодович(<u>Kh</u>olodovich)는 '홀로도비치'로 적는다. 러시아어의 정자법에는 x(kh) 뒤에 모음 я(ya), ё(yo), ю(yu), ы(y/ y′)와 연음 부호 ь(′)를 쓰지 못하도록 규정하고 있으나, 외래어계 어휘에서는 가능할 수도 있다.

(2) 자음 앞 또는 어말에서 'ㅎ'로 적는다. 예를 들어 <u>Х</u>рущов(<u>Kh</u>rushchyov)는 '흐루쇼프'로, Антио<u>х</u>(Antio<u>kh</u>)는 '안티오흐'로 적는다. x(kh)는 앞 음절의 받침으로 적지 않는다.

24. **ц**(ts)

(1) 모음 앞에서 모음과 합쳐 'ㅊ'으로 적는다. 즉, ца(tsa), це(tse), цо(tso), цу(tsu), ци(tsi), цы(tsy/ tsy′)를 각각 "차, 체, 초, 추, 치, 치"로 적는다. 예를 들어 Кон<u>ц</u>евич(Kon<u>ts</u>evich)는 '콘체비치'로 적는다. 러시아어의 정자법에는 ц(ts) 뒤에 모음 я(ya), ё(yo), ю(yu)와 연음 부호 ь(′)를 쓰지 못하도록 규정하고 있으나, 외래어계 어휘에서는 가능할 수도 있다.

(2) 자음 앞 또는 어말에서 'ㅊ'로 적는다. 예를 들어 Тро<u>ц</u>кий(Tro<u>ts</u>kii)는 '트로츠키'로, Доне<u>ц</u>(Done<u>ts</u>)는 '도네츠'로 적는다. ц(ts)는 앞 음절의 받침으로 적지 않는다.

25. **ч**(ch)

(1) 모음 앞에서 모음과 합쳐 'ㅊ'으로 적는다. 즉, ча(cha), че

(che), чо(cho), чё(chyo), чу(chu), чи(chi)를 각각 "차, 체, 초, 초, 추, 치"로 적는다. 예를 들어 Пугачёва(Pugachyova)는 '푸가초바'로 적는다. 러시아어의 정자법에는 ч(ch) 뒤에 모음 я(ya), ю(yu), ы(y/ y′)를 쓰지 못하도록 규정하고 있으나, 외래어계 어휘에서는 가능할 수도 있다.

(2) 자음 앞 또는 어말에서 '치'로 적는다. 예를 들어 печка(pechka)는 '페치카'로, Константинович(Konstantinovich)는 '콘스탄티노비치'로 적는다. ч(ch)는 앞 음절의 받침으로 적지 않는다.

26. ш(sh)

(1) 모음 앞에서 모음과 합쳐 '시'로 적는다. 즉, ша(sha), ше(she), шо(sho), шё(shyo), шу(shu), ши(shi)를 각각 "샤, 셰, 쇼, 쇼, 슈, 시"로 적는다. 예를 들어 Войтишек(Voitishek)는 '보이티셰크'로 적는다. 러시아어의 정자법에는 ш(sh) 뒤에 모음 я(ya), ю(yu), ы(y/ y′)를 쓰지 못하도록 규정하고 있으나, 외래어계 어휘에서는 가능할 수도 있다.

(2) 자음 앞 또는 어말에서 '시'로 적는다. 예를 들어 Пушкин(Pushkin)은 '푸시킨'으로, Ингуш(Ingush)는 '인구시'로 적는다. ш(sh)는 앞 음절의 받침으로 적지 않는다.

27. щ(shch)

(1) 모음 앞에서 모음과 합쳐 '시'로 적는다. 즉, ща(shcha), ще(shche), що(shcho), щё(shchyo), щу(shchu), щи(shchi)를 각각 "샤, 셰, 쇼, 쇼, 슈, 시"로 적는다. 예를 들어 Благовелщенск

(Blagoveshchensk)는 '블라고베셴스크'로 적는다. 러시아어의 정자법에는 щ(ch) 뒤에 모음 я(ya), ю(yu), ы(y/ y′)를 쓰지 못하도록 규정하고 있으나, 외래어계 어휘에서는 가능할 수도 있다.

(2) 자음 앞 또는 어말에서 '시'로 적는다. 예를 들어 борщ(borshch)는 #보르시'로 적는다. щ(shch)는 앞 음절의 받침으로 적지 않는다.

28. 경음 부호 ъ(″)

(1) "러시아어 외래어 표기법"에는 이에 대한 언급이 없는데, 경음 부호(hard sign) ъ는 음가(音價)를 지닌 문자가 아니어서 대응하는 한글 표기가 없기 때문이다.

29. ы(y/ y′)

(1) 자음 뒤에서 자음과 합쳐 'ㅣ'로 적는다. 예를 들어 Костылев(Kostylev)는 '코스틸레프'로 적는다. 외래어계 어휘에서는 ы(y/ y′)가 어두나 모음 뒤에 나타나는 일이 있는 바, 이 때에는 '이'로 적는다.

30. 연음 부호 ь(′)

(1) 자음 뒤에서 자음과 합쳐 'ㅣ'로 적는다. 예를 들어 Наталья(Natal′ya)는 '나탈리야'로 적는다. 단, 자음 앞이나 어말의 мь(m′)과 нь(n′), 어중 자음 앞이나 어말의 ль(l′), 그리고 모음 и(i) 앞에서는 연음 부호 ь(′)를 무시해서, Пермь(Perm′)은

‘페름’이, **Казань**(Kazan')은 ‘카잔’이, **Большой**(Bol'shoi)는 ‘볼쇼이’가, **Гоголь**(Gogol')은 ‘고골’이, **Ильич**(Il'ich)는 ‘일리치’가 된다. "러시아어 외래어 표기법"에서는 연음 부호 ь(')를 기본적으로 모음 ‘ㅣ’로 다루고 있다.

31. э(e/ e')

(1) 어두나 모음 뒤에서 ‘예’로 적는다. 예를 들어 **Элтай**(Eltai)는 ‘옐타이’로, **Аэрофлот**(Aeroflot)는 ‘아예로플로트’로 적는다. 외래어계 어휘에서는 э(e/ e')가 자음 뒤에 나타나는 일이 있는 바 이 때에는 자음과 합쳐 ‘ㅔ’로 적어서, **Улан-Удэ**(Ulan-Ude)는 ‘울란우데’가 된다.

32. ю(yu)

(1) 자음 뒤에서 자음과 합쳐 ‘ㅠ’로 적는다. 예를 들어 **Людмила**(Lyudmila)는 ‘류드밀라’로 적는다.

(2) 어두나 모음 뒤에서 ‘유’로 적는다. 예를 들어 **Юлия**(Yuliya)는 ‘율리야’로 적는다.

33. я(ya)

(1) 자음 뒤에서 자음과 합쳐 ‘ㅑ’로 적는다. 예를 들어 **Цимлянск**(Tsimlyansk)는 ‘치믈랸스크’로 적는다.

(2) 어두나 모음 뒤에서 ‘야’로 적는다. 예를 들어 **Якутск**(Yakutsk)는 ‘야쿠츠크’로, **Мария**(Mariya)는 ‘마리야’로 적는다.

기타.

(1) 발음상 한글을 대비하여 같은 자음이나 모음이 겹치는 경우에는 겹치지 않은 경우와 같이 적는 것을 원칙으로 한다. 예를 들어 Уссурийск(Ussuriisk)는 '우수리스크'로, Чаадаев(Chaadaev)는 '차다예프'로, Чайковский(Chaikovskii)는 '차이콥스키'로 적는다.

(2) лл(ll), мм(mm), нн(nn)은 모음 앞에서 각각 'ㄹㄹ', 'ㅁㅁ', 'ㄴㄴ'으로 적고, 자음 뒤 яя(yaya)[21]는 'ㅑ야'로 적는다. 예를 들어 Газизуллин (Gazizullin)은 '가지줄린'으로, Эмма(Emma)는 '옘마'로, Анна(Anna)는 '안나'로, Нижняя Тунгуска(Nizhnyaya Tunguska)는 '니즈냐야툰구스카'로 적는다.

5. 결론

본고는 한러 양국의 상호간 표기법 연구 및 보급 문제를 다루었다. 서로의 언어를 연구하고 보급하는 일은 상호 교류, 특히 학술 교류의 정도를 파악하는 한 척도가 되며, 세분화·전문화된 상호간의 표기 체계는 다양한 분야의 교류를 활성화하기 위한 기반이 되기 때문이다.

러시아어를 한국어로 표기하는 한국의 체계가 잘 보급되지 않아서, 러시아 내 간행물에서는 "알렉싼드로프, 뜨�스끼, 을굳스끼" 등 한국어 화자의 언어 감각에 잘 맞지 않는 표기가 나타나기도 한다.

---

21) 이 내용은 『외래어 표기 용례집』의 용례를 참고하여 보완하였으나, 일부 수정될 수도 있다.

반면, 한국어를 러시아어로 표기하는 러시아의 체계가 한국에 잘 알려지지 않아서, **Ким Пён Ок**은 다시 한국에 소개될 때 '김평옥' 혹은 '김병옥'으로 혼란스럽게 표기된다.

한편, 한국어를 러시아어로 옮기는 체계는 이미 러시아에서 꾸준히 연구되어, '홀로도비치 1954', '콘체비치 1966', '마주르 1975' 등의 체계가 있으나, 대체로 보아 학술용이므로 러시아어 일반 화자에게는 적합하지 않은 편이다. 또한 이들 체계는 만든 지 오래 되었으며 러시아어 자모 이외의 문자도 사용했기 때문에 컴퓨터 이용 시 능률이 떨어진다는 단점이 있다.

러시아어를 한국어로 표기하는 한국의 일반용 체계는 최근에 "러시아어 외래어 표기법"(2005)으로 개정되었다. 그 결과 "러시아어 외래어 표기법"은 종전 '러시아어의 표기 원칙'(1986)의 한계를 일부 극복하였으나, 여전히 다음과 같은 취약점을 가지고 있다.

첫째, "러시아어 외래어 표기법"은 이론적인 설명이 생략되어 있으므로, 규범으로서의 권위를 획득하기 위한 보급의 측면에서 여전히 취약하다. 가령 ы(y)는 대체로 한국어의 '으'나 '의'에 가까우나, "러시아어 외래어 표기법"에서는 ы(y)를 '이'로 표기한다. 이를 이론적으로 뒷받침할 후속 작업이 있어야 할 것이다.

둘째, "러시아어 외래어 표기법"은 키릴문자를 병기하고 있으나, 한글 표기의 기준이 결국 로마자이므로 로마자에 대한 의존도가 여전히 높다. 일례로 э(e)는 '러시아어의 표기 원칙'에서 항상 '에'로 표기되었으나, "러시아어 외래어 표기법"에서는 e(e)와 동일하게 어두와 모음 뒤에서 '예'로 표기하는 것으로 변경되었다. 이는 로마자를 기준으로 한 개악(改惡)에 가깝다.

셋째, 러시아어의 원지음과는 여전히 거리가 먼 표기들이 많고 러시아어의 음운현상을 모두 적용한 것은 아니어서 표기상의 혼란을 가져올 수 있다. 한국어의 특성뿐 아니라 러시아어의 특성에 대한 충분한 논의가 이루어지지 못했고, 영어권의 러시아어에 대한 이해를 무비판적으로 수용했다는 점은 아쉬움으로 남는다.

넷째, 기술이 치밀하지 못하고 용례가 부적절한 면이 있어서 한 국가의 공식적인 규범으로서 권위를 가지기에는 여전히 미흡하다. 가령 в(v)는 '표기 일람표'와 '표기 세칙'의 기술이 불충분하여 Всеволод(Vsevolod)와 같이 어두 무성 자음 앞에서는 어떻게 표기해야 하는지 알 수 없다.

이러한 문제점을 일부 보완하여 러시아의 한국어교육에 도움이 될 수 있도록 "러시아어 외래어 표기법"을 해설하였다. "러시아어 외래어 표기법"의 체제 내에서 충분히 설명할 수 있으나 기술이 이루어지지 않은 항목은 규정의 범위 내에서 이를 보완하였다. 한글은 음소문자이면서도 음절문자처럼 표기하기 때문에, 출현 가능한 모든 조건을 감안하여 그에 따른 적절한 용례를 병기하였다.

이상과 같이 본고가 러시아의 한국어교육에 다소나마 도움이 되기를 바라며, 한러 양국의 상호간 표기법 연구 및 보급의 필요성에 대한 관심이 고조되기를 기대한다.

민족어교육과 외국어교육의 이중성

러시아의 한국어교육

현행 "외래어 표기법" 중 '러시아어의 표기 원칙'과 관련한 제 문제[*]

1. 서론

한국어의 각종 표기법은 "한글 맞춤법 통일안"(1933) 이래 성문화, 규범화되어 몇 차례의 개정을 겪어 오면서, 2005년 현재 "한글 맞춤법"(1988), "표준어 규정"(1988), "외래어 표기법"(1986), "국어의 로마자 표기법"(2000)의 4대 어문 규범으로 정착되어 있다. 이렇듯 성문화된 어문 규범은 언중의 언어 사용에 있어서 혼란을 막고, 언어생활을 편리하게 영위하는 데에 일정 정도 기여한 바가 있다. 반면에 규범의 내적, 외적 요인으로 인하여 그간 논란이 많았던 것도 사실이

---

[*] 본고는 『한중인문학연구』 15집(한중인문학회, 2005.08.30, pp.161~191)에 게재되었다. 이후 2005년 12월 28일에 "러시아어 외래어 표기법"(문화관광부 고시 제 2005-32호)이 공식적으로 제정되었으나, 이전의 규범을 확인하는 차원에서 앞의 「"러시아어 외래어 표기법"의 비판적 이해」와 함께 실었다.

다. 논란을 야기한 규범의 내적 요인은 시대 변화에 따른 언어의 변화를 충분히 반영하지 못하였거나 규범 자체의 완성도가 치밀하지 못하였던 것 등을 말하며, 외적 요인은 규범의 보급, 전파가 제대로 이루어지지 못했거나 그에 따라 언중이 어문 규범에 대하여 정확히 이해하지 못했던 것 등을 말한다. 따라서 어문 규범 전반에 대한 문제점도 끊임없이 지적되어 왔거니와, 표기법 가운데 "외래어 표기법"에 대한 논란 또한 국어학자들을 비롯하여 각 언어의 국내 연구자들에 의하여 꾸준히 제기되어 왔다.

그러나 외래어의 표기 중에서 러시아어를 한글로 표기하는 문제는 비교적 관심이 적었다고 할 수 있다. 외래어에서 러시아어계의 비중이 영어 등의 여타 외국어계에 비하여 상대적으로 낮고 러시아어에 익숙한 국어학자가 적기 때문이기도 하겠으나, 1990년대 이전까지 한국과 러시아(구 소련)의 수교가 단절되었던 역사적 사실이 가장 주요한 원인일 것이다. 최근 들어서 정치·경제 면에서 한러 관계가 크게 진전되고 한국의 대외 정책에 있어서 러시아의 중요성이 강조되고 있는 현실을 고려할 때, 러시아어를 한글로 표기하는 일에 대한 논의가 다각도로 이루어져야 할 필요가 있다.

"외래어 표기법" 중 '러시아어의 표기 원칙'에 대한 논의가 활성화되어야 하는 이유는 다음과 같다.

첫째, 언어 규범의 내적인 완성도를 위하여 규정의 체계성과 일관성에 대한 논의가 있어야 한다. 그런데 이제까지 '러시아어의 표기 원칙'에 대한 논의는 주로 국내 노어학계를 중심으로 산발적으로 이루어졌을 뿐, 국어학계의 관심은 전무한 실정이다. 그간의 논의 또한 외래어 표기법으로서의 문제보다는 외국어의 정밀 전사(transcription)

로서의 문제를 다룬 경향이 강하다.

둘째, 교류 활성화에 따른 외국어 유입의 확산에 효과적으로 대처하기 위하여 관련 규정의 지속적인 수정, 보완이 필요하다. 넓은 의미에서 외래어는 외국어의 인명이나 지명을 비롯한 고유명사를 포함한다.[1] 근래 들어 한러 관계의 진전에 따라 러시아어 고유명사의 유입은 급속도로 늘고 있으나, 그 표기가 언어생활에서 매우 혼란스럽게 사용되고 있다.

셋째, 해외에 한국어 및 한국학을 보급하고 전파하는 과정에서 국어의 어문 규범도 함께 보급해야 한다. 러시아는 이미 19세기 말부터 자체적으로 한국학을 연구하기 시작하여, 세계적으로도 그 수준을 인정받고 있다.[2] 그러나 러시아의 한국어교육 및 한국학 연구에 있어서 한국의 '러시아어의 표기 원칙'은 아직 도입되지 않고 있는 상황이다.

넷째, 남북한 재통일은 물론, 전 세계 한민족의 통합을 위하여 국

---

1) 본고에서는 외래어를 "외국의 언어가 국어에 수용되어 국어의 음운적 특성에 동화되는 등 국어의 어휘 체계에 편입된 것"으로, 외래어 표기법을 "외국어가 국어에 수용되어 사용될 때, 이를 국어화하여 표기하는 일에 대한 규정"으로 이해하기로 한다. 한편, 인명 및 지명을 포함한 고유명사를 외래어로 볼 수 있는가에 대하여 박춘은(1995)에서는 부정적인 입장을 취하고 있으나, 임현수(1982b), 강덕수(1992), 최문정(2002) 등에서는 긍정적인 입장을 취하고 있다. 본고에서도 후자의 입장을 취하여 논지를 전개할 것이나, 외래어의 개념, 범위 등에 대한 논의는 생략하기로 한다.
2) 러시아는 1897년 상트페테르부르크 국립대(당시 상트페테르부르크 제국대)에 세계 최초로 한국어 강좌가 개설되었을 정도로 한국학의 역사가 길다. 상트페테르부르크 국립대의 한국어 강좌 개설에 대한 자세한 내용은 박종수(2002)를 참고할 수 있다. 민족어로서의 '국어'와 개별언어로서의 '한국어', 민족학으로서의 '국학'과 개별학문으로서 '한국학' 등의 용어 문제는 본고의 주된 논의 대상이 아니므로 이에 대한 자세한 논의는 생략한다. 다만, 상황에 맞게 선택하여 사용하기로 한다.

어의 어문 규범의 정비가 시급하다. 북한의 외래어 표기 규범에서 차지하는 러시아어의 비중이 크기 때문에, 이에 상응하는 남한의 '러시아어의 표기 원칙'을 재정비할 필요가 있다.[3] 또한 재러동포(고려인)들은 북한의 어문 규범에 익숙하거나 아예 규정 자체를 모르는 경우가 허다하기 때문에 이들에게 어문 규범을 보급하여야 한다.

이에 2장에서는 출판물, 언론 등에 나타난 러시아어의 한글 표기 실태를 일부 확인하고 문제점을 제기하고자 한다. 3장에서는 "외래어 표기법"의 체제를 확인하여, 외래어 표기 체계에서 '러시아어의 표기 원칙'이 차지하는 위상을 짚어 보고자 한다. 아울러 '러시아어의 표기 원칙'의 내용과 문제점을 확인하게 될 것이다. 본고에서는 현행 '러시아어의 표기 원칙'이 지닌 규범성을 충분히 수용하여 논의를 진행하기로 한다. 규범성은 내적으로는 규정 자체가 체계성과 일관성을 갖추어야 하고, 그 규정이 언중에 전파, 보급되어서 외적으로는 실제 언어생활에서 그 권위가 지켜질 때 의의가 있는 것이다. 따라서 4장에서는 '러시아어의 표기 원칙'이 러시아어를 잘 모르는 일반인뿐 아니라 러시아를 전공한 국내 연구자, 심지어 한국어를 전공한 러시아인조차 이해하기 어렵고, 널리 알려지지 않은 점에 초점을 맞추어 '러시아어의 표기 원칙'의 해설을 시도하고자 한다.

---

3) 북한의 "조선어 외래어 표기법"(1956)에서는 유럽 언어들을 한글로 표기할 때 러시아어를 기초로 하여 표기할 것을 규정하는 등 러시아어의 표기법에 많은 비중을 두었으나, "외국말 적기법"(1985)에서는 각 언어들을 직접 한글로 옮겨 적을 수 있도록 규정하여 러시아어의 표기법 비중을 다소 낮춘 것으로 알려져 있다. 그러나 여전히 "아까제미아(아카데미), 레알리즘(리얼리즘), 로씨아(러시아)" 등 외래어 표기에서 러시아어의 영향 정도가 남한에 비하여 현저히 높은 편이다. 남북한의 러시아어 외래어 표기법. 비교에 대한 자세한 내용은 김희진(1996), 정동환(2002), 연규동(2003) 등을 참고할 수 있다.

2. 러시아어의 한글 표기 실태와 문제점

 1990년대 초에 한러 관계가 정상화되면서 고조되었던 러시아에 대한 관심은 1990년대 말 양국의 경제 위기로 인하여 주춤했으나, 자원 문제와 북핵 문제 등으로 인하여 최근 다시 그 관심이 증폭되고 있다. 그 결과 국내 언론, 출판물, 인터넷 등의 매체에 나타나는 러시아 관련 자료나 정보의 양이 급속도로 증가하고 있다.

 다음은 근래에 출간된 러시아 관련 서적들에 나타난 러시아어 지명과 인명의 한글 표기를 일부 정리한 것이다.[4]

<표 14> 러시아어의 한글 표기 실태

	상트페테르부르크	블라디보스토크	표트르 대제	푸슈킨
a	상트페테르부르크	–	피터 대제	푸쉬킨
b	상트페테르부르크	블라디보스토크	표트르 대제	푸슈킨
c	쌍·뻬쩨르부르그	블라디보스톡	뾰뜨르 대제	–
d	상트페테르부르크	블라디보스톡	표트르 대제	푸시킨
e	상트페테르부르크	블라디보스톡	표트르 대제	푸쉬킨
f	상트페테르부르크	블라디보스토크	표트르 대제	푸슈킨
g	상트페테르부르크	블라디보스토크	피터 대제	–
	블라고베시첸스크	아르항겔스크	블라디미르	체호프
a	블라고베센스크	아르항겔스크	블라디미르	체호프
b	블라고베시첸스크	아르항겔스크	블라디미르	체호프

---

 4) 이하에서 인용한 러시아 관련 서적이나 언론, 한국어 교재 등은 러시아어의 한글 표기 실태를 확인하고자 임의로 선정한 것일 뿐, 인용 출처가 해당 분야의 대표성을 띠는 것은 아니다.

c	블라고베첸스크	–	블라디미르	–
d	–	–	블라지미르	체홉
e	블라가베쉔스크	아르한겔스크	블라디미르	체호프
f	–	–	블라디미르	체호프
g	–	–	블라디미르	–

a : 이길주 외(2003), <러시아 - 상상할 수 없었던 아름다움과 예술의 나라>, 리수.

b : 신현동·장연수(2004), <러시아를 알면 세계가 보인다>, 바보새.

c : 박종수(2002), <러시아와 한국>, 백의.

d : 김경묵 엮음(2004), <이야기 러시아사>, 청아출판사.

e : 유니러시아 편(2004), <러시아 여행>, 산호와 진주.

f : 장진헌 편저(2003), <러시아 문화의 이해>, 학문사.

g : 조재익(2004), <굿모닝 러시아>, 지호.

· 상트페테르부르크(Sankt Peterburg) : 러시아 북서부, 발트 해 연안에 있는 도시.

· 블라디보스토크(Vladivostok) : 러시아 시베리아 남동부 동해 연안에 있는 항구 도시.

· 블라고베시첸스크(Blagoveshchenck) : 러시아 동부 시베리아 아무르(Amur) 강 중류에 있는 하항.

· 아르항겔스크(Arkhangel'sk) : 러시아 북부, 드비나 강 어귀에 있는 항구 도시.

· 표트르(Pyotr) 대제 : 제정 러시아의 황제(1672~1725).

· 블라디미르(Vladimir) 대공 : 키예프 대공국의 대공(?956~1015).

· 푸슈킨(Pushkin) : 제정 러시아의 시인·소설가(1799~1837).

· 체호프(Chekhov) : 제정 러시아의 소설가·극작가(1860~1904)

<표 14>에서 알 수 있듯이, 상트페테르부르크나 푸슈킨같이 비교적 한국에 많이 알려진 러시아어의 지명과 인명도 서적에 따라 다르게 표기되어 있다. 더구나 블라고베시첸스크처럼 한국에 익숙하지 않은 러시아의 도시는 "블라고베센스크, 블라고베첸스크, 블라가베쉔스크" 등으로 혼란스럽게 사용되고 있다. 이처럼 최근 국내에서 러시아에 대한 관심이 고조되면서 러시아 관련 서적들이 많이 출간되고 있으나, 각종 출판물에 사용되고 있는 러시아어의 인명과 지명의 한글 표기가 천차만별이며 인명, 지명 이외의 고유명사의 경우 더욱 심각한 상황이다.

러시아어의 한글 표기가 혼란스러운 양상을 보이는 것은 언론에서도 마찬가지이다.

⑴ a. 세계 최대의 가스회사인 <u>가스프롬</u>(러시아 국영가스공사)의 <u>알렉산드르 밀레르</u> 회장이 20, 21일 북한을 방문한 것으로 알려져 그 배경에 관심이 모아지고 있다. 밀레르 회장은 블라디미르 푸틴 러시아 대통령의 측근으로 2003년 노무현 대통령의 취임식에 참석한 뒤 청와대를 예방해 한러 간 에너지 협력 방안을 논의했던 인물이다. 가스프롬은 "밀레르 회장이 북한의 박봉주 내각 총리와 노두철 부총리, 정철윤 원유공업성 부상을 만나 석유·가스 분야 협력에 대해 논의했다"고 밝혔으나 구체적인 협의 내용은 공개하지 않았다. - <동아일보> 2005년 1월 24일자.

　　b. 세계 최대의 천연가스 생산업체인 러시아 <u>가즈프롬의 알렉세의 밀러</u> 회장이 최근 극비리에 북한을 방문, 박봉주 북한 총리와 공업 담당 노두철 부총리 등 고위 관리들을 만났다고 중국 관영 신화통신이 보도했다. 통신은 회사측이 지난 21일 성

명서에서 양측이 에너지 협력방안을 논의했다고 말했으나 밀러 회장이 언제 방북했고, 얼마나 머물렀는지는 구체적으로 밝히지 않았다고 덧붙였다. - <조선일보> 2005년 1월 24일자.

내용상 같은 회사의 동일한 인물에 대한 기사일 터이지만, 회사명은 '가스프롬'과 '가즈프롬'으로, 인명은 각각 '알렉산드르 밀레르'와 '알렉세이 밀러'로 표기되었다.5) 이렇듯 러시아어의 한글 표기가 혼란스러운 양상을 보이는 이유 가운데 하나는 규정에 의하지 않고 소리 나는 대로 표기하기 때문일 것이다. 실제로 <표 14>에서 다른 서적들과 표기의 큰 차이를 나타내고 있는 박종수(2002: 16)에서는 "러시아 고유 명사는 발음되는 대로 표기하는 것을 원칙으로 하되, 이미 일반화된 것은 기존의 관례를 따라 사용하였다"고 밝히고 있다.

    (2) a. 98년 7월, 제정 러시아의 마지막 황제인 니꼴라이 2세의 유해 이장식이 <u>쌍·뻬쩨르부르그</u>에서 거행되었다.
       b. 한반도에 첫발을 내딛고 조선 주민들과 접촉한 최초의 러시아인은 탐험선으로 항해했던 <u>푸땨띤(Путятин)</u> 해군 중장 일행이었다. - 이상 박종수(2002), 『러시아와 한국』, 백의, p.91.

저서의 성격과 목적에 따라서 일반인을 대상으로 한 규범적인 표기법을 적용하지 않고 음성 전사로서의 표기 방식을 적용할 수도 있다. 그런데 (2)에서 보면, 러시아어의 파열음 п(p)를 '쌍·뻬쩨르부르그'(Sankt Peterburg)에서는 'ㅃ'으로, '푸땨띤'(Putyatin)에서는 'ㅍ'

---

5) 각각 '가스프롬'(Gazfrom), '알렉산드르 밀레르'(Aleksandr Miller)가 '러시아어의 표기 원칙'에 맞는 표기이다.

으로 임의대로 선택하고 있어서 독자에게 혼란을 줄 수 있다.[6] 따라서 해당 언어의 전문가가 아닌 일반인을 대상으로 하는 출판물의 경우에는 막연하게 '발음되는 대로' 표기해서는 곤란하고. 일관된 표기 원칙에 따라 표기하여야 할 것이다.[7]

러시아어의 한글 표기가 혼란스러운 양상을 보이는 또 다른 이유는 규정에 대한 이해가 부족하거나 규정을 아예 모르기 때문일 것이다. 실제로 현행 '러시아어의 표기 원칙'은 기타 외래어 표기법에 비하여 일반에 보급이 잘 안되어 있는 형편이고, 러시아어를 모르는 일반인은 물론 러시아어를 아는 사람도 내용을 이해하기 어렵게 되어 있다. 그 이유는 다음 장에서 살펴보겠거니와, '러시아어의 표기 원

---

6) 각각 '니콜라이'(Nikolai), '상트페테르부르크'(Sankt Peterburg), '푸탸틴'(Putyatin)이 '러시아어의 표기 원칙'에 맞는 표기이다.

7) 현행 '러시아어의 표기 원칙'은 러시아어의 발음을 정밀하게 전사(transcription)하기 위한 것이 아니므로, 러시아어의 실제 발음과는 차이가 있다. 이에 러시아어를 현지 발음에 최대한 가깝게 한글로 표기하기 위한 방안이 임현수(1982), 강덕수(1992), 박춘은(1995), 최문정(2001) 등 국내 노어학자들에 의하여 제시된 바 있다. 본고의 목적에 비추어 기존에 이루어진 러시아어의 한글 표기 방안에 대하여 자세히 논의하지는 않는다. 다만 '러시아어의 표기 원칙'에 대한 비판적인 연구들에서 소홀히 한 문제에 대하여 간단히 언급하기로 한다. 첫째, 전사와 자역의 문제를 고려해야 한다. 언어마다 다른 음운 체계를 가지고 있기 때문에, 한 나라의 언어를 다른 나라의 문자로 전사하는 것은 쉬운 일이 아니다. 예를 들어서 러시아어의 в(v)는 한국어에 해당하는 발음이 없기 때문에 б(b)와 동일하게 'ㅂ'으로 표기할 수밖에 없다. 반면에 '요'와 '여'는 한국어에서 분명하게 구분되는 발음임에도 불구하고, 러시아어로는 ё(yo)로 동일하게 표기한다. 따라서 특정한 언어를 다른 나라의 문자로 표기할 때는 음운을 전사하기보다는 그 문자 체계를 다른 나라의 문자 체계로 옮겨 적는 것이 옳다. 이를 자역(transliteration)이라고 한다. 둘째, 외래어의 속성이 무엇인가를 고려해야 한다. 국가 간 교류와 문화 접촉에 의하여 많은 외래어들이 생겨나게 된다. 그런데 외래어들은 한 나라에 유입되면서, 최종적으로는 그 나라의 언어 체계에 흡수되게 된다. 예를 들어, 영어 lamp는 한국어로 '램프'로 표기해야 되지만, '남포'라 하여 한국어에 완전히 동화되었다.

칙'이 규범으로서의 권위를 지니지 못한다는 사실은 <표 14>와 예문 (1)에서 보듯이 출판물, 언론, 인터넷 등의 매체에서 확인할 수 있으며, 공공 기관의 각종 자료에서도 쉽게 확인할 수 있다. 일례로 주러 한국대사관과 '주블라디보스톡' 한국총영사관 홈페이지(http://www.mofat.go.kr)에서도 '블라디보스톡'이라 하여 '러시아어의 표기 원칙'의 규정인 '블라디보스토크'와 다르게 표기하고 있다.

3. '러시아어의 표기 원칙'의 내용

3.1. "외래어 표기법"

외래어 표기를 위한 최초의 시도는 "동국정운(東國正韻)"(1447)의 한자음 표기에서 비롯되었으나, 본격적인 외래어 표기의 역사는 조선어학회의 "한글 맞춤법 통일안"(1933)과 "외래어 표기법 통일안"(1941)에서 시작되었다고 할 수 있다. "한글 맞춤법 통일안" 제6장의 내용에 바탕을 둔 "외래어 표기법 통일안"은 국제음성기호(International Phonetic Alphabet; IPA)를 표준으로 하는 표음주의와 현재 사용하는 한글의 자모와 자형만을 이용하여 적는다는 원칙을 정하였다. 외래어 표기법은 이후 문교부의 "들온말 적는 법"(1948), "로마자의 한글화 표기법"(1958)을 거쳐서 지금의 "외래어 표기법"(1986)으로 정착되었다.

다음은 현행 "외래어 표기법"(문교부 고시 제85-11호: 1986.1.7.)의 체제인데, 제1장 '표기의 기본 원칙', 제2장 '표기 일람표', 제3장 '표기 세칙', 제4장 '인명·지명 표기의 원칙'의 4개 장으로 구성되어 있다.

<외래어 표기법>
제1장 표기의 기본 원칙
제2장 표기 일람표
　　<표1> 국제 음성 기호와 한글 대조표
　　<표2> 에스파냐 어 자모와 한글 대조표
　　<표3> 이탈리아 어 자모와 한글 대조표
　　<표4> 일본어의 가나와 한글 대조표
　　<표5> 중국어의 주음부호(注音符號)와 한글 대조표
　　<표6> 폴란드 어 자모와 한글 대조표
　　<표7> 체코 어 자모와 한글 대조표
　　<표8> 세르보크로아트 어 자모와 한글 대조표
　　<표9> 루마니아 어 자모와 한글 대조표
　　<표10> 헝가리 어 자모와 한글 대조표
　　<표11> 스웨덴 어 자모와 한글 대조표
　　<표12> 노르웨이 어 자모와 한글 대조표
　　<표13> 덴마크 어 자모와 한글 대조표
　　<표14> 말레이인도네시아어 자모와 한글 대조표
　　<표15> 타이어 자모와 한글 대조표
　　<표16> 베트남어 자모와 한글 대조표
제3장 표기 세칙
　　제1절 영어의 표기
　　제2절 독일어의 표기
　　제3절 프랑스 어의 표기
　　제4절 에스파냐 어의 표기
　　제5절 이탈리아 어의 표기

제1장 '표기의 기본 원칙'은 5개 항으로 이루어져 있고, 그 내용은 다음과 같다.

제1항 외래어는 국어의 현용 24자모만으로 적는다.[8]

---

[8] 외래어 표기에 대한 선행 연구들에서 흔히 발견할 수 있는 오류 가운데 하나가 제1장 제1항의 '현행 24자모'에 대한 오해이다. 현행 24자모의 규정을 둔 것은 외래어의 표기에서 새로운 문자나 기호를 만들어 사용하지 않는다는 원칙을 위한 것이며, 외래어 표기에서 "ㄲ, ㄸ, ㅃ, ㅆ, ㅉ"을 사용하지 않는 것은 제1장 제4항 "파열음 표기에는 된소리를 쓰지 않는 것을 원칙으로 한다"는 규정과 관련된 문제이다.

제2항 외래어의 1 음운은 원칙적으로 1 기호로 적는다.
제3항 받침에는 'ㄱ, ㄴ, ㄹ, ㅁ, ㅂ, ㅅ, ㅇ'만을 쓴다.
제4항 파열음 표기에는 된소리를 쓰지 않는 것을 원칙으로 한다.
제5항 이미 굳어진 외래어는 관용을 존중하되, 그 범위와 용례는 따로
　　　정한다.

　제2장 '표기 일람표'는 1986년 고시본에 국제음성기호, 에스파냐
어 자모, 이탈리아 어 자모, 일본어의 가나, 중국어의 주음부호와 한
글을 대조해 놓은 대조표 등 5개의 표가 있었는데, 1992년, 1995년,
2004년에 각각 추가로 고시하여 현재는 16개의 표가 있다. 제3장 '표
기 세칙'은 1986년 고시본에 7개의 절이 있었는데, 영어, 독일어, 프랑
스 어, 에스파냐 어, 이탈리아 어, 일본어, 중국어의 표기에 관한 세칙
이 그것이다. 이후 1992년에 동구권의 폴란드 어, 체코 어, 세르보크
로아트 어, 루마니아 어, 헝가리 어, 1995년에 북구권의 스웨덴 어, 노
르웨이 어, 덴마크 어를 추가하였고, 2004년에 동남아의 말레이인도
네시아어, 타이어, 베트남어를 추가하여 현재는 18개 절로 이루어져
있다.

　이상에서 알 수 있듯이, 러시아어의 표기법은 현행 "외래어 표기
법"에 포함되어 있지 않다. 공식적으로는 러시아어 자모와 한글 대조
표, 러시아어의 표기 세칙이 마련되어 있지 않은 셈이다. 한때 수교가
단절되었던 역사적 사실을 감안하더라도 "외래어 표기법"에 러시아
어에 대한 내용이 포함되어 있지 않은 것은 다소 의아한 일일 것이
다. 러시아의 국제적 위상이나 한러 관계의 중요성을 고려할 때, 러시
아어의 표기 규정이 당연히 "외래어 표기법"에 포함되어야 할 것으

로 생각되기 때문이다.

여하튼 '러시아어의 표기 원칙'이 "외래어 표기법"에 포함되어 있지 않으므로, 규범적인 성격이 매우 약할 수밖에 없으며, 그 결과에서 간략하게 살펴 본 바와 같이 실제 언어생활에서 강제성이 약하여 러시아어의 한글 표기가 혼란스럽게 된 것으로 이해할 수 있다.[9] 국립국어원 홈페이지(http://www.korean.go.kr)에서는 '러시아어의 표기 원칙'이 "정식으로 고시된 것은 아니나, 외래어를 표기할 때에는 이 원칙도 함께 적용하고 있으므로 외래어 표기법에 준하는 규칙의 지위를 지닌다"고 설명하고 있으나, 그간 이 규정의 보급 및 전파가 잘 이루어지지 않았던 것도 사실이다.

3.2. '러시아어의 표기 원칙'

'러시아어의 표기 원칙'은 1986년 "외래어 표기법"이 제정되고 난 후에 그에 따라 발간된 <외래어 표기 용례집(지명·인명)>(1986)의 '일러두기'에 세칙의 형태로 덧붙여진 것이다. '일러두기'는 10개의 장으로 이루어져 있는데, 1~5장까지는 <외래어 표기 용례집(지명·인명)>(1986)에 수록된 내용의 범위, 표제어의 분류와 배열, 해설, 약어

---

9) '러시아어의 표기 원칙'은 "외래어 표기법"에 포함되어 있지 않으므로, 그 내용을 확인하기도 쉽지 않다. "외래어 표기법"의 1986년 고시본을 포함하여, 각종 어문규정집에서도 규정을 찾기가 어려운 편이다. 2005년 2월까지는 국립국어원 홈페이지(http://www.korean.go.kr)에도 규정이 올라와 있지 않았으나, 2005년 6월 현재는 '러시아어의 표기 원칙'이 '외래어 표기 용례의 표기 원칙'의 10장에 소개되어 있어 그 내용을 확인할 수 있다. 그 밖에 국어연구소의 『외래어 표기 용례집(인명·지명)』(1986)의 '일러두기'와 국립국어연구원의 『국어어문규정집』(2002)에 규정이 소개되어 있다.

및 기호, 찾아보기 등 해당 용례집에 대한 설명이다. 6장은 '표기의 원칙', 7장은 '기타 언어 표기의 일반 원칙', 8장은 '라틴 어의 표기 원칙', 9장은 '그리스 어의 표기 원칙', 10장은 '러시아어의 표기 원칙'이다.

본고의 논의 대상인 10장 '러시아어의 표기 원칙'의 내용은 다음과 같다.

10. 러시아어의 표기 원칙
(1) e는 모음 뒤 또는 어두에서 그 음가가 [je]인 경우가 있는 바, 이러한 e는 '예'로 표기한다.
Enisei 예니세이   Nikolaev 니콜라예프
(2) ii는 하나의 '이'로 적는다.
Chaikovskii 차이코프스키
(3) 자음 앞 또는 어말의 y는 '이'로 적는다.
Kolyma 콜리마   Shakhty 샤흐티
(4) y+모음은 '야', '예' 등으로 합쳐 적으며, 앞에 자음이 있으면 그 자음까지 합쳐 적는다.
Yamal 야말   Pyotr 표트르
(5) kh는 모음 앞에서는 'ㅎ'로, 자음 앞이나 어말에서는 '흐'로 적는다.
Khiva 히바   Shakhty 샤흐티
Kazakh 카자흐
(6) ch는 모음 앞에서는'ㅊ'로, 자음 앞이나 어말에서는'치'로 적는다.
Chu 추 Ivanovich 이바노비치
(7) sh는 뒤의 모음과 합쳐 '샤', '셰' 등으로 적되, 자음 앞이나 어말에서는 '슈'로 적는다.
Shakhty 샤흐티   Ashkhabad 아슈하바트
Balkhash 발하슈
(8) shch는 '시ㅊ/시치'로 적는다.

Khrushchyov 흐루시초프

(9) zh는 모음 앞에서는 'ㅈ'로, 자음 앞에서는 '주/슈'로, 어말에서는 '슈'로 적는다.

Zhigansk 지간스크   Zhrau 주라우

manezh 마네슈

(10) b, d, g, v, z, zh는 무성 자음 앞이나 어말에서는 각각 p, t, k, f, s, sh와 동일한 방법으로 적는다. 단, 지명이 -grad는 관용을 살려 '그라드'로 적는다.

(11) 어말의 ng는 받침 'ㅇ'으로 적는다.

Rosing 로싱 flang 플랑

(12) 어깻점 '(연음부)이 있는 자음은 자음 또는 ya, yo, yu 앞에서, 그리고 어말에서 '이'를 붙여 적는다.

Gor'kii 고리키 drob' 드로피

단, ch', sh'는 ya, yo, yu 앞에서는 각각 '치', '시'로 적고, 그 밖의 경우에는 어깻점을 무시한다. 또 m'과 n'은 어말에서, l'은 모음과 자음 사이 또는 어말에서 어깻점을 무시하고 받침으로만 적는다.

Ch'ya 치야   Chitaesh' 치타예슈

lin'ka 리니카   Kazan' 카잔

L'vov 리보프   Il'ya 일리야

Vol'sk 볼스크 Gomel' 고멜

앞서 '러시아어의 표기 원칙'이 정식으로 고시된 것이 아니고, 따라서 그간 규정의 보급·전파가 잘 이루어지지 못한 까닭에 실제 언어 생활에서 잘 지켜지지 않는다는 사실을 확인하였다. 그 외에도 '러시아어의 표기 원칙'이 규범으로서의 권위를 지니지 못하는 이유로 체계적인 규정이 되기에는 미흡한 점이 많다는 점을 지적할 수 있다.

첫째, 용례의 적합성이 문제가 된다. (9)의 '마네슈'(manezh), (11)

의 '플랑'(flang), (12)의 '드로피'(drob′), '리니카'(lin′ka)는 각각 "승마 연습장", "측면", "파편", "퇴색"의 의미를 지닌 러시아어의 일반 명사이다. 이 어휘들은 외래어의 범위에 포함되지 않는 '외국어'인데, 이러한 용례를 포함함으로써 규정의 권위를 스스로 떨어뜨리고 있는 셈이다. 또한 '외국어'를 용례로 포함함으로써 표기법의 성격을 '전사(transcription) 체계'로 오해하게 할 소지를 남기고 있다.

둘째, 기술의 치밀성이 부족하다. (9)에서 zh는 자음 앞에서는 '주/슈'로 적는다고 하였는데, 그 조건을 명시하지 않고 있다. 예를 들어 Zhdanov에서는 '주'로 적어야 하는지, '슈'로 적어야 하는지에 대해 설명할 수 있어야 한다.

셋째, 규징의 체계성이 부족하다. 예를 들어 러시아어 자음 ц(ts)는 어떻게 적어야 하는지에 대한 설명이 없다. '러시아어의 표기 원칙'은 정식으로 고시된 것이 아니다 보니, 러시아어 자모와 한글 대조표를 만들지 못한 탓이다.

넷째, 체제의 일관성이 결여되어 있다. (10)의 "b, d, g, v, z, zh는 무성 자음 앞이나 어말에서는 각각 p, t, k, f, s, sh와 동일한 방법으로 적는다"는 규정은 러시아어의 음운 규칙인 '유성자음의 무성음화'를 반영한 것이다. 그런데 러시아어에서 일반화되어 있는 '무성자음의 유성음화'는 규정에 반영되어 있지 않다. 즉, "p, t, k, f, s, sh는 유성자음 앞에서 각각 b, d, g, v, z, zh와 동일한 방법으로 적는다"고는 규정하지 않은 것이다.

이러한 체제상의 취약성 외에도 러시아어의 문자인 키릴문자를 대상으로 하지 않고, 이를 로마자로 옮긴 후에 로마자를 한글로 표기하기 때문에 "러시아어의 한글 표기"가 아닌 "로마자화된 러시아어의 한글 표기”라는 문제도 내포하고 있다. 물론 “외래어 표기법”은 현지음을 최대한 반영하기 위하여 국제음성기호에 바탕을 둔 표음주의를 취하고 있지만, 이 때문에 러시아어를 모르는 사람은 물론 러시아어를 아는 사람조차 ‘러시아어의 표기 원칙’을 이해하여 규정대로 표기하기 어렵게 되었다. “외래어 표기법” 중에서도 표음주의가 아닌 표철주의에 기초한 ‘일본어의 표기’ 혹은 대조표에서 로마자와 해당 언어의 문자를 병기한 ‘타이어의 표기’의 경우를 참조하여, ‘러시아어의 표기 원칙’에서도 로마자와 키릴문자를 병기하여야 할 것이다.

4. 현행 ‘러시아어의 표기 원칙’에 대한 이해

이하의 (1)~(5)는 “외래어 표기법”(1986) 제1장 ‘표기의 기본 원칙’을, (6)~(17)은 『외래어 표기 용례집』(1986) ‘일러두기’의 10장 ‘러시아어의 표기 원칙’을, (18)~(20)은 ‘일러두기’ 중 7장 ‘기타 언어 표기의 일반 원칙’ 가운데 관련 있는 사항을 정리한 것이다. 또한 이하의 러시아어 인명, 지명의 한글 표기 용례는 규정을 이해하는 데에 도움이 될 만한 예를 선정하여 국립국어연구원(2002)의 『외래어 표기 용례집(인명)』과 『외래어 표기 용례집(지명)』에서 인용한 것인데, 원문에는 로마자와 한글만 표기되어 있다.[10]

---

10) 현행 외래어 표기법은 국제음성기호에 기초하여 러시아어를 로마자로 옮긴 후에, 그 로마자를 한글로 표기하는 원칙을 제시하고 있다. 예를 들어, 2005년 현재 러시아 대통령인 **Путин Владимир Владимирович**는 Putin, Vladimir Vladimirovich로 표기하고 이를 ‘푸틴, 블라디미르 블라디미로비치’로 적고 있다. 러시아어를 로마자로 표기한 후 설명하고 있어서, 이 글의 목적을 충분히

(1) 외래어는 한국어에서 현재 사용하는 24개의 자음과 모음만으로 적
는다.

러시아어의 인명과 지명을 표기하는 데 있어서 14개의 자음 “ㄱ,
ㄴ, ㄷ, ㄹ, ㅁ, ㅂ, ㅅ, ㅇ, ㅈ, ㅊ, ㅋ, ㅌ, ㅍ, ㅎ”과 10개의 모음 “ㅏ,
ㅑ, ㅓ, ㅕ, ㅗ, ㅛ, ㅜ, ㅠ, ㅡ, ㅣ”만을 사용한다. “ㄲ, ㄸ, ㅃ, ㅆ, ㅉ”을
포함하는 것으로 알고 있는 경우가 있으나, 현행 한글 맞춤법(문교부
고시 제88-1호, 1988년 1월 19일) 제2장 제4항에서 한글 자모의 수를
위의 24개로 규정하고 있다.

33개의 자음과 모음을 가진 러시아어를 24개의 자음과 모음을 가
진 한국어로 옮기기 위해서 몇몇 별도의 문자나 기호를 만든다면 한
국어 사용에 있어서 혼란이 생길 뿐이다. 예를 들어 러시아어의 B(v)
는 윗니 끝을 아랫입술 안쪽에 대고 내는 소리인데, 한국어에는 이에
해당하는 발음이 없다. 이를 위해서 ‘ㅸ’을 살려 쓰는 방안을 생각할
수 있다. 설령 특수한 문자나 기호를 이용하여 러시아어 발음을 한글
로 완벽하게 전사할 수 있다고 해도, 세계 모든 언어를 전사하기 위
하여는 많은 특수 기호나 문자가 필요하다. 이는 외래어 표기가 전문
가뿐 아니라 일반인들이 쉽고 편하게 사용하는 것을 목적으로 한다
는 점을 고려할 때 지극히 불합리한 일이다. 따라서 한국어에 없는
발음을 표시하기 위하여 특별한 글자나 기호를 만들어서 표기해서는

이루기 위하여는 표기법 원문의 로마자를 키릴문자로 다시 표기해야 하고, 로마
자를 기초로 하였기 때문에 키릴문자를 바탕으로 한 러시아어의 특성과 차이가
나는 부분이 있다. 그래서 원문을 그대로 옮겨 적지 않는다. “외래어 표기법”의
제1장 ‘표기의 기본 원칙’ 5개항과 ‘러시아어의 표기 원칙’, ‘기타 언어 표기의
일반 원칙’의 내용을 요약하고 나름대로의 해설과 용례를 첨가하여, 읽는 사람
들의 이해를 돕고자 한다.

안 된다고 규정한 것이다.[11]

　　(2) 외래어의 1 음운은 원칙적으로 1 기호로 적는다.

　현행 "외래어 표기법"에서는 러시아어 자모와 한글 대조표를 제시하지 않았으나, '러시아어의 표기 원칙'과 <외래어 표기 용례집>의 러시아어의 인명과 지명의 표기 용례를 참고하여 러시아어 자모와 한글의 대조표를 다음과 같이 작성할 수 있다.[12] 현대 러시아어에서 경음부(hard sign) ъ는 음가(音價)를 지닌 문자가 아니므로 대응하는 한글 표기가 없고, 연음부(soft sign) ь는 상황에 따라 모음 '이'로 표기되는 것으로 이해할 수 있다.

---

11) 이하에서 설명하게 될 "외래어 표기법" 전반에 대한 이해는 김세중(1998), 김하수(1999), 김기중(2001)과 국립국어원 홈페이지(http://www.korean.go.kr)를 참고하였고, 한국어의 음운 특성은 배주채(2003), 신지영・차재영(2003)을, 러시아어의 음운 특성은 강덕수 외(1995), 박진근(1999), 이은순 편역(2001)과 고대 러시아문화연구소의 <노한사전>(2003)을 참고하였다.

12) 러시아어의 자음은 단순히 모음 앞과 자음 앞 또는 어말의 조건만으로 표기 규칙을 정할 수 없을 정도로 음운 규칙이 복잡한 편이다. 따라서 '러시아어의 표기 원칙'에서도 유성음, 무성음의 조건을 포함하여야 하는데, 여기서는 조건을 자세히 명시하여 대조표를 작성하지는 않는다. 한편, 대조표에 러시아어의 로마자화 러시아국가표준안(Gosstandart of Russia; ГОСТ 7.79-2000)을 포함하여, 국내에서 사용하고 있는 러시아어의 로마자화와 비교할 수 있도록 하였다. 예를 들어 러시아어의 자음 x는 국내에서는 로마자 kh로 표기하고 있으나, 러시아국가표준 Ⅰ안에서는 로마자 h로, Ⅱ안에서는 로마자 x로 표기하는 등의 차이가 있다.

<표 15> 키릴문자와 한글 대조표

키릴 문자	로마자	발음	한글	러시아 표준 I	러시아 표준 II
а	a	[a]	아	a	a
б	b	[b]	ㅂ	b	b
в	v	[v]	ㅂ	v	v
г	g	[g]	ㄱ	g	g
д	d	[d]	ㄷ	d	d
е	e	[e]	에	e	e
ё	yo	[jo]	요	ë	yo
ж	zh	[ʒ]	ㅈ	ž	zh
з	z	[z]	ㅈ	z	z
и	i	[i]	이	i	i
й	i	[j]	이	j	j
к	k	[k]	ㅋ	k	k
л	l	[l]	ㄹ	l	l
м	m	[m]	ㅁ	m	m
н	n	[n]	ㄴ	n	n
о	o	[o]	오	o	o
п	p	[p]	ㅍ	p	p
р	r	[r]	ㄹ	r	r
с	s	[s]	ㅅ	s	s
т	t	[t]	ㅌ	t	t
у	u	[u]	우	u	u
ф	f	[f]	ㅍ	f	f
х	kh	[x]	ㅎ	h	x
ц	(ts)	[ts]	ㅊ	c	cz/c
ч	ch	[tʃ]	ㅊ	č	ch
ш	sh	[ʃ]	ㅅ	š	sh
щ	shch	[ʃtʃ]	시ㅊ	ŝ	shh
ъ	–	–	–	″	″
ы	y	[ɨ]	이	y	y′
ь	'	–	(이)	'	'
э	e	[e]	에	è	e′
ю	yu	[ju]	유	û	yu
я	ya	[ja]	야	â	ya

하나의 음운을 하나의 기호로 하면 기억하기도 좋고 표기하기도 편리하다. 즉, 하나의 음운을 늘 일정하게 같은 글자로 적어야 어떠한 음운 환경에서도 예측이 가능하다. 다만, 모든 언어에 일괄적으로 적용하기 어렵기 때문에, 외래어의 1 음운은 원칙적으로 1 기호로 적는다고 하여 예외를 인정하였다. 그 예외적인 사항은 세칙에서 설명하고 있다.

(3) 받침에는 "ㄱ, ㄴ, ㄹ, ㅁ, ㅂ, ㅅ, ㅇ"만을 쓴다.

Находка/ Nakhodka 나홋카　　　　　**Лопатка**/ lopatka 로팟카

받침에 위의 7개 자음만을 쓰고, 특히 'ㄷ'을 쓰지 않고 'ㅅ'을 쓰는 것은 한국어의 음절끝소리규칙에 따른 것이다. 고유어나 한자어에서 종성의 자음은 자음 앞에서 "ㄱ, ㄴ, ㄷ, ㄹ, ㅁ, ㅂ, ㅇ"으로 실현된다. 그런데 외래어에서 받침에 'ㄷ' 대신에 'ㅅ'을 쓰는 것은 형태음운상의 이유이다. 예를 들어, 영어의 coffee shop은 조사 "-이, -은, -에서"와 어울릴 때 [커피쇼비], [커피쇼븐], [커피쇼베서]로 발음하게 된다. 이는 외래어가 한국어의 체계 속에 동화되기는 했으나, 여전히 고유어와 구별되는 특징을 유지하고 있다는 사실을 보여 준다. 그래서 д(d)와 т(t)가 받침으로 쓰일 때, 음운상으로는 'ㄷ'에 가깝지만 'ㅅ'으로 표기하는 것이다.

(4) 파열음 표기에 된소리를 쓰지 않는다.

Виктор/ Viktor 빅토르　　　　　**Тамара**/ Tamara 타마라

외국어의 유성 파열음 [b], [d], [g]는 예사소리 "ㅂ, ㄷ, ㄱ"로 적고, 무성 파열음 [p], [t], [k]는 거센소리 "ㅍ, ㅌ, ㅋ"로 적는다. 러시아어에서 파열음은 б(b), д(d), г(g), п(p), т(t), к(k)이다. 특히 무성음인 п(p), т(t), к(k)는 각각 한국어의 된소리 "ㅃ, ㄸ, ㄲ"에 가깝지만, 이를 각각 "ㅍ, ㅌ, ㅋ"로 적는다. 언어마다 파열음의 특성이 다르기 때문에 파열음 표기에 된소리를 쓰기도 하고 거센소리를 쓰기도 한다면, 세계 모든 언어의 음운상의 특징에 따라 된소리와 거센소리로 구별해 적어야 한다. 모든 외국어의 발음을 아주 정확하게 표기하는 것은 불가능하므로, 규정의 간결성과 체계성을 살리는 데에 중점을 둔 것이다.

(5) 이미 굳어진 표기는 관용을 따른다.
Россия/ Russia *러시아   Сибирь/ Siberia *시베리아[13]

외래어의 유입 경로와 방식은 여러 가지이다. 예를 들어 영어의 camera는 철자를 그대로 읽어서 '카메라'라고 차용되었지만, 영어의 pimp는 [i]가 '에'에 가깝게 들려서 '펨프'라고 차용되었다. 이렇게 이미 일반에 익숙해진 것은 관행에 따라서 표기하는 것을 허용하기로 하였다. 단, 이미 굳어진 외래어는 관용을 존중하되, 그 범위와 용례는 따로 정한다고 하였고, 그 용례는 <외래어 표기 용례집>을 통하여 확인할 수 있다. Совет(Soviet)를 *소비에트'로 표기하는 것은 이 말이 영어를 통하여 차용되었기 때문이다. 이렇듯 러시아어를 통하

---

13) 이하 * 표시가 붙은 한글표기는 '러시아어의 표기 원칙' 규정과 다르게 관용에 따라 표기된 것이다.

여 유입된 것이 아니라 다른 언어를 통하여 차용된 러시아어 인명, 지명 중 이미 오랫동안 쓰여 아주 굳어진 것은 그 관용을 따르기로 한 것이다.

    (6) e(e)는 모음 뒤 또는 어두에서 '예'로 적는다.
        Ельцин/ Yel'tsin 옐친 **Моисеевич**/ Moiseevich 모이세예비치

러시아어에서 e(e)는 강세가 있는가, 어떤 음절에 있는가에 따라 발음이 다르다. 즉, 역점이 있는 e(e)는 [je], 역점이 있는 음절 앞의 e(e)는 약한 [ji], 그 외에 역점이 없는 음절의 e(e)는 애매한 [ə]로 발음된다. 그런데 단어에 따라 e(e)를 일일이 다르게 적는 것은 불편할 뿐만 아니라, 러시아어를 모르는 일반인에게는 어려운 일이다. 따라서 "**Достоевский**/ Dostoevskii 도스토예프스키, **Есенин**/ Esenin 예세닌"에서 보듯이, 모음 뒤와 어두에서만 '예'로 적고, 나머지 경우에는 일괄적으로 '에'로 적기로 한 것이다.

    (7) ий(ii)와 ый(ii)는 '이'로 적는다.
        Дмитрий/ Dmitrii 드미트리   **Мирный**/ Mirnii 미르니

반모음 й(i)는 발음이 [j]인데, 항상 모음 뒤에 붙어서 이중모음을 만든다. "**Байсал**/ Baikal 바이칼, **Енисейск**/ Eniseisk 예니세이스크, **Толстой**/ Tolstoi 톨스토이"에서 보듯이 ай(ai), ей(ei), ой(oi) 등을 "아이, 에이, 오이"로 하여 й(i)를 '이'로 적는다. 그러나 역시 '이'로 표기되는 и(i)와 ы(y) 뒤에서는 표기하지 않기로 한 것이다. 이는 "**Чаа** даев/ Chaadaev 차다예프”에서 aa(aa)를 ‘아아’로 표기하지 않고 ‘아’로 표기한 것에서도 알 수 있듯이, 동일한 표기를 줄임으로써 표기상의 간결함을 추구한 것으로 이해할 수 있다.

(8) ы(y)는 ‘이’로 적는다.

Колыма/ Kolyma 콜리마   Шахты/ Shakhty 샤흐티

러시아어의 ы(y)는 입을 옆으로 벌리고 혀를 뒤로 당긴 다음, 혀 중앙부를 입천장 쪽으로 올리면서 ‘이’를 소리낸다. 한국어에는 ы(y)와 유사한 발음이 없고, 굳이 비교하자면 ‘의’, ‘으’, ‘이’에 가깝다. 그런데 ы(y)를 ‘으’로 적으면 자음군과 구별할 수 없고, ‘의’로 적으면 ‘틔’와 같이 현대 국어에서 불가능한 발음으로 표기되므로 ‘이’로 적기로 한 것으로 이해할 수 있다.

(9) я(ya), ё(yo), ю(yu)는 각각 “야, 요, 유”로 적고, 자음 뒤에서는 그 자음과 합쳐 적는다.

Ямал/ Yamal 야말   Пётр/ Pyotr 표트르

로마자를 기준으로 한 표기법 원문에는 “y+모음”은 ‘야’, ‘예’ 등으로 적으며, 자음 뒤에서는 그 자음과 합쳐 적는다고 되어 있는데, 연모음(軟母音) я(ya), ё(yo), ю(yu)에 관한 규정으로 이해할 수 있다. 러시아어의 모음은 경모음(硬母音) а(a), о(o), у(u) ы(y) э(e)와 연모음 я(ya) ё(yo), ю(yu), и(i), е(e)의 10개가 있다. 연모음은 경모음 앞에 짧은 й(i)음이 붙은 것인데, 연모음 가운네 я(ya) ё(yo), ю(yu)는

각각 발음이 [ja], [jo], [ju]이다. 이를 오해하여 두 개의 모음으로 적을 가능성이 있기 때문에 연모음 я(ya) ё(yo), ю(yu)를 하나의 모음으로 적도록 규정한 것이다.

(10) x(kh)는 모음 앞에서 'ㅎ'로, 자음 앞이나 어말에서는 '흐'로 쓴다.
Хива/ Khiva 히바　　　**Казахстан**/ Kazakhstan 카자흐스탄

xa(kha), xo(kho), xy(khu), xe(khe), xи(khi)를 각각 "하, 호, 후, 헤, 히"로 쓴다. 러시아어의 정자법에는 x(kh) 뒤에 모음 ы(y), я(ya), ю(yu), ё(yo)와 연음부 ь를 쓰지 못하도록 규정하고 있다. x(kh)를 모음 앞에서는 모음과 어울려 쓰고 자음 앞이나 어말에서는 모음 '으'를 합쳐 적기 때문에, x(kh)를 받침으로는 쓰지 않는다.

(11) ч(ch)는 모음 앞에서 'ㅊ'로, 자음 앞이나 어말에서는 '치'로 쓴다.
Иванович/ Ivanovich 이바노비치
Горбачёв/ Gorbachëv *고르바초프

ча(cha), чо(cho), чу(chu), чё(chyo), че(che), чи(chi)를 각각 "차, 초, 추, 쵸, 체, 치"로 쓴다. 러시아어의 정자법에는 ч(ch) 뒤에 모음 ы(y), я(ya), ю(yu)를 쓰지 못하도록 규정하고 있다. ч(ch)를 모음 앞에서는 모음과 어울려 쓰고 자음 앞이나 어말(語末)에서는 모음 '이'를 합쳐 적기 때문에, ч(ch)를 받침으로는 쓰지 않는다

(12) ш(sh)는 모음 앞에서 "샤, 셰" 등으로, 자음 앞이나 어말에서는

‘슈’로 쓴다.

Шагинян/ Shaginyrn 샤기냔   Балхаш/ Balkhash 발하슈

ша(sha), шо(sho), шу(shu), шё(shyo), ше(she), ши(shi)를 각각 “샤, 쇼, 슈, 쇼, 셰, 시”로 쓴다. 러시아어의 정자법에는 ш(sh) 뒤에 모음 ы(y), я(ya), ю(yu)를 쓰지 못하도록 규정하고 있다. ш(sh)를 모음 앞에서는 모음과 어울려 쓰고 자음 앞이나 어말(語末)에서는 모음 ‘유’를 합쳐 적기 때문에, ш(sh)를 받침으로는 쓰지 않는다.

(13) щ는(shch)는 “시치/시치”로 적는다.

Хрущёв/ Khrushchyov *흐루시초프

Благовещенск/ Blagoveshchensk 블라고베시첸스크

ща(shcha), що(shcho), щу(shchu), щё(shchyo), ще(shche), щи (shchi)를 각각 “시차, 시초, 시추, 시쇼, 시체, 시치”로 쓴다. 러시아어의 정자법에는 щ(shch) 뒤에 모음 ы(y), я(ya), ю(yu)를 쓰지 못하도록 규정하고 있다. щ(shch)를 모음 앞에서는 ‘시치’로 쓰고, 자음 앞이나 어말(語末)에서는 ‘시치’로 쓴다. щ(shch)를 받침으로는 쓰지 않는다. щ(shch)는 혀의 중심부를 입천장 가까이 올리고 ш(sh)와 ч(ch)를 결합한 듯이 발음하기도 하지만, ш(sh)를 길게 끌듯이 발음하는 것이 보통이다. 이는 한국어에 없는 발음으로, щ(shch)를 ‘시치’로 표기하는 것은 현지음과 매우 다르다. 그러나 щ의 발음이 [ʃtʃ]이기 때문에 ‘시치’로 표기하는 것이다.

(14) ж(zh)는 모음 앞에서 'ㅈ'로, 유성자음 앞에서 '주'로, 무성자음 앞
　　　에서 '슈'로, 어말에서 '슈'로 쓴다.
　　　Жданов/ Zhdanov 주다노프
　　　Жириновский/ Zhirinovskii 지리노프스키

жа(zha), жо(zho), жу(zhu), жё(zhyo), же(zhe), жи(zhi)를 각각
"자, 조, 주, 죠, 제, 지"로 쓴다. 러시아어의 정자법에는 ж(zh) 뒤에
모음 ы(y), я(ya), ю(yu)를 쓰지 못하도록 규정하고 있다. ж(zh)를 자
음 앞에서는 '주' 또는 '슈'로 쓰고, 어말에서는 '슈'로 적기 때문에, ж
(zh)를 받침으로는 쓰지 않는다. ж(zh)를 어말(語末)에서 '슈'로 쓰는
이유는 러시아어의 유성자음의 무성음화를 반영한 것이다. 이는 (15)
에서 자세히 설명하도록 한다.

(15) б(b), д(d), г(g), в(v), з(z), ж(zh)는 무성자음 앞이나 어말에서
　　　п(p), т(t), к(k), ф(f), с(s), ш(sh)와 같은 방법으로 적는다.
　　　Кавказ/ Kavkaz 카프카스　　　**Таганрог**/ Taganrog 타간로크

러시아어의 자음은 발음할 때의 성대의 진동 유무에 따라 유성자
음과 무성자음으로 구분되는데, 유성자음은 б(b), д(d), г(g), в(v), з
(z), ж(zh), л(l), р(r), м(m), н(n)이고 무성자음은 п(p), т(t), к(k), ф
(f), с(s), ш(sh), х(kh), ц(ts), ч(ch), щ(shch)이다. 이 가운데 유성자
음 б(b), д(d), г(g), в(v), з(z), ж(zh)는 각각 무성자음 п(p), т(t), к(k),
ф(f), с(s), ш(sh)와 서로 대응관계에 있다. 러시아어에서는 자음이
서로 겹칠 때 앞의 자음이 뒤의 자음의 성질과 비슷해지는 역행동화

가 빈번하여 유성자음의 무성음화가 일어난다. 이를 반영하여 유성자음 б(b), д(d), г(g), в(v), з(z), ж(zh)를 무성자음인 п(p), т(t), к(k), ф(f), с(s), ш(sh), х(kh), ц(ts), ч(ch), щ(shch) 앞이나 어말(語末)에서 각각 "프, 트, 크, 프, 스, 슈"로 쓴다. 다만, 지명의 -град(-grad)와 -город(-gorod)는 각각 '-그라드'와 '-고로드'로 적어서 Ленинград(Lenningrad)는 '레닌그라드(상트페테르부르크의 옛 이름)'로 적는다. 반면에 무성자음의 유성음화는 적용하지 않는다.

(16) г(g) 앞의 н(n)은 받침 'ㅇ'으로 적는다.

Ингуш/ Ingush 잉구슈

Архангельск/ Arhangel′sk 아르항겔스크

러시아어 발음에 [ŋ]이 없으므로, 러시아어를 한글로 표기할 때 받침에 'ㅇ'을 쓰지 않는 것으로 오해하는 경우가 있다. 그러나 н(n)이 г(g) 앞에 쓰일 때는 받침 'ㅇ'으로 표기하기로 하도록 규정하고 있다. 이는 외래어 표기에 있어서 다른 외국어들과 비교하여 일관되게 표기함으로써 표기의 체계성을 유지하고자 하는 것으로 이해할 수 있다.

(17) 연음부 ь는 자음 또는 я(ya), ё(yo), ю(yu) 앞에서, 그리고 어말에서 '이'로 적는다.

Горький/ Gor′kii고리키   Чья/ Ch′ya 치야

Казань/ Kazan′ 카잔   Наталья/ Natal′ya 나탈리야

Львов/ L′vov 리보프   Вольск/ Volsk 볼스크

연음부(soft sign) ь는 그 자체로는 독립된 음가를 지니지 못하고 그 앞의 경자음(硬子音)을 연자음(軟子音)으로 만드는 역할을 한다. 연자음을 발음하려면 경자음 뒤에 [j]를 덧붙여서 소리를 내기 때문에, 연음부 ь를 '이'로 적는다. 단, чь(ch′)와 шь(sh′)를 я(ya), ё(yo), ю(yu) 앞에서는 각각 '치'와 '시'로 적고, 그 밖에는 연음부 ь를 무시한다. 또한 мь(m′)와 нь(n′)는 어말에서 연음부 ь를 무시하고 받침으로만 적는다. ль(l′)는 모음과 자음 사이 또는 어말에서 연음부 ь를 무시하고 받침으로만 적는다.

(18) 철자 а,(a), э(e), и(i), о(o), у(u)는 각각 "아, 에, 이, 오, 우"로 적는 것을 원칙으로 한다.

Москва/ Moskva 모스크바

Академгородок/ Akademgorodok 아카뎀고로도크

러시아어에서 모음은 강세가 있는가, 어떤 음절에 있는가에 따라 발음이 다르다. 역점이 있는 а(a)와 о(o)는 각각 [a]와 [o]로 발음되지만, 역점이 있는 음절 바로 앞이나 어두의 а(a)와 о(o)는 약한 [ʌ]로, 역점이 있는 음절보다 한 음절 이상 앞 또는 역점이 있는 음절 뒤의 а(a)와 о(o)는 [ə]로 발음된다. 또한 역점이 있는 е(e)와 я(ya)는 각각 [je]와 [jo]로 발음되지만, 역점이 있는 음절 앞의 е(e)와 я(ya)는 약한 [ji], 그 외에 역점이 없는 음절의 е(e)와 я(ya)는 애매한 [ə]로 발음된다. 그러나 단어에 따라 모음을 일일이 다르게 적는 것은 불편할 뿐 아니라, 러시아어를 모르는 일반인에게 매우 어려운 일이다. 따라서 강세에 따른 모음 음가의 변화는 무시하도록 한 것이다.

(19) 어말의 파열음 б(b), д(d), г(g), п(p), т(t), к(k)는 모두 '으'를 붙여 적는다.

Бакст/ Bakst 박스트

Санкт-Петербург/ Sankt Peterburg *상트페테르부르크

어말의 파열음 б(b), д(d), г(g), п(p), т(t), к(k)는 모두 '으'를 붙여서 각각 "프, 트, 크, 프, 트, 크"로 적는다. 특히 유성자음인 б(b), д(d), г(g)를 각각 '프', '트', '크'로 적는 이유는 앞의 (15)에서 설명한 바와 같다. 단, 모음과 자음 사이에서 유성파열음 б(b), д(d), г(g)는 '으'를 붙여서 "프, 트, 크"로 적고, 무성파열음 п(p), т(t), к(k)는 받침으로 적되, 뒤의 자음이 л(l), р(r), м(m), н(n)이면 '으'를 붙여서 "프, 트, 크"로 적는다.

(20) 발음상 같은 자음이 겹치더라도 겹쳐 적지 않는다.

Уссурийск/ Ussuriisk 우수리스크

Раммишувили/ Rammishuvili 라미슈빌리

Иннокентий(Innokentii)의 нн(nn)처럼 동일한 자음이 연속하여 나타나더라도 이를 '인노켄티'로 표기하지 않고, '이노켄티'로 표기한다. 모음 ий(ii)와 ый(yi)를 각각 '이이'와 '이이'로 표기하지 않고 '이'로 표기하기로 한 (7)의 규정에서 보듯이, 표기상의 간결함을 추구한 것으로 이해할 수 있다.

이 외에도 외래어 표기법에는 언급되어 있지 않으나, 국립국어원의 「외래이 표기 용례집(인명)」(2002)과 「외레어 표기 용례집(지명)」

(2002)의 용례를 참고하여 다음과 같은 몇 가지 내용을 추가할 수 있다.

연모음 я(ya) ё(yo), ю(yu), и(i), е(e) 앞의 경자음 д(d)와 т(t)의 연자음화는 무시한다.(예: Дима/ Dima 디마, Екатерина/ Ekaterina 예카테리나) 지명의 -тск(-tsk)는 '-츠크'로 표기한다.(예: Иркутск/ Irkytsk 이르쿠츠크, Охотск/ Okhotsk 오호츠크) л(l)은 어말이나 자음 앞에서 받침으로, 모음과 모음 사이에서는 '르르'로 표기한다.(예: Алтай/ Altai 알타이, Оля/ Olya 올랴) р(r)는 어떠한 경우에도 받침으로 쓰지 않는다.(예: Александр/ Aleksandr 알렉산드르, Новосибирск/ Novosibirsk 노보시비르스크) ц(ts)는 모음 앞에서는 'ㅊ'로, 어말이나 자음 앞에서는 '츠'로 쓴다.(예: Циолковский/ Tsiolkovskii 치올코프스키, Щербацкой/ Shcherbatskoi 시체르바츠코이)

5. 결론

언어 규범의 내적인 완성도를 위하여 규정의 체계성과 일관성에 대한 지속적인 논의가 필요하지만, 이제까지 '러시아어의 표기 원칙'에 대한 논의는 주로 국내 노어학계를 중심으로 산발적으로 이루어졌을 뿐 국어학계의 관심은 전무한 실정이다. 또한 근래 들어 러시아어 고유명사의 유입은 급속도로 늘고 있는 데 반하여 '러시아어의 표기 원칙'에 대한 수정・보완이 미처 뒤따르지 못한 결과, 러시아어의 한글 표기가 언론이나 출판물, 인터넷 등에서 매우 혼란스러운 양상을 보이고 있다. 한편, 해외에 한국어 및 한국학을 보급하고 전파하는 과정에서 국어의 어문 규범도 함께 보급해야 하지만, 러시아의 한국어교육 및 한국학 연구에 있어서 한국의 '러시아어의 표기 원칙'은 아직 도입되지 않고 있는 상황이다. 그리고 남북한 재통일은 물론, 전 세계 한민족의 통합을 위하여 국어의 어문 규범의 정비가 시급하다. 북한의 외래어 표기법에서 차지하는 러시아어의 비중이 크기 때문에, 이에 상응하는 남한의 '러시아어의 표기 원칙'을 재정비할 필요가 있다. 또한 현재 재러동포(고려인)들은 규정 자체를 모르는 경우가 허다하기 때문에 이들에게 어문 규범을 보급하여야 한다.

　이러한 이유들로 인하여 본고에서는 현행 '러시아어의 표기 원칙'의 내적인 측면에 초점을 맞추어 규정이 지닌 문제점을 확인해 보았다.

첫째, 공시적인 규범으로서의 자격을 가지기 어려운 면이 있다. '러시아어의 표기 원칙'은 1986년 "외래어 표기법"에 포함되지 못하고, <외래어 표기 용례집>(1986)의 '일러두기'에 포함됨으로써 공식적인 규범으로서의 기능을 수행하는 데에 한계를 드러낸다. 당연히 규범의 보급과 전파라는 측면에서도 좋은 성과를 기대할 수 없다.

둘째, 규정으로서의 완성도가 부족하다. 외래어라 할 수 없는 러시아 일반 명사를 예로 드는 등 용례의 적합성에서 문제가 있고, 어떤 조건 하에서 구별하여 써야 할지를 명시하지 않아 기술의 치밀성이 부족한 일면을 드러내기도 하였다. 러시아어 자모와 한글 대조표를 만들지 않은 탓에 기술이 이루어지지 않은 자모가 있을 정도로 규정의 체계성이 취약하며, 음운 규칙의 적용에서 일관성의 결여 또한 지적할 만하다.

셋째, 러시아어가 고유의 문자를 가졌음에도 불구하고, 해당 언어의 문자언어로서의 장점을 표기 원칙에 반영하지 못하고 있다. 즉, "외래어 표기법"의 대전제인, 국제음성기호에 바탕을 둔 표음주의의 원칙을 경직되게 적용함으로써 로마자와 다른 고유의 문자를 가진 언어인 러시아어의 한글 표기에서 부정적인 결과가 발생하고 있다.

　아울러 본문에서는 '러시아어의 표기 원칙'을 보급하여, 국내에서 이루어지는 러시아어의 한글 표기는 물론, 해외 한국어 및 한국학의 보급 차원에서 러시아의 한국어교육에 도움이 되고자 '러시아어의 표기 원칙'을 일반적인 수준으로 설명하고자 시도하였다. 이에 대한 설명은 다시 요약하지 않고 다만, 본문에서 설명한 용례에 더하여 러시아어의 주요 인명, 지명 일부를 제시하는 것으로 결론을 대신하기로 한다. 그리고 본고의 목적에 비추어, '러시아어의 표기 원칙'의 새로운 표기 방안은 언급하지 않았고 새로운 표기 방안에 대하여는 추후 연구에서 다루기로 한다.

Академгородок 아카뎀고로도크, Александр 알렉산드르, Алтай 알타이, Аму-Дарья 아무다리야, Арнлгелск 아르항겔스크, Байкал 바이칼, Бакст 박스트, Балхаш 발하슈, Барнаул 바르나울, Благовещенск 블라고베시첸스크, Виктор 빅토르, Владивосток 블라디보스토크, Вольск 볼스크, Гагарин 가가린, Гоголь *고골리, Горбачёв *고르바초프, Горький 고리키, Дима 디마, Достоевский 도스토예프스키, Дмитрий 드미트리, Екатерина 예카테리나, Ельцин 옐친, Енисейск 예니세이스크, Есенин 예세닌, Жданов 주다노프, Жириновский 지리노프스키, Жуковский 주코프스키, Засулич 자술리치, Златоуст 즐라토우스트, Иванович 이바노비치, Ингуш 잉구슈, Иннокентий 이노켄티, Иркутск 이르쿠츠크, Кавказ 카프카스, Казань 카잔, Казахстан 카자흐스탄, Колыма 콜리마, Красноярск 크라스노야르스크, Ленинград 레닌그라드, Лопатка 로팟카, Львов 리보프, Мирный 미르니, Моисеевич 모이세예비치, Москва 모스크바, Наталья 나탈리야, Находка 나홋카, Новосибирс к 노보시비르스크, Оля 올랴, Омск 옴스크, Охотск 오호츠크, Пётр 표트르, Путин 푸틴, Пушкин 푸슈킨, Раммишвили 라미슈빌리, Распутин 라스푸틴, Россия *러시아, Санкт-Петербург *상트페테르부르크, Сахалин 사할린, Сибирь *시베리아, Совет *소비에트, Таганрог 타간로크, Тамара 타마라, Толстой 톨스토이, Томск 톰스크, Улан-Уде 울란우데, Урал 우랄, Уссурийск 우수리스크, Фадеев 파데예프, Фонвизин 폰비진, Хабаровск 하바로프스크, Хива 히바, Хрущёв *흐루시초프, Цветаева 츠베타예바, Циолковский 치올코프스키, Чаадаев 차다예프, Чайковский 차이코프스키, Чья 치야, Шагинян 샤기냔, Шахты 샤흐티, Щепкин 시쳅킨, Щербацкой 시체르바츠코이, Эйзенштейн 에이젠슈테인, Эренбург 에렌부르크, Южанов 유자노프, Южно-Сахалинск 유주노사할린스크, Якутск 야쿠츠크, Ямал 야말, Ясин 야신

민족어교육과 외국어교육의 이중성

러시아의 한국어교육

러시아 중부 지역의 한국인/동포를 위한 한국어교육의 현황과 과제[*]

1. 서론

소비에트 연방의 해체와 한러 수교 이후 한민족의 비극적 역사로서 구소련 지역의 고려인[1] 사회 형성에 대한 관심이 증가하면서 이와 관련한 연구들이 여러 방면에서 진행되었다. 최근에는 디아스포라에 대한 새로운 인식과 맞물려 이 지역에 형성되고 있는 한인 사회를 주제로 한 연구들도 이루어지고 있다. 연구사가 비교적 짧은 편임에도 불구하고 적지 않은 분량의 성과들이 쌓였으나, 아직까지는 연

---

[*] 본고는 <제5회 Korean교육연구 국제학술회의: 해외 한국인/동포를 위한 한국어교육의 현황과 과제 (2)>(이화여대, 2008.12.10)에서 발표한 내용을 기초로 하였다.

1) 본고에서는 명칭에 대한 논의는 생략하고, 총체적인 의미로 '한인'을 주로 사용하고 상황에 따라 '한민족'을 사용하기로 한다. 각각의 집단은 '한국인', '북한인(?)', '조선족', '고려인'으로 구분하여 칭하기로 한다.

구의 대상이 포괄적이고 광범위하다는 한계를 보이고 있다. 러시아 뿐 아니라 우즈베키스탄, 카자흐스탄 등을 포함하는 전체적인 양상을 다루고 있는데, 연방 해체 이후 각국의 내외적 상황이 매우 다르게 전개되고 있으므로 연구 대상의 범위를 좁혀나갈 필요가 있다. 또한 미래지향적인 방향으로 발전시켜 나가기 위해서도 고려인 사회의 형성이라는 사적 전개에 집중된 주제와 중앙아시아 지역에 편중된 연구의 다변화를 꾀하는 것이 필요한 시점이다.

외교통상부와 재외동포재단 등 유관기관의 통계(2003년)에 따르면, 고려인은 약 65만 명에 달하는 것으로 추정된다. 러시아에 약 19만 명, 우즈베키스탄에 약 23만 명, 카자흐스탄에 약 10만 명, 우크라이나에 약 1만 3천 명, 키르기스스탄에 약 2만 명이 거주하고 있는데, 1990년대 중반 이후에는 중앙아시아 각국의 경제 침체 등을 이유로 러시아로 역이주하는 고려인이 늘고 있는 추세이다. 2000년대 들어서도 3~4만 명 이상의 고려인 역이주가 이루어진 것으로 추정되나 공식적인 집계는 나오지 않고 있다. 중앙아시아 각국의 자국어 정책이 강화되면서 역이주는 더욱 증가할 것으로 보인다. 따라서 향후 러시아의 고려인 사회는 더욱 확장될 전망이다. 스탈린의 강제이주정책(1937) 이후 고려인 사회의 중심이 연해주에서 중앙아시아로 옮겨갔으나, 최근 들어 다시 그 중심이 러시아로 바뀌고 있는 것이다.

본고는 사적 전개보다는 현황과 전망에 초점을 맞추어 대상을 고려인에 국한하지 않고, 한인 사회를 형성하는 전체 성원을 대상으로 하여 문제에 접근하고자 한다. 물론 현지 한인 사회의 대다수를 차지하는 고려인에 대한 논의가 주가 될 수밖에 없는 한계가 있다. 한편 러시아의 현황을 명확히 파악하기 위하여, 그간 상대적으로 연구가 소홀했던 러시아 중부, 즉 시베리아 지역으로 범위를 한정하기로 한다. 그러나 이 지역은 아직 한인 사회가 크게 형성되지 못하여 한국인/동포를 위한 한국어교육의 현황만을 다루는 데에 다소 무리가 따른다.

러시아 한인 사회의 전체적인 양상을 규명하기 위해서는 시베리아 지역의 연구가 추후 보완되어야 할 것이다. 기존 연구들이 카자흐스탄, 우즈베키스탄 등 구소련권 국가들을 포함하였으나, 연방 해체 이후 각국의 상황이 다르게 전개되었기 때문에 역사적 연구가 아니라면 국가별로 접근하는 것이 중요하다. 또한 러시아에 대한 연구도 사할린이나 연해주 등 일부 지역에 집중되었던 한계를 극복할 필요가 있기 때문이다. 다만, 선행된 연구와 조사가 미비하여 심도 있는 논의를 진행하기는 어려우므로, 시베리아의 한인 사회와 이들에 대한 한국어교육 현황을 소개하여 이 지역에 대한 관심을 유발하는 데에 목적을 두기로 한다.

2. 한국인 및 동포 거주 현황

러시아를 대상으로 한 연구는 크게 세 권역으로 나누어 진행하는 것이 여러 모로 유리하다. 따라서 모스크바와 상트페테르부르크를 중심으로 한 유럽러시아, 편의상 중부로 칭한 시베리아, 블라디보스토크와 하바롭스크를 중심으로 한 극동러시아로 구분하여 논의를 진행하는 것이 관례이다. 이 가운데 시베리아는 러시아 국토의 75%에 이르지만, 인구는 1천 4백만 명에 불과하다. 러시아 전체의 인구가 1억 4천만 명임을 감안하면 시베리아의 인구가 매우 적은 편임을 알 수 있다. 혹한으로 인하여 거주지라기보다는 유형지라는 이미지가 강하기는 하지만, 자원의 중요성이 강조되고 있는 현대 사회에서 시베리아가 가지는 의의는 매우 커서 각국의 자원외교가 활발하게 진행되고 있다. 또한 소비에트 시절부터 시베리아의 주요 도시에 과학과 학문 분야를 특성화하여 중점적으로 육성하였기 때문에 이 지역의 기초과학과 첨단기술 역시 여러 나라에서 도입하기를 희망하고 있다.

시베리아는 지역이 광활하다 보니 예니세이 강을 기준으로 서시베리아와 동시베리아로 구분하기도 한다. 서시베리아의 주요 도시로는 노보시비르스크(인구 140만)[2], 옴스크(110만), 톰스크(50만) 등이 있으며, 동시베리아의 주요 도시로는 크라스노야르스크(100만), 이르쿠츠크(60만), 야쿠츠크(25만) 등이 있다.

1990년대 이후 한국인의 진출도 꾸준히 이루어져서, 노보시비르스크와 이르쿠츠크에는 대략 200~300명의 한국인이 거주하고 있으며, 톰스크, 크라스노야르스크 등에도 100명 내외의 한국인이 거주하고 있다. 대부분이 사업가, 선교사, 유학생들이며, 이주 초기에는 현지 적응에 실패하는 경우가 많았으나, 최근에는 비교적 안정적으로 정

---

2) '시베리아의 수도'라 불리는 노보시비르스크에는 대한무역진흥공사(KOTRA)와 중소기업진흥공단(Small Business Corporation) 사무소가 각각 2003년과 2007년에 설치되어 이 지역 내에 한국의 무역인들을 유치, 지원하고 있다. 한편, 한국과학기술연구원(KIST) 시베리아 지부 격인 한러과학기술협력시베리아센터가 2003년부터 운영 중인데, 현지의 기초과학과 첨단기술을 국내에 소개하고 이전하는 등의 문제를 지원하고 있다. 또한 오리온 등 한국 일부 기업의 현지 공장이 이미 완공되었거나 향후 건설될 예정이다.

착하고 있다. 이들은 현지 고려인들과 교류를 통하여 현지에 뿌리내리는 데에 많은 도움을 받고 있다. 이주 초기에 '한민족'이라는 정서에 지나치게 의존하여 갈등과 마찰을 겪은 시행착오를 경험하면서 고려인의 정체성에 대하여 비교적 객관적인 시각을 갖고 있는 편이다.

북한인의 경우, 북한 정부의 공식적인 인력 파견은 감소하고 있으나 탈북자가 증가하면서 시베리아 주요 도시에 1,000여 명 안팎의 북한인이 거주하고 있는 것으로 알려져 있다. 그러나 정치적 이유에서 이들의 수가 공식적으로 집계되지 않고 있기 때문에 도시에 따라서 이보다 많은 수가 거주하고 있을 수도 있다. 1990년대에는 주로 벌목공이 많았으나, 최근에는 대부분 건설 노동자나 시장 상인으로 일하고 있다. 북한 정부가 공식적으로 파견한 경우에는 상호 감시가 심하여 한국인들과의 교류는 전무하며, 현지 고려인 사회와도 단절한 채 지내고 있다.[3] 탈북자들도 불법체류라는 법적 한계로 인하여 외부와의 교류를 극도로 꺼리는 편이다. 일부 한국인 선교사나 사업가들이 탈북자들을 돕는 경우가 드물게 있으나 사정상 외부적으로 드러내지는 못하고 있다.

조선족은 2000년대 초반만 해도 시베리아의 주요 도시마다 1,000여 명이 거주하였으나, 2006년 이후 러시아 정부가 중국인의 취업 활동을 크게 제한하면서 공식적으로 그 수가 크게 감소한 것으로 알려져 있다. 한때 연해주 상권의 대부분을 장악한 중국인들의 러시아 진출에 위기의식을 느낀 러시아 정부가 적극적으로 대응한 결과이다.

---

3) 일례로, 시베리아 교통대에는 러시아의 철도 기술을 배우기 위하여 유학 온 20 ~30여 명의 남북한 학생들이 수학하였으나, 동일한 강의를 수강할 때조차 서로 인사도 나누지 못하고 지냈으며 기숙사도 층을 구분하여 배정받았다.

상업에 종사하는 이들이 대부분으로, 불법체류인 경우가 많아서 사회적인 관계를 형성하는 데에 제약이 많다. 또한 중국인들의 비호 아래 시장에서 장사를 해야 하므로 한인 사회와 교류하는 경우가 드물고, 고려인들과의 관계도 원만하지 못한 것으로 알려져 있다.

이처럼 시베리아의 한인 사회는 한국인, 북한인, 조선족, 고려인으로 형성될 수 있으나, 외적인 요인에 의하여 실제로는 한국인과 고려인의 교류, 협력만이 일부 이루어지고 있는 실정이다. 한편, 시베리아의 경우에는 한국인의 진출 역시 유럽러시아나 극동러시아에 비하여 두드러지지 않은 상황이다. 따라서 그간 러시아 한인 사회에 대한 연구에서 시베리아 지역은 상대적으로 관심이 소홀한 편이었다. 광활한 지역에 도시가 드물게 분포되어 있고 교통의 편이성이 부족하여 현장 조사에 어려움이 크다는 점도 이 지역을 대상으로 한 연구에 제약 요인으로 작용한다.[4)]

또한 고려인의 분포도 러시아 타 지역에 비하여 미미한 편이다. 다음은 러시아 각 지역에 거주하고 있는 고려인의 분포이다.

<표 16> 러시아 각 지역의 고려인 분포(2008년 기준, 추정치)

권역	지역	수(단위 - 명)	비고
유럽러시아	모스크바	40,000	
	상트페테르부르크	10,000	
	북카프카스	65,000	주요 도시 - 로스토프나도누

---

4) 시베리아 주요 도시 중 한국에서의 직항로가 개설된 곳이 드물다. 2008년 현재 노보시비르스크는 매주 혹은 2주에 1회 시베리아 항공이 직항을 운항하고 있으며, 이르쿠츠크는 여름 성수기에 대한항공에서 전세기를 운항하고 있다.

시베리아	노보시비르스크	2,500	
	톰스크	1,200	
	옴스크	500	
	크라스노야르스크	400	
	이르쿠츠크	1,000	
	사하공화국	5,000	수도 - 야쿠츠크
극동러시아	블라디보스토크	25,000	통칭 연해주
	우수리스크	15,000	
	사할린	40,000	
	하바롭스크	14,000	

위의 표에서 알 수 있듯이, 시베리아의 고려인 사회는 러시아 여느 지역에 비하여 소규모로 형성되어 있다. 그러나 인원이 적기 때문에 여러 단체가 난립하지 않고 단일한 협회를 구성하여 그만큼 반목과 대립이 적은 편이고 전통을 고수하려는 성향이 강한 편이다. 이러한 단결력에 힘입어서 시베리아의 고려인 사회는 러시아 내에서도 강한 영향력을 가진다. 일례로 전러시아고려인협회 제2차 회의(2003)는 이 지역의 중소도시인 톰스크에서 개최되었고, 중앙아시아로의 강제 이주 이후 격하된 고려인들의 복권(1994)을 위한 일련의 회의에서도 시베리아 지역의 고려인 대표들이 주요한 역할을 담당하였다. 이는 시베리아의 여러 도시에서 각계의 요직에 앉아서 강한 발언권을 지 닌 고려인이 많은 상황과도 무관하지 않다.

3. 한국어교육 현황

3.1. 정규 교육기관 현황

러시아 고려인은 대체로 세 부류로 구분할 수 있다.

첫째는 1990년대 이전에 러시아 주요 도시에 정착한 중앙아시아 출신이다. 간첩혐의로 1937년 중앙아시아로 강제 이주된 고려인들은 1957년부터 일부 복권되어 러시아 주요 도시에 유학하면서 그 도시에 정착하기 시작하였다. 이들은 고등교육을 통하여 각 도시에서 주요 지위에 오른 경우가 많아서 사회적으로 안정된 기반을 가지게 된다. 모스크바뿐 아니라 각 지역의 실력자로 자리매김한 경우가 많은데, 특히 시베리아의 주요 도시에는 이들이 정계, 재계, 학계 등 각 분야의 주요 인사로 활동하고 있다. 향후 한국과 러시아의 교류와 협력에서 큰 역할을 담당할 것으로 기대된다. 그러나 이주 2~3세대에 속하는 이들은 철저한 현지화로 인하여 한국어 구사력이 전무한 경우가 대부분이고, 4~5세대의 젊은 계층은 이러한 현상이 더욱 심화된다.

둘째는 1930~40년대에 일본의 강제 징용에 의하여 사할린 지역에 정착한 사할린 출신이다. 타 지역의 고려인들보다 한민족으로서의 정체성을 비교적 오래 유지해 온 이들은 일정 수준 이상의 한국어 구사력을 지니고 있어서 러시아 내 타 지역으로 이주하면서 현지의 고려인들과 마찰을 겪는 경우가 종종 있다. 이러한 경향은 고려인의 분포가 높아서 오히려 반목과 대립이 심하고 단합이 힘든 지역에서 많이 발견되는데, 시베리아에서는 각 도시에 형성된 고려인 사회의 규모가 작기 때문에 사할린 출신과 타 지역 출신이 비교적 잘 조화를 이루고 있는 형편이다. 1990년대 이후 한국인의 러시아 진출이 늘어나면서 한국어를 구사할 수 있는 사할린 출신 고려인의 역할도 증가하고 있다.

셋째는 1990년대 후반 이후, 특히 최근 들어서 급증하고 있는 중앙아시아 출신 역이주자들이다. 우즈베키스탄이나 카자흐스탄 등 구소련의 국가들은 경제 개발 속도가 더딘 편이어서 그나마 형편이 나은 러시아로 귀향하는 고려인이 증가하고 있다. 이에는 중앙아시아 각국이 자국어우선정책을 펼치게 된 상황도 한 요인으로 작용하였다. 러시아 정부의 관련 법규가 마련된 2005년 이후에는 중앙아시아 고려인들의 합법적인 귀향이 늘고 있으나, 그 이전에 귀향한 이들 가운데 상당수는 불법 체류의 신분으로 불안한 나날을 보내고 있다. 또한 러시아에 생활 기반을 마련하지 못하여 경제적인 곤란을 겪고 있기도 하다. 시베리아 주요 도시마다 이러한 역이주가 크게 증가하고 있어서 고려인 사회의 규모가 확장되고 있다.

러시아 각 지역에 형성된 고려인 사회의 특성을 정확히 파악하기 위하여 위와 같은 부류에 대한 이해가 선결되어야 한다. 이러한 집단적 기반에 따라서 각 지역의 고려인 사회가 단합하고 분열하는 양상을 띠기 때문이다. 시베리아의 주요 도시에는 첫째 부류에 해당하는 고려인들이 주류를 이루고 있었으며, 이들은 한민족으로서의 전통을 보존하는 데에 관심을 가지기는 했으나 한국어교육에는 그다지 열정적이지 않았다. 소비에트 정부가 강제적으로 연방 내 소수 민족의 민족어교육을 금지해 온 탓에 이들에게 이미 한국어는 민족어로서의 의의가 없었으며, 러시아를 구성하는 100여 개 소수 민족의 하나로서 자신들의 문화적 정체성을 이어가는 정도의 관심만 있었을 뿐이다.

시베리아에서 한국에 대한 인지도가 낮았던 것도 이 지역의 한국어교육이 러시아 타 지역에 비하여 매우 늦게 시작된 주요 원인으로 꼽을 수 있다. 발전 속도 역시 한국어교육의 역사가 오랜 모스크바나 블라디보스토크 등에 비하여 더딘 편이나, 꾸준히 수요가 증가하고 있어서 전망이 밝다고 할 수 있다. 시베리아에서는 1990년대 중반 이후 한국어교육이 보급되기 시작하였는데, 민족어 교육의 일환으로 고려인들에 의하여 시작된 것도, 러시아인의 한국에 대한 관심이 증가한 결과도 아니었다. 한국인 유학생이나 선교사들이 현지의 주요 대학들에 일본어나 중국어 강좌가 개설되어 있는 데 반하여 한국어 강좌가 없다는 사실에 자극받아 노력한 성과가 대부분이다. 따라서 개설 초기에는 대학 자체의 한국어교육과 관련한 기반 없이 강좌가 개설되어 어려움이 많았으나 차츰 안정을 찾아가고 있는 상황이다. 그 결과, 시베리아 지역에 한국어 강좌가 개설된 대학의 수는 러시아 타 지역에 비할 만큼 증가하였다.

<표 17> 러시아 지역별 한국어 강좌 개설 대학 분포

(2008년 기준, 단위: 개)

권역	도시	대학	비고
유럽러시아	모스크바	6	
	상트페테르부르크	3	
	카잔	1	
	로스토프나도누	1	
	크라스노다르	1	
	마그니토고르스크	1	

	볼고그라드	1	소계 14
시베리아	노보시비르스크	3	
	이르쿠츠크	4	
	크라스노야르스크	1	
	야쿠츠크	1	
	울란우데	1	
	바르나울	1	
	톰스크	2	소계 13
극동러시아	블라디보스토크	7	
	하바롭스크	5	
	우수리스크	2	
	유즈노사할린스크	1	
	블라고베셴스크	1	
	나홋카	2	
	아르툠	1	소계 19
합		46	

위의 표에서 보듯이 시베리아에서는 비교적 짧은 기간에 한국어 강좌 개설 대학이 양적으로 성장하여 한국어교육의 역사가 100년이 넘는 러시아의 타 지역에 비하여 외형적인 면에서 뒤지지 않을 수준에 이르고 있다. 물론 이렇듯 급속한 외적 성장이 전문적인 교육을 통해 배출된 유능한 교사가 부족하고 졸업 후 학생들의 진로가 불투명하다는 부작용을 낳기도 하지만, 향후 꾸준한 지원이 뒷받침된다면 시베리아의 여러 대학에서 한국어교육이 안정적으로 발전해 나갈 수 있을 것으로 본다. 참고로 노보시비르스크 한국어교육기관의 학생 수를 제시하기로 한다.

<표 18> 노보시비르스크 한국어교육기관의 학생 현황

(2008년 기준, 단위- 명)

교육기관	재학생		졸업생		비고
	전체	고려인	전체	고려인	
노보시비르스크 국립대	46	0	37	3	학과(전공)
노보시비르스크 국립공대	25	12	32	15	학과(전공)
시베리아 교통대	15	10	23	16	제2외국어
합	86	22	92	34	

　　오히려 현재 시베리아에서의 한국어교육이 안고 있는 문제는 고등 교육기관에서 한국어교육이 차츰 자리잡아 가고 있음에 비하여 초, 중등교육기관에서는 한국어교육이 보급될 여건을 전혀 갖추지 못하고 있다는 점이다. 표17에서 언급한 시베리아 지역의 한국어 강좌 개설 13개 대학 중 사범대는 한 곳도 없다. 따라서 현지에서 당장 초, 중등 한국어 교사의 양성을 기대할 수 없는 형편이다. 물론 시베리아 주요 도시 중 한국어를 가르치는 초, 중등교육기관도 전무한 실정이다.

　　사정이 이러하다 보니, 북한인이나 조선족의 경우는 논외로 하더라도 현지에 정착한 한국인 가정은 자녀 교육의 문제를 심각하게 고민하고 있다. 한국에서 어느 정도 성장한 후 이주한 한국인 자녀들은 그나마 일정한 한국어 능력을 유지하지만, 현지에서 출생했거나 유아기에 이주한 한국인 자녀들은 한국어 습득에 어려움을 겪고 있다. 더욱이 시베리아 각 도시에 진출한 한국인의 수가 많지 않기 때문에 한국학교 개설은 요원한 상태이고, 현지의 초, 중등교육기관에서 한국어를 가르치는 일도 당장은 기대하기 어려운 실정이다. 이 때문에 어려움을 겪는 것은 비단 한국인 자녀들에 국한되는 것이 아니어서, 고려인 자녀들 역시 배우고 싶어도 정규교육을 통하여 한국어를 배울 수 있는 기회가 주어지지 않고 있다.

3.2. 비정규 교육기관 현황

시베리아 지역의 고려인 사회는 대체로 현지에 동화되어 각계의 요직에 진출한 고려인들에 의하여 주도되어 왔다. 이들은 민족 전통의 보존 의식은 있으나 한국어가 민족어로서의 의의를 지니지 못하는 경우가 많았다. 그러나 최근 한국의 국제적인 위상이 높아짐에 따라서 현지의 고려인 사회에서도 한국어에 대한 관심이 증가하고 있으며, 이러한 경향은 특히 젊은 세대에서 두드러지게 나타나고 있다. 아직 미미한 수준이기는 하지만, 시베리아 각 지역에 한국 기업들의 진출이 서서히 이루어지고 있으며 한국인 사업가들이 현지에 정착하는 일이 증가하고 있기 때문에 이에 대한 기대치도 높아지고 있다. 반면에 시베리아의 초, 중등 정규교육기관에서는 한국어교육을 하고 있는 곳이 없으므로, 대학에 입학해서야 비로소 한국어를 정식으로 습득할 수 있다.

따라서 대안의 하나로 비정규 교육기관이라 할 한글학교가 활성화되기 시작하였다. 고려인들의 한국어 습득에 대한 욕구가 증가하면서 현지에 진출한 선교사들의 종교적인 목적이 결합하여 러시아 각 지역에서 한글학교가 성행하기 시작한 것이다. 비자 취득의 용이함과 선교 활동의 편의를 목적으로 한 점은 다소 문제가 될 수 있으나,

러시아 한국어교육에서 선교사들의 비중은 매우 큰 것이 사실이다. 이러한 현지의 한국어교육 현실을 수용하여 한국어교육의 전문성이 결여된 선교사들에게 한국어교사연수 등의 기회를 부여하는 방안을 강구하는 것도 좋을 듯하다. 다음은 주러 한국대사관과 블라디보스토크 총영사관에 등록된 한글학교의 분포이다.

<표 19> 러시아 권역별 재외공관 등록 한글학교 분포(단위- 개)

	2004년	2005년	비고(가감)
유럽러시아	45	43	-2
시베리아	10	8	-2
극동러시아	105	90	-15
합	160	141	-19

위의 수치는 공식적으로 재외공관에 등록한 한글학교만을 대상으로 한 것이고, 대부분의 교사는 한국인 선교사들로 구성되어 있다. 그러나 재외공관이 멀거나 하여 등록하지 않은 경우도 있어서 실제 수치는 더욱 증가할 것으로 추정된다. 노보시비르스크의 경우에도 위의 표에는 2004년 10개 중 세 곳, 2005년 8개 중 한 곳만 포함되어 있으나, 실제로는 10여 곳 이상에서 한글학교를 운영하고 있는 것으로 알려져 있다. 톰스크, 이르쿠츠크, 크라스노야르스크 등에서도 선교사들의 선교 활동이 활발하게 이루어지고 있으므로, 시베리아 전 지역에서 최소 50여 개 이상의 한글학교가 운영되고 있을 것으로 추산된다. 대부분 선교사 1~2명이 10~20여 명 안팎의 고려인에게 한

국어를 가르치고 있는데, 전문적인 한국어 교사가 아니라는 점과 한국어 교재 등의 교육 자료를 구비하지 못하고 있는 등의 문제점을 드러내고 있다.

선교사들의 한글학교 운영 현황은 재외공관에 공식적으로 등록한 경우를 제외하고는 대체로 파악하기가 힘들기 때문에 노보시비르스크의 고려인협회에서 운영하고 있는 한글학교의 현황만 간단히 소개하기로 한다. 노보시비르스크 고려인협회에서는 2004년부터 자체적으로 청소년을 대상으로 한글학교를 운영하였으나 무보수로 일할 교사 확보가 쉽지 않고, 한국어 교재 등의 교육 자료를 구비하지 못하여 2년간 유지하다가 중지하였다. 2007년에 노보시비르스크 고려인협회와 청년단체가 한국어 강좌가 개설된 노보시비르스크 국립대와 노보시비르스크 국립공대의 한국어 교수진에 의뢰하여 다시 한글학교를 운영하기 시작하였다. 2007년부터 재개된 노보시비르스크 고려인협회 한글학교의 교사 현황은 다음과 같다.

<표 20> 노보시비르스크 고려인협회 한글학교 교사 현황

(2008년 기준)

이름	국적	성별	출생년도	최종학위	전공	교육경력	기타
장호종	한국	남	1972	박사	한국어	5~10년	노보시비르스크 국립대 부교수
공이영	한국	여	1909	학사	생물학	3~5년	현지 선교사, 노보시비르스크 국립대

							강사
소영미	한국	여	1970	박사 수료	러시아 어문학	3~5년	노보시비르스크 국립공대 객원교수 (국제교류재단 파견)
소경란	한국	여	1974	박사 과정	러시아 어문학	1년	노보시비르스크 국립사범대 대학원 재학 중
임 옐레나	러시아	여	1984	학사	한국학	1년	노보시비르스크 국립대 졸업생

　　노보시비르스크 고려인협회에서 공간을 제공하고 위와 같이 교사를 구성하여 한글학교를 운영하고 있다. 주러 한국대사관으로부터 한국어 교재와 컴퓨터나 TV 등의 교육기자재를 지원받았는데, 노보시비르스크 고려인협회에서 한글학교를 주러 한국대사관에 정식으로 등록하여 가능한 일이었다. 교사들은 무급으로 고려인 고등학생과 대학생들에게 한국어를 가르치고 있으며, 운영에 필요한 비용은 재외동포재단의 '재외한글학교 운영비지원'을 통하여 일부 해결하고 있다. 한글학교에 등록된 학생은 총 35명인데 공간이 협소하고 교사가 부족하여 더 이상의 수강생은 받지 못하고 있는 실정이다.

　　교재의 경우, 러시아 현지에서 개발된 한국어 교재들이 50여 종에 이르지만 대개 단계별, 수준별로 구성되어 있지 않고 남북한의 표현이 구분되지 않은 경우가 많아서 한글학교에서 잘 활용하지 않는 편이다. 한국의 여러 대학에서 개발된 한국어 교재를 이용하기도 하지만, 현지에서 구입하기가 쉽지 않고 러시아 사정에 적합하지 않은 내용이 많아서 다소 문제가 되고 있다. 한글학교에서 수강하는 고려인들은 경제적으로 넉넉하지 못한 경우가 많아서 한국에서 개발된 교재나 사전류를 구입하는 데에 곤란을 토로하기도 한다.

4. 결론

앞서 살펴 본 바와 같이 시베리아의 한국어교육은 아직 정착하는 단계에 있으므로 가능성과 한계를 동시에 드러내고 있다. 주된 원인은 역시 이 지역에 대한 한국 측의 관심과 지원이 부족하다는 점이다. 다음은 러시아의 권역별 재외공관과 재외교육기관의 현황이다.

<표 21> 러시아 권역별 재외공관 및 재외교육기관 현황

(2008년 기준)

권역	도시	재외공관	한국 문화원	한국교육원	한국학교
유럽러시아	모스크바	1	1	0	1
	상트페테르부르크	1	0	0	0
	로스토프나도누	0	0	1	0
시베리아	–	0	0	0	0
극동러시아	블라디보스토크	1	0	1	0
	하바롭스크	0	0	1	0
	사할린	0	0	1	0
합		3	1	4	1

위의 표에서 보듯이 시베리아 지역에는 교육, 문화와 관련하여 한국 측에서 개설한 기관이 전무하다. 재외공관 업무의 경우, 서시베리아는 주러 한국대사관(모스크바)에서, 동시베리아는 블라디보스토크 총영사관에서 나누어 담당하고 있으나, 거리로 보아 관할 공관에서 현지 상황을 정확히 파악하기조차 쉽지 않을 것이다.[5] 실제로 재외

---

5) 2004년 한러 양국 정부의 합의에 따라 시베리아의 이르쿠츠크에 총영사관이 개설될 예정이다. 계획보다 많이 늦어지고는 있으나, 이르쿠츠크 총영사관이 개설

동포재단, 국제교육진흥원 등 국내 유관단체에서 시행하는 정부초청 장학생, 재외동포초청장학생, 재외동포 모국방문 등의 각종 사업에서 시베리아 지역의 고려인들은 배제되는 일이 많다. 관할 공관이 멀기 때문에 유익한 정보를 얻지 못하는 일도 허다하다.

이처럼 시베리아에 교육, 문화와 관련된 한국의 유관 기관이 부재하기 때문에 현지 한국어교육의 정착 및 발전에는 한계가 있다. 한국어 교재나 사전은 물론이고, 한국 영화나 음악 등 교육을 위한 문화자료 등을 구비하는 데에서도 시베리아 지역은 러시아 타 지역에 비하여 불리한 형편이다. 한국교육과정평가원에서 주관하는 한국어능력시험의 경우에도 유럽러시아 3개 도시(모스크바, 상트페테르부르크, 로스토프나도누), 극동러시아 3개 도시(블라디보스토크, 하바롭스크, 사할린)에서 시행하고 있으나 시베리아는 지난 2005년부터 노보시비르스크에서만 시행하고 있다. 노보시비르스크에도 한국교육과정평가원과 직접 연결될 공식 기관이 없어서, 주러 한국대사관을 통하여 시험을 시행하고 있다. 참고로 노보시비르스크에서 시행한 한국어능력시험의 지원자 현황을 제시하기로 한다.

<표 22> 시베리아 지역의 한국어능력시험 지원자 중 고려인 분포

(단위- 명)

	급수	전체 지원자	고려인	비고
2005년 제9회	초급	48	7	전체 113명 중 고려인 21명
	중급	52	13	

되면 시베리아 지역 한인 사회의 발전에 크게 도움이 될 것이다. 아울러 시베리아 지역의 한국어교육이 안정적으로 성장하기 위해서는 한국 문화원이나 한국 교육원 등의 설치도 함께 이루어지는 것이 바람직하다.

	고급	13	1	
2006년 제10회	초급	27	5	전체 62명 중 고려인 12명
	중급	26	4	
	고급	9	3	
2007년 제12회	초급	24	10	전체 75명 중 고려인 14명
	중급	38	2	
	고급	13	2	
2008년 제14회	초급	19	6	전체 60명 중 고려인 9명
	중급	36	3	
	고급	5	0	
합		310	56	총 4회

위의 표를 보면 전체 지원자나 고려인 지원자 모두 증가하는 추세는 아님을 알 수 있는데, 이는 현지의 한국어교육과 관련한 업무를 전담할 공식 기관이 부재하기 때문이다. 한국교육원이 위치한 유럽 러시아의 로스토프나도누는 한국어능력시험 지원자가 "28명(2006년), 75명(2007년), 93명(2008년)"으로 급증하고 있어서 비교할 만하다. 북카프카스 지역의 중심 도시인 로스토프나도누는 대학 등 정규 교육기관에서 한국어교육이 이루어지기보다는 한글학교 중심으로 한국어교육이 이루어지고 있다. 표16에서 보듯이 북카프카스 지역의 여러 도시에 6만 5천여 명의 고려인이 거주하고 있다. 이들은 한글학교를 매개로 현지에 한인 사회를 형성하고 있으며, 이 지역의 여러 도시에 산재한 30여 개의 한글학교를 연계하는 것은 로스토프나도누에 자리한 한국교육원이다.

시베리아 여러 도시에 산재한 정규, 비정규 교육기관의 한국어교사들 중 전문성을 갖춘 이가 드문 것은 러시아 여느 지역과 다를 바 없다. 이를 보완하기 위하여 국립국어원이나 국제교육진흥원 등에서 해외한국어교사연수를 국내는 물론 현지에서도 시행하고 있으나, 시베리아에는 한국의 공식적인 관련 기관이 없으므로 이러한 행사를 유치하는 데에도 어려움이 따른다. 한인 사회가 아직 크게 형성되지 못하고 있음을 감안하더라도, 향후 시베리아의 중요성을 인식하여 이 지역에 대한 관심과 지원을 확대해가는 것이 바람직하다고 할 것이다.

2장

한국어교육과 한국학

민족어교육과 외국어교육의 이중성

러시아의 한국어교육

러시아 한국어교육의 실태와 과제[*]

시베리아의 한국어교육 현황을 중심으로

1. 서론

러시아의 한국어교육에 대한 기존 연구는 주로 모스크바, 상트페테르부르크, 블라디보스토크의 현황에 집중되어 왔다.[1] 그 역사가 오래된 만큼 러시아 한국학은 지역별로 특성화되어 전개되어, 대체

---

* 본고는 "제16회 한중인문학회 국제학술대회"(중국 장춘 길림대, 2006.06.24~29)에서 발표한 "시베리아 지역 한국학의 현황" 중 한국어교육 관련 부분과, 우수리스크 국립사범대 국제학술대회 "러시아 한국학의 현실적 문제"(우수리스크 국립사범대, 2006.10.17~18)에서 발표한 "Современное состояние и проблемы преподавания корейского языка в Новосибирске[노보시비르스크 지역 한국어교육의 현황과 문제점]"을 기초로 하여 『한중인문학연구』 21집(한중인문학회, 2007.08.30, pp.309~345)에 게재하였다.

1) 그나마 이들 세 도시의 한국어교육 현황도 총체적으로 접근하여 분석하기보다는 특정 도시나 대학만을 대상으로 하는 경우가 대부분이다. 따라서 앞으로는 러시아의 각 지역별 한국어교육 현황이 다양하게 소개되고 연구되어야 한다. 지역별, 대학별로 한국어교육의 개별적인 특수성이 무엇인지 파악하고, 이러한 기초 연구들을 토대로 러시아 한국어교육의 전체적인 양상을 규명할 수 있어야 할 것이다.

로 모스크바는 정치와 외교 분야에, 상트페테르부르크는 역사와 문학 분야에, 블라디보스토크는 교역과 군사 분야에 연구가 집중되어 한국어교육도 그러한 분야의 연구를 뒷받침하는 수단으로 발전해 왔다.[2] 이들 세 도시가 100여 년이 넘는 역사를 통하여 한국어교육에 있어서 과거에 상당한 성과를 거둔 것도 사실이지만, 현재 러시아 한국어교육의 전체적인 양상을 파악하여 향후 지향해야 할 방향을 제시하기 위해서는 기타 지역의 현황에 대한 소개와 파악이 활발히 진행되어야 할 것이다.

한국어교육의 현황을 기준으로 러시아는 대체로 세 지역으로 구분할 수 있다. 모스크바와 상트페테르부르크를 중심으로 한 유럽러시아 지역은 침체 및 재도약을 위한 탐색기, 블라디보스토크와 하바롭스크를 중심으로 한 극동러시아 지역은 외형적 부흥기, 노보시비르스크와 이르쿠츠크를 중심으로 한 시베리아 지역은 발생 및 체계화 시기에 해당한다. 이 가운데 시베리아 지역의 한국어교육은 비교적 그 역사가 짧아서 그 중요성이 크게 부각되지 못하였고, 지역 내에 교육 현황을 연구, 보고할 만한 전문적인 학자나 교수가 부족한 편이어서 한국에는 물론, 러시아 내에서도 그 실태가 잘 소개되지 않고

---

2) 해외 한국학과 한국어교육의 개념 및 상호 관계는 아직 잘 정립되어 있지 않다. 대체로 한국어교육을 한국학의 한 분야로 이해하지만, 한국어교육은 한국학의 학문적 성격 외에 취업 등의 실용적인 특성도 강하기 때문에 한국어교육을 한국학과 별개의 분야로 다루기도 한다. 분명한 것은 한국어교육이 한국학을 하기 위한 전제이며 한국학의 성과를 통해 한국어교육의 이론 및 방법이 발전할 수 있다는 점이다. 해외 한국학과 한국어교육은 별개의 분야라기보다는 상호보완적인 성격을 띤다고 할 수 있으며, 때로는 영역이 중첩되기도 한다. 따라서 본고는 러시아 한국어교육을 대상으로 하지만, 상황에 따라서는 러시아 한국학의 내용도 일부 다루게 된다.

있다. 그러나 이 지역의 한국어교육은 발생 및 정착 단계의 특성을 잘 보여 주기 때문에 해외 한국어교육의 보급 차원에서도 관심을 가질 만하다.

시베리아에서는 1990년대 이후 여러 대학에서 한국어 강좌를 개설하는 등 한국어교육이 빠른 속도로 확산되고 있다. 주요 도시 중 노보시비르스크, 이르쿠츠크, 야쿠츠크, 울란우데에는 대학의 정규 과정으로 한국어 강좌가 운영되고 있으며, 톰스크, 옴스크, 크라스노야르스크 등에는 제2외국어나 교양 과정으로서의 한국어 과정이 이미 개설되었거나 개설을 준비하는 중이다. 본고는 이 가운데 노보시비르스크를 중심으로 한국어교육의 실태를 소개하고, 발생 초기 혹은 정착 단계에 있는 시베리아 지역의 한국어교육이 안고 있는 문제점이 무엇인지를 파악하고자 한다.

초·중·고교나 한글학교 등에서 이루어지는 한국어교육은 그 현황을 파악하는 데에 어려움이 많으며, 특히 한국인 유학생이나 선교사에 의하여 이루어지는 한글학교는 변동이 많아 전체적인 양상을 규명하기 쉽지 않다. 따라서 대학에서 이루어지는 한국어교육에 초점을 맞추어 주로 노보시비르스크 국립대와 노보시비르스크 국립공대의 현황을 다루기로 한다. 두 대학의 현황을 중심으로 논의하되 러시아 한국어교육의 일반적인 특성에 부합할 만한 내용에 집중하고, 필요에 따라서는 러시아 여타 지역의 상황도 소개하기로 한다. 이를 토대로 러시아 한국어교육의 특성을 분석하고 지향해야 할 방향을 모색하는 것을 목적으로 하고자 한다.

2. 한국어교육의 개황 : 강좌의 개설과 문제점

흔히 시베리아는 겨울이 길고 매우 춥다는 것과 유형지라는 인식이 강하여 주거에 그리 적합하지 않은 곳으로 생각한다. 그러나 무한한 자원이 매장되어 있기 때문에 자원이 빈약한 한국으로서는 해외 진출에 있어서 큰 관심을 가질 만한 곳이다. 더욱이 한국은 남북한의 종단철도를 연결하여 시베리아 횡단열차에 잇는다는 계획을 가지고 있기 때문에 이 지역에 진출하는 것이 매우 중요한 일이다.[3] '시베리아의 수도'라 불리는 노보시비르스크에 이미 한국무역진흥공사(KOTRA)와 한국중소기업진흥공사 지사가 설치되었으며, 머지않아 이르쿠츠크에 한국 총영사관이 생기면 향후 이 지역에 한국 기업의 진출이 더욱 활발할 것으로 예상된다.

시베리아에서도 한국에 대한 관심이 증가하고 있는 추세인데, 주로 경제적인 측면과 맞물려 주요 도시들은 한국과의 교류를 진행 중이거나 교류에 대한 대비를 하고 있다. 그 일환으로 1990년대 이후 한국어 강좌를 개설하는 대학들이 '우후죽순'격으로 생겨나고 있다.[4]

---

3) 실제로 노보시비르스크에 위치한 시베리아 국립교통대에는 각각 20여 명씩의 남북한 유학생들이 관련 분야를 전공하고 있다. 얼마 전에 있었던 남북철도의 시범 운행이 일회성 '해프닝'에 그치지 않기를 기대하며, 남북 교류의 빠른 진전을 염원한다.

4) 시베리아 지역의 여러 대학들이 한국어교육을 실시하는 것은 한국인으로서, 한국어교육자로서 반가운 일이다. 한편으로는 대부분의 대학들이 교과 과정, 강의 운영 프로그램, 교수진 등 기본적인 준비조차 없이 경쟁적으로 한국어 강좌를 개설하거나 교육에 대한 신념이나 의지 없이 막연한 기대감에 한국학을 운영하고 있어서 우려되는 바도 크다. 시베리아뿐 아니라 러시아의 많은 대학들이 학문적인 목적에서 한국어 강좌를 운영하기보다는 동양학의 구색을 맞추기 위해, 혹은 한국으로부터의 재정적인 지원을 기대하여 한국어 강좌를 개설하기도 한다.

동시베리아의 대표적인 도시인 이르쿠츠크에는 이르쿠츠크 국립대와 이르쿠츠크 국립언어대에서 전공으로서의 한국어교육이 실시되고 있으며, 이르쿠츠크 국립공대에서는 제2외국어로서의 한국어교육이 실시되고 있다. 중소 도시인 이르쿠츠크에서 한국어를 공부하는 학생이 200여 명에 달할 정도로 시베리아 지역의 한국어교육은 급속히 확장되고 있다.

이 외에도 톰스크 공대, 야쿠츠크 국립대, 부랴트 국립대(울란우데 소재) 등에서 한국어교육이 이루어지고 있어서 시베리아 지역에서만 해도 15~20개의 교육 기관에서 800여 명이 한국어를 배우고 있는 것으로 추산된다. 앞으로도 노보시비르스크 국립사범대, 톰스크 국립대, 옴스크 국립대, 크라스노야르스크 국립대 등에서 한국어 강좌를 개설할 예정이어서 한국어교육 열기가 더욱 확산될 전망이다. 또한 한글학교 등 비정규적인 과정을 포함한다면 그 수는 더욱 늘어나서 시베리아 지역의 한국어교육은 최근 10년 간 빠르게 성장하고 있다고 할 수 있다.

일례로 한국국제교류재단에서 후원한 "제1회 시베리아 지역 대학생 및 대학원생 한국학학술발표대회"(2007.4.7~10, 노보시비르스크 국립대)에는 7개 지역 10개 대학에서 50여 명의 젊은 한국학 연구자들이 참가하였다. 도시 간의 거리가 멀고 학술회의 참가비용이 학생뿐 아니라 교수에게도 꽤 부담스럽다는 점을 고려하면 적지 않은 수라 할 수 있다. 지역 내에 일정한 수준에 달한 기존의 한국어교육자나 한국학자는 거의 없지만, 가능성을 지닌 인재가 속속 배출되고 있기 때문에 앞으로도 재정적인 지원이 지속적으로 이루어진다면 이러한 학술회의는 더욱 그 규모와 수준이 향상될 것으로 보인다.[5]

이렇듯 한국어교육이 확산되고 있는 것은 시베리아뿐 아니라 러시아 전역에서 확인할 수 있는 공통적인 점이다. 김중섭(2001: 113)에서는 러시아 지역에서 40여 개 대학에서 130여 명의 교사들에 의하여 2,000여 명의 학생들이 한국어를 배우고 있는 것으로 소개하였는데, 현재는 그 수가 더욱 늘었을 것으로 보인다.6) 러시아 한국학 관계자나 기존의 연구들이 대부분 '러시아 한국학의 위기'를 강조하는 점에 비추어 보면, 러시아 한국어교육의 확산은 선뜻 납득하기 어려운 현상이다. 이는 러시아 한국어교육 및 한국학이 전문가, 학자 중심에서 벗어나 대중화되어 가는 과정으로 이해할 수 있으며, 반면에 러시아 한국어교육이 비전문가들에 의하여 이루어지고 있다는 의미일 수도

---

5) 거리가 상당히 멀어서 시베리아에서는 도시 간의 이동이 쉽지 않은 일이다. 노보시비르스크의 위성도시격인 톰스크가 버스로 5시간 정도 소요되며, 노보시비르스크에서 이르쿠츠크까지는 기차로 30시간 정도 걸린다. 학생들은 말할 나위도 없고, 교수들도 낮은 급여 탓에 타도시의 학술회의에 참가하기가 매우 어렵다. 이 학술회의도 한국국제교류재단의 전적인 재정 지원이 있었기에 가능했는데, 현재 러시아 한국어교육 및 한국학이 안고 있는 가장 큰 문제는 역시 재정적인 부분이라 할 수 있다. 사실상 한국 측의 재정 지원이 없었다면, 1980년대에 극심한 침체에 빠져 있던 러시아의 한국어교육 및 한국학이 1990년대 이후 급속히 확산될 수 없었을 것이다.

6) 김중섭(2001: 113)에서는 러시아를 포함한 독립국가연합 지역의 한국어교육 현황을 아래의 표와 같이 소개하고 있다. 그러나 통계에 누락된 기관이 많고, 이후에도 꾸준히 한국어교육 기관 및 학생 수가 늘고 있어서 현재는 러시아 내에서만 해도 50여개 대학에서 2,500여 명의 학생들이 한국어를 배우고 있는 것으로 추산된다. 러시아 한국어교육에 관한 본고의 각종 추정치 및 기초 자료는 기존의 연구들과 개인적으로 조사한 자료를 통하여 제시하기로 한다.

기관	학교 수	교사 수	학생 수
한국교육원	7	84	3,518
중등학교	10	23	2,172
대학교	44	127	2,060
한글학교	480	706	21,445
계	541	940	29,195

있다.

노보시비르스크에서는 노보시비르스크 국립대와 노보시비르스크 국립공대에서 전공으로서의 한국어교육이 실시되고 있다. 노보시비르스크 국립대에는 1997년 9월 인문학부 내에 동양학과가 신설되면서 한국어교육이 시작되어, 2007년 6월 현재 30여 명의 졸업생이 배출되었고 5학년까지 학년별로 10여 명의 학생들이 재학 중이다.[7] 1997년에 10명의 신입생을 모집하였으나 체계적인 한국어교육 프로그램이 없고 한국어 강의를 진행할 교수진을 확보하는 데에 어려움이 있었기 때문에 1998년부터 3년간 신입생을 모집하지 못했다. 현지 한국인 선교사와 유학생들의 노력으로 2001년부터 다시 매해 10명의 신입생을 모집하고 있다.

한편, 노보시비르스크 국립공대는 2000년 9월부터 인문학부 국제관계 및 지역학과에서 재러동포(고려인)[8]들에 의하여 한국어 강좌가 개설되었다. 톰스크 국립대와의 협정에 의해 한국어 강의를 시작한 당시 5명의 신입생은 한국어를 제2전공으로 선택한 학생들이었고, 한국어를 제1전공으로 하는 학생들은 2001년과 2002년에 각각 15명씩 입학하였다. 그러나 졸업 후 전망이 불투명하다는 인식으로 지원자가 줄었고, 한국어 전문가뿐 아니라 한국어 교재 및 전문 서적 등을 갖추지 못하여 2003년과 2004년에는 신입생을 모집하지 못하였

---

7) 대학이나 전공별로 차이가 있으나, 대개 인문학 분야는 학부가 5년제 과정으로 운영되어 졸업하면 스페셜리스트(Specialist)라는 학위를 받게 된다. 이는 한국의 학사(Bachelor)와 석사(Master)의 중간 단계 학위에 해당한다. 5년 과정이 끝나면 한국의 석사과정을 마친 셈이므로, 박사과정에 입학하게 된다. 박사학위는 한국의 석사와 박사의 중간 쯤 되는 '칸디다트'(Ph.D.)와 고등박사에 해당하는 '독토르'(Doctor)의 두 단계로 이루어진다.

8) 이하에서는 '고려인'으로 칭하기로 한다.

다. 2005년 9월부터 다시 매해 10명의 신입생을 모집하고 있다.

두 대학 모두 한국어 강좌가 운영되고 있으나 독립된 학과가 아니며 각각 '동양학과'와 '지역학과'에서 세부 전공으로 한국어를 선택할 수 있도록 되어 있다. 학부로 독립한 극동국립대(블라디보스토크 소재)와 같은 예는 매우 드문 경우이고, 러시아 대학들의 한국어교육은 동양학의 분야로 다루어지고 있다. 특히 1990년대 이후 한국어교육이 시작된 대부분의 대학들은 동양학의 일환으로 한국어 강좌를 개설하고 있다. 예를 들어 톰스크 공과대는 5년 전부터 중국과 일본을 중심으로 한 '태평양지역연구학과'에서 한국어 강좌를 개설하여 운영하고 있다.9) 이처럼 전문적인 교수진 없이 한국어 강좌를 개설하는 것과 동양학의 기반을 토대로 한국학을 시작하는 것은 러시아 한국어교육과 한국학이 안고 있는 큰 문제점 중의 하나이다.

러시아 내에서 중국어 교육의 역사가 깊고 저변이 넓기 때문에 두 대학 모두 중국어 강좌는 전문 교수진을 갖추는 데에 큰 어려움이 없다. 일본어 역시 러시아에 이미 뿌리를 내린 일본학에 대한 기반을 바탕으로 무리 없이 강좌를 운영할 수 있으며, 강좌 개설 초기부터 '일본국제교류재단'(Japan Foundation)에서 인적·물적 지원이 뒷받침되었다. 그러나 한국어 강좌의 경우 전문적인 교수진을 구성하기 어렵고, 한국어뿐 아니라 역사, 문학, 문화 등을 강의할 교수진을 확

---

9) 명칭과 성격이 조금씩 다르기는 하지만, 최근에 한국어 강좌가 개설된 학과는 대부분 '동양학과'의 성격을 띠고 있다. 현재 톰스크 공과대의 한국어 교수진은 현지에 정착한 한국인 선교사 1명, 정년한 고려인 물리학박사 1명, 중앙아시아에서 이주한 고려인 1명으로 구성되어 있고, 그 외의 강좌는 대부분 일본이나 중국을 전공한 교수진에 의해 동양학으로 진행되고 있다. 학생은 학년별로 5명씩 20여 명이 한국어를 전공하고 있다.

보할 수 없다. 따라서 한국어전공 학생들도 동양학이라는 명목으로 중국어 발음대로 한자를 공부해야 하고 중국과 일본의 역사와 문학, 문화 등을 공부해야 한다.

다음은 노보시비르스크 국립대 동양학과 한국어전공 학생이 수강하게 되는 과목의 목록이다.10)

<표 23> 노보시비르스크 국립대 한국어전공 교과과정

학년/ 학기	과목명(주당시간)	학년/ 학기	과목명(주당시간)
1/1	고고학(2), 동양고대사(4), 러시아사(4), 영어(2), 한국어(12), 체육(2), 원시사회사(2)	1/2	철학개론(3), 영어(2), 민속학개론(2), 체육(2), 한국어(12), 고대사(3), 러시아사(4), 한국어사(1), 컴퓨터이용방법론(1), 일본예술사(2),
2/1	철학사(2), 중국고대사(4), 서양중세사(3), 영어(2), 러시아사(3), 한국어(12), 체육(2), 중국문화사(4)	2/2	한국어(12), 사회철학(4), 중국사(3), 서양중세사(3), 러시아사(3), 체육(2) 중국문화사(3), 영어(2),
3/1	경제학개론(3), 영어(2), 서양근대사(3), 정치학(4), 소비에트사(3), 중국사(3),	3/2	서양근대사(3), 한국사(2), 소비에트사(3), 일본문학사(3), 한국어(12),

---

10) 노보시비르스크 국립대에 동양학과가 신설된 것은 1997년이지만, 이미 인문학부 내의 세계사학과(1970), 고고학 및 민족학과(1992) 등을 통하여 중국학이나 일본학에 대한 연구 및 교수 기반을 마련한 상태였다. 그리고 학과 개설 당시의 교수진이 사학과, 고고학과, 민속학과에서 충원되었기 때문에, 사학과 혹은 고고학과의 성격이 강하다. 그러나 2003년 9월 신입생부터는 전공을 역사와 언어 중에서 선택하는 것으로 교과과정을 조정하여 현재의 수강 과목과 다소 차이가 있다. 러시아 대학 강좌는 한국의 필수 과목에 해당하는 '강의'(lecture)와 선택 과목에 해당하는 '특강'(special course)의 구분이 있으나, 한국 대학의 교과과정에 비추어 구분의 의의가 없으므로 굳이 구별하지 않았다.

	한국어(12)		역사학과 컴퓨터(1)
4/1	동양철학(3), 서양현대사(3), 중국사의 사료학(2), 일본사(3), 한국어(10), 러시아 동양학사(2), 아시아와 아프리카사(3)	4/2	동양철학(3), 서양현대사(3), 일본사의 사료학(2), 일본사(3), 한국어(10), 아시아와 아프리카사(3)
5/1	역사학방법론(2), 역사학교수법(2)	5/2	학위논문

위에서 확인하였듯이 한국과 직접 관련된 것은 매학기 주당 10~14시간의 '한국어'와 1학년 2학기의 주당 1시간인 '한국어의 역사', 3학년 2학기의 주당 2시간인 '한국사'가 전부이다. 교과과정만을 보면 한국어 강좌를 개설한 목적 자체가 의아할 뿐이다. '한국어'도 말하기, 듣기, 쓰기, 읽기 등의 영역이 구분되어 있지 않아 문제이려니와, 한국의 역사, 문학, 문화 등에 걸친 강의가 절대적으로 부족한 실정임에도 오히려 중국, 일본과 관련한 강의가 많이 개설되어 있다. 한국어가 전공이기는 하지만 교과과정은 중국이나 일본에 초점을 맞춘 동양사학자를 양성하는 데에 집중되어 있다. 이러한 사정은 노보시비르스크 국립공대의 경우에도 마찬가지이다.

다음은 노보시비르스크 국립공대 국제관계 및 지역학과 한국어전공 학생이 수강하게 되는 과목의 목록이다.

<표 24> 노보시비르스크 국립공대 한국어전공 교과과정

학년/학기	과목명(주당시간)	학년/학기	과목명(주당시간)
1/1	러시아사(4), 동양사(4), 영어(6), 한국어(8), 컴퓨터이용방법론(2), 심리학(4), 수학(2), 생태학(2), 체육(4)	1/2	동양사(4), 철학(4), 한국어(8), 체육(4), 컴퓨터이용방법론(2), 영어(6), 전공소개(2), 러시아어(2), 현대자연과학의 개념(2),
2/1	서양중세·근대사(2), 동양사(4), 영어(6), 한국어(8), 체육(4), 안전생활의 이론(2)	2/2	한국어(10), 체육(4), 동양민족학(4), 동양사(4), 동양문화와 종교(4), 영어(6), 경제학(2), 시베리아사(2), 유럽중세사(2), 국제법(2),
3/1	경제학과 경제지리학(4), 영어(6), 동양헌법(4), 한국어(10), 서류화(2) 아시아와 아프리카사(4), 동양문학(4), 외교예절(2),	3/2	한국어(10), 회계학(2), 아시아와 아프리카사(4), 동양사회·정치체제(4), 영어(6), 지역지리학(2),
4/1	동양사회·정치체제(4), 한국어(10), 영어(6), 국제통합과 국제관계(4), 독립국가연합의 국가들(4), 시민법과 상법(4), 러시아와 동양3국(4)	4/2	한국어(12), 영어(6), 국제관계사와 이론(4), 세계경제학과 국제경제(4), 국제법(2)
5/1	영어(6), 한국어(12), 현대의 지역적 충돌(4), 동양3국의 대외정책(4), 동양3국의 민주주의(4), 지역마케팅(2), 민족심리학(2)	5/2	학위논문

한국과 직접 관련된 것은 매학기 주당 8~12시간의 '한국어'가 전

부이고, 동양 3국을 한데 묶어서 여러 강좌가 개설되어 있기는 하지만 실제 강의 내용은 중국과 일본에 치중된다. 노보시비르스크 국립공대는 동양학을 세분하지 않고 한·중·일 3국을 포괄하여 강의를 진행하는 것이다. 그러나 담당 교수진이 대부분 한국 전문가가 아닌 중국이나 일본 관련 분야 전문가이기 때문에 한국학에 대한 깊이 있는 강의를 기대하기 어렵다. 따라서 교과과정만을 놓고 보면 학생들은 동양학자, 지역학 전문가로 양성되는 셈이어서 해당 대학에 한국어교육이 과연 필요한가 하는 의문이 생긴다.

두 대학 모두 한국학 강좌를 다양하게 개설하지 못하고 있는 것은 시베리아 지역에 한국학이 뿌리를 내리지 못하여 한국학 관련 교수진을 확보하기 어렵기 때문이기도 하거니와, 한국학이 동양학에서 완전히 분리되지 못한 것이 큰 이유이다. 즉, 일본학이나 중국학에 대한 기반을 배경으로 한국학을 운영할 수 있다고 오해할 만큼 한국학에 대한 인식이 부족하고, 동양학의 구색을 갖추기 위해 한국어교육을 끼워 넣은 것으로 볼 수 있다. 이는 두 대학에 국한된 문제가 아니며, 모스크바 국립대나 상트페테르부르크 국립대 등 일부를 제외하면 러시아 대부분의 대학에서 한국학이 독립된 분야로 정착하지 못하고 있는 것이 현실이다.[11]

---

11) 본고의 목적에 비추어 러시아의 한국어교육 및 한국학의 역사나 전개 과정에 대한 소개는 생략하기로 한다. 그 발생과 전개 양상에 관해 참고할 만한 자료는 참고문헌으로 예시하였다.

3. 한국어 교수진의 특성과 교수 양성의 문제

앞서 최근 개설되고 있는 러시아 대학들의 한국어교육이 안고 있는 문제로 동양학의 일환으로 한국어 강좌를 개설하고 있다는 점을 지적하였다. 즉, 1980년대까지 러시아 한국어교육 및 한국학은 정치, 외교, 군사적인 목적에서 이루어진 것이며, 일반인들의 관심은 매우 낮아서 일부 지역의 대학이나 연구소에서 소수의 전문가와 학자들을 양성하는 데에 집중되어 있었고, 그 또한 순수 한국어교육자나 한국학 전문가라기보다는 동양학자에 가까웠다. 그러나 1990년대 이후 한국과의 교류가 진행되면서 여러 지역에서 한국에 대한 일반인들의 관심이 높아졌고, 특히 한국 기업들의 러시아 진출이 활발해지면서 한국어교육의 필요성이 증가하여 지역, 교육 기관, 학생 수 등 외형적인 면에서 빠르게 발전하고 있다.

또한 한국인 유학생과 선교사들이 급속히 늘어나면서 이들의 애국심(?)도 러시아 한국어교육이 성장하는 데에 크게 기여했다. 노보시비르스크 국립대의 한국어 강좌도 한국인 선교사와 유학생에 의하여 개설되었으며, 야쿠츠크 국립대나 이르쿠츠크 국립대는 한국인 유학생이 매개가 되어 한국의 자매 대학들과의 교류를 통하여 한국어 강의를 운영하기 시작하였다. 특히 러시아 내 자치공화국으로 이슬람 문화권인 타타르의 수도 카잔에서도 카잔 국립대의 경우 2006년 9월에 한국국제교류재단에서 객원교수를 파견하기 전까지 한국인 선교사가 한국어 강좌를 개설하여 운영하고 있었다.[12]

---

12) 1990년대 이후 러시아 각 지역에 활발히 진출한 한국인 유학생과 선교사들은 현지에 체류하거나 정착하는 과정에서 비자 문제 등 여러 이유로 한글학교를

물론 러시아 한국어교육의 외형적인 성장에도 불구하고, 질적인 면에서는 많은 문제를 내포하고 있는 것이 사실이다. 1990년대 이후 러시아 한국어교육의 양적 확산에 견주어 한국학자의 수가 증가가 이를 뒷받침하지 못하고 있으며, 특히 수도인 모스크바의 한국학자 수가 감소하고 있다는 사실은 한국뿐 아니라 러시아 한국학계 내에서도 크게 우려하는 점이다. 정확한 통계는 없으나, 현재 러시아 한국학자의 상당수가 60대 이상이고 핵심적인 역할을 담당해야 할 40~50대 층이 많지 않으며 30대 이하의 연구자가 양산되지 못하고 있기 때문에 더욱 큰 문제점으로 대두되고 있다.

다음은 한러 외교관계 회복 이후 상호 교류가 전개되면서 러시아 한국어교육이 활성화되기 시작한 1990년과 최근의 러시아 각 지역별 한국학자의 수를 비교한 것이다.

설립하고 있다. 로스토프나도누 한국교육원(원장 김원균)의 내부 통계에 따르면, 2006년 9월 현재 모스크바 남부 카프카스 지역에만 28개의 한글학교에서 대부분 한국인 선교사이거나 현지에서 선교한 고려인인 39명의 교원이 1,985명의 학생들에게 한국어를 가르치고 있다. 한국에 생경한 지역에 이러한 수치의 한글학교가 난립하고 있다는 사실도 놀랍지만, 한국인 유학생과 선교사들은 이에 그치지 않고 그 영역을 확대하여 대학의 한국어 강좌 개설과 운영에 크게 관여하고 있다.

<표 25> 러시아 각 지역별 한국학자 수의 변화[13]

	1990년	2006년
모스크바	91명	76명
상트페테르부르크	16명	15명
블라디보스토크	9명	17명
노보시비르스크	3명	0명
하바롭스크	1명	1명
마그니토고르스크	1명	1명
유즈노사할린스크	1명	5명
바르나울	1명	0명
크라스노다르	0명	2명
우수리스크	0명	4명
이르쿠츠크	2명	10명
크라스노야르스크	0명	1명
울란우데	0명	1명
야쿠츠크	0명	1명
블라고베셴스크	0명	0명
카잔	0명	0명
계	125명	134명

위의 표를 보면 블라디보스토크나 이르쿠츠크 등에서 한국어교육

---

13) 러시아 한국학자의 수는 Kontsevich&Simbirtseva[콘체비치·심비르체바(200
6)와 "제1회 시베리아 지역 대학생 및 대학원생 한국학학술발표대회"(노보시
비르스크 국립대, 2007.4.7~10)에 보고된 한 발표자의 연구를 기초로 한 것이
다. 이 통계는 한국어교육자가 아닌 한국학자를 대상으로 하고 있으며, 한국인
을 제외한 수치이므로 0으로 표시된 지역이라도 한국어교육이 이루어지고 있음
을 의미한다. 또한 어떠한 연구자가 있는지 파악하지는 못하였으나, 그 지역에
서 한국학 연구가 진행되고 있음을 뜻하기도 한다. 포함된 한국학자의 수도 현
실과 일치하지 않을 수 있는데, 예를 들어 1990년에 노보시비르스크에 한국학
자들이 있었다는 것은 엄밀한 의미에서는 한국과 관련한 주제로 연구를 수행한
중국이나 일본 전문가로서의 동양학자들이 있었다는 사실에 불과하다.

이 활발해짐에 따라 한국학자의 수도 증가하여 전체적으로 1990년에 비하여 최근 한국학자의 수가 증가하였다는 사실을 알 수 있다. 그러나 러시아 한국어교육 및 한국학 연구의 중심이라 할 모스크바의 한국학자 수가 크게 감소하였고, 상트페테르부르크도 그 수가 오히려 감소하는 추세에 있다는 점에서 러시아 한국학의 장래가 불투명하다는 비판적인 전망이 나오고 있는 것이다. 더욱이 문제가 되는 것은 한국어 강좌가 이루어지는 대학이 크게 늘고 있음에도 불구하고, 각 대학의 한국어교육자들이 러시아 한국학자로 분류될 수 없는 한국인이거나 러시아인이라 하더라도 비전문가들로 채워지고 있다는 점이다. 한국어를 배우려는 학생들의 수가 증가하는 데에 비하여 한국어 전문가들이 양산되지 않아서 교육의 질이 낮아질 수 있다는 점을 간과해서는 안 될 것이다.

이처럼 최근의 외형적인 성장에도 불구하고 한국어 전문가가 양성되지 못하는 것은 우선 러시아 한국어교육의 목적이 변화하고 있기 때문이다. 20세기 중반까지 러시아의 한국어교육은 모스크바와 상트페테르부르크를 중심으로 정치, 외교, 군사적인 목적에서 소수의 전문가를 양성하는 데에 초점이 맞추어졌었다. 러시아 한국학의 수준이 절정에 달하여 한국 관련 논문 및 저서가 쏟아져 나왔던 1960~70년대에도 일반인들의 한국에 대한 인식은 크게 높지 않았다. 그러나 1990년대 이후 한국의 국제적인 지위 향상과 한국 기업의 활발해진 러시아 진출에 힘입어 한국어교육의 목적이 취업 등 실용적인 관심으로 바뀌는 과정에서 젊은 층이 연구보다는 취업에 몰리고 있다.

다음으로 러시아 내 전체적인 학문 분야의 침체를 꼽을 수 있다. 급격한 체제 전환과 오랜 경제 침체기를 지내면서 연구 분야에 대한

비전문가들에게 강의를 맡기는 등 임시방편으로 한국어 강좌를 운영하여 파생된 필연적인 결과이다. 결국 이러한 파행적인 사태를 극복하기 위해서는 대학 측이 한국어교육의 필요성을 재인식하고 강좌 운영의 목적을 분명히 하여 장기적으로 교수를 양성하려는 의지와 노력을 보여야 할 것이다.

다음은 노보시비르스크 국립공대의 한국어 교수진 현황이다.

<표 26> 노보시비르스크 국립공대 한국어 교수진(2007년 9월 기준)

이름	국적	성별	출생년도	최종학위	전공	직위	교육경력
	기타						
김화옥	러시아	여	1951	학사(5년제)	경제학	시간강사	3~5년
	재러동포(고려인)						
임춘길	러시아	남	1945	박사	기계공학	시간강사	3~5년
	재러동포						
최 옐레나	러시아	여	1984	학사(5년제)	한국학	시간강사	3년미만
	재러동포, 본교 졸업생, 언어연수						
쿡시노바 A.	러시아	여	1984	학사(5년제)	한국학	시간강사	3년미만
	본교 졸업생, 언어연수 중(한국)						
소영미	한국	여	1970	박사수료	러시아문학	객원교수	3~5년
	한국국제교류재단 파견교수(2006년 9월부터)						

개설 초기에 노보시비르스크 국립공대의 한국어 강의는 경제학과 기계공학을 전공한 고려인들에 의해 이루어졌다. 이렇듯 전문적인 교사 양성 과정을 거치지 않은 고려인들이 한국어를 강의하게 되면 러시아어에 능통하여 저학년들에게 한국어를 이해시키는 데에는 어느 정도 효과를 거둘 수 있으나, 한국어가 원어민 수준에 이르지 못하고 전공이 언어 교육이 아니기 때문에 체계적인 교육을 진행하는 데에 한계를 드러내게 된다. 또한 장기적인 안목으로 한국어 강좌를 운영할 프로그램을 완성하거나 학과의 특성과 교과과정에 맞는 교재를 개발하기도 어렵다.[16]

실제로 2001년에 개설된 노보시비르스크의 한국어 강좌는 교수진의 문제로 인하여 2년간 신입생을 모집하지 못하기도 하였다. 고학년이나 졸업생 가운데 우수한 학생에게 한국에서 언어연수를 받은 후 한국어를 강의하게 하고 객원교수 파견을 주선하여 2005년부터 다시 신입생을 모집하고는 있으나, 그 과정에서 학교 측은 수수방관하는 자세로 일관하여 강좌를 개설한 이유가 무엇인지 의아했을 정도이다.

다음은 노보시비르스크 국립대의 한국어 교수진 현황이다.

---

16) 이러한 문제점은 한국어교육이 뿌리를 내린 일부 도시를 제외하면 러시아 대학들에서 공통적으로 발생하는 문제이다. 예를 들면, 카프카스 지역의 로스토프나도누 국립경제대의 경우에도 한국어 교수진은 전문적인 교육자가 아닌 한국어를 어느 정도 구사하는 수준의 고려인 2명과 한국 체류 경험이 있는 러시아인 1명으로 구성되어 있다. 한국어교육에 대한 기반이 전혀 없이 한국어 강좌를 개설해 놓고, 대학 측에서는 그 대안을 전혀 생각지 않고 있는 상황이다. 로스토프나도누 한국교육원 측의 노력으로 2008년 9월부터 한국에서 객원교수가 파견될 예정이기는 하지만, 이는 일시적인 해결책에 불과하다.

<표 27> 노보시비르스크 국립대 한국어 교수진(2007년 9월 기준)

이름	국적	성별	출생년도	최종학위	전공	직위	교육경력
장호종	한국	남	1972	박사	한국어 통사론	부교수	5~10년
	한국국제교류재단 파견교수(2003년 9월부터)						
강성규	한국	남	1964	학사	국어 국문학	시간강사	3년 미만
	현지선교사						
안명숙	한국	여	1967	학사	교육학	시간강사	3년 미만
	현지선교사						
공이영	한국	여	1969	학사	생물학	시간강사	3~5년
	현지선교사						
수보티나 A.	러시아	여	1980	석사	한국 고고학	시간강사	3년 미만
	본교 졸업생, 석사(한국),고고학연구소 박사과정						
바클라노바 M.	러시아	여	1984	학사[17] (5년제)	한국학	시간강사	3년 미만
	본교 졸업생, 언어연수						
쿠진 E.	러시아	남	1986	학사 (5년제)	한국학	시간강사	3년 미만
	본교 졸업생, 언어연수						
트카첸코 T.	러시아	여	1984	학사 (5년제)	한국학	시간강사	3년 미만
	본교 졸업생, 대학원 재학 중(한국)						
게라시모바 M.	러시아	여	1983	학사 (5년제)	한국학	시간강사	3년 미만
	본교 졸업생, 언어연수 중(한국)						
사다예바 O.	러시아	여	1984	학사 (5년제)	한국학	시간강사	3년 미만
	본교 졸업생, 대학원 진학(한국)						
말리크 E.	러시아	여	1985	학사 (5년제)	한국학	시간강사	3년 미만

				본교 졸업생, 대학원 진학(한국)			
김 E.	러시아	여	1985	학사 (5년제)	한국학	시간 강사	3년 미만
				고려인, 본교 졸업생, 대학원 진학(한국)			
레비키나 S.	러시아	여	1986	5학년	한국학	시간 강사	3년 미만
				본교 재학생			

교수진의 수가 많아서 일견 안정된 듯 보이나, 강좌 개설 초기에는 3년간 신입생을 모집하지 못했을 정도로 교수진 확보에 어려움이 많았으며 졸업생을 언어연수나 대학원 진학 등을 통해 교수로 양성하는 문제에 대하여 학교 측에서 별다른 노력을 기울이지 않은 사정은 마찬가지이다. 더욱 심각한 것은 젊은 재원들이 힘든 교육과정을 거쳐 한국어교육자로 대학에 정착한다 해도 교통비도 안 되는 급여를 받으며 생활해야 한다는 점이다.[18] 대학 측에서는 이러한 현실적인 문제는 외면한 채, 교사들의 일방적인 희생과 인내를 요구하거나 적은 급여에도 불만 없이 일해 주는 현지 한국인들을 고용하는 것을 선호하는 실정이다.

러시아 한국어교육의 질적 발전을 도모하기 위한 대학 측의 노력

---

17) 러시아의 전통적인 교육체제는 초·중·고 10년, 학·석사 5년제였으나, 최근 서구의 학제에 맞추어 초·중·고 12년, 학사 4년, 석사 2년으로 변경하고 있는 추세이다. 많은 대학들이 4년제로 변경하고 있으며, 노보시비르스크 국립대의 경우에도 2010년부터는 4년제로 변경할 예정이다. 현재까지는 대학별, 학과별로 4년제와 5년제가 혼재하고 있는 형편이다.

18) 신진 한국어 교수 및 한국학자들이 겪고 있는 경제적 어려움을 감안하여, 2006년 9월부터 한국국제교류재단에서 러시아한국학대학연합(RAUK)의 6개 대학에 강의보조비를 지원하고 있다. 그러나 이러한 일들이 한국 측의 지원을 통한 것이며, 러시아 대학들 자체적으로는 현실적인 문제를 해결하기 위한 어떠한 노력도 하지 않고 있는 실정이다.

은 물론이고, 한국어교육자 스스로의 부단한 자기 개발과 재교육 또한 시급한 과제이다. 노보시비르스크 국립대와 노보시비르스크 국립공대의 예에서도 알 수 있듯이, 러시아 한국어교육을 담당하는 주된 부류는 고려인과 한국인 유학생이나 선교사들이다. 고려인은 현지어 구사 능력이 탁월하나 한국어 능력이 부족한 반면에, 한국인 유학생이나 선교사들은 상대적으로 한국어 구사 능력에서 장점을 지닌다. 실제로 전문성을 갖춘 한국어교육자를 양성하는 데에 오랜 시일이 필요하다는 점을 고려하면, 고려인이나 현지에 정착한 한국인들이 최소한 교수법과 문법이론을 습득하여 한국어교육자로 양성될 수 있도록 이들에게 재교육의 기회를 제공해야 할 것이다.

한국에서 전문가들이 현지를 직접 방문하거나 한국으로 이들을 초청하여 교사연수를 받게 하는 것도 좋은 방안이다. 이미 국립국어원, 국제교육진흥원, 재외동포재단 등 관련 단체에서 해외한국어교사연수를 실시하고 있으나, 고려인들은 그 대상에 포함되지만 한국인 선교사나 유학생들은 그렇지 못하다.[19] 해외 한국어교육 불모지에 충분한 수의 한국어 전문가를 파견하기 힘든 현실을 고려할 때, 전문적인 교육자는 아니나 현지의 교육 기관에서 장기간 한국어를 강의하고 있는 한국인들을 우선적으로 재교육한다면 해외 한국어교육의 발전에 도움이 될 것이다. 이들 스스로도 한국어교육자로서의 자부심

---

[19] 국립국어원의 경우, 2005년에 모스크바와 로스토프나도누에서 "국외한국어교원 연수"를 실시하여 고려인은 물론 한국인 한글학교 교사들도 참가한 바 있다. 한국으로 초청하여 연수를 진행하는 것이 가장 바람직하겠으나 비용 등의 문제로 많은 인원이 참가하기 어렵기 때문에 현지를 직접 방문하여 교사연수를 실시하는 것도 긍정적인 측면이 있다. 이와 같은 프로그램을 지속적으로 실시하는 한편, 전시 효과가 큰 일부 지역에 국한하지 않고 다양한 지역으로 확대해 나갔으면 하는 바람이다.

을 가지고 책임감을 느껴야 함은 물론이다.

4. 한국어 강좌 운영과 학업 성취도 평가 방법

앞서 러시아 한국어교육이 더욱 발전하기 위하여 대학 측의 교수를 양성하려는 의지와 계획이 있어야 함을 강조하였다. 아울러 러시아 한국어교육자들이 교사 워크숍이나 세미나 등을 통하여 교수법을 논의하고 발전시켜 나가는 일도 시급한 과제로 꼽을 수 있다. 비교적 한국어교육의 전통이 깊은 지역에서조차 한국어 교수법을 연구·개발하는 일에 소홀한 편이다. 러시아의 한국어교육을 담당하는 상당수가 비전문가들이고 기자재 등의 교육 여건이 열악하며 낮은 급여로 인하여 교육·연구 의욕이 떨어지기 때문이다. 한국어 교수법은 1950년대에 홀로도비치에 의해 확립된 전통을 그대로 답습하고 있으며, 한국어 문법은 1970년대에 발표된 마주르의 이론을 무비판적으로 수용하고 있어서 문법번역식 교수법을 고수하는 교육자나 대학들이 대부분이다.

사정이 이러하다 보니, 한국어 학습 열기가 고조되는 데에 비하여 이를 뒷받침할 다양한 교수법의 연구나 현지 실정에 맞는 교재 개발 등의 교육·연구 활동은 침체되어 있다. 대부분의 대학에서 한국어교육에 서울대 어학연구소, 연세대 한국어학당, 고려대 한국어문화연수부, 이화여대 언어교육원 등 한국의 교육 기관에서 발간한 교재들을 활용하고 있다.[20] 현지 실정에 맞지 않거나 현지인의 정서로 이해하기 어려운 부분들이 많고 러시아인 교육자들이 활용하는 데에 불편하다는 단점도 있으나, 러시아에서 발간된 교재들의 수준과 활용도가 현저히 떨어지기 때문에 러시아 내에서 개발된 한국어 교재를 이용하지 않는 편이다.

1990년대 이후 러시아 내에서 개발된 한국어 교재가 30여 종이 넘으나, 대부분 학습자의 수준이나 교재의 용도 등을 고려하지 않고 교재 개발의 필요성이나 방법에 대한 고민 없이 단기간에 완성한 조악한 것들이다. 예를 들어 대학용 교재임에도 단계별로 구성되어 있지 않고 '한국어', '한국어 문법' 하는 식으로 한 권으로 이루어져 있으며, 학습 대상이 일반인인지 학생인지 구별하지 않아서 정규 교육 과정의 교재로 활용하기 곤란한 경우가 대부분이다. 한국어를 모국어로 하는 전문가들의 감수를 거치지 않아서 구어와 문어의 구분이 없다

---

20) 노보시비르스크 국립대에서는 한국어 교재 및 강의에 필요한 자료들을 지난 2003년부터 한국국제교류재단, 주러한국대사관과 자매대학인 아주대, 충남대 등을 통하여 꾸준히 구비하여 왔다. 한국어 교재류 20종 300여 부, 사전류 30종 200여 부, 오디오 테이프 200여 개, 비디오 테이프 100여 개, VCD/DVD 400여 개, 전공서적 및 교재류 800여 부, 일반서적 1,000여 부, 한국 문화상품 100여 점 등을 노보시비르스크 국립대 부설 한국센터에 비치하여 강의에 활용하거나 학생들의 학습에 도움이 되도록 하고 있다. 그러나 러시아 대부분의 대학들은 교재나 자료를 전혀 갖추지 못하였거나, 보관할 공간이나 관리할 인력이 없어서 한국에서 보내 온 교재나 자료들을 방치하는 경우가 많다. 참고로 노보시비르스크 국립대에서 주교재로 사용하는 한국어 교재를 예시하면 다음과 같다.
서울대 어학연구소 편(2003), 『한국어』 1∼4, 문진미디어.
연세대 한국어학당 편(2000), 『한국어』 1∼6(한글판, 노어판), 연세대 출판부.
이화여대 언어교육원 편(2003), 『말이 트이는 한국어』 1∼3, 이화여대 출판부.
이상억 외(2003), 『한국어』 1∼3(영어판, 노어판), 한림출판사.
고려대 한국어문화연수부 편(1991), 『한국어 회화』 1∼6, 고려대 민족문화연구소.
고려대 한국어문화연수부 편(1991), 『한국어』 1∼6, 고려대 민족문화연구소.
원광학교 편(2003), 『한국어』 1∼3, 모스크바 원광학교.

든가 남북한의 표현을 뒤섞어 놓은 것들도 있고, 어색한 예문을 제시하거나 문법 설명이 잘못된 것들도 많다는 점 또한 문제가 된다.

낮은 급여와 연구비 등으로 인하여 힘들여 교재를 개발할 동기가 없기도 하거니와, 적은 부수만 인쇄하고 재판을 만들지 않는 출판문화와 타 지역에 보급이 잘 안 되는 유통체제 등도 엉성한 한국어 교재를 양산하는 원인의 하나이다. 그나마 교재를 개발할 만한 한국어교육 전문가가 있는 지역이나 대학은 형편이 나은 것으로, 교수진이 비전문가들로 구성된 대부분의 대학들은 자체적으로 교재를 개발할 능력이 없어서 한국에서 발간된 교재들을 어렵게 한두 권 구비하여 학생들에게 복사하여 나누어 주고 있다. 수준과 활용도가 높은 교재를 개발하고 보급하는 일도 러시아 한국어교육이 당면한 시급한 과제의 하나이나 당사자들은 오히려 이에 대해 필요성을 인식하지 못하고 있는 실정이다.[21]

교재 개발 뿐 아니라 교수법에 대한 연구가 미흡하여 한국어 강좌 운영 프로그램을 갖추지 못한 대학도 허다하다. 읽기, 쓰기, 듣기, 말하기 등의 영역으로 구분하여 한국어 강의를 문법, 회화, 작문, 번역, 문학 등으로 세분하여야 함에도 불구하고, 일반적으로 '한국어'라는

---

[21] 교수법 연구와 교재 개발 등의 현안을 위해 얼마 전 한국국제교류재단의 후원으로 러시아 각 지역 15개 대학의 한국어교육자들이 참가하여 "러시아 한국어 교사 워크숍"(모스크바, 2007.5.21~23)이 개최된 바 있다. 그간 러시아 내에서 발간된 한국어 교재들의 실태를 파악하고 러시아 대학용 공통 한국어 교재의 개발과 보급을 논의하였으니 조만간 좋은 결과가 있기를 기대한다. 그러나 한국어교육의 발전을 위한 이러한 일련의 노력들이 러시아 한국어교육 내부에서 제기되거나 강구된 적이 없다는 점은 다소 쓸쓸한 일이다. 한국 측의 무한한 지원만을 기대하기보다는 러시아 한국어교육계 자체에서 열의를 가져야 할 시점에 이르렀다고 본다. 러시아 한국어교육자들 스스로 진지하게 고민해 볼 필요가 있을 듯하다.

단일 명칭으로 강의를 진행하고 있으며 한국어 강의를 담임제처럼 운영하기도 한다. 특정 학년을 1학년 때부터 한 교육자가 전담하여 주당 10시간 내외의 강의를 하는 식인데, 학생의 입장에서는 한 명의 교사에게 한국어를 4~5년 배우게 되는 셈이다.

담임제로 강의를 운영하게 되면 교사가 학생들의 개별적인 특성을 잘 파악하여 이른바 '맞춤교육'을 할 수 있다는 장점도 있으나, 학습자가 다양한 교육 기회를 경험할 수 없고 교육자도 강의 준비에 더 많은 노력이 필요하게 되는 등 단점이 더 큰 편이다. 특히 교육자의 입장에서는 회화, 문법, 작문 등 다방면에 걸친 강의 자료를 준비해야 하는 체계임에도 불구하고, 실제로는 특별한 강의 준비 없이 제한된 텍스트를 대상으로 문법 사항과 규칙을 외우게 하고 한국어를 러시아어로 번역해 주는 '문법번역식'의 구태의연한 강의만을 진행하는 경우가 많다.

이러한 문제점을 해결하기 위하여 노보시비르스크 국립대에서는 명목상 단일 강의인 주당 14시간 안팎의 '한국어'를 다음과 같이 영역별로 구분하여 강좌를 운영하고 있다.

<표 28> 노보시비르스크 국립대의 한국어 강좌 운영

영역	내용
회화	발음, 듣기, 말하기, 회화연습
문법	형태론, 어휘론, 통사론
작문 및 번역	한국어작문, 러한번역, 한러번역
문학	시, 소설, 수필, 고전문학사, 현대문학사

문화	전통문화, 현대사회, 신문기사, 영화 등
한자	교육용 한자 1,800자, 한국 한자어의 특성

이를 토대로 학년마다 3~4명의 교육자로 하여금 각각의 영역을 강의하도록 하고 있다. 노보시비르스크 국립대에서 한국어 강좌를 운영하는 체계에 대하여 1학년을 예로 들어서 설명하도록 한다. 1학년 1학기에는 주당 14시간씩 18주의 한국어 강의가 진행된다. 주당 14시간의 한국어 강좌는 다시 회화, 문법, 작문 및 번역, 문학, 문화의 5개 영역으로 세분하여 강의를 진행한다. 저학년에서는 회화와 문법 영역에 많은 시간을 할애하지만 학년이 높아질수록 그 비중을 줄이고 기타 영역에 더욱 집중함으로써 한국어 전문가로서의 자질을 갖출 수 있도록 지도한다. 각 영역을 구분하되 상호 긴밀하게 연결되도록 강의의 내용을 구성하는 것이 매우 중요하다.

회화 영역에서는 초기에 한국어 발음을 집중적으로 교정하면서 간단한 일상대화를 듣고 말할 수 있도록 지도한다. 특히 발음은 외국어의 학습에서 가장 일찍 굳어져서 처음부터 체계적이고 계획적인 발음 교육이 필요하나, 한국인이라 해도 이를 전문적으로 설명하기 쉽지 않기 때문에 국립국어원에서 개발한 "바른 소리" CD나 한국어 교재의 회화 테이프 등 시청각 보조 자료를 적극적으로 활용한다. 인사말 등 간단한 표현으로 시작하여 일상대화도 점차 특정 상황을 설정하여 러시아어의 표현과 한국어의 표현을 비교하면서 한국어 회화에 익숙해지도록 유도한다. 한국어를 접해본 경험이 전무한 학습자가 대부분이므로 러시아어 자막이 삽입된 한국 문화홍보물이나 영화 DVD와 비디오 테이프를 활용하여 한국어에 노출되는 기회를 늘려

간다.[22)]

　문법 영역에서는 초기에 한글을 익히는 데에 주력하면서, 쉬운 기초어휘들을 익힐 수 있도록 지도한다. 해외 한국어교육에서 중요한 일의 하나가 체계적인 어휘목록의 정리인데, 학생들의 능력에 맞게 수준별로 일상대화에 자주 사용되는 한국어 어휘를 분류해야 하며 또한 학과의 특성을 고려하여 전문용어를 어휘목록에 첨부하여야 한다. 예를 들어 노보시비르스크 국립대 한국어 전공은 역사, 고고학, 민족학 분야의 전문용어를, 노보시비르스크 국립공대 한국어 전공은 정치, 경제, 국제관계 등의 전문용어를 익혀야 한다. 이때 기초어휘들의 품사를 러시아어의 품사와 비교하면서 익힐 수 있도록 지도한다. 비교적 짧은 예문들을 다양하게 제시하여 한국어 문장의 형식에 익숙해지도록 유도하며, 문장 구조 역시 러시아어와의 비교를 통하여 강의하게 된다.

　작문 및 번역 영역에서는 회화와 문법 시간을 통하여 익힌 어휘와 문장들을 활용하여 짧은 글을 지을 수 있도록 지도한다. 대개 일기나 편지 등의 과제를 통하여 학생들의 작문을 첨삭·지도하는데 초기에는 한글을 익히고 숙달하는 차원에서 필기하게 하되 점차 워드프로

---

22) 러시아 각 대학의 교육 여건을 고려할 때, 한국어교육에서 시청각 자료를 활용하는 일은 대부분의 대학에서 실행이 불가할 것으로 보인다. 강의실에는 그야말로 칠판과 분필만 있고, 심지어 카세트 플레이어조차 없어서 회화 테이프도 무용지물이 되는 경우가 많다. 한국의 위성방송도 지역마다 차이가 있지만 수신이 불가한 지역이 많을 뿐 아니라, TV 등의 시청각 기자재를 갖추지 못하여 교육에 활용할 수 없다. 인터넷도 사정은 마찬가지이다. 이렇듯 교육 여건이 열악한 속에서도 학생들의 학습 열의가 높고 여느 서구인에 비하여 러시아 학생들의 한국어 구사 수준이 우수한 편이라는 점이 흥미롭다. 여러 설명이 가능하겠으나, 러시아의 경제 침체가 장기화되면서 한국어를 배우면 현지에서 인식이 좋은 한국의 대기업들에 취업할 수 있다는 강한 학습 동기가 주요 원인일 듯하다.

세서를 이용하고 이메일을 사용하여 과제를 제출하게 한다. 한국인을 만나거나 한국어 회화를 시도해볼 기회를 가질 수 있도록 현지 한국인 유학생들과의 교류를 주선하여 일차 첨삭은 유학생을 활용하기도 한다. 또한 문화 영역의 교육을 병행하여 한국어로 된 한국 문화의 소개 책자 등을 읽고 러시아어로 번역하게 하거나, 러시아어로 된 한국 관련 글들을 읽으면서 쉬운 어휘나 표현들은 한국어로 번역해 준다. 어휘력의 향상을 위하여 일상생활의 러시아어 주요 표현들을 한국어로 제시하기도 한다.

문학 영역에서는 한국의 동시나 동요 등을 시청각 자료와 함께 제시함으로써, 듣기 교육을 병행한다. 차츰 동시나 동요의 내용에 익숙해지면, 러시아어로 번역된 한국의 신화, 전설, 민담 등을 읽혀 한국 문학에 대한 기초적인 이해를 쌓게 한다. 민담 등은 문화 영역의 교육을 병행하여 전통적인 한국인들의 생활상을 이해할 수 있도록 한다. 이때 비교적 분량이 짧거나 쉬운 글들을 중심으로 러시아어 텍스트와 한국어 텍스트를 비교하면서 읽게 하기도 한다. 아울러 러시아 내에 소개된 한국 문학의 특성들을 읽게 하여 한국 문학에 대한 기본 소양을 갖출 수 있도록 한다.

문화 영역에서는 한국 문화에 대한 이해를 깊게 할 수 있는 시청각 자료를 시청하면서 듣기 교육을 병행한다. 여전히 러시아 내에서는 중국이나 일본과 다른 한국 문화의 고유성을 이해하지 못하는 경우가 많으므로, 전통 문화를 소개하는 홍보자료들을 적극적으로 활용하여 한국 문화에 대한 이해를 높이고 현대 한국 사회의 역동적인 발전상을 알려 한국어를 배우는 자부심을 가질 수 있도록 한다. 러시아어로 된 한국 문화 안내서를 함께 읽는 한편, 러시아 언론에 소개되는 한국에 관한 뉴스를 통하여 현대 한국 사회의 여러 현안을 함께 생각하고 토론하는 시간도 갖는다.

1학년 2학기에는 주당 14시간씩 16주의 한국어 강의가 이루어진다. 주당 14시간의 한국어 강좌는 다시 회화, 문법, 작문 및 번역, 문화, 문화의 5개 영역에 한자(漢字)를 추가하여 6개 영역으로 나누어 진행한다. 다른 영역은 1학기와 크게 다르지 않으나 새로이 한자 영역을 추가하게 된다. 1학기부터 한자를 강의하게 되면 학생들이 한자 학습의 과중한 부담으로 한글이나 한국어 어휘를 익히는 데에 소홀해지게 되므로, 한자는 1학년 2학기부터 강의한다. 1학년 2학기에 약 100개의 기초 한자를 익히게 되는데, 그 목록은 한국의 교육용 한자 1,800자를 참고하여 학과 특성과 교과과정에 적합하도록 조정하고 있다.

어휘의 약 50% 가량이 한자어인 한국어의 특성과 한국전통사회에서의 한자의 역할 등을 고려할 때 한자 교육은 한국어교육의 일환으로 반드시 다루어져야 하며, 더구나 사학과의 성격이 강한 학과의 특성상 한자를 교육하는 일이 불가피하다. 그러나 러시아 학생들이 약 50,000자 이상 되는 한자를 익히는 것은 매우 힘든 일이다. 어휘 교육과 연계하여 1학년 때에는 한국어 기초 어휘들 가운데 비교적 쉬운 한자로 이루진 것들을 대상으로 한다. 4학년 때까지 한국의 교육용 한자 1,800자를 배우게 하되, 모든 글자를 쓸 수 있게 하기보다는 읽고 뜻을 이해하여 한국어 어휘력을 향상시키고, 한자로 된 서적을 읽을 수 있는 능력을 키우는 데에 초점을 맞춘다.[23]

---

23) 노보시비르스크 국립대의 한국어 강좌 운영에 대한 자세한 내용은 장호종·공이영&체흘로바(2005)에 소개되어 있다.

이처럼 노보시비르스크 국립대에서는 학과의 특성을 고려하여 주당 14시간의 한국어 강좌를 다시 회화, 문법, 작문 및 번역, 문학, 문화, 한자의 6개 영역으로 세분하여 강의를 운영하는 반면에, 노보시비르스크 국립공대에서는 한국어 강좌를 학과 특성에 맞게 영역별로 세분하지 못하고 주로 문법과 번역 교육에 치중하고 있는 실정이다. 지난 2006년부터 객원교수가 파견되기는 하였으나 아직 강좌 운영 등을 조정할 만큼 충분한 시간을 갖지 못하였고, 초기의 노보시비르스크 국립공대 한국어 교수진이 강의를 원활하게 운영할 만큼 한국어 구사 능력이 완전하지 못하고 전문적인 한국어교육자들이 아니며 충분한 교재를 갖추지 못하였다는 점이 주요 원인이다.[24]

이처럼 영역별로 한국어 강좌를 세분하여 운영하지 못하면 학습자의 경우 졸업한 이후에 한국어 능력을 평가 받는 데에 불리하게 작용할 뿐 아니라, 교육자도 학습자의 학업 성취도를 파악하여 강의 운영을 계획하는 데에 어려움이 따른다. 러시아 대학은 5점제를 택하고 있어서 학생들에게 점수를 부여할 때도 곤란한 경우가 많으며, 평가의 변별력이 별로 없는 편이다. 5점제라고는 하나 2점 이하는 3점 이상을 받을 때까지 몇 번이고 재시험을 치러야 하기 때문에 실제로는

---

[24] 한국으로부터의 교수 파견은 유관 기관인 한국국제교류재단과 학술진흥재단이나 한국 내 자매대학들을 중심으로 이루어지고 있다. 특이하게도 볼고그라드에는 경기문화재단에서 객원교수를 파견하기도 하였다. 이들은 파견 기간이 1~2년에 불과하고 대부분 현지어 구사능력이 없어서 낯선 현지 생활에 적응하려다 보면 강의를 담당하기도 버거운 형편이다. 더욱이 말 그대로 '객원'이라 현지의 한국어교육에 관여하기 쉽지 않으나, 각 대학들이 교재 편찬이나 강좌 운영 등의 한국어교육 전반에 걸친 모든 업무를 떠넘기는 일이 허다하다. 그러면서도 숙소나 사무실 등을 제공한다는 기본적인 약속은 제대로 이행하지 않아서 객원교수들이 겪는 고충이 이만저만한 것이 아니다. 여하튼 러시아 한국어교육에 있어서 객원교수들이 상당한 역할을 차지하고 있는 것이 사실이다.

3점제에 해당한다. 따라서 각 지역에 산재한 여러 대학들에서 한국어를 배우고 있는 학생들의 학업 성취도를 객관적으로 비교하기 곤란하며, 평가를 토대로 각 대학의 한국어교육 운영 방식과 향후 방향을 모색하는 일도 시행되지 못하고 있다.

영역별로 과목이 나뉘지 않은 경우가 많아서 평가가 말하기, 듣기, 쓰기, 읽기 등의 능력을 세분하지 못하고 있는 것도 큰 문제이다. 대부분의 대학에서 한국어 능력을 구술형, 면접형으로 평가하고 있는데, 교수진의 한국어 구사 능력이 부족한 대학들에서는 한국어 시험임에도 불구하고 러시아어로 묻고 대답하는 어색한 상황도 발생한다. 러시아 대학의 전통적인 평가는 교수가 학생 수만큼의 질문지를 준비하고, 학생들이 시험 당일 한 명씩 질문지를 뽑아서 그 질문에 대하여 대답하는 식이다. 시간의 제한이 없어서 짧게 대답하고 끝날 수도 있지만 상황에 따라서는 한 시간 가까이 교수와 학생의 문답이 이어지기도 하여, 수강생 수가 많으면 종일 실시해도 2~3일에 걸쳐 시험이 진행되는 일도 있다.

면접식으로 이루어지는 러시아 대학의 구술 평가는 교수가 각 학생의 준비도, 이해도, 표현력, 판단력, 의사소통 능력 등을 종합적으로 평가할 수 있다는 장점이 있으나, 러시아어로 시험이 진행되는 일이 많아서 정작 한국어 능력을 평가하지 못하는 경우가 발생하며 성적 평가의 근거가 남지 않아서 평가 결과를 교육에 활용하는 데에도 어려움이 많다. 이러한 문제를 해결하기 위하여 러시아 각 대학이 연합하여 학습자의 한국어 능력을 분야별로 변별력 있게 수치화하여 나타낼 수 있는 평가 방식을 개발하는 일이 필요하다. 그러나 각 대학 간의 이해가 얽혀 있는 데다가 개발 과정에 소요되는 재정적인 문제 등을 해결하기 어려워서 시행이 요원하므로, 공인된 한국어 능력 시험을 도입하는 방안이 더 현실적인 편이다.

다음은 러시아 내 각 지역에서 시행된 "한국어능력시험"(한국교육 과정평가원)의 지난 2년간 결과이다.[25)]

<표 29> 2005년도 러시아 지역 한국어능력시험 합격자(단위: 명)

	모스크바	상트 페테르부르크	블라디 보스토크	사할린	하바롭스크	노보 시비르스크
총	53	36	37	25	16	60
6급	0	0	0	0	0	2
5급	3	1	1	1	0	6
4급	11	3	8	2	7	15
3급	12	9	6	1	4	8
2급	7	11	9	5	3	15
1급	20	12	13	16	2	14

<표 30> 2006년도 러시아 지역 한국어능력시험 합격자(단위: 명)

	모스크바	로스토프나도누	노보시비르스크
총	27	4	36
6급	2(한국인)	0	0
5급	0	0	3
4급	4	0	1
3급	4	0	9
2급	10	3	11
1급	7	1	12

---

25) 2006년도에 상트페테르부르크, 블라디보스토크, 사할린, 하바롭스크에서도 한국 어능력시험이 실시되었으나 자료를 구할 수 없어서 결과를 생략하였다.

2005년도 결과를 보면, 오랜 한국어교육의 전통을 지닌 모스크바, 상트페테르부르크, 블라디보스토크의 한국어능력시험 합격자 수가 한국어교육이 정착 단계에 있는 노보시비르스크의 합격자 수보다도 오히려 적다. 2006년 결과에서도 노보시비르스크의 합격자 수는 타 지역에 비하여 많은 편이다. 특히 5~6급의 고급 합격자 수에서 노보시비르스크가 다른 도시보다 많아서 이 지역의 한국어교육이 가장 활성화된 것처럼 오해될 수도 있다. 실은 노보시비르스크 지역에서는 학생들의 학업 성취도를 객관화하여 한국어교육에 활용하고자 한국어능력시험을 적극 장려한 결과이다.

타 지역에서도 한국어능력시험을 통해 학습자들의 한국어 능력을 수치로 객관화하여 교육에 응용하면 학습자의 부족한 부분을 쉽게 확인할 수 있어서 교육자가 강의의 방향을 설정하는 데에 크게 도움이 될 것이다. 학습자들은 학업 목표를 설정하기가 용이해져서 동기 부여의 측면에서도 긍정적인 효과를 기대할 수 있다. 아울러 러시아 전역에 산재한 여러 대학들의 한국어교육 현황을 비교하여 각 대학의 교육 방향을 제시하는 일이 용이해질 수 있으며, 이를 통하여 대학 간의 발전적인 경쟁을 유도할 수 있을 것이다.

5. 결론

본문에서는 최근 확산되고 있는 러시아 한국어교육의 전체적인 양상을 파악하기 위한 일환으로 그간 잘 소개되지 않았던 시베리아 지역을 중심으로 한국어교육의 실태와 문제점을 분석하였다. 시베리아 지역 가운데에서도 한국어교육이 비교적 안정적으로 정착하고 있는 노보시비르스크 국립대와 노보시비르스크 국립공대의 현황 및 문제점을 중심으로 하되 러시아 한국어교육의 일반적인 특성에 부합할 만한 내용에 초점을 맞추고, 필요에 따라서는 러시아 여타 지역의 상황도 소개하였다.

본문에서 논의한 러시아 한국어교육의 실태와 문제점은 다음과 같다.

(1) 지난 10년간 러시아 전역에 산재한 여러 지역에서 한국어 강좌를 개설하는 대학들이 늘고 있으나, 뚜렷한 목적 없이 개설된 경우가 많다.

(2) 대부분의 지역에서 한국학에 대한 기반 없이 동양학의 일환으로 강좌를 개설하고 있어 한국어교육은 동양학의 보조적인 수단에 그치고 있다.

(3) 한국어 학습 열기가 확산되고 있는 반면에 한국어 전문가가 절대적으로 부족하여 대학마다 비전문가들에게 강좌를 맡기는 일이 허다하다.

(4) 최근 강좌가 개설된 대학들의 한국어 교수진은 주로 한국어 전문가가 아닌 고려인이나 현지에 장기 체류 중인 한국인들로 구성되어 있다.

(5) 강좌 운영에 대한 대학 측의 확고한 의지와 철저한 계획이 없어서, 자체적으로 교수를 양성하는 문제에 별다른 노력을 기울이지 않고 있다.

(6) 교수진이 비전문가인 경우가 많고, 낮은 급여와 연구비 등으로 교육·연구의 동기가 결여되어 교수법이나 교재 개발 능의 활

동이 미흡하다.

(7) 1990년대 이후 한국어 교재들이 많이 발간되었으나, 수준과 활용도가 떨어지고 보급이 잘 안 되어 강의 교재로 사용되지 못하고 있다.

(8) 강의는 말하기, 듣기, 쓰기, 읽기 영역으로 구분하지 못하고, 주로 문법 사항과 규칙을 외우게 하는 문법번역식의 방법으로 진행된다.

(9) 학업 성취도의 평가는 구술형·면접형으로 진행되며 3점제를 택하고 있어서 평가의 변별력이 부족하며 결과를 교육에 활용하기도 어렵다.

이러한 문제점들을 극복하고 러시아 한국어교육이 질적으로 발전하기 위해서 무엇보다도 대학이 강좌를 개설하는 목적을 분명히 하여 자체적인 발전 계획을 수립하고 실천할 수 있는 의지와 노력이 필요하다. 아울러 한국어교육자들도 자부심과 책임감을 가지고 자기 개발과 재교육에 힘써야 할 것이다. 이를 통하여 현지의 교육 여건에 적합한교수법을 연구하고 러시아인의 정서에 부합하는 다양한 교재를 개발해 나가야 할 것이다. 또한 한국어교육자간의 활발한 교류를 통하여 각 대학의 교육 과정이나 평가 방식 등을 발전시켜 나가야 할 것이다.

러시아 한국어교육의 외형적인 성장에 고무되어 근거가 빈약한 장밋빛 전망을 쏟아내기보다는 실태를 정확히 파악하여 지향해야 할 방향을 모색하려다 보니 본문에서는 긍정적인 측면보다는 러시아 한국어교육이 안고 있는 문제점을 주로 언급하게 되었다. 그러나 한러 관계의 진전에 따라 최근 러시아 내 한국어 열기가 고조되고 있으며 러시아 한국어교육은 오랜 역사를 통해 고유의 전통과 경험을 축적해 왔기 때문에 향후 여러 개선책을 통해 한국어교육이 안정적이고 지속적으로 발전해 나갈 수 있을 것으로 기대한다.

민족어교육과 외국어교육의 이중성

러시아의 한국어교육

러시아의 교육개혁과 한국어교육[*]

1. 서론

러시아의 한국어교육은 1990년대 이후 수요가 크게 증가하고 있으나, 지난 시기와는 목적과 동기가 다르고 그에 따라 변화된 내용과 방법이 절실하기 때문에 질적인 전환이 시급하다. 과거 구소련 시기의 러시아의 한국어교육은 한반도에 대한 정치적인 관심과 필요에 의해 출발하였다. 그렇기 때문에 문화적인 차원보다는 사회·역사적 차원에서 소수의 전문가를 배출하기 위한 일환으로 인식되고 진행되었다. 하지만 최근 한국어교육의 수요는 대중적인 동기에서 출발하여 취업이나 한국 문화에 대한 이해라는 문화적이고 실용적인 목적

---

* 본고는 "러시아 시베리아의 교육정책 및 현황"(<International Conference on Education in the Asian Context>, 중국 길림성 동북사대, 2009.01.12)과 "러시아의 교육개혁과 한국어교육"(<2009년 아주대 인문과학연구소 정기학술대회>, 아주대, 2009.03.25)을 기초로 하였다.

을 지향하고 있다.

이처럼 러시아의 한국어교육은 동기와 목적, 그리고 주체를 포함한 전반적인 환경이 달라졌다는 점에서 내용과 방법을 포함한 교육 및 연구 시스템의 혁신이 요구된다. 하지만 러시아 지역의 한국어교육은 이러한 변화와 혁신을 어렵게 하는 여러 가지 문제들을 안고 있다. 특히 열악한 교육환경과 전문성의 부족을 대표적인 문제로 꼽을 수 있다. 이에 본고에서는 러시아의 한국어교육이 안고 있는 현실적인 한계를 파악하기 위한 일환으로 러시아 교육의 현황과 변화 양상을 살펴보기로 한다.

1930년대에 확립된 구소련의 교육체제는 소비에트 연방이 해체되기 전까지 큰 변화 없이 유지되어 왔다. 연방 정부의 정책적 지원 하에 의무교육인 초, 중, 고등학교는 물론 대학에 이르기까지 무상교육을 실시하였으며, 특히 기초과학 분야에서 탁월한 성과를 거두어 서방 세계에 이른바 '스푸트니크 쇼크'[1]를 불러일으킬 정도로 서구와 차별화된 독특한 교육체계를 발전시켜 나갔다. 한편, 탁아소나 유치원, 분야별 영재학교 등을 효율적으로 활용하여 영재 육성에서도 큰 효과를 거두게 된다. 그 결과 문맹률 1% 이내, 인구 만 명 당 대학졸업자 170여 명 등의 교육적 성과를 이룰 수 있었다.

그러나 1980년대 후반의 개방 정책과 1990년대의 체제 전환 이후 러시아의 교육 전반에서도 점진적인 변화가 이루어지게 된다. 변화된 시대상을 반영하여 교육의 다양화 및 개별화, 민주화를 교육목표

---

1) 1957년 소련이 세계 최초로 인공위성 스푸트니크 1호를 쏘아 올리면서 과학기술 분야에서 우위에 있다고 믿었던 미국을 비롯한 서방 세계가 받은 충격을 말한다. 이를 계기로 소련의 교육체계에 대한 서방의 인식이 바뀌었으며, 미국에서는 당시의 교육 체계를 다시 검토하기도 하였다.

로 삼고, 무상교육도 차츰 범위를 줄여 나가기 시작했다. 대학은 경쟁에 의한 무상교육을 표방하여 일반입학생 비율이 높아졌으며, 수업료가 비싼 사립학교의 설립도 증가하고 있다. 학제도 서구에 맞추어 초, 중, 고는 10년제에서 12년제로, 대학은 학·석사 구분 없는 5년제에서 4+2년제로 점차 바꾸어 가는 중이다.

반면에 모스크바와 상트페테르부르크를 제외하면 재정적으로 열악하고 교육 여건이 부실한 지방에서는 중앙의 급변하는 교육 개혁을 미처 따라잡지 못하고 있는 형편이다. 연방정부의 지원이 크게 감소하여 각 교육 기관이 자유경쟁 속에서 자율적인 운영체계를 마련하여야 하나, 급격한 교육 환경의 변화에 미처 대비가 없었던 탓이다. 교육 외적인 지원 체계가 부실한 데다가 넓은 지역에 비해 낮은 인구 밀도도 교육환경 개선에 불리한 요인으로 작용하고 있다.

2. 러시아의 한국어교육

외교통상부와 재외동포재단 등 유관기관의 통계(2003년)에 따르면, 고려인은 약 65만 명에 달하는 것으로 추정된다. 러시아에 약 19만 명, 우즈베키스탄에 약 23만 명, 카자흐스탄에 약 10만 명, 우크라이나에 약 1만 3천 명, 키르기스스탄에 약 2만 명이 거주하고 있는데, 1990년대 중반 이후에는 중앙아시아 각국의 경제 침체 등을 이유로 러시아로 역이주하는 고려인이 늘고 있는 추세이다. 2000년대 들어서도 3~4만 명 이상의 고려인 역이주가 이루어진 것으로 추정되나 공식적인 집계는 나오지 않고 있다. 중앙아시아 각국의 자국어 정책이 강화되면서 역이주는 더욱 증가할 것으로 보인다. 따라서 향후 러시아의 고려인 사회는 더욱 확장될 전망이다. 스탈린의 강제이주정책(1937) 이후 고려인 사회의 중심이 연해주에서 중앙아시아로 옮겨갔으나, 최근 들어 다시 그 중심이 러시아로 바뀌고 있는 것이다.

다음은 러시아 각 지역에 거주하고 있는 고려인의 분포이다.

<표 31> 러시아 각 지역의 고려인 분포(2008년 기준, 추정치)

권역	지역	수(단위 - 명)	비고
유럽 러시아	모스크바	40,000	
	상트페테르부르크	10,000	
	북카프카스	65,000	주요 도시 - 로스토프나도누
시베리아	노보시비르스크	2,500	
	톰스크	1,200	
	옴스크	500	
	크라스노야르스크	400	
	이르쿠츠크	1,000	
	사하공화국	5,000	수도 - 야쿠츠크
극동 러시아	블라디보스토크	25,000	통칭 연해주
	우수리스크	15,000	
	사할린	40,000	
	하바롭스크	14,000	

전통적으로 러시아의 고려인 사회는 연해주와 사할린을 중심으로 형성되어 왔으며, 현재에는 주요 도시마다 많은 수의 고려인들이 거주하고 있다. 이들은 한민족으로서의 전통을 보존하는 데에 관심을 가지기는 했으나 한국어교육에는 그다지 열정적이지 않았다. 소비에

트 정부가 강제적으로 연방 내 소수 민족의 민족어교육을 금지해 온 탓에 이들에게 이미 한국어는 민족어로서의 의의가 없었으며, 러시아를 구성하는 100여 개 소수 민족의 하나로서 자신들의 문화적 정체성을 이어가는 정도의 관심만 있었을 뿐이다.

그럼에도 불구하고, 한국어교육의 역사가 비교적 오랜 모스크바, 상트페테르부르크, 블라디보스토크를 비롯한 러시아 전역에서 한국어교육의 수요가 꾸준히 증가하고 있다. 특히 1990년대 초반 이후 한국어교육이 광범위하게 보급되기 시작하였는데, 일반적인 예상과 달리 고려인들에 의한 민족어 교육의 일환으로 시작된 것이라기보다는 러시아인의 한국에 대한 관심이 증가한 결과로 볼 수 있다. 또한 개방 이후 러시아에 진출한 한국인 유학생이나 선교사들이 현지의 주요 대학들에 일본어나 중국어 강좌가 개설되어 있는 데 반하여 한국어 강좌가 없다는 사실에 자극받아 노력한 성과이기도 하다. 따라서 개설 초기에는 대학 자체의 한국어교육과 관련한 기반 없이 강좌가 개설되어 어려움이 많았으나 차츰 안정을 찾아가고 있는 상황이다.

<표 32> 러시아 지역별 한국어 강좌 개설 대학 분포

(2008년 기준, 단위: 개)

권역	도시	대학	비고
유럽러시아	모스크바	6	
	상트페테르부르크	3	
	카잔	1	
	로스토프나도누	1	
	크라스노다르	1	
	마그니토고르스크	1	
	볼고그라드	1	소계 14

시베리아	노보시비르스크	3	
	이르쿠츠크	4	
	크라스노야르스크	1	
	야쿠츠크	1	
	울란우데	1	
	바르나울	1	
	톰스크	2	소계 13
극동러시아	블라디보스토크	7	
	하바롭스크	5	
	우수리스크	2	
	유즈노사할린스크	1	
	블라고베셴스크	1	
	나홋카	2	
	아르툠	1	소계 19
합		46	

위의 표에서 보듯이 비교적 짧은 기간에 한국어 강좌 개설 대학이 양적으로 성장하였으나, 급속한 외적 성장으로 인하여 전문적인 교육을 통해 배출된 유능한 교사가 부족하고 한국어교육을 위한 기반이 열악하며 졸업 후 학생들의 진로가 불투명하다는 부작용을 낳기도 한다. 향후 러시아 국내외의 꾸준한 지원이 뒷받침된다면 여러 대학에서 한국어교육이 안정적으로 발전해 나갈 수 있을 것으로 본다.

참고로 노보시비르스크 한국어교육기관의 학생 수를 제시하기로 한다.

<표 33> 노보시비르스크 한국어교육기관의 학생 현황

(2008년 기준, 단위- 명)

교육기관	재학생		졸업생		비고
	전체	고려인	전체	고려인	
노보시비르스크 국립대	46	0	37	3	학과(전공)
노보시비르스크 국립공대	25	12	32	15	학과(전공)
시베리아 교통대	15	10	23	16	제2외국어
합	86	22	92	34	

현재 러시아의 한국어교육이 안고 있는 문제는 고등교육기관에서 한국어교육이 차츰 자리잡아 가고 있음에 비하여 초, 중등교육기관에서는 한국어교육이 보급될 여건을 전혀 갖추지 못하고 있다는 점이다. 표32에서 언급한 시베리아 지역의 한국어 강좌 개설 13개 대학 중 사범대는 한 곳도 없다. 따라서 현지에서 당장 초, 중등 한국어 교사의 양성을 기대할 수 없는 형편이다. 물론 시베리아 주요 도시 중 한국어를 가르치는 초, 중등교육기관도 전무한 실정이다.

또한 고등교육에서 급속히 증가한 한국어교육의 수요를 감당할 교육 전문가들의 양성에 어려움을 겪고 있다는 점도 간과할 수 없다. 급격한 체제 전환과 오랜 경제 침체기를 지내면서 교육·연구 분야에 대한 투자가 크게 줄어 대학이나 연구소들은 경제적으로 많은 곤란을 겪고 있으며 교수나 학자들은 재정적으로 심한 압박을 받고 있다. 더욱이 교수나 학자의 급여가 여타 직업에 비하여도 현저히 낮은 수준이어서 젊은 인재들이 학자의 길을 포기하는 경우가 많고, 보다 좋은 연구 환경을 찾아서 외국으로 가는 일이 허다하다. 이는 한국어

교육뿐 아니라 러시아 전 학문 분야에서 나타나고 있는 현상으로, 러시아 정부나 교육·연구기관들이 이러한 현상을 타개하기 위한 노력을 기울이지 않는다면 앞으로도 젊은 층의 교육·연구 분야 기피와 인재 유출은 계속될 것으로 보인다.

3. 러시아 교육제도의 변화

전통적인 러시아의 초, 중등교육기관은 초, 중, 고등학교의 구별 없이 한 학교에 병합된 10년제로 운영되어 왔는데, 서구를 비롯하여 대부분의 국가에서 표준적으로 운영되고 있는 12년제와의 간격으로 인하여 이민에 따른 편입학에 제약이 많았다. 결과적으로 자국인의 해외 이민과 유학은 물론이고 외국인의 러시아 이민과 유학에 있어서도 많은 혼란과 불편을 야기하게 되었고, 학제의 차이에 따른 불이익을 최소화하고자 1990년대 이후 "10년제 → 11년제 → 12년제"로 점진적으로 바꾸어 나가고 있다. 그러나 지방의 경우, 소도시나 농촌 지역은 물론이고 주요 도시의 교육기관들조차 이러한 학제 변화에 대한 준비가 부족하다는 점이 문제가 된다.

<표 34> 러시아 초, 중등교육제도의 변화

		변경 전(10년제)	변경 후(11년제)
취학 전	탁아소	1~3세	-
	유치원[2]	3~6세	-
Shkola	초등학교	1~3학년	1~4학년

중학교	4~8학년	5~9학년	
고등학교	9~10학년	10~11학년	

80% 이상의 교육 재정을 지방정부와 주정부에 의존하고 있으나, 지역 경제가 침체된 상황에서 지방의 각 교육기관은 재정적으로 곤란을 겪을 수밖에 없다. 증가한 시수만큼의 수업을 운영할 교사를 충분히 확보하지 못하고, 교과과정도 변화하는 사회적 요구에 따르지 못하고 있는 형편이다. 교원들도 생계를 꾸려가기조차 힘든 박봉에 시달리다보니 사기가 크게 저하되어 있으며, 여러 부업을 하는 탓에 교육 문제에 전념할 여력이 없다.[3] 더구나 수업이 늘어났음에도 불구하고 교실 증축 등은 전혀 이루어지지 못하여 주6일제 수업은 물론이고 일부 학교에서는 수업을 2부제로 운영하기도 한다. 무상교육의 원칙에 따라 지방정부의 재정 지원에만 전적으로 의존하다 보니, 각 학교는 교육 환경을 개선할 만한 여력이 없어서 교육 기자재는 매우 오래된 것들을 활용하고 있으며, 컴퓨터의 보급이나 인터넷의 활용도 낮은 수준에 머무르고 있다.

국공립 교육기관의 사정이 이러하다 보니 1992년 교육법 개정 이후 사립학교가 급증하고 있는 실정이다. 새로 생긴 사립학교들은 상대적으로 높은 급여를 제시하여 국공립학교에서 열악한 처우를 받던

---

2) 과거 소비에트 시절에 탁아소와 유치원은 교육의 기능과 함께 여성 노동력 활용의 극대화라는 점에서 주요한 의의를 지녔고, 주민이 많지 않은 농촌의 마을에까지 국가에서 무료로 운영하는 탁아소와 유치원이 있었다. 그러나 최근에는 국가의 지원이 크게 감소하여 탁아소와 유치원의 수도 줄고 있으며, 유료로 운영하는 곳이 늘고 있다.

3) 러시아의 교원들은 평균 임금에도 미치는 못하는 급여를 받고 있는데, 지역마다 차이는 있으나 월급이 대략 100~200달러 정도라고 보면 된다.

숙련된 교사들을 대거 흡수할 수 있었고, 학생들의 수업료로 재원을 마련할 수 있었기에 교실이나 기자재 등의 교육 환경도 크게 개선하였다. 교과과정도 대학 진학과 영어, 경영학 등을 중심으로 재편하여 러시아어와 수학, 물리 등 기초 과학 중심이던 기존의 국립학교들과 차별화된 교육을 표방하고 있다. 따라서 학생이나 학부모들로부터 큰 호응을 얻고 있으나, 이러한 사립학교들은 모스크바 등 일부 대도시에 집중되어 있고 수업료도 연 4천 달러 내외로 비싼 편이어서 대중교육의 붕괴 및 엘리트교육의 대두와 함께 교육수준의 지역별, 계층별 격차 심화라는 문제를 낳고 있는 실정이다.

고등교육기관에서도 사립학교의 증가가 두드러지게 나타나고 있다. 1995년에서 2000년까지 대학생의 수는 270만 명에서 420만 명으로 크게 증가하였으며, 대학 수도 1990년대 초반 500여 개에서 2000년에는 900여 개 이상으로 늘어났다. 1994년 대학설립이 자유화되면서 생겨난 사립대학이 110여 개에서 2000년 470여 개로 급증한 결과이다. 이러한 사립대학들은 특정 분야의 전문교육을 목적으로 한 작은 규모가 대부분이고, 기존의 국립대학에서 상대적으로 소홀했던 법률, 경제, 경영, 상업, 물류, IT 등의 전문가를 양성하는 것이 주요 교육내용이다. 문제는 사회 전반적인 혼란 속에서 설립된 사립대학들의 상당수가 교원의 자격이나 교육 시설 면에서 기준에 미달하는 경우가 많다는 점이다. 아울러 고등교육의 질적 수준 저하, 쉬워진 대학 설립으로 인한 전문 인력의 과잉 양산, 유상 교육의 확산으로 인한 대중교육의 약화 등의 문제를 초래할 가능성도 높다.

<표 35> 러시아의 대학과 학생 수의 변화4)

	국공립대학 (단위: 개)	학생 수 (단위: 천명)	사립대학 (단위: 개)	학생 수 (단위: 천명)	인구 만 명당 학생
1992/1993	535	2,638	–	–	178
1993/1994	548	2,543	–	–	171
1994/1995	553	2,534	157	111	172
1995/1996	569	2,655	193	136	179
1996/1997	573	2,802	244	163	190
1997/1998	578	3,046	302	202	207
1998/1999	580	3,347	334	250	247
1999/2000	590	3,728	349	345	280
2000/2001	607	4,271	358	471	327

한편, 전통적으로 러시아의 고등교육기관은 산업, 과학, 예술, 교육 등 분야별 전문가를 양성하기 위해 세분화되어 있었고, 학생들은 졸업 후 국가에 의해 취업이 결정되어 있었기 때문에 대학에 입학하면서부터 세부 전공을 선택해야 했다. 학사와 석사의 구분 없이 5년제로 운영되는 학부과정에서는 학생들이 4학년 때까지 학과별로 획일화된 교과과정을 이수하면서 학년말에 소논문을 제출하고 5학년 때에 그 결과를 학위논문으로 제출하여 학위를 수여받는다. 졸업 후 3년 과정의 대학원에 입학하여 졸업하면 candidate 학위를 수여받게 되는데, 이처럼 독특한 학제로 인하여 러시아 학위를 해외에서 인정받지 못하는 경우가 많았다. 각 대학들도 재정이 열악한 상황을 개선

---

4) 김계환(2002:80)에서 부분 인용.

하기 위한 일환으로 외국인 학생을 적극적으로 유치하고자 하였으나, 이 또한 학제의 차이로 인하여 어려움을 겪었다.

<표 36> 러시아 고등교육제도의 변화

변경 전	변경 후
specialist(5년)	학사(4년)
	석사(2년)
candidate(3년 내외)	-
doctor(40대 이후)5)	-

1990년대 중반 이후, 모스크바나 상트페테르부르크의 주요 대학들은 서구의 학제에 맞추어 학사와 석사 과정을 분리하여 4+2년제를 도입하기 시작했으나 지방의 대학들은 여전히 전통적인 5년제를 고수하는 경우가 많았다. 학제의 변경에 따른 외국인 유학생의 증가 등 당장의 이익이 그다지 크지 않고, 이를 수행할 만한 제반 환경이 갖추어져 있지 않았기 때문이다. 아울러 모스크바나 블라디보스토크 등 일부 도시를 제외하면 외부 세계와의 교류가 제한적인 지리적 특성상 오랫동안 유지되어 온 러시아식 교육체제에 변화를 가하지 않고자 하는 보수적 성향이 강하게 작용한 탓이기도 하다.

---

5) 러시아의 candidate 학위는 대학원에서 대개 강의를 수강하지 않고 독자적으로 연구를 수행한 후 종합시험과 논문을 통과하면 수여받게 된다. doctor 학위는 별도의 교육 과정을 거치는 것이 아니라 대학이나 연구소에서 오랜 기간 연구 성과와 경력을 쌓은 후 최종적으로 논문을 제출하여 통과하면 수여받게 된다.

4. 러시아의 교육개혁

앞서 살펴본 바와 같이, 보수성이 강한 지방에서는 여전히 전통적인 교육제도를 고수하고 있는 경우도 많고, 교육 외적인 기반이 열악하여 변화된 체계를 충실히 반영하지 못하는 일도 허다하다. 또한 지방정부나 주정부의 재정이 열악하여 교육재원 마련에 큰 어려움을 겪고 있어서 부족한 교실이나 낙후된 기자재 등 교육환경 개선에 투자할 여력이 없는 편이며, 교원들은 낮은 급여로 사기가 크게 저하되어 교육과 연구에 전념하기 어려운 처지에 놓여 있다. 학생들은 고등교육을 받았다 해도 지역 경제의 침체로 인하여 좋은 일자리를 구하기 힘들기 때문에 졸업 후 진로에 대한 계획조차 세우지 못하는 경우가 많다.

특히 재정적으로 열악하고 교육 여건이 부실한 시베리아 지역에서는 중앙의 급변하는 교육 변화를 미처 따라잡지 못하고 있는 형편이다. 연방정부의 지원이 크게 감소하여 각 교육 기관이 자유경쟁 속에서 자율적인 운영체계를 마련하여야 하나, 급격한 교육 환경의 변화에 미처 대비가 없었던 탓이다. 교육 외적인 지원 체계가 부실한 데다가 러시아 영토의 70%에 달하는 넓은 지역에 러시아인구의 10% 정도만 거주하고 있는 낮은 인구밀도도 교육환경 개선에 불리한 요인으로 작용하고 있다.

<표 37> 러시아의 교육 관련 지표[6]

	1991	1992	1995	1998	1999	2000
GDP대비정부교육지출 %	3.6	4.0	3.7	3.7	3.2	3.0
교육지출규모(91년 대비)	100	62	45	38	43	48
전체평균대비 교육계임금	71	62	65	63	58	54

인재유출도 러시아의 교육이 당면한 심각한 문제의 하나이다. 과거에 러시아가 기초과학 분야에서 높은 수준의 성취를 이룰 수 있었던 것은 이 분야에 대한 국가의 집중적인 투자가 뒷받침되었기 때문이다. 그러나 1990년대 이후 정부의 지원이 급감하면서 각 대학과 연구소들은 새로운 사업에 투자하지 못하고 인력도 충원하지 못할 지경에 이르러, 연구원이나 대학 졸업자들은 더 좋은 조건을 찾아 외국으로 나갈 수밖에 없었다. 그러한 인력이 1990년대에만 해도 50여 만명에 이를 것으로 추정된다. 소비에트 시대부터 주요 도시에 자리 잡은 분야별로 특성화된 대학과 연구소들도 우수한 인재들이 해외로 나가는 일이 많아서 교육과 연구의 경쟁력이 약화되고 있는 실정이다. 대학의 경우에 연구소에 비하여 상대적으로 낮은 급여로 인하여 우수한 인재들의 교원기피현상이 심화되고 있다.

이러한 현안들을 안은 러시아 정부는 국가경쟁력 강화의 핵심요인은 인간임을 전제로 새로운 기술, 자원 등을 교육 분야에 활용하고 투자하기 위하여 "교육제도개발특별계획"(2006~2010년)을 수립하

---

6) 김계환(2003:82)에서 부분 인용.

여 시행하고 있다. 이 개혁안은 시민, 사회, 노동시장의 수요를 충족하는 교육여건을 제공하고 교육내용 및 교육방법의 향상, 교육서비스의 질적 규준 개발, 교육제도 관리 효율성 증가, 교육의 경제구조 향상을 목적으로 한다. 이를 위하여 학제 개편과 대입국가시험제 도입 등을 위한 교육개혁방안을 마련하고, 교육예산을 증액하여 교원의 처우를 개선하고 전학교의 전산화를 추진하는 것 등이 그 주요 내용이다.

<"교육제도개발특별계획"의 주요 지표>[7]
(1) 다양한 형태의 취학전 교육, 9-10학년의 비중
(2) 대중교육의 새로운 국가기준 제공, 교육기관의 수
(3) 자격 향상과정과 전문재훈련 이수 현직자 비중
(4) 학교 내 추가교육 이수 학생 비중
(5) 1년 내 구직 가능 전문교육기관 졸업자 비중
(6) 전문 직업 과정의 원격교육 학생 비중
(7) 지역 내 네트워크에서 지구 정보원에 접근가능 교육기관의 비중
(8) 상업적 전문기관 이수 외국학생의 비중 및 외국기관 인증 고등
　　교육기관의 비중
(9) 고등교육기관 입학 취약가족의 청년 비중
(10) 러시아 교육의 국제적 수준 향상
(11) 1년 내 전문 직업 구직 가능 교육기관의 대학원 졸업자 비중
(12) 통합된 일반 교육기관의 학생 수 증가
(13) 국립대학 등 과학적 연구량의 증가
(14) 전체 예산 중 사업수입의 비중

---

7) "러시아연방 교육제도개발특별계획(2006~2010)"의 상세한 내용은 주러시아 한국대사관 홈페이지(http://rus-moscow.mofat.go.kr)에서 확인할 수 있다.

　　　(15) 교육영역 관련 재원의 증가
　　　(16) 네트워크 방식에 의한 교육 학생 수의 증가

　　이상과 같이 전문 직업 교육에 국가 지원을 확대하는 방안을 추진 중이며 정부가 적극적으로 취업을 위한 교육 및 훈련에 책임을 지는 것이 특징인데, 이는 학생, 학부모, 기업 등의 요구를 교육에 반영하는 수요자 중심의 교육을 지향하는 것으로 이해할 수 있다. 아울러 전 국민에 평등한 교육기회를 제공하고 전 교육단계의 무상교육화를 이루기 위하여 국공립 교육기관에 대한 국가의 재정 지원을 확대하기로 하였다. 이에 따라서 제1단계(2006~2007년)에서는 교육개발 모형 설계 및 승인, 주요변화 및 실험 진행, 제2단계(2008-2009년)에서는 기자재 구입 및 투자 우선 순위 확정, 제3단계(2010년)에서는 전 2단계 결과의 광범위한 확대의 단계로 진행해나갈 예정이다.

　　1990년대 체제 전환 이후 러시아의 교육은 자유주의적 교육체제로 급격히 변화하는 과정에서 정부가 교육비 투자를 대폭 축소하여 국공립 교육기관들의 재정적 어려움이 극대화되었고, 모스크바를 제외하고 재정 수입원이 취약한 지방, 특히 소도시나 농촌의 대중 교육이 심각한 위기에 놓이게 되었다. 한편, 유료화된 사립학교의 증가는 지역간, 계층간에 교육 기회의 차등화, 교육 수준의 차등화라는 부작용을 낳았고, 사립대학의 증가 또한 고등교육의 질적 수준 저하와 특정 분야의 인력 집중이라는 문제를 초래하였다.

　　이에 러시아 정부는 사회의 수요를 충족하는 교육여건을 제공하고 교육내용 및 교육방법의 향상, 교육의 경제구조 향상 등을 목적으로 하는 "교육제도개발특별계획"을 수립하여 시행하고 있다. 향후 러시아의 교육개혁을 성공적으로 이어가기 위해서 교육 외적인 면에서는 교육재정을 확보하는 문제와 전문 인력이 부족한 실태를 어떻게 극복하는가가 관건이 될 것이다. 아울러 교육계 내부의 공감대를 형성하여 러시아 교육의 보수성을 극복하는 문제, 연방정부의 개혁의지를 각 지방정부 및 교육기관에서 효율적으로 실행할 수 있는가도 교육개혁의 성패를 좌우할 요소이다.

민족어교육과 외국어교육의 이중성

러시아의 한국어교육

러시아 한국학의 전개 및 발전 양상
인문학 분야의 연구사를 중심으로[*8)]

1. 서론

해외 한국학은 짧은 역사에도 불구하고 양적인 면에서 꾸준히 발전해 오고 있으며 앞으로의 전망도 밝은 편이라 할 수 있다.[1)] 다만,

---

* 본고는 <제15회 한중인문학회 국제학술대회: 해외에서의 한국학 연구>(아주대, 2006.01.07)에서 발표한 「러시아에서의 한국학 연구 현황」의 일부인 "러시아의 한국학 연구사 개괄"을 기초로 하여 『한중인문학연구』 17집(한중인문학회, 2006.04.30)에 게재하였다. 발표 당시 분량의 제약으로 인하여 러시아 한국학 연구의 대표적인 인물과 논저 등에 대한 자세한 정보를 생략하였는데, 본고에서는 이를 상세하게 기술하기로 한다. 발표 당시 귀한 도움말을 주신 아주대 배공주 선생님께 진심으로 감사드린다.

1) 한국학중앙연구원(구 한국정신문화연구원)과 한국국제교류재단 공동주최의 "2005 세계한국학자대회"(한국학중앙연구원, 2005.10.17~19)에는 세계 100여 개 대학 또는 연구소에서 한국학을 연구하거나 강의하는 이들이 참석하여, 해외 한국학의 현황과 발전 방향 및 세계 한국학의 네트워크를 구축하는 방안에 대하여 논의하였다. 한국국제교류재단이 파악한 바에 의하면, 2005년 현재 전 세계 62개국 730개 대학 또는 연구소에서 한국어 및 한국학 프로그램이 설치·운영되고 있다 하니, 이는 해외 한국학의 비교적 짧은 역사에 비하여 결코 적은 수

지금까지의 해외 한국학의 성과와 국내 한국학의 성과가 조화를 이루어 총체로서의 한국학의 긍정적인 발전상을 만들어내기 위하여 해외 한국학의 현황과 문제점을 정확히 파악하여 미래지향적인 대안을 마련하는 것은 당연한 일이라 할 것이다.

또한 당면한 문제는 단기간 내에 급속한 양적 성장을 이룩한 해외 한국학을 질적으로 성장하도록 유도하는 일이다. 그간 해외 한국학에 대한 논의들에서 해외 한국학의 기초적인 개념과 문제의식들을 간과해 온 것이 사실이므로, 해외 한국학의 개념과 범위, 대상, 주체, 목적, 방법 등에 대한 정립이 필요한 시기라 할 것이다.[2]

이러한 점에서 러시아 한국학의 전개 및 발전 양상은 해외 한국학 연구의 역사를 이해하고 현황을 파악하여 해외 한국학이 지향해야 할 방향을 제시하는 데 중요한 자료가 될 수 있다고 본다. 러시아의 한국학은 해외 한국학 가운데에서도 비교적 그 역사가 깊은 편이어서, 발생, 체계화, 침체, 재도약 등의 한국학 전개의 한 유형을 파악하는 데 도움이 되기 때문이다. 또한 러시아 한국학의 현황은 침체 및

치도 아니며 앞으로도 지속적인 발전이 기대된다. 한국학술진흥재단, 한국국제교류재단, 한국학중앙연구원, 한국국제협력단, 한국국제교육진흥원, 재외동포재단, 국립국어원 및 대학 등 국내 관련기관들의 한국학과 관련된 일련의 행사들이 단순히 일회적이고 전시적인 해프닝에 그치지 않고, 해외 한국학 발전에 기여할 수 있기를 기대한다.

2) 러시아 한국학을 예로 들면, 고려인(재러동포. 이하에서는 특별한 논의를 생략하고 상황에 따라 이주 한인 또는 고려인으로 칭하기로 한다.)들의 이주사 혹은 수난사가 러시아 한국학에 포함되는지, 고려인들에 대한 단순한 한국어교육을 한국학으로 볼 수 있는지 등도 이제껏 충분한 논의 없이 러시아 한국학으로 취급하는 경향이 있어 왔다. 또한 고려인들에 대한 한국어교육이 북한이 아닌 남한의 언어로 이루어져야 한다는 일방적인 당위성을 강요하는 일도 흔하다. 동포애로서의 감정적인 차원이 아닌 학문적 차원에서의 한국학이 무엇인지 진지하게 고민해 볼 시기라 할 수 있다.

재도약을 위한 탐색기에 있는 지역, 양적 부흥기에 있는 지역, 발생 및 체계화시기에 있는 지역3)으로 다양하게 나타나는 바, 해외 한국학의 발전 방향을 수립하는 데 있어서 모범적인 사례가 될 수 있기 때문이다.

이에 본고는 러시아 한국학의 전개 및 발전 과정에 초점을 맞추고자 한다. 그간 러시아 한국학 성과가 국내에 간헐적으로 소개된 바 있으나, 언어상의 제약으로 인하여 그 소개가 국내 러시아 학계에 한정되거나 러시아의 한국어교육 현황이 국내 한국어교육계에 알려지는 수준에 머물러 있는 실정이다. 한편, 그 자료들도 대개 러시아 한국학의 역사와 현황, 전망이 유기적으로 파악되도록 다루지 못하였거나, 이미 오래된 것들이다.

따라서 2에서는 전개 및 발전 과정을 이해하기 위한 전제로서 러시아 한국학의 실태를 다루기로 한다. 현 상황을 파악할 만한 일부 데이터를 기초로 하여, 러시아 한국학의 현 주소를 가늠할 수 있을 것이다. 3에서는 연구 주체와 대상과의 관계를 기준으로 러시아 한국학의 전개를 다섯 시기로 나누어 살펴보기로 한다. 각 시기별로 주요한 성과들을 언급하고, 그 특징을 확인하게 될 것이다. 이를 토대로 하여 4에서는 지금까지 러시아 한국학이 이룩한 성과가 무엇이었는가를 확인하고, 그 문제점과 한계를 분석하여 러시아 한국학이 지속적으로 발전하기 위해 필요한 일이 무엇인지 짚어보기로 한다.

---

3) 한국학의 현황을 기준으로 보면, 모스크바와 상트페테르부르크를 중심으로 한 유럽러시아 지역은 침체 및 재도약을 위한 탐색기, 블라디보스토크와 하바롭스크를 중심으로 한 극동러시아 지역은 외형적 부흥기, 노보시비르스크와 이르쿠츠크를 중심으로 한 시베리아 지역은 발생 및 체계화시기에 해당한다. 이에 대한 자세한 내용은 장호종(2006e)를 참고할 수 있다.

2. 러시아의 한국학의 실태

러시아 한국학은 역사적으로 성과가 매우 커서, 1970년대에 이미 세계적으로 그 수준을 인정받는 등 세계 한국학계에서 차지하는 위상이 높았다고 할 수 있다. 1970년대까지 러시아에서 출판된 한국학 관련 저서나 논문이 2,400여 편에 달하고, 1939년부터 현재까지 발표된 한국학 박사학위논문은 300여 편에 이르며, 고려인에 관한 출판물도 600여 편 이상이 알려져 있다. **Концевич, Л.**〔콘체비치〕(2003a, b)와 권철근(1999)을 바탕으로 1910년부터 1970년까지 러시아 한국학의 성과를 정리해보면 다음과 같다.

<표 38> 러시아 한국학 관련 출판물 현황(1917~1970)

분야	1917~1970	분야	1945~1970
사상	17(1%)	국제관계	232(20.6%)
서지학	66(3%)	경제	140(12.4%)
사학	50(2%)	정치	124(11%)
일반	212(9%)	역사	110(10%)
민속학	43(2%)	과학	102(9%)
역사	943(40%)	어문학	95(8.4%)
경제	382(16%)	문화	81(7.2%)
문화	411(17%)	기타	126(12.2%)
철학, 종교	14(1%)		
언어학(문학)	152(8%)		
스포츠	17(1%)		
계	2,337편	계	1,010편

위의 표를 보면, 1970년까지 러시아 한국학은 다양한 분야에서 활발하게 전개되었으며, 남북 분단 이후 경제·정치·외교 등 사회과학(약 40%)의 비중이 늘기는 했으나 여전히 어학·문학·역사 등 인문학(약 25%)의 비중이 높았다고 할 수 있다. 이러한 역사적 성과를 바탕으로 현 러시아 한국학은 외형적으로도 상당히 발전한 상태이다.

현재 러시아에는 모스크바에서 블라디보스토크에 이르는 전 지역에 걸쳐 50여 개 이상의 대학 및 연구소[4]에서 300여 명 이상의 러시아 한국학자들에 의하여 한국어 및 한국학의 교육과 연구가 이루어지고 있는 것으로 추산된다. 더욱이 모스크바·상트페테르부르크 등 유럽러시아 지역 20여 개, 블라디보스토크·하바롭스크 등 극동러시아 지역 20여 개, 시베리아 지역 10여 개 등 기존에 한국어 및 한국학 프로그램을 운영하던 대학 및 연구소 외에도 새로이 한국어나 한국학 관련 과정을 신설하고자 하는 곳이 많아서 그 수치는 더욱 증가할 것으로 기대된다. 김중섭(2001: 113)에서 인용한 자료를 예로 들면 다음과 같다.[5]

---

4) 일반적으로 러시아의 연구소(Institute)는 러시아 과학원(Russian Academy of Science: RAS) 산하 연구기관으로서의 연구소와 종합대학(University)이 아닌 단과대학(Institute 또는 Academy)으로서의 연구소가 그 성격이 다르나 영문 표기가 동일하다. 러시아 과학원 산하의 연구소는 연구와 대학원 박사과정 이상의 교육을, 대학교는 학부와 석사 과정까지의 교육을 담당하는 것으로 구분하여 이해할 수 있다. 러시아 한국학 연구기관과 교육기관에 대한 자세한 정보는 장호종(2006e), 임영상·김현택·김 게르만(2004), **Концевич**[콘체비치](2003a, b), 김중섭(2001), 유학수(1999), 조영건(1996) 등을 참고할 수 있다.

5) 이 자료는 러시아 외에도 구 소련권을 일부 포함하고 있으며, 다루고 있는 대상이 한국학이기보다는 한국어교육이고 누락된 정보도 많다는 점에 주의할 필요가 있다. 일례로 김중섭(2001)에서는 이르쿠츠크를 하바롭스크에 포함시키고 있으나 두 지역 간의 거리나 한국학의 역사적 전개 등을 고려할 때 한데 묶는 것은 타당하지 못하며, 발표 시기와 달리 본문에 인용된 자료들은 대부분 1990

<표 39> 러시아 지역 한국어교육기관 현황(2001년 현재)

기관	학교 수	교사 수	학생 수
한국교육원	7	84	3,518
중등학교	10	23	2,172
대학교	44	127	2,060
한글학교	480	706	21,445
계	541	940	29,195

한국어 혹은 한국학을 전공하는 학생의 수도 계속 증가하는 추세이다. 블라디보스토크 소재의 극동국립대만 하더라도 세계 유일의 한국학대학이 설치되어 약 300명의 학생이 한국학을 전공하고 있으며, 지역 내, 대학 내에서 한국어 및 한국학이 유망 전공으로 자리 잡아서 향후 신입생을 모집하는 전망도 밝다고 한다. 이상에서 보듯이 한국어 및 한국학 교육·연구 기관이 많이 있으며, 한국어와 한국학을 전공하는 학부생들의 숫자가 증가하는 추세에 있다는 점에서 일단 러시아의 한국학은 외형적으로 상당히 안정적이고 발전적이라 평가할 수 있을 것이다.[6]

년을 기준으로 하고 있어 전체적인 현황 파악에 한계가 있다.

6) 러시아 한국학 현황에 대한 여러 수치들은 아직 정확히 파악되지 않고 있는 편이다. 러시아 내에서 지역별 교류가 잘 이루어지지 않고 있으며, 교류를 진행하여 각종 수치를 파악할 만한 재정적 여건이 갖추어져 있지 않기 때문이다. 따라서 본고에서 인용 출처를 제시하지 않은 각종 수치는 선행 연구들에 나타난 내용과 개인적인 조사를 토대로 하여 임의적으로 추산한 결과이다. 그러나 "러시아 한국학 진흥을 위한 워크숍"(2005.10.24~25, 노보시비르스크 국립대)에서 이러한 문제점에 대한 논의를 진행하여 향후 이를 개선해 나가기로 합의한 바 있으므로, 조만간 러시아 한국학 현황에 대한 정보가 공식적이고 객관적인 수치로 파악될 것을 기대한다. 한국국제교류재단의 후원으로 개최된 이 워크숍에는 모스크바 국립대학, 상트페테르부르크 국립대학, 극동국립대학(블라디보스토크

여타 공식적인 수치는 확인하기 어려우므로, 한국어능력시험을 예로 들어서 러시아 한국학의 실태를 가늠해 보기로 한다. 한국어능력시험은 해당 지역의 한국어교육 수준과 한국어 보급 정도를 파악하는 기초 자료로 활용될 수 있으며, 한국어교육은 한국학의 기반으로 작용하기 때문에 미약하나마 해당 지역의 한국학 실태를 이해하는 데 참고가 될 것으로 본다. 제9회 한국어능력시험(2005년)의 경우 전 세계 24개국 61개 지역에서 시행되었고, 러시아에서는 모스크바, 상트페테르부르크, 블라디보스토크, 하바롭스크, 사할린, 노보시비르스크의 6개 도시에서 시행되어 약 650명이 응시한 것으로 추산된다. 이를 일부 국가와 비교하면, 다음과 같다.[7]

<표 40> 제9회 한국어능력시험(2005년) 현황 : 신청 접수 전 예상치

소재), 극동국립인문대학(구 하바롭스크 사범대학), 이르쿠츠크 국립대학, 노보시비르스크 국립대학 등 러시아 주요 6개 대학의 한국학 프로그램 운영 책임자들이 모여서 한국학 컨소시엄(Russian Association of University Korean Studies: RAUKS)을 구성하기로 합의하고, 향후 연례적인 한국학 학술회의 개최, 한국학 저널 발간, 한국어 교수법 워크숍 개최, 러시아 내 한국학 자료의 목록화 · 전산화 및 공유, 분야별 교재 개발 등 한국학 연구를 공동으로 추진해 나가기로 결정하였다.

7) 한국교육과정평가원 주관으로 1997년 이후 연 1회씩 시행되는 한국어능력시험(Test Of Proficiency In Korean: TOPIK)은 한국어를 모국어로 하지 않는 외국인 및 재외동포들을 대상으로 초급(1~2급), 중급(3~4급), 고급(5~6급)으로 구분하여 한국어 성취도를 평가한다. (2007년부터 연 2회 시행으로 변경되었다.) 제시된 등급별 평가 기준을 간략히 살펴보면, 1급은 약 800개의 기초 어휘와 기본 문법에 대한 이해를 바탕으로 간단한 문장을 만들고 간단한 생활문과 실용문을 이해하고 구성할 수 있다, 5급은 전문 분야에서의 연구나 업무 수행에 필요한 언어 기능을 어느 정도 수행할 수 있다, 6급은 원어민 화자의 수준에는 이르지 못하나 대부분의 기능 수행이나 의미 표현에 어려움을 겪지 않는다 등으로 설명되어 있다. 따라서 5급 이상이면, 한국의 대학원에서 학업을 수행할 만한 한국어 실력을 갖춘 것으로 평가할 수 있다. 이하의 한국어능력시험 관련 정보와 수치는 해당 홈페이지(http://www.kice.re.kr) 등을 통하여 수집하였다.

국가	지역		지역명	추정인원
	2004	2005		(명)
일본	16	19	도쿄, 나고야, 교토 등	7,750
중국	4	6	북경, 상해, 청도, 홍콩 등	4,500
몽골	1	1	울란바토르	265
베트남	1	1	호치민	800
(대만)		1	(타이페이)	150
카자흐스탄	1	1	알마티	400
우즈베키스탄	1	2	타시켄트, (사마르칸트)	1,200
미국	6	6	뉴욕, LA, 워싱턴, 시카고 등	1,550
캐나다	1	1	토론토	200
브라질	1	1	쌍파울로	200
독일	1	1	프랑크푸르트	30
영국	1	1	런던	50
(프랑스)		1	(파리)	20
러시아	5	6	모스크바, 상트페테르부르크, 블라디보스토크, 사할린, 하바롭스크, (노보시비르스크)	650
호주	1	1	시드니	300
…	…	…	…	…
총계	46	61		23,625

* (   )는 2005년도 신규 시행 지역.

위에서 보듯이, 인원 면에서 대중문화의 영향에 힘입은 이른바 '한류'가 휩쓸고 있는 중국, 일본, 베트남과 재외동포가 많은 미국, 우즈베키스탄만이 러시아보다 많을 뿐이다.[8] 시행 도시의 수에서 전 세계 61개 지역 중 러시아가 6개 지역으로 9.8%를 차지하는데, 일본만이 러시아보다 많고 중국과 미국은 러시아와 같다. 신청자의 수에서는 총 23,635명 중 러시아의 신청자가 650명으로, 이는 전체 신청자 가운데 2.8%에 해당한다. 앞서 말한 바와 같이 한국어능력시험을 한국학 실태를 가늠하는 한 잣대로 볼 수 있다면, 러시아의 한국학은 외형적으로 상당히 활성화되어 있다 할 것이다. 특히 유럽의 여느 국가에 비하여 매우 안정적이라고 할 만하다.

이를 좀더 자세히 분석하기 위하여 합격자의 수를 확인하기로 한다. 신청자 또는 응시자는 자신의 한국어 수준을 정확히 인지하지 못하는 상태에서 신청을 하는 경우가 많으므로, 응시자의 수보다는 합격자의 수가 객관적인 자료로서 가치가 있기 때문이다. 러시아 내 도시별 합격자의 수는 다음과 같다.

<표 41> 제9회 한국어능력시험 러시아 도시별 합격자 수(단위-명)

	모스크바	상트 페테르부르크	블라디 보스토크	하바롭스크	사할린	노보 시비르스크	총
1급	20	12	13	2	16	14	77
2급	7	11	9	3	5	15	50
3급	12	9	6	4	1	8	40
4급	11	3	8	7	2	15	46
5급	3	1	1	0	1	6	12

---

8) 역사적 관계나 지리적 인접성, 국제 정세 등에 비추어 중국, 일본, 미국의 경우 한국어능력시험 응시자의 수치가 당연하게 느껴질 것이나, 우즈베키스탄이나 카자흐스탄의 경우에는 위의 수치가 다소 의아할 것이다. 이는 3에서도 설명하겠으나, 1930년대 후반 극동러시아 지역 고려인들의 강제 이주로 인하여 고려인에 의한 구 소련 한국어 및 한국학의 중심지가 중앙아시아로 옮겨진 결과이다.

6급	0	0	0	0	0	2	2
계	53	36	37	16	25	60	227

위의 표를 보면, 전체적으로 초급(1~2급)이 55.9%, 중급(3~4급)이 37.9%, 고급(5~6급)이 6.2%이므로 한국어 학습자가 단계적으로 증가하는 추세에 있다 할 것이다. 반면에 전체 고급 합격자 특히 6급 합격자는 0.9%에 불과하여 양적인 확산에 비해 질적 향상이 이루어지지 못했으며, 하바롭스크의 경우에는 초급(31.2%)과 중급(68.8%)의 비율이 역전되어 한국어 학습자가 점차 감소하는 추세에 있는 것으로 이해할 수 있다.[9]

이상과 같이, 한국어 및 한국학을 전공하는 학생들이 증가하는 등 외형적인 측면에서 발전하고 있는 상황임에도 불구하고, 내부적으로나 외부적으로 러시아 한국학의 현황 및 전망에 대한 우려의 목소리가 높다. 현재 러시아 한국학은 학문 내적·외적인 러시아 내부와 외부의 요인들이 복합적으로 얽혀 있는 여러 문제점을 안고 있으며, 현 상황이 지속된다면 그 전망이 밝지만은 않기 때문이다. 러시아 한국학의 현 문제점은 역사적 성과에 비하여 한국 및 세계 한국학에 대한 기여도가 낮다, 러시아인 학자 및 교수가 줄어들고 있다, 한국에서 파견된 교수 요원들의 자질이 부족하다, 연구를 위한 재정적인 지원이

---

9) 이러한 수치는 러시아 한국학의 실태를 파악하는 데에는 다소 부족한 것이 사실이며, 한국어의 보급이 한국학의 수준에 직결되지 않는다고 보는 것이 옳다. 예컨대 신청 인원을 기준으로 일본(7,750명)의 한국학이 학문적 수준이나 규모에 있어서 러시아(650명)에 비해 8배 이상이 된다고 단순하게 결론내릴 수 없다. 다만, 현재로서는 시기별 학위논문이나 관련 서적의 수, 교원 및 학자의 연령 분포, 대학별 학생수 등의 수치를 확인할 최근의 공식적인 자료가 부족하므로, 한국어능력시험 관련 정보를 보조 자료로 활용하였을 뿐이다.

뒷받침되지 않는다, 한국학 교재들이 현지 실정에 맞지 않거나 시대에 뒤떨어졌다 등으로 요약할 수 있다.[10]

러시아 한국학계 자체적으로 현 상황의 문제점들을 해결해 나가야 하고 한국 측의 인적·물적 지원이 뒷받침되어야 하겠으나, 심각한 일은 표면적인 문제들이 어디에서 기인하는지 그 근본적인 문제점을 인식하지 못하고 있다는 사실이다. 일례로 현 우즈베키스탄이나 카자흐스탄에 속하는 지역에서 이루어졌던 한국학은 러시아 한국학에 포함되는가, 러시아 한국학은 한국어와 러시아어 가운데 어떠한 언어로 이루어져야 하는가, 고려인이나 한러 수교 이후 러시아에 진출한 한국인들은 러시아 한국학의 주체로 볼 수 있는가, 현대 한국어교육이나 어학의 경우 남한어나 북한어 혹은 '고려인어' 중 어떠한 언어를 대상으로 해야 하는가, 러시아 정교의 한국 진출이나 한국 기독교의 러시아 진출 등 특정 종교의 주제도 한국학의 대상에 포함되는가, 한국학과 조선학[11] 가운데 어떠한 명칭이 타당한가 등 주체나 대상에 대한 기초적인 개념과 범위에 대한 정립이 이루어지지 않고 있지만, 이제껏 이에 대한 진지한 성찰이 제기된 바 없다.

또한 러시아 한국학의 역사적 성과가 왜 교육에 반영되지 못하여 적절한 한국학 교재조차 양산해내지 못했는가, 한국학 교육의 현 양적 성장이 왜 연구 분야로 확산되지 못하여 한국학 학자의 수가 줄고

---

10) 이러한 지적은 장호종(2006e), 임영상·김현택·김 게르만(2004), Концевич, [콘체비치](2003a, b), 바실리예프·최인나(2001), 김중섭(2001), 김현택(1999b), 권철근(1999) 등 여러 선행 연구들에서 제기된 바 있다.

11) 본고에서 주체인 "러시아, 제정 러시아, 소련, 러시아 연방" 등의 명칭은 러시아로 일원화하고, 대상인 "한국, 조선, 고려, 남한, 북한" 등의 명칭은 한국으로 단일화하기로 한다. 그러나 상황에 따라서는 한국이나 러시아 이외의 명칭을 사용하여 구체적으로 지칭할 것이다.

있는가, 한국에서 파견된 교수 요원들의 수준이 떨어지는 이유는 무엇인가, 한국 및 세계 한국학계에 대한 기여도가 낮은 이유는 무엇인가 등 현 러시아 한국학의 문제점들은 서로 유기적으로 연관되어 있으나, 이에 대한 분석과 대안 제시가 이루어지지 못하고 있다.

요컨대 현 상황은 과거의 사실로부터 파생된 결과이므로, 러시아 한국학의 전개와 발전 과정을 비판적으로 파악함으로써 현재의 문제들을 정확히 인식하여 그 대안을 마련할 수 있을 것이다. 따라서 3에서는 러시아 한국학이 어떻게 전개되었고, 그 한계는 무엇이었는가를 확인해 보기로 한다.

3. 러시아 한국학의 전개 및 시기별 성과

3.0. 러시아 한국학의 시대 구분

기존에 이루어진 러시아 한국학 연구사에서는 활발하게 형성되던 러시아 한국학 연구가 1917년 러시아 혁명을 기점으로 1945년까지 정체되는 것으로 파악하고 있다. 그러나 이는 해외 한국학의 개념을 단지 외국에서 이루어지는 한국어교육 및 한국에 대한 연구로 이해하는 데에서 비롯한 피상적인 관찰의 산물일 뿐이다. 해외 한국학은 해당국과 한국과의 상호 교류를 통하여 긍정적으로 발전해 나갈 수 있는데, 초기 러시아 한국학 연구는 러시아의 일방적인 관심과 접근에 의하여 전개되었기 때문에 20세기 전반에 그 한계가 드러난 것으로 보는 것이 더 타당하다. 또한 폴리바노프가 람스테트에 앞서 1927

년 한국어가 알타이 어족에 속한다는 흥미로운 가설을 제시하였고 홀로도비치가 1938년에 현재까지 러시아의 한국어학계에서 그 권위를 인정받고 있는 한국어의 체계에 관한 저서를 발표한 등의 사실로 보아 1917년 러시아 혁명으로 인하여 러시아 한국학 연구가 침체되었다는 설명이 불합리하다는 것을 알 수 있다.[12]

러시아 한국학의 시대 구분은 주체인 러시아의 학문 내적·외적 요인의 내부적인 상황과 대상인 한국의 시대 상황을 함께 고려하고, 주체와 대상 간의 상호작용에 초점을 맞추어야 한다고 본다. 이에 따라 러시아의 한국학은 형성 초기부터 현재까지 다음과 같이 시대를 구분할 수 있다. 이하의 논의에서 그 근거를 자세히 밝히게 될 것이므로 여기서는 구체적인 설명을 생략하기로 한다.

1) 조선을 대상으로 한 한국학(1910년 이전)
2) 대상을 상실한 한국학(1910년~1945년)
3) 북한을 대상으로 한 한국학(1945년~1970년대)
4) 대상에 대한 전환기로서의 한국학(1980년대)
5) 남한을 대상으로 한 한국학(1990년 이후)

---

12) 러시아의 한국학의 역사나 현황에 대해 참고할 만한 선행 연구를 몇 개 언급하기로 한다. 장호종(2006), 임영상·김현택·김 게르만(2004), Концевич[콘체비치](2003a, b), Vanin etal[바닌 외](1999), 김현택(1999b), 유학수(1999) 등에서 통시적인 연구사를, 권철근(1999) 등에서 분야별 연구 성과를 참고할 수 있다. 한편, Концевич[콘체비치](2003a, b), Kim German[김 게르만](2000), Ageeva [아게예바](1987), Kontsevich&Lucas[콘체비치·루카스](1986), Volodina ed [볼로디나 편](1981), Adami[아다미](1978), Ginsburgs(1973) 등에서는 러시아 한국학 연구 성과들의 자세한 서지사항을, 김중섭(2001), 임홍수(1999)에서는 러시아의 한국어교육 현황을 확인할 수 있다. 본고는 개인적인 조사 외에도 이상의 연구들에서 많은 도움을 받았으나, 이하의 논의에서 개별적인 출처는 생략하기로 한다.

위의 시대 구분에 따라 러시아 한국학의 전개 양상을 살피되, 러시아 한국학의 개념과 범위를 폭넓게 적용하기로 한다. 즉, "역사적 · 현재적 실재로서의 러시아 지역에서 러시아인과 고려인을 포함한 한국인이 러시아어나 한국어 및 기타 언어로 한국을 주제로 행한 모든 연구와 교육"을 러시아 한국학으로 다룬다.

그러나 러시아 한국학의 성과가 광범위하게 존재하여 제한된 지면에서 모든 분야를 언급하기 어려우므로, 한국학이 일정 정도 정착하기 시작한 1910년 이후에는 인문학 분야를 중심으로 논의를 전개하고 이 외의 분야는 간략하게 살피기로 한다. 남북 분단 이후 심화된 이데올로기적 편향성이 정치 · 경제 · 외교 등의 분야에서 특히 두드러졌으며 상대적으로 편향성이 적었던 인문학 분야의 업적이 비교적 높은 성취를 이루었기 때문이다. 인문학 분야에서도 어학, 문학, 역사를 중심으로 하고, 기타 고려인을 주제로 한 연구와 종교 관련 성과 등은 소략하게 다루거나 생략하기로 한다.

시대별 업적은 분야별 연구자와 저서 · 논문을 중심으로 기술하겠으나, 본문에서 인명은 한글만 표기하고 저서 · 논문명은 한국어로 번역하며 시대적 전개 상황을 파악하기 쉽도록 발표 연도를 병기하기로 한다. 자세한 서지사항은 목록으로 첨부하되, 목록의 인명 및 저서 · 논문명은 키릴문자가 아닌 로마자로 표기할 것이다.[13]

---

13) 본고에서 러시아어의 한글 표기는 현행 "러시아어 외래어 표기법"(문화관광부 고시 제2005-32호, 2005.12.28.)을 따른다. 현행 규정은 종전의 방식과 다소 차이가 있어서, "하바로프스크→하바롭스크, 푸슈킨→푸시킨, 흐루시초프→흐루쇼프" 등 일부 표기가 바뀌었는데, 이는 국립국어원(2006)에서 확인할 수 있다. 러시아어의 로마자 표기는 관례를 확인할 수 없는 경우 한국에서 일반적으로 사용하는 방법에 따라 적는 것을 원칙으로 하되, 일부는 러시아 국가표준(GOST 7.79-2000)을 따르기로 한다. 국내와 러시아의 러시아어 로마자 표기 비교는 장

3.1. 조선을 대상으로 한 한국학(1910년 이전)

러시아는 여느 서구의 국가들과 달리 유럽과 아시아에 걸쳐 있으며 한국(북한)과 국경을 접하고 있기 때문에 한국에 대한 연구가 비교적 오래 전에 시작된 편이다. 대체로 해외 한국학은 한국과의 접촉과 교류로 인해 촉발된 개인적 관심이나 정치·군사·외교상의 국가적 이해에서 발생하게 되는데, 러시아의 경우 초기에는 개인들의 단순한 관심에서 발생하기 시작한 지도 제작, 문화 및 언어 이해, 여행기 작성 등 초보적인 수준의 인문학적 접근이 아관파천(1896) 이후 국가의 정책과 부합하여 군사·정치·외교 분야로 확대되어 간다. 그러나 러일전쟁(1905) 이후에는 정치적 관심이 상대적으로 줄어들어서 사회과학보다는 인문학 분야에서 서서히 한국학이 정착되어가는 기반을 마련하게 된다.

그 이전에도 몽고에서 양국의 사신이 조우했을 가능성이 충분하지만, 한국과 러시아가 공식적으로 처음 접촉한 것은 17세기 중반 조선과 청의 군대가 러시아 군과 접전을 벌인 이른바 '나선정벌'(1654, 1658)로 알려져 있다. 네르친스크 조약(1689)의 체결로 러시아와 청의 분쟁이 해결되면서 한러 양국의 접촉은 한동안 단절되었으나, 청에 방문했던 러시아 학자들에 의하여 중국 측 문헌 연구를 통한 한국 인식이 17세기 후반에 형성되기 시작하였다. 밀레스쿠의『아시아라 불리는 지역에 대한 세계 최초의 기록』(1675~1678)이 한반도에 대한 인식을 나타낸 러시아 최초의 문헌 정보로 알려져 있으며, 이후

호종(2005b)을 참고할 수 있다. 여러 상황을 고려하여 러시아 문자인 키릴자모는 표기하지 않는다.

레메조프의『지도책』(1701) 등 러시아 지도에 한반도가 표시되기 시작하였다. 팔라스의『모든 언어와 방언 비교 사전』(1787~1791)에는 한국어 단어가 일부 포함되어 있으며, 비추린의『중국 제국의 통계 기술』(1842)이나『고대 중앙아시아에 거주하던 각 민족에 대한 통보 집성』(1851)에는 한국의 역사 및 지리에 관한 자료가 다소 포함되어 있다.

그러나 러시아인이 한국 사람들과 직접 접촉한 결과에 따른 최초의 문서는 19세기 중반에 이르러서야 발표된다. 러시아의 전함 팔라다 호가 우연히 거문도에 정박했을 당시 동행했던 곤차로프의 여행기『소형구축함 팔라다 호』(1854)가 그것이다. 조러 통상조약(1884) 체결 이후에는 러시아인의 한반도 방문이 증가하면서, 학자나 상인들의 기행문이나 보고서[14)가 다수 발표되었다. 특히, 가린미하일롭스키는 1898년 방문 이후 60여 개의 한국 민담과 설화를『세계일주 여행기(한반도, 만주, 요동반도)』(1904)에 수록하여 초기 한국 민속학 발전에 기여하였다. 한편, 프르제발스키의『우수리스크 기행: 1867~1869』(1870)은 우수리 강 유역의 이주 한인, 바긴의『아무르의 한인』(1876)은 아무르 강 유역의 이주 한인에 대하여 다루고 있어 극동 러시아 지역의 한인 이주사 연구 차원에서 중요한 가치가 있다.

이 외에도 푸칠로가『시험판 러한 사전』(1874)이라는 한국어 대역 사전을 유럽권에서는 최초로 펴냈고, 즈단푸시킨은 한국 관련 단행본(1875)에서 한국의 관료제도, 언어, 일상생활과 풍습 및 기독교의 전파 과정 등을 각각 독립된 장으로 하여 비교적 상세히 기술하였다.

---

14) 목록 1.14, 1.16, 1.18, 1.21 참조.

상해 주재 러시아 영사였던 드미트리옙스키는 중국어판『조선 지리지』(1883)와 일본어판「통역관의 기록」을 러시아어로 번역(1884)하였고, 중국과 일본에서 근무한 적이 있던 외교관 포지오는 중국과 일본 및 유럽의 기존 자료를 바탕으로『조선개관』(1892)을 발표하였다.

러시아가 한반도에서 강한 영향력을 행사하게 된 아관파천(1896) 이후에는 군사적 측면의 각종 문건들이 발표된다.[15] 우연한 접촉에서 비롯된 러시아의 한국에 대한 관심이 러시아의 대외팽창정책과 맞물려 본격적인 한국학 연구로 형성되기 시작했던 것이다. 그 결과 19세기 후반부터는 상트페테르부르크 제국대학(현 상트페테르부르크 국립대학)에 러시아 뿐 아니라 유럽 최초의 공식적인 한국어 강좌가 개설된 것을 비롯하여, 블라디보스토크 동양학대학과 카잔 국립대학에서 한국어교육 및 한국학 연구가 본격적으로 활성화될 수 있었다.[16]

이러한 성과를 바탕으로 러시아 재무부에서 당시 서구의 한국학 수준에서는 획기적이라 할 만한, 구한말의 인구, 정치, 경제, 지리, 역사, 사회, 민속, 종교, 문화, 언어 등에 관한 백과사전 수준의『한국지(전3권)』(1900)를 발간하기도 한다. 이후 한국에 대한 개괄적인 이

---

15) 목록 1.15, 1.22, 1.23, 1.25, 1.34 참조.

16) 상트페테르부르크 제국대학의 한국어 강좌는 니콜라이 2세의 즉위식에 축하사절로 참석했던 김병옥과 민경식에 의하여 1897년에 시작된 것으로 알려져 있다. 특히 김병옥은『한국어교본』(1898),『한국어학습서』(1899) 등을 저술하였는데, 이는 러시아 내에서 한국인에 의해 만들어진 최초의 한국어 문법 설명서이다. 이에 대한 자세한 내용은 박종수(2002)를 참고할 수 있다. 한편, 블라디보스토크 동양학 대학에서는 러시아 한국어학의 선구자 중 하나인 폿스탑킨에 의하여 1899년부터 한국어 강좌가 시작되었고, 해외 선교사 양성을 위한 교육기관이 위치해 있던 카잔에서도 1901년부터 한국어 강좌가 시작되었다.

해[17]를 다루고 있는 많은 성과들이 발표되었고, 다민족 국가의 특성 상 민족학 또는 민속학 분야[18]에서도 상당한 성과를 거둔다.

그러나 이 때까지도 한국어 교재 개발이 활발하지 못하였고, 베베르가 한국 지명의 러시아어 표기법[19]을 정리한 일부 성과와 카잔에서 러시아 정교 선교회에 속한 고려인들이 만든 몇몇 교재들[20] 정도가 언어학과 관련한 공식적인 성과의 대부분을 차지한다. 문학적 성과 역시 가린미하일롭스키에 의해 한국의 민담과 속담이 소개된 것을 제외하면 19세기 말에 <춘향전>이 <향기로운 봄>이라는 제목으로 번역·소개된 것 정도를 꼽을 수 있다.

지금까지 살펴 본 바와 같이 초기에는 당시 조선의 폐쇄적인 대외 정책과 러시아의 일방적인 제국주의적 접근 탓에 러시아의 한국학 연구가 상호작용에 의한 발전을 기대할 수 없었던 한계가 있었다. 그러나 러일전쟁(1904~1905) 이후에는 러시아가 한반도 내에서 영향력을 상실하게 됨으로써 정치·군사적 목적의 한국학이 쇠퇴하는 데비하여, 기존의 성과들을 바탕으로 하여 인문학 분야에서는 한국학이 자리 잡는 토대를 마련하게 된다.

3.2. 대상을 상실한 한국학(1910년~1945년)

러일전쟁 이후 러시아가 한반도에서 영향력을 상실하였으며, 한국

---

17) 목록 1.26, 1.27, 1.33, 1.40, 1.41 참조.
18) 목록 1.35, 1.36, 1.37 참조.
19) 목록 1.38, 1.39 참조.
20) 목록 1.24, 1.29, 1.30, 1.31, 1.32 참조.

의 주권 상실(1910) 이후에는 정치·외교적 실체로서의 한국이 사라졌고 러시아 혁명(1917)으로 러시아 내부적 상황이 어수선하였으므로 관련 분야의 연구는 다소 침체되었다. 반면에 정치적 실재가 사라졌음에도 불구하고, 증가한 이주 한인들에 의하여 어문학 분야의 성과가 두드러지게 나타나며 전대로부터 형성되기 시작한 한국학 전문가들에 의하여 어학·문학·역사 연구가 차츰 자리를 잡기 시작하였다. 그러나 1930년대 후반 이후 고려인의 강제 이주와 제2차 세계대전의 발발로 인하여 막 정착하기 시작한 인문학 분야의 한국학도 잠시 주춤하게 된다.

전 시기의 연구 및 성과를 토대로 하여, 키릴로프는 민족학 분야의 「의학 및 인류학적 시각에서 본 한국」(1913)을 발표하였고 푸칠로는 『시험판 러한사전』(1913)을 하바롭스크에서 다시 발간하였다. 특히 원고상태로 남아 있다 1996년에야 발간된 콘라트의 「개인적 관찰에 근거한 한인들의 생활 풍습 연구 소고(1914~1915)」는 한국의 사회조직, 가정생활, 종교관, 여가 및 오락, 세시풍습, 민간요법 등을 총 6개의 장으로 나누어 상세히 기록하고 있어 이 시기의 주요한 업적으로 간주된다.

한국의 국권상실과 러시아 혁명 이후에는 한인들의 러시아 이주가 많아짐에 따라 주로 극동러시아 지역에 거주하던 한인들의 삶과 그들의 공산주의 운동 참여에 관한 연구와 일제 식민지 하의 독립운동에 관한 연구가 이루어진다.[21] 또한 이 시기에는 러시아 한국학에서 이주 한인들의 역할이 상당히 커져서, 이주 한인인 이강, 남만춘, 박

---

21) 목록 2.12, 2.13, 2.14, 2.15, 2.17, 2.19, 2.20, 2.21 참조.

진순, 최선우 등은 일제 식민지 하 노동자, 농민의 수난에 대한 논문들을 발표하기도 하였다.

이주 한인들이 한국어교육 및 보급에도 힘쓴 결과, 1920년대 중반 이후 연해주 크라스키노에 초급학교가 설립(1926)된 것을 비롯하여, 블라디보스토크에 한국어교사 양성을 목적으로 한 고려사범대학이 설립(1930)되었고 여러 전문학교가 문을 열게 되었다. 그리하여 1930년대 초반에는 연해주와 하바롭스크 지역에 380여 개, 사할린에 240여 개의 한인 학교가 있었다. 극동러시아 지역에는 한국어를 기반으로 한 극장이 개관되었고, 하바롭스크 국립 출판사 내에 독자적인 출판부가 생겨났으며, 각종 신문들이 발간되었다. 이에는 이주 한인인 연성용, 채영, 태장춘, 조명희, 전동현, 조기천, 김기철 등 문인들의 역할이 매우 컸다.

학문적 성과는 높다 할 수 없겠으나 이주 한인들은 각종 한국어 교재들[22]을 발간하였으며, 당시 소련의 라틴화 운동과 관련하여 한글의 로마자화 방안을 제기하기도 하였다. 그러나 1930년대 후반 소련 당국이 극동러시아 지역의 이주 한인들을 중앙아시아로 강제이주시킴으로써, 고려인에 의한 러시아 한국학의 중심지가 극동러시아에서 우즈베키스탄의 타시켄트, 카자흐스탄의 알마티로 이동하게 된다.

한편, 1920년대부터는 어학, 문학, 역사, 민속 등 순수 인문학 분야에서 괄목할 만한 성과가 나타나게 된다. 어학에서는 한국어가 알타이 어족에 속한다는 가설을 세계 최초로 제시한 폴리바노프의 「한국

---

22) 특히 계봉우가 1920년대에 『붉은 아이』라는 한국어 교재를 시리즈로 발간한 사실이 주목할 만하며, 그 외에도 오창환의 『고려문전』(1930), 계봉우의 『고려어 교과서』(1932) 등이 이에 해당한다.

어와 알타이 제어 사이의 친족관계 문제에 관하여」(1927), 언어학자 야코블레프와 함께 한국어의 라틴어 문자표기에 주목했던 파시코프의 「한국어의 라틴문자 표기」(1931)[23], 한국어의 레닌그라드 대학(현 상트페테르부르크 국립대) 동양학부에서 한국어를 강의하던 홀로도비치의 『한국어 문법1: 형태론』(1937), 『한국어의 체계』(1938) 등이 주요 성과로 꼽힌다.

역사에서는 미처 발표되지 못하고 원고 형태로 남겨졌다는 점이 아쉽기는 하지만, 블라디보스토크 극동대에서 한국학을 강의하던 큐네르[24]가 「한국사(4~9세기)」(1939)를 비롯하여 근대 이전까지의 한국사를 다루는 일련의 연구 성과들을 남겼다. 또한 러시아 정교의 한국 진출 과정에 관한 페레발로프의 연구(1926), 한국 전통 무용에 대한 크리지츠키의 연구(1927) 등 다양한 분야에서 한국학이 전개되었다는 점이 주목할 만하다.

이처럼 1910년 이후 러시아 한국학은 정치, 군사, 외교, 경제 분야보다는 인문학 중심으로 재편되었다. 1920~1930년대에는 제한적이

---

23) 파시코프의 이러한 노력은 한국어를 자국어로 표기하기 위한 선행 작업으로서의 의의를 가진다. 이후 홀로도비치, 마주르, 콘체비치 등에 의하여 한국어를 러시아어로 표기하는 여러 방식이 마련되었다. 아쉬운 점은 이러한 일련의 노력들이 러시아 내에서 영향력 있는 표기 방식으로 정착되지 못하였거나, 일반에 잘 보급되지 않았다는 사실이다. 따라서 러시아 내에서 한국어의 러시아어 표기는 상당히 혼란스러운 편이다. 그러나 한국 내에서 러시아어가 큰 영향력을 갖지 못하며, 한국에서는 일반인을 위한 러시아어의 한글표기체계조차 공식적으로는 2005년에야 마련되었다는 사실을 고려할 필요가 있다. 최근 여러 분야에 걸친 양국 간의 활발한 교류 현황에 걸맞은 학술 교류가 필요하며, 학술 교류를 통하여 양국의 교류를 지속적으로 발전시켜 나가기 위한 기반이 조성되어야 할 것이다.

24) 목록 2.21~2.26 참조.

나마 이주 한인들과의 교류를 통하여 상호적인 한국학 연구가 진행
되었으나 1930년대 후반 이후 소련 당국의 통제로 인하여 러시아 한
국학과 이주 한인들과의 교류가 끊어지게 되었다. 아울러 한국이라
는 정치·외교적 대상이 사라짐으로써, 한국학의 균형적인 발전에
장애를 초래하게 되었다.

3.3. 북한을 대상으로 한 한국학(1945년~1970년대)

제2차 세계대전이 끝난 후, 새로운 국제질서의 재편에 따라 소련에
있어서 북한 및 한반도의 중요성이 새삼 강조되어 국가적 관심이 정
치·경제·외교 분야에 집중됨으로써, 이데올로기적 편향성이라는
한계가 있기는 하나 관련 분야의 한국학이 빠르게 발전하게 된다. 아
울러 이를 정책적으로 뒷받침하기 위한 지원에 힘입어 어학·역사
분야도 빠른 양상으로 성장하게 되었고, 북한 현지 연수를 경험한 연
구 세대의 증가로 인하여 문학 작품의 번역도 활발해진다. 그리하여
1960~1970년대에 이르러 러시아의 한국학은 그 양적·질적 측면에
서 세계적인 수준으로 끌어올려지는 반면에, 북한만을 대상으로 하
거나 남한은 무조건적으로 비판하는 등 연구 대상과 시각에 있어 문
제점을 노출하게 된다. 또한 냉전 하의 국제정세와 언어 상의 제약으
로 인하여 한국 및 세계 한국학계에 대한 기여도가 그 성과에 비하여
비교적 낮다는 한계를 드러내게 된다. 이를 1945년~1950년대, 1960
년대, 1970년대로 구분하여 살펴보기로 한다.
　1945년~1950년대의 가장 큰 특징은 러시아 한국학의 북한 편향성
이 나타나기 시작한다는 점이다. 특히 한국전쟁(1950~1953)을 전후

하여 크랍초프의『미 제국주의의 한국침략(1945~1951)』(1951), 나로치니츠키의『극동에서의 자본주의 강대국들의 식민지 정책: 1860~1895』(1956) 등은 북한의 정치·외교적 입장 또는 당시 소련의 공식적 주장을 반영하는 대표적인 예이다.

역사 연구는 이러한 시각을 반영한 샵시나의『1919년 조선의 민중봉기』(1952), 탸가이의『독립과 민주화를 위한 투쟁에 있어서의 조선 인민: 1876~1945』(1952), 「조선 농민봉기: 1893~1895」(1953), 시파예프의『일본 제국주의를 반대한 조선 인민의 민족해방운동: 1918~1931』(1954), 김 게르만의『평화, 민족 통일과 민주를 위한 조선 인민의 투쟁』(1957) 등이 발표되었다.

근·현대사 이외의 인문학 분야에서는 정치적 관점을 배제하여 근대 이전을 대상으로 하거나, 북한을 대상으로 하는 연구들이 혼재되어 전개되었다. 1940년대 말부터 북한 시의 번역물이 다수 출판되어『조선 현대시가』(1950) 및 조기천의 시들이 단행본으로 발간되었고, 이기영의 <땅>이 번역·발표(1953)되기도 하였다. 반면에 페트로프가 편찬한『한국의 속담 및 격언집』(1948)이나 홀로도비치가 편찬한『조선 고대소설 선집』(1954), 아흐마토바·박일이 공동으로 번역한『16~19세기 한국의 육행시(시조)』(1956) 등 근·현대 이전의 한국을 대상으로 한 성과도 눈에 띈다. 특히 박 미하일에 의하여『삼국사기 1부: 신라본기』(1959)가 러시아어로 번역된 일은 당시 세계 한국학의 수준을 고려할 때 획기적인 업적이라 할 수 있다.

어학 분야에서는 1만 단어를 수록한 홀로도비치 편의『한러사전』(1951)과 3만 단어를 수록한 우사토프·마주르·모즈두코프 공편의『러한사전』(1951) 및 홀로도비치의『한국어 문법 개요』(1954), 마주르의 『한국어』(1956)가 대표적인 업적으로 꼽을 만하다. 김병하, 황윤준, 허 미하일, 김 올가 등에 의하여 사할린, 연해주, 중앙아시아 등의 고려인 초등학생용 한국어 교재가 개발되기도 하였다. 이러한 성과는 광복 직후 한국 관계 전문가 양성을 목적으로 대학에서의 한국학 교육 및 연구가 활발해졌기 때문에 가능하였다.

광복 직후부터 모스크바 동양대학에서 황동민, 황윤준, 한득봉[25] 등이 한국어와 역사를 가르치기 시작하여 마침내 극동학부 내에 한국어학과가 설립(1948)되었고, 또한 레닌그라드 국립대 동방학부에서 홀로도비치에 의해 한국어학과가 개설(1947)되었으며, 모스크바 국립대 역사학부 동양학과에서는 박 미하일에 의해 한국사 강의가 시작(1949)되었다. 1950년대 중반부터는 모스크바 동양대학이 폐교(1954)되면서 모스크바 국립국제관계대학에서 한국 전문가를 양성하기 시작하였다. 모스크바 국립대 역사학부 동양학과의 한국학 강의를 기반으로 하여 동양언어대학(현 아시아·아프리카 대학)이 설립(1956)되었고, 블라디보스토크 극동국립대에서도 한동안 중지되었던 한국어 강의를 재개하였다.

1960년대에 이르면, 북한에 가서 현지 연수 과정을 밟은 학자들이 증가함에 따라 어학, 문학, 역사 등 인문학 분야의 한국학 연구가 상당한 진전을 보이게 된다. 일례로 1960년대에 러시아에서 발표된 한국어 음성학, 형태론, 구문론, 어휘론, 한글노어표기법 등 한국어학에 관한 논문 및 저서가 총 140여 편에 이를 정도로, 러시아의 한국학 수준은 동 시기 서구의 한국학에 비하여 월등한 수준에 도달했다. 어

---

25) 목록 3.1, 3.2, 3.5, 3.7 참조.

학 분야의 이러한 성과는 기존의 홀로도비치나 마주르 외에도 북한에서 연수 과정을 마치고 1960년대에 학위를 받은 니콜스키, 콘체비치, 드미트리예바, 라츠코프, 바실리예프 등에 의해 가능하였다.[26]

1960년대 러시아 한국학은 문학에서도 상당한 수준에 달하였다. 한국의 고전적인 산문인 <춘향전>, <구운몽> 등이, 시에서는 김삿갓의 시들과 김소월의 시집 『진달래꽃』 등이 러시아어로 번역되었다. 이러한 문학작품의 번역은 이론적 연구가 일정 정도 뒷받침되면서 지속적인 발전의 가능성을 보이기도 한다. 니키티나는 향가에 대한, 예레멘코는 정약용과 박지원 등의 사실주의적 경향에 대한, 트로체비치는 삼국사기에 나오는 설화의 문학적 특징에 대한 일련의 논문을 발표하는 등 문학 연구에 있어서도 큰 성과를 거두게 된다.[27]

1970년대에는 인문학 분야의 세분화·전문화가 심화된다. 역사에서는 한국사 전체의 큰 흐름을 상세하고 체계적으로 기술한 교과서적인 업적의 『한국통사』(1974)가 발간된 것을 대표적인 업적으로 꼽을 수 있다. 어학에서는 니콜스키와 북한 최정후의 감수로 편찬된 『조로대사전(전2권)』(1976)과 세계 각지의 관련자료 목록을 거의 완벽하게 수록하고 번역은 물론 본문 내용에 대한 주해와 색인까지 갖춰 중요한 학문적인 성과로 널리 인정받는 콘체비치의 『훈민정음』(1979)이 이 시기 러시아 한국학을 수준을 직접적으로 말해준다.

---

26) 이 시기 러시아 한국어학의 성과는 일일이 열거하기 어려울 만큼 성취도가 높고 그 양이 많으므로 자세한 설명을 생략하며, 후행 연구를 통하여 러시아 한국어학의 성과를 별도로 다루기로 한다. 관련된 선행 연구 중에는 Kontsevich de.[콘체비치 편](2000), Kontsevich[콘체비치](1994), Mazur[마주르](1991), Kontsevich&Lucas[콘체비치·루카스](1986)를 참고할 만하다.

27) 목록 4.3~4.13 참조.

　그러나 이러한 학문적인 성과에도 불구하고, 제2차 세계대전 이후의 러시아 한국학 연구는 북한에 편향된 문제를 노출하게 된다. 사회과학 분야에서 이념편향적인 성향을 강하게 드러내는 것은 물론, 인문학 분야 역시 이념편향적인 분위기에서 완전히 자유로울 수는 없었던 것이다. 또한 스탈린 사망 이후에는 김일성의 주체사상에 대한 양국의 이견으로 냉각되기 시작한 북한과 러시아의 관계 탓에 상호 교류에 의한 긍정적인 발전상을 유지해 나가는 데에 있어서 그 한계를 드러내게 된다.[28]

3.4. 대상에 대한 전환기로서의 한국학(1980년대)

　1980년대 중반 고르바초프의 개혁·개방정책과 1988년 서울 올림픽 이후 러시아 한국학 연구는 그 대상에 대한 혼란을 겪게 된다. 즉, 북한 중심의 한국학에서 남한을 포괄하는 진정한 의미의 한국학으로 전환하는 과정에서 정체성에 대한 의문이 제기되기 시작하는 것이다. 탈이데올로기적 경향은 정치·경제·외교 분야에서 조금씩 나타나서 관련 분야의 연구가 활발하게 진행되는 데 비하여, 인문학 분야는 변화하는 시대에 제대로 대처하지 못하고 오히려 침체된다. 물론 이에는 사회적 변혁 외에도 러시아 내부의 경제적 곤란으로 인하여

---

28) 1960년대 이후 북한과 러시아의 관계가 다소 소원해졌음에도 불구하고, 건국 초기부터 북한 학계에 러시아의 제반 학문이 상당한 영향을 끼쳤음은 주지의 사실이다. 그러나 러시아 한국학과 북한의 한국학의 교류에 대하여는 아직까지 알려진 바가 별로 없고, 소연방 과학원 산하 동양학연구소와 북한 사회과학원 언어학연구소의 공동작업의 성과로『조로대사전』(1976)이 편찬된 점으로 보아, 양국의 정치적 냉각에도 불구하고 학문적인 교류는 제한적으로나마 진행되었던 것으로 이해할 수 있다.

학문 분야에 대한 국가적 지원이 크게 줄어든 것도 한 요인으로 작용하였다. 따라서 한국학의 전개 양상을 확인하기 위하여 1980년대를 전기·중기·후기로 나누어 논의를 진행하기로 한다.

1980년대에 들어서면 인문학 분야는 쇠퇴하여, 특히 어학 분야의 학술 활동은 거의 정지된다. 스코르바튜크의『조선말 문체론 강의』(1980), 드미트리예바의 한국어 교재들(1981) 등 일부 성과가 있었으나, 교재나 사전 편찬 등 실용적인 분야에 국한된 것이었다. 역사 분야는 바닌의『15~16세기 봉건 조선에 있어서의 농업 제도』(1981), 박 V.의『19세기 말~20세기 초 조선의 민족사상과 계몽운동』(1982), 부틴의『고조선』(1982), 데레뱐코의『극동과 한국의 구석기 시대』(1983), 탸가이의「한국에서의 민족·해방 운동 이데올로기의 형성」(1983) 등의 일부 연구가 이루어졌다. 그 외의 분야는『조선의 중세전설』(1980), 정 A.의『조선 고전문학에 있어서의 사실주의 전통』(1980), 글루하료바의『고대에서 19세기 말까지의 한국예술사』(1982), 이오노바의『19세기 중반~20세기 초 한국의 의례, 풍습 및 그 사회적 의미』(1982), 니키티나의『의례와 신화 관련 한국 고대시가』(1982), 임수의『조선의 금언(속담집)』(1982) 등에서 그 명맥을 유지하고 있을 뿐이다.

고르바초프의 개방정책이 표면화된 1980년대 중반에 이르면, 탈이념적 경향이 심화되어 한국에 대한 다양한 관점의 정치·경제·외교 분야의 연구들이 발표되는 데 비하여 인문학 분야는 더욱 침체되게 된다. 부틴의『고조선에서 삼국까지』(1984), 볼코프의『조선 불교사 초기: 불교 승가와 국가』(1985), 트로체비치의『조선 중세 장편소설: 김만중의 <구운몽>』(1986)이 발표되었고, 전 10권의『세계문학사』

(1984~1990)에 한국문학이 포함되어 있었던 정도가 이 시기 러시아 한국학의 인문학 분야가 거둔 성과의 대부분이라고 할 수 있다.

1980년대 후반에는 친북적인 성향에서 탈피하여 남한에 우호적이거나 남북한 양측에 일정한 거리를 두는 연구들이 발표되는 등 사회과학은 변혁의 시대에 잘 적응하는 양상을 보이지만, 인문학 분야는 여전히 연구 대상에 대한 전환이 빨리 진행되지 못함으로써 침체를 벗어나지 못한다. 역사는 볼코프의『한국 고대사에서의 관료조직과 귀족계급』(1987), 박 미하일의「한국 사료 편찬에 대한 논고집」(1987), 자브롭스카야의『1876~1910년 청제국의 대 조선정책』(1987), 샵시나의『조선 공산주의 운동사: 1918~1945』(1988) 등 현대사보다는 근대 이전을 주제로 한 일부 연구에 의해 그 명맥이 유지되고 있다.[29] 문학 분야는 이바노바의『조선의 '신소설'』(1987), 갈키나의『1920년대 조선시가 개요』(1988) 등을 통하여 활로를 모색하고 있으나, 어학 분야는 여전히 침체 국면을 벗어나지 못한다.[30]

3.5. 남한을 대상으로 한 한국학(1990년 이후)

1990년대 들어 한국과 러시아의 수교, 러시아의 공식적인 사회주의 포기 등으로 인하여 남한과 러시아 양국 관계가 급속히 발전해 나

---

[29] 유학수(1999: 82)에 의하면, 러시아 한국사 연구는 90%가 고대 및 중세초기사와 19세기말과 20세기초기사에 집중되어 있다고 한다.

[30] 마주르와 니콜스키가『러한사전』(1988)을 편찬한 것을 이 시기 러시아 한국어학의 주요 성과로 꼽을 수도 있겠으나, 당시 러시아 내에서 경제 발전 모델로서 한국에 대한 관심이 증대하면서 사전의 필요성도 함께 증가한 결과로 보는 것이 더 타당하다.

감에 따라 러시아의 한국학 연구도 그 방향을 전환해가기 시작한다. 특히, 사회과학 분야에서는 기존의 친북적인 이념에 의한 연구뿐 아니라 한국 문제에 대하여 비교적 객관성을 유지하고자 하는 반이념적인 연구들이 주류를 이루었다. 인문학 분야도 이전의 침체 상황을 벗어나서 새로운 도약기를 맞이하게 된다. 그러나 이 시기 인문학 분야의 재도약은 학문 내적 성찰에 의한 것이기보다는 남한 측의 물적·인적 지원, 특히 재정적 지원에 기인한 결과이므로, 연구 성과가 양적으로 크게 증가하는 양상에도 불구하고 질적으로는 답보 상태에 머무르는 한계가 드러나고 있다.

1990년대에 들어서면 러시아 한국학은 시각의 전환이 급속도로 이루어지게 된다. 일례로 코발레프의 『한반도에서의 미국과 일본의 정책』(1990), 아노소바·마트베예바 공저의 『러시아의 시각에서 본 남한』(1994), 바닌의 논문(1997)을 비교해 보면 그 차이가 확연히 드러난다. 『한반도에서의 미국과 일본의 정책』에서는 한국전쟁의 발발은 미국에 책임이 있으며, 분단의 책임은 전적으로 미국 측에 있고 소련은 분단을 막기 위해 최선의 노력을 다했다고 주장하고 있다. 『러시아의 시각에서 본 남한』에서는 한국전쟁을 일으킨 것이 누구인지와 한반도에서 유엔이 했던 역할이 무엇인지 등은 필요한 자료를 충분히 검토한 후 새로운 결론을 내려야 한다고 유보적인 입장을 취하고 있다. 바닌(1997)에 이르러는 한국의 분단이 한국 정치가들의 분열이라는 내적 요인과 미국과 소련의 대립이라는 외적 요인에 의해서 이루어진 비극적인 결과라고 주장하고 있다.

1990년대에는 인문학 분야의 연구도 다시 활발해지기 시작한다. 역사 분야는 박 미하일이 1부를 번역·출판(1959)한 이후 진전이 없던『삼국사기 2부』(1995)가 국내 관련기관의 지원으로 40여년 만에 번역·출판된 것이 대표적인 사례이다. 문학 분야에서는 라츠코프, 티호노프, 수하초프 등에 의해 남한의 대표적 작가들의 단편들, 이문열의 <금시조>, 손창섭의 <음산한 날>, 박경리의 <불신시대>, 조세희의 <철길> 등이 번역·출판되어 변화한 러시아 한국학의 경향을 잘 보여주고 있다.

그러나 러시아와 한국의 경제 위기(1997) 이후, 러시아의 한국학은 새로운 국면을 맞이하게 된다. 특히 한국의 경제 발전을 모델로 하고자 하던 러시아였기에 경제 분야의 연구가 다소 침체기에 빠지게 된다. 아울러 러시아 내 경제 사정이 악화됨으로 인하여 인문학 분야는 한국의 물적·인적 지원에 대한 의존도가 더욱 심해진다. 그러나 인문학 분야는 한국의 재정적 지원을 바탕으로, 연구 결과의 양적인 면에서는 러시아 한국학의 최정점이었던 1970년대의 수준을 회복한다. 일례로 한국의 한 종교 단체로부터 지원을 받아서 2000년에 최인훈의 소설 <광장>과 이기백의『한국사 신론』이 러시아어로 번역·출간된 사실은 러시아 한국학 인문학 분야의 긍정적인 동시에 부정적인 현 상황을 여실히 드러내고 있다.

역사 분야에서 탸가이의「러시아 고문서에 근거한 19세기 말~20세기 초 한국사」(1998), 바닌의「한국 숙명에 있어 1948년」(1998) 등 주목할 만한 연구들이 양산되고 있고, 어학을 비롯한 각종 한국학 교재들이 쏟아져 나오고 있으며, 문학 작품의 번역은 전에 없이 활발하게 진행되고 있다.

특히, 한국어 교재는 그 실효성이나 수준은 미덥지 않으나, 양적인 면에서는 비약적으로 성장하였다. 일부만 꼽는다 해도, 블라디보스토크 극동국립대 한국어 교수진에 의한『한국어 (상)』(1997)과『한국어 (하)』(1998)와『현대 한국어 말의 예절』(2003) 및『실무적 커뮤니케이션을 위한 한국어』(2004), 극동지역 한국어교사협회 소속 교수의『한국어』(2000), 우수리스크 국립사범대 한국어 교수의『한국어 읽기 기초』(2002), 모스크바 국립국제관계대 한국어 교수진의『한국어의 한문』(2001)과『한국어 고급』(2002), 블라디보스토크 극동국립공과대 한국어 교수의『한러 단어 익히기』(2002), 이르쿠츠크 국립공과대 한국어 교수의『한러·러한 경제 용어 소사전』(2004) 등 러시아 한국학의 최정점이었던 1960~1970년대에도 이루지 못했던 양적 성과들을 거두고 있다. 특히 이러한 교재들이 남한의 언어를 대상으로 하고 있다는 점이 주목할 만하다.[31]

그러나 이상과 같은 러시아 한국학의 변화가 북한 중심의 연구에서 남한을 포괄하는 방향으로 발전적으로 전환된 것이 아니라 남한 중심의 연구로 재편됐다는 점에서 새로운 문제점을 야기한다. 즉, 러시아 한국학의 학문 내적 요구에 의하여 한국학의 대상을 재정립하게 된 것이 아니라, 재정적인 어려움으로 인한 러시아 한국학계(특히 인문학 분야)의 학문 외적 요인에 한국 측의 재정적인 지원이라는 외부적인 요인이 결합하여 한국학의 대상을 남한 중심으로 전환하였기 때문에 진정한 의미의 한국학으로 발전할 기회를 놓친 셈이다.

---

31) 이 시기 한국어 교재들의 자세한 서지사항은 목록 7.1~7.7, 7.10~7.23을 참조할 수 있다.

4. 러시아 한국학의 문제점과 한계

앞서 살펴본 바와 같이, 러시아 한국학은 세계 한국학에서 그 역사나 외형 면에서 상당한 비중을 차지할 만큼 자체적으로 일찍이 발전해 왔다. 여느 서구 사회에 비하여 한국학의 역사가 비교적 이른 시기에 시작되었으며, 수치상으로 보아서 유럽의 어느 지역보다도 한국학의 보급이나 성과가 월등한 편이다. 또한 정치·경제·외교·군사 등의 분야뿐 아니라 역사·어학·문학 등 순수 인문학 분야에서 탁월한 성취를 이루기도 하였다.

반면에 한국학의 출발 자체가 독립된 분야가 아닌 동양학의 하위 분야로 시작되었으며, 동기 자체도 한국과의 교류를 목적으로 한 것이 아니라 정치적 관심에서의 일방적 진출을 목적으로 한 것이었으므로 성취만큼의 문제점을 표출해 왔으며 현재 그 한계에 달한 것으로 볼 수 있다.

첫째, 러시아 한국학은 성취에 비하여 대외적인 기여도가 낮은 편이다. 냉전 시기에는 정치적인 이유에서 러시아 한국학의 성과가 세계에 잘 알려지지 않았으며, 특히 현재까지도 한국 국내에는 자세히 소개되지 못하고 있다. 그것은 또한 언어상의 제약에 기인한 것이기도 하다.[32] 러시아 내에서 한국어의 영향력이 작다 보니 연구 결과를 한국어로 발표하는 일이 전무하다시피 하며, 전통적으로 영어 활용

---

[32] 물론 이는 일부 국가와 언어에 편중된 한국의 한국학계가 점진적으로 해결해 나가야 할 문제이기도 하다. 러시아어에 익숙한 이가 부족한 까닭에, 현재 러시아 한국학의 성과는 대개 한국의 러시아학계에 의하여 국내에 소개되고 있으나 장기적으로는 한국의 한국학계가 직접 수용할 수 있어야 한다.

도가 낮기 때문에 세계 한국학에 러시아 한국학의 성과가 발표되는 일이 많지 않다.

둘째, 러시아 한국학은 해외 한국학 및 러시아 내 타 지역과의 교류가 적은 편이다. 지역간의 거리가 멀기 때문에 권역별, 도시별 연구 성과가 러시아 내에서도 잘 공유되지 못하였으며, 1980년대 이후에는 재정적으로 취약한 구조로 인하여 학술회의를 개최하거나 학자들이 학술회의에 참석하는 일이 적다.[33] 따라서 학술 교류가 부족하여 기존의 연구를 비판적으로 발전시켜 나가는 일에 제약이 많다. 이를 해결하기 위하여 한국 측의 재정 지원이 광범위하게 이루어지고 있으나, 러시아 한국학계 자체의 노력이 부족한 것으로 보인다.

셋째, 러시아 한국학은 연구 성과에 비하여 교육 성과가 낮고 파급 효과가 작은 편이다. 러시아 한국학의 최정점이었던 1970년대에도 교육론 연구 성과는 많지 않았으며, 이론적 성과가 교재 개발 등 실용적인 분야로 확산되지도 못하였다. 연구자와 교육자가 분리된 러시아 학계의 특성에 기인한 것이기도 하지만, 전통적으로 러시아 내에서 한국학의 수요가 적었던 탓이다. 동시에 러시아 한국학이 이론적 측면에 치우친 결과, 러시아 내 파급 효과가 크지 못하여 여전히 일반인의 한국에 대한 인식 정도가 낮은 편이다.

넷째, 러시아 한국학은 장기적인 계획 하에 연구가 진행되는 일이

---

33) 한국국제교류재단이 후원하여 러시아 내 6개 주요대학의 한국학 프로그램 운영 책임자들이 참석한 "러시아 한국학 진흥을 위한 워크숍"(2005.10.24~25, 노보시비르스크 국립대)에서 한 참석자가 "러시아 한국학자들을 러시아 내에서는 만나지 못하고, 해외의 국제학술회의에서나 보게 되어 늘 안타까웠다. 이러한 자리를 러시아 내에서 가질 수 있게 해 준 한국국제교류재단에 감사한다."고 언급한 바 있다. 단편적이나마, 현 러시아 한국학이 지니고 있는 한 문제점을 여실히 드러내는 대목이라 할 것이다.

적은 편이다. 최근에 양산되는 한국어 및 한국학 교재의 대다수가 시리즈로 기획되지 못하여 실제 교육현장에서 활용하기 어려운 것들이다.[34] 재정적인 지원이 부족한 탓이기도 하지만, 연구자의 수가 부족하며 개별적이고 일회적인 연구를 선호하는 성향이 강하기 때문이다. 한편으로 한국 측의 재정 지원이 오히려 역효과를 불러일으킨 것으로도 볼 수 있다. 연구자들이 장기적인 이론 연구보다는 즉각적인 결과를 보여줄 수 있는 교재 개발이나 문학 작품 번역에 집중하고 있다.

다섯째, 러시아 한국학은 연구 분야나 주제가 더 이상 다양해지지 못하고 있는 편이다. 역사·어학·문학뿐 아니라 민속학이나 고고학 등을 주제로 한 연구들도 있었으나, 연구자들의 수가 한정되어 있고 새로 양성되지 못한 결과 더 다양한 분야나 주제로 확산되지 않고 있다. 이는 전통적으로 러시아 학계가 후학을 양성하는 데 취약한 구조로 되어 있는 탓이기도 하다. 최근 러시아 내 한국학을 전공하는 학생들의 수가 늘기는 하였으나, 주로 취업 등을 목적으로 한 선택이므로 신진 학자 양성이 원활하지 못하다.

이러한 문제점과 한계들은 근본적으로 시작과 전개 과정에서 상호 교류를 배제해 온 러시아 한국학의 특수성에서 한 원인을 찾을 수 있다. 물론 여러 원인이 혼재되어 있고 그 해결을 위한 대안도 다양하게 제시될 수 있다. 그러나 외형적인 현 성장에도 불구하고 전망이 불투명하다는 우려의 목소리가 높은 러시아 한국학을 위하여 개인적으로 제시하고 싶은 대안은 다음과 같은 것들이다.

---

34) 일례로 한국어 교재는 대부분 회화나 문법이 구별되지 않은 "한국어"이며, 대상도 세분하지 않아서 수준별·학년별 구분 없이 한 권으로 이루어진 경우가 많다. 그나마도 이론적인 선행 연구 없이 기존에 발간된 국외의 자료를 무비판적으로 단순히 번역·편집한 것들이 다수여서, 교육 현장에서 활용하기 어렵다.

첫째, 러시아 한국학의 주체, 대상, 언어, 방법 등 기초적인 개념에 대한 진지한 성찰이 이루어져야 한다. 러시아 한국학 내적으로는 이미 1960~1970년대에 한국학이 독립적인 분야로 자리 잡은 것으로 보고 있으나, 여전히 한국학에 대한 인식이 동양학의 하위 범주에 머무르는 수준이다. 더욱이 1990년대 이후 러시아 한국학의 대상이 별다른 논의 없이 남한으로 재편된 것은 세계 한국학에서 러시아 한국학이 차지하는 비중이나 의무로 보아 매우 우려할 만한 상황이다. 남북한을 포함하는 진정한 의미의 '한국학'으로 발전시켜 나가야 할 것이다.

둘째, 러시아 한국학의 내적인 기반을 충실히 다지기 위하여, 재정적인 자립 방안이나 신진학자 양성 등에 관심을 가져야 한다. 러시아 한국학 내부에서는 이러한 현상들을 외부적인 요인으로만 돌리고 있으나, 사실 학문 내적인 기반이 부족한 것이 주요한 원인이라 할 수 있다. 특히, 후학들이 재정적인 기반을 마련하거나 학술적으로 발전할 수 있도록 공동연구나 장기적인 연구사업 등을 계획할 필요가 있다. 신진학자들에게 학문적 열정만을 기대하기보다는 그들이 빨리 학자로 정착할 수 있도록 러시아 한국학계의 내부적인 노력이 필요한 것이다.

셋째, 러시아 한국학계의 교류 및 학문적 공유를 추진하고, 해외 한국학과의 교류를 활성화하여야 한다. 러시아 내에서는 지역간 거리의 문제가 있으나, 연구 방법과 결과의 현대화·전산화로 점진적으로 이를 해결해 나갈 수 있을 것이다. 러시아 한국학은 전통적인 방식에 따라 연구에만 집중할 것이 아니라 그 결과를 보급하고 전파하는 데에도 관심을 가져야 한다. 또한 해외 한국학, 특히 한국의 한국학계와의 교류를 통하여 연구 방법론이나 교수법 등을 발전시켜 나갈 필요가 있다.

5. 결론

러시아 한국학은 다양하고 수준 높은 역사적 성과와 교육·연구기관 및 학생 수가 증가하고 있는 현 상황에도 불구하고 앞으로의 전망이 불투명하다는 우려의 목소리가 높다. 현재 러시아 한국학은 러시아인 학자 및 교수가 줄어들고 있고, 내부적으로 연구를 위한 재정적인 지원이 뒷받침되지 않고 있으며, 한국학 교재들이 현지 실정에 맞지 않거나 시대에 뒤떨어져 있는 등의 문제를 안고 있기 때문이다. 본고는 이러한 문제가 과거의 사실로부터 파생된 결과로 보고, 현 상황을 진단하고 그 처방을 마련하기 위한 한 방법으로 러시아 한국학의 전개와 발전 과정을 비판적으로 파악하고자 하였다.

이에 주체인 러시아의 학문 내적·외적 요인의 내부적인 상황과 대상인 한국의 시대 상황을 함께 고려하고, 주체와 대상 간의 상호작용에 초점을 맞추어 다음과 같이 러시아 한국학을 시대 구분하였다.

> 1) 조선을 대상으로 한 한국학(1910년 이전)
> 2) 대상을 상실한 한국학(1910년~1945년)
> 3) 북한을 대상으로 한 한국학(1945년~1970년대)
> 4) 대상에 대한 전환기로서의 한국학(1980년대)
> 5) 남한을 대상으로 한 한국학(1990년 이후)

위의 시대 구분에 따라 각 시기별로 주요한 성과들을 언급하고 그 한계를 분석하여, 다음과 같은 사실들을 지적하였다.

1) 러시아 한국학은 초기에 개인들의 단순한 관심에서 발생하기 시작한 초보적인 수준의 인문학적 접근이 아관파천 이후 국가의 정책과 부합하여 군사·정치·외교 분야로 확대되어 갔다. 러일전쟁 이후에는 정치적 관심이 상대적으로 줄어들어서 사회과학보다는 인문학 분야에서 서서히 한국학이 정착되어가는 기반을 마련하였다. 그러나 당시 조선의 폐쇄적인 대외정책과 러시아의 일방적인 제국주의적 접근 탓에 러시아의 한국학 연구가 상호작용에 의한 발전을 기대할 수 없었던 한계가 있었다.

2) 한국의 주권 상실 이후에는 정치·외교적 실체로서의 한국이 사라졌고 러시아 혁명으로 러시아 내부적 상황이 어수선하였으므로 관련 분야의 연구는 다소 침체되었다. 반면, 이주 한인들에 의하여 어문학 분야의 성과가 두드러지게 나타났고 전대로부터 형성되기 시작한 한국학 전문가들에 의하여 어학·문학·역사 연구가 차츰 자리를 잡기 시작하였다. 그러나 1930년대 후반 이후 고려인의 강제 이주와 제2차 세계대전의 발발로 인하여 막 정착하기 시작한 인문학 분야의 한국학도 잠시 주춤하였다.

3) 제2차 세계대전 종전 후, 북한 및 한반도의 중요성이 새삼 강조되어 국가적 관심이 정치·경제·외교 분야에 집중됨으로써, 관련 분야의 한국학이 빠르게 발전하였다. 아울러 이에 따른 국가적 지원에 힘입어 어학·역사 분야도 빠른 양상으로 성장하였다. 1960~1970년대에 이르면 러시아 한국학은 양적·질적 측면에서 세계적인 수준으로 성장하지만, 연구 대상과 시각에 있어 문제점을 노출하였다.

4) 고르바초프의 개혁·개방정책과 서울 올림픽 이후 러시아 한국학은 그 대상에 대한 혼란을 겪었나. 북한 중심의 한국학에서 남한을

포괄하는 진정한 의미의 한국학으로 전환하는 과정에서 탈이데올로기적 경향이 정치·경제·외교 분야에서 조금씩 나타나서 관련 분야의 연구가 활발하게 진행되었다. 반면, 인문학 분야는 변화하는 시대에 제대로 대처하지 못하고 오히려 침체되었다. 물론 이에는 사회적 변혁 외에도 러시아 내부의 경제적 곤란으로 인하여 학문 분야에 대한 국가적 지원이 크게 줄어든 것도 한 요인으로 작용하였다.

5) 한러 수교 등으로 인한 한러 관계 정상화에 따라 러시아의 한국학 연구도 그 방향을 전환해가기 시작하였다. 사회과학 분야에서는 반이념적인 연구들이 주류를 이루었고, 인문학 분야도 새로운 도약기를 맞이하였다. 그러나 이 시기 인문학 분야의 재도약은 학문 내적 성찰에 의한 것이기보다는 남한 측의 물적·인적 지원, 특히 재정적 지원에 기인한 결과이므로, 양적으로는 크게 발전하였으나 질적으로는 답보 상태에 머무르는 한계가 드러나고 있다.

이상을 통하여 러시아 한국학은 그 개념과 범위에 대한 학문 내적 성찰이 부족하여 시대 변화에 크게 영향을 받으나 그 변화에 대한 대응력이 떨어지며, 재정 지원 등 학문 외적인 요인에 크게 동요되는 경향이 있음을 확인할 수 있었다.

그리고 러시아 한국학은 성취에 비하여 대외적인 기여도가 낮고, 해외 한국학 및 러시아 내 타 지역과의 교류가 적고, 연구 성과에 비하여 교육 성과가 낮고, 장기적인 계획 하에 연구가 진행되는 일이 적으며, 연구 분야나 주제가 더 이상 다양해지지 못하고 있는 등의 문제점과 한계가 있음을 지적하였다.

따라서 향후 러시아 한국학이 긍정적인 발전을 지속하기 위하여, 다음과 같은 일들이 필요하다고 보았다.

첫째, 러시아 한국학의 주체, 대상, 언어, 방법 등 기초적인 개념에 대한 진지한 성찰이 이루어져야 한다. 러시아 한국학은 여전히 동양학의 하위 범주에 머무르는 수준이며, 더욱이 1990년대 이후에는 그 대상이 남한 중심으로 재편되었다. 세계 한국학에서 러시아 한국학이 차지하는 비중이나 의무로 보아, 남북한을 포함하는 진정한 의미의 '한국학'으로 발전시켜 나가야 할 것이다.

둘째, 러시아 한국학의 내적인 기반을 충실히 다지기 위하여, 재정적인 자립 방안이나 신진학자 양성 등에 관심을 가져야 한다. 특히, 후학들이 재정적인 기반을 마련하거나 학술적으로 발전할 수 있도록 공동연구나 장기적인 연구사업 등을 계획할 필요가 있다. 학문적 열정만을 기대하기보다는 신진학자들이 빨리 학자로 정착할 수 있도록 러시아 한국학계의 내부적인 노력이 필요하다.

셋째, 러시아 한국학계 내부적인 교류 및 학문적 공유를 추진하고, 해외 한국학과의 교류를 활성화하여야 한다. 연구 방법과 결과의 현대화·전산화로 점진적으로 이를 해결해 나갈 수 있으며, 연구 결과를 보급하고 전파하는 데에도 관심을 가져야 한다. 또한 해외 한국학, 특히 한국의 한국학계와의 교류를 통하여 연구 방법론이나 교수법 등을 발전시켜 나갈 필요가 있다.

이처럼 러시아 한국학이 지속적으로 발전하기 위하여 한국 측의 적절한 인적·물적 지원이 꾸준하게 이루어져야 하는 것은 물론이고 러시아 한국학과 국내 한국학의 교류가 활발하게 진행되어야 한다는 사실을 지적하고자 한다. 아울러 러시아 한국학 스스로 학문 내적인 기반을 더욱 충실히 다져야 한다고 결론을 내린다.

그러나 언어적인 제약에 의하여 러시아어로 쓰인 모든 한국학 연구 성과들을 일일이 확인하지 못하고 2차 자료들을 토대로 러시아 한국학의 역사를 이해해야 하는 한계가 있었고, 누락된 자료들이 많으므로 본고의 내용 기술이 불완전할 뿐 아니라 러시아 한국학에 대한 이해가 부족했음을 밝힌다. 이러한 점은 추후 연구를 통하여 보완하기로 한다.

* 러시아 한국학의 시대별 주요 연구 목록
인문학 분야를 중심으로

※ 러시아어의 로마자 표기: 이하 러시아어의 로마자 표기는 한국에서 일반적으로 사용하는 방식과 러시아 국가표준을 바탕으로 다음의 표와 같이 하되, 관례에 따른 표기가 있을 경우에는 관례를 따르기로 한다.

노어	а	б	в	г	д	е	ё	ж	з	и	й
로마자	a	b	v	g	d	e	yo	zh	z	i	j
노어	к	л	м	н	о	п	р	с	т	у	ф
로마자	k	l	m	n	o	p	r	s	t	u	f
노어	х	ц	ч	ш	щ	ъ	ы	ь	э	ю	я
로마자	kh	ts	ch	sh	shch	′′	y	′	e′	yu	ya

※ 약호
1) 출판지
    N.: [노보시비르스크]

M.: [모스크바]

SPb.: [상트페테르부르크]

L.: [레닌그라드(현 상트페테르부르크)]

V.: [블라디보스토크]

Ir.: [이르쿠츠크]

Kh.: [하바롭스크]

2) 대학 및 연구소

NSU: [노보시비르스크 국립대]

MSU: [모스크바 국립대]

ISAA: [모스크바 국립대 아시아·아프리카 대학]

ICKS: [모스크바 국립대 한국학국제학술센터]

DVSU: [블라디보스토크 극동 국립대]

MGIMO: [모스크바 국립국제관계대]

▌1. 1910년 이전

1.1 Milesku, Nikolaj[밀레스쿠](1682), *Opafarij pervyya chasti vselennoi imenuemoj Azin*[아시아라 불리는 지역에 대한 세계 최초의 기록].

1.2. Remezov, Semyon[레메조프](1701), *Chpetyozhnaya kniga Sibiri*[지도책].

1.3. Pallas, Peter[팔라스](1787~1791), [모든 언어와 방언 비교 사전], SPb.

1.4. Bichurin, Iakinf[비추린](1842), *Ctatisticheskoe opisanie Kitajskoj impeii*[중국 제국의 통계 기술], SPb.

1.5. Bichurin, Iakinf[비추린](1851/ 1950), *Sobranie svedenij o narodakh obita vshikh v Sredej Azij v drevnie vremena*[고대 중앙아시아에 거주

하던 각 민족에 대한 정보 집성(전3권)], M.: Nauka.

1.6. Goncharov, Ivan[곤차로프](1855/ 1957), *Fregat 'Pallada': ocherki putes tviya v dvukh tomakh*[소형 구축함 팔라다 호], M.

1.7. Przheval'sky, Nikholay[프르제발스키](1870), *Puteshestvie v Ussurijskom krae: 1867~1869*[우수리스크 기행: 1867~1869], SPb.

1.8. Putsillo, Mikhajl[푸칠로](1874), *Opyt pyssko-korejskogo slovarya*[시험판 러한사전], SPb.

1.9. Zhdan-Pushin, P.[즈단푸시킨](1875), *Koreya: ocherk istorii uchrezhdenij, yazyka, narodov, obychaev i rasprostraneniya khristianstva*[한국], SPb.

1.10. Vagin, V.[바긴](1876), *Koreitsy na Amure*[아무르의 한인], SPb.

1.11. Dmitrievskij, P. trans.[드미트리옙스키 역](1883), *Geograficheskoe opisanie Korei*[조선 지리지], Khan'kou, 56p.

1.12. Dmitrievskij, P. trans.[드미트리옙스키 역](1884), "Zapiski perevodchika, sostavlennye perevodchikom pri okruzhnom upravlenii na ostrove Tsusime"[통역관의 기록], *Zapiski imperatorskogo russkogo geografic heskogo obshchestva*, SPb.

1.13. Podzhio, P.[포지오](1892), *Ocherki Korei*[조선개관], SPb.

1.14. Lubentsov, A.[루벤초프](1894), *Khamkienskaya i Pkhienaskaya Provintsij Korei*, Kh.

1.15. Afanas'ev, A. & A. Grudzhinskij[아파나시예프·그루진스키](1898), *Russkie instrucktory v Koree: 1896~1898*[한반도에 근무한 러시아 군사고문관: 1896~1898], Kharbin[하얼빈].

1.16. Delotkevich, P.(델롯케비치)(1898), "Dnevnik Pavla Mikhajlovicha Delotkevicha po putipeshkom iz Seula v Pos'et cherez Severnuyu Koreyu", *Sbornik geograficheskikh, torograficheskikh I statiche skikh materialov po Azij*, SPb.

1.17. Kim, Pyon Ok[김병옥](1898), *Korejskie teksty*[한국어 교본], SPb, 48p.

1.18. Strel′bitskij, I.[스트렐비츠키](1898), "Dopolnitel′nye tablitsy o torgovle Korei", *Sbornik geograficheskikh, torograficheskikh I statichesk ikh materialov po Azij*, SPb.

1.19. Kim, Pyon Ok[김병옥](1899), *Posobie k izuchniyu*[한국어 학습서], SPb.

1.20. Kantselyariya ministerstva finansov Rossij[러시아 재무성](1900), *Opis anie Korei v 3-kh tomakh*[한국지(전3권)], SPb.; 최선·김병린 역 (1984), 『한국지』, 성남: 한국정신문화연구원.

1.21. Zvegintsev, A.[즈베긴체프](1900), "Poezdka v Severnuyu Koreyu", *Izvestiya imperatorskogo russkogo geograficheskogo obshchest va*, SPb.

1.22. Korf, N.[코르프](1901), *Trudy osennej ekspeditsii 1898: tom 1. Servernaya Koreya: Sbornik opisanij positsij. tom 2. Servernaya Koreya: Sbornik marshrutov*[한반도 북쪽 지역의 군 배치 및 도로 현황], SPb.

1.23. Afanas′ev, A.[아파나시예프](1902), *Sovremennoe sostoyanie vooruzhennykh sil Korei*[대한제국의 군사력 현황], SPb.

1.24. Izdatel′stvo Pravoslavnogo missionerskogo obshchestva[카잔 러시아 정교 선교회](1902), *Azbuka dlya korejtsev*[한국인을 위한 러시아 어], Kazan′.

1.25. Bayov, A.[바요프](1903), *Voenno-geograficheskij i staticheskij ocherk Severnoj Korei*[한반도 북쪽 지역의 군사지리 및 통계 요록], SPb.

1.26. Alov, V.[알로프](1904), *Koreya, zapretnaya strana*, SPb.

1.27. Berezin, N.[베레진](1904), *Chao-Syan′ strana utra: Koreya, eepriroda, zhiteli, i proshloe i sovremennoe sostoyanie*, SPb.

1.28. Garin-Mikhaylovsky, Nikholay[가린미하일롭스키](1904), "Korejskie skazki, zapisannye osen′yu 1898 goda", *Iz dnevnilov krugosve tnogo puteshestviya(Po Koree, Man′chzhurii i Lyaodunskomu poluostrovu*[세계일주 여행기(한반도, 만주, 요동반도)], SPb.; Zajc hikov, V. ed.[자이치코프 편](1949), *Iz dnevnilov krugosvetnogo puteshestviya(Po Koree, Man'chzhurii i Lyaodunskomu poluostr ovu)*, M.

1.29. Izdatel'stvo Pravoslavnogo missionerskogo obshchestva[카잔 러시아 정교 선교회](1904), *Episkov Khrisanf, Iz pisem korejskogo mis sionera*, Kazan'.

1.30. Izdatel'stvo Pravoslavnogo missionerskogo obshchestva[카잔 러시아 정교 선교회](1904), *Opyt kratkogo russko-korejskogo slovarya*, Kazan'.

1.31. Izdatel'stvo Pravoslavnogo missionerskogo obshchestva[카잔 러시아 정교 선교회](1904), *Russko-korejskie razgobory*[러한 회화], Ka zan'.

1.32. Izdatel'stvo Pravoslavnogo missionerskogo obshchestva[카잔 러시아 정교 선교회](1904), *Slova i vyrazheniya k russko-korejskim razgobory*, Kazan'.

1.33. Suvorov, A.[수보로프](1904), *Koreya: strana i ee istoriya poslednego vremeni*, SPb.

1.34. Suvorov, A.[수보로프](1904), *Sukhoputnye i morskie sily Yaponii i Korei s ukazaniem vazhnejshikh staticheskikh dannykh*[일본 및 대한제국의 육군 및 해군 전력 현황], SPb.

1.35. Vradij, V.[브라디](1904), *Op'yanyayushchie napitki kitajtsev, korejtsev, yapontsev i inorodtsev Ussurijskogo kraya*[우수리스크 유역의 중국 인·한국인·일본인], SPb.

1.36. Vradij, V.[브라디](1904), *Pishchevye produkty kitajtsev, korejtsev, yapontsev i drugikh inorodtsev Dal'nego Vostoka*[극동 지역의 중국인·한국인·일본인], SPb.

1.37. Rossov, P.[로소프](1906), *Natsional'noe samosoznanie korejtsev*[한국 인의 민족의식], SPb.

1.38. Veber, K.[베베르](1907), *Probnaya transkriptsiya nazvanij vsekh goro dov Korei*[한국 지명의 표기], SPb.

1.39. Veber, K.[베베르](1908), *O korejskom yazyke i korejskom chtenii ki tajskikh ieroglifov*[한국어와 한국 한자어에 대하여], SPb.

1.40. Kolokol'nikova, V.[콜로콜니코바](1909), *Koreya, strana utrennej yas nosti*[한국, 그 낯선 풍경], M.

1.14. Seroshevskij, V.[세로셉스키](1909), *Koreya*[한국], SPb.

▌ 2. 1910~1945년

〈어학〉

2.1. Putsillo, Mikhajl[푸칠로](1913), Opyt russko-korejskogo slovarya[시험판 러한사전], Kh.

2.2. Polivanov, E.[폴리바노프](1927), "K voprosu o rodstvennykh otnosheniyakh korejskogo i altajskikh yazykov"[한국어와 알타이 제어 사이의 친족관계 문제에 관하여], Izvestiya AN SSSR, 6 seriya, tom 21, L.; Polivanov, E.[폴리바노프](1968), Stayj po obshchemu yazykoznaniyu, M., pp.156~164.

2.3. O, Chan Xvan[오창환](1930), Korejskaya grammatika[고려문전].

2.4. Pashkov, B.[파시코프](1931), "Neotlozhnaya latinizatsiya korejskojpis'mennosti"[한국어의 라틴 문자표기], Kul'tura i pis'mennost' Bostoka, No. 9, pp.33~37.

2.5. Ge, Bony[계봉우](1932), Uchebnik korejskogo yazyka[고려어 교과서], Dal'giz.

2.6. Kholodovich, A.[홀로도비치](1935), "O latinizatsii korejskogo pis'ma"[한글의 라틴문자 표기], Sovetstkoe yazykoznanie No. 1[소련 언어학 1], pp.147~162.

2.7. Kholodovich, A.[홀로도비치](1937), Grammatika korejskogo yazyka, Ch. 1: Morfologiya[한국어 문법1: 형태론], M., 163p.

2.8. Kholodovich, A.[홀로도비치](1938), Stroj korejskogo yazyka[한국어의 체계], L.: Izdatel'stvo Leningradskogo gosudarstvennogo univers iteta, 40p.; Kholodovich, A.[홀로도비치](1997), Stroj korejskogo yazyka[한국어의 체계], SPb.: ANDRA, 47p.

〈역사 및 기타〉

2.9. Grave, V.[그라베](1912), *Kitajtsy', korejtsy' i yapontsy' v Priamur'e: Trudy' Amurskoj e'kspeditsii 11*[아무르 강 연안의 중국인, 한국인, 일본인: 아무르 강 조사단 보고서 11], SPb, 479p.

2.10. Kirillov, N.[키릴로프](1913), "Koreya: Mediko-antropologicheskij oche rk"[의학 및 인류학적 시각에서 본 한국], *Zapiski Priamurskogo otdela imperatorskogo russkogo geograficheskogo obshchestva*, Kh.

2.11. Konrad, N.[콘라트](1917/ 1996), [개인적 관찰에 근거한 한인들의 생활 풍습 연구 소고: 1914~1915], *Neopublikovannye raboty i pis'ma*, M.: Posspen.

2.12. Grand, N.[그란트](1921), "Etapy osvoboditel'nogo dvizheniya vKoree"[한국에서 해방운동의 제 단계], *Narody Dal'nego Vostoka, No. 5*, Ir.

2.13. Shumyatskij, B.[슈먀츠키](1921), "Doklad na uchreditel'nom sezde Korejskoj kommunisticheskoj partii o mezhdunarodnom polozhe nii Korei i ob ocherdynkh zadachakh partii"[한국 공산주의자 창립대회에서의 한국의 국제정치적 상황과 당의 당면과제에 대한 보고], *Byulleten' Dal'ne-Vostochnogo sekretariata Kominterna*, Ir.

2.14. Gozhenskij, I.[고젠스키](1923), "Uchatie korejskoj emigratsii v revoly utsionnom dvizhenii na Dal'nem Vostoke"[한국 이민들의 극동혁명 과정에의 참여], *Revolyutsiya na Dal'nem Vostoke Chast' 1*, M./ Petrograd.

2.15. Kaufman, L.[카우프만](1924), "Yaponskij imperialism i Koreya"[일본 제국주의와 한국], *Novyi Vostok, No. 5*, M.

2.16. Kryzhitskij, G.[크리지츠키](1927), *Ekzoticheskij teatr: yava, Indo-Kit aj, Turtsiya, Koreya*, L.: Academia.

2.17. Anosov, S.[아노소프](1928), *Korejtsy v Yuzhno-Ussurijskom krae*[남(南) 우수리 강 유역의 한인들], Kh./ V.

2.18. Arcen'ev, V. & E. Titov[아르세니예프 · 티토프](1928), *By't i khrakter narodnostej Dal'nevostochnogo kraya*[극동 지역 소수 민족의 성격과 생활상], Kh./ V.

2.19. Luk'yanov, L.[루키야노프](1929), "Kolonial'naya politika Yaponii v Koree"[일본의 한국 식민정책], *Mezhdunarodnoe rabochee dvizh enie, No. 32-33*, M.

2.20. Petrov, A.[페트로프](1929), "Korejtsy i ikh znachenie v ekonomike Dal'nevostochnogo kraya"[극동지역 경제에서 한인들이 갖는 의미], *Severnaya Aziya, No. 1*.

2.21. Bel'deninov, S.[벨데니노프](1931), "K voprosu o razvitii risoseyaniya v Primor'e"[연해주 지역의 벼농사 발전 문제에 관하여], *Sovetstaya Aziya, No. 3-4*.

2.22. Kyuner, N.[큐네르](1938, 미간행), [<동국문헌비고> 번역].

2.23. Kyuner, N.[큐네르](1938, 미간행), [18세기 후반 한국사].

2.24. Kyuner, N.[큐네르](1938~1939, 미간행), [중세시대의 한국].

2.25. Kyuner, N.[큐네르](1939, 미간행), [한국사(4~9세기)].

2.26. Kyuner, N.[큐네르](1939, 미간행), [한국사(고대~19세기 중반)].

▍3. 1945년~1950년대

〈어학〉

3.1. Zajchikov, V.[자이치코프](1947/ 1951), *Koreya*[한국], M.

3.2. Xvan, Don Min[황동민](1949), [한국어 선집], M.

3.3. Kholodovich, A. ed.[홀로도비치 편](1951), *Korejsko-russkij slovar'*[한 러사전], M., 664p.

3.4. Usatov, D., Yu. Mazur & V. Mozdykov[우사토프·마주르·모즈두코 프](1951), *Russko-korejskij slovar'*[러한사전], M.

3.5. Xvan, Yun Dyun[황윤중](1952), [한국어 음운 체계], M.: 박사학위논문.

3.6. Kholodovich, A.[홀로도비치](1954), *Ocherk grammatiki korejskogo yazyka*[한국어 문법 개요], M., 320p.

3.7. Xan, Dyk Pon[한득봉](1954), [한국어 어휘 체계 내의 한자어 어휘 요소], M.: 박사학위논문.

3.8. Mazur, Yu.[마주르](1956), *Uchebnik korejskogo yazyka*[한국어], M.: ISAA MGU.

3.9. Zinder, L.[진데르](1956), "Glacnye korejskogo yazyka"[한국어의 모음], *Sovetskoe Vostokovedenie, No. 3*, M., pp.96~103.

〈문학 및 번역〉

3.10. [조선 현대시가](1950)

3.11. Kucheryavenko V. ed.[쿠체랴벤코 편](1951), *Koreijskie shazki*[한국의 설 화], V.

3.12. Kucheryavenko V. ed.[쿠체랴벤코 편](1952), *Shazki stany utrennej svezhesti*, V.

3.13. [이기영의 <땅>](1953)

3.14. Kholodovich, A. ed.[홀로도비치 편](1954), [조선 고대소설 선집].

3.15. Akhmatova, Anna trans.[아흐마토바 역](1956), *Korejskaya klassichesk aya poeziya*[한국의 고전 시가선], M.: Khudozhestvennaya litera tura.

3.16. Zhovtis, Aleksandr & Pak, Ir trans.[좁티스·박일 역](1956), "Shestistis hiya: iz koreijskoj klassicheskoj poezii[16~19세기 한국의 육행시(시조)], *Sovetskij Kazakhstan No. 7*[소비에트 카자흐스탄 7], Alma-Ata[알마아타].

3.17. Eliseev, D. trans.[옐리세예프 역](1957), "Korejskaya klassicheskaya[19세기 한국 소설], M.

3.18. *Korejskaya klassicheskaya poeziya*[한국 고전시 선집](1958), M.: Khudozhestvennaya literatura.

3.19. Nikitina, M.[니키티나](1958), "Srednevekovaya korejskaya poeziya v zhanrankh sichzho i Chan-sishzho"[한국의 시조와 장시조], *Vosto chnyi al'manakh. vypusk 2*, M.

3.20. Eremenko, L.[예레멘코](1959), *Zhizn'i tvorchestvo vydayushchegosya korejskogo pisatelya Pak Chi Vona(1737~1805) diss*[박지원의 소설], M.: AN SSSR Institut Vostokovedeniya.

3.21. Pashkov, B. ed.[파시코프 편](1959), *Korejskaya literatura: Sbornik statej*[한국문학 논문집], M.: Vostochnaya literatura.

〈역사 및 기타〉

3.22. Krajnov, P.[크라이노프](1947), *Bor'ba korejskogo naroda za nezavisi most*[한국인의 독립 운동], M.

3.23. Zajchkov, V.[자이치코프](1947), *Koreya*[한국], M.

3.24. Grazhdantsev, A.[그라즈단체프](1948), *Koreya*[한국], M.

3.25. Petrov, P. ed.[페트로프 편](1948), *Korejskie narodnye poslovitsy, pogovorki i vyrazheniya*[한국의 속담 및 격언집], M.: Inostrannaya literatuta.

3.26. *Sovetskij Soyuz i korejskij vopros(Sbornik dokumentov)*[소련과 한반도 문제: 자료집](1948), M.

3.27. Zhukov, E.[주코프](1950), *Sovetckij Soyuz v bor'be za demokratiche skoe reshenie poslevoennykh problem Dal'nego Vostoka*, M.

3.28. Kravtsov, I.[크랍초프](1951), *Agressiya amerikanskogo imperializma v Koree: 1945~1951*[미 제국주의의 한국침략: 1945~1951], M.

3.29. Pigulevskaya, E.[피굴렙스카야](1951), *Korejskij narod v bor'be za nesavisimost' i demokratiyu*[독립과 민주화를 위한 투쟁에 있어서의 조선 인민: 1876~1945], M.

3.30. Shabshina, F.[샵시나](1952), *Narodnoe vosstanie 1919 g. v Koree*[1919년 조선의 민중 봉기(3·1 운동)], M.

3.31. Tyagaj Galina[탸가이](1953), *Krest'yanskoe vosstanie v Koree 1893~1895 gg.*[1893년부터 1895년 사이의 한국 농민 봉기], M.

3.32. Tyagaj, G.[탸가이](1953), "Trudy russkikh issledovatelej kak istochnik po novoj istorii Korei", *Ocherki po istopii russkogo vostokoved eniya*, M., pp. 122~147.

3.33. Kim, German[김 게르만](1954), "Ekonomicheskoe i kul'turnoe stroitel'stvo v KNDR: 1945~1950", *Voproc istorii, No. 4*, M.

3.34. Shipaev, V.[시파예프](1954), [일본 제국주의를 반대한 조선 인민의 민족해방운동: 1918~1931].

3.35. Narochnitskij, A.[나로치니츠키](1956), [극동에서의 자본주의 강대국들의 식민지 정책: 1860~1895].

3.36. Petrova, O.[페트로바](1956), *Opisanie pis'menny'kh pamyatikov korej skoj kul'tury', Vy'p. 1*[한국 문화의 필기자료의 묘사], L.

3.37. Kim, German[김 게르만](1957), [평화, 민족 통일과 민주를 위한 조선 인민의 투쟁], M.

3.38. Mazurov, V.[마주로프](1958), *Antiyaponskaya vooruzhyonnaya bor'ba korejskogo naroda: 1931~1940*[한국인의 항일 무장 투쟁: 1931~1940], M.

3.39. Pak, Mikhail[박 미하일](1958), *KNDR na nuti k sotsializmu*[사회주의 체제의 북한], M.

3.40. Shabshina, F.[샵시나](1958), Ocherki novejshej istorii Korei: 1945~

1953[한국 현대사 논집: 1945~1953], M.

3.41. Pak, Mikhail trans.[박 미하일 역](1959), *Samguk Sagi(Istoricheskie zapisi Trekh gosudarstv) T. 1: letopisi Silla*[삼국사기 1부: 신라 본기], M.: Vostochnaya literatura.

3.42. Shabshina, F.[샵시나](1959), Ocherki novejshej istorii Korei: 1918~ 1945[한국 현대사 논집: 1918~1945], M.

▮ 4. 1960년대

〈어학〉

4.1. Pashkov, B.[파시코프](1961), "Korejskij yazyk v sovetskom yazykozn anii"[소비에트 언어학에서의 한국어], *Korejskij yazyk. Sbornik statej*[한국어 논문집], M.

4.2. Nikol'skij, R.[니콜스키](1963), [조로 군사용어 사전], M.: 소련 국방성 군사 출판사.

〈문학 및 번역〉

4.3. *Istoriya o vernosti Chkhun Khyan: srednevekovye korejskie povesti*[한국의 중세 중편소설(<춘향전> 등)](1960), M.: Vostochnaya literatura.

4.4. Artem'eva, A. & G. Rachkov trans.[아르테미예바 · 라치코프 역](1961), *Oblachnyi son devyati: roman*[<구운몽>], M./ L.: Goslitizdat, Leningradskoe otdelenie.

4.5. Nikitina, M.[니키티나](1962), Korejskaya Srednevekovaya Poeziya v zhanrakh sichzho i chan-sichzho[시조 및 장시조 장르를 통해서 본 한국 중세시], L.: 박사학위논문.

4.6. Trotsevich, A.[트로체비치](1962), *<Istoriya o vernosti Chkhun Khyan>*

i zhanr povesti v koreijskoi srednevekovoj literatue[춘향전과 한국 중세문학에서의 중편소설], L.: 박사학위논문.

4.7. Zhovtis, A. & Pak, Ir trans.[좁티스·박일 역](1962), *Kim So vol': tsvetok bagul'nika*[김소월의 『진달래꽃』], M.: Vostochnaya literatura.

4.8. Zhovtis, A. trans.[좁티스 역](1963), *"Kim Sakkat: Stikhi"*[김삿갓의 시], *Prostor No. 4*, Alma-Ata[알마아타].

4.9. Eremenko, L. & I. Ivanova[예레멘코·이바노바](1964), *Korejskaya literatura*[한국문학], M.

4.10. Nikitina, M. & A. Trotsevich[니키티나·트로체비치](1964), *"Periodizatsiya srednevekovoj korejskoj literatury"*[한국 중세문학의 시대 구분 시론], *Narody Azii I Afriki. No. 1*, M.

4.11. Eliseev, D.[옐리세예프](1966), *Korejskaya srednevekovaya literatura <Pkhe'sol'>: nekotorye problemy proiskhozhdeniya i zhanra*[한국 중세 패설문학의 기원과 장르에 관한 문제], L.: 박사학위논문.

4.12. Eliseev, D.[옐리세예프](1968), *Korejskaya srednevekovaya literatura pkhe'sol'*[한국 중세 문학의 패설], M.

4.13. Nikitina, M. & A. Trotsevich[니키티나·트로체비치](1969), *Ocherki istorii korejskoj literatury' do 14-go v.*[14세기까지의 한국문학사 개설], M.: Vostochnaya literatura.

〈역사 및 기타〉

4.14. Tyagaj, Galina[탸가이](1960), *Ocherk istorii Korei vo vtoroj polovine 19 v.*[19세기 후반의 한국사 논집], M.

4.15. Khan, M.[한 M.](1961), *Osvoboditel'naya bor'ba korejskogo naroda v gody' yaponskogo protektorata*[일제 식민지 하 한국인의 독립운동], M.

4.16. Sinitsy'n, B.[시니친](1961), *Promy'shlennost' i polozhenie rabochego klassa Yuzhnoj Korei: 1945~1959 gg.*[남한의 산업과 노농자:

1945~1959], M.

4.17. Vorob'yov, M[보로비요프](1961), *Drevnaya Koreya: istoriko-arkheol ogicheskij ocherk*[한국 고대사: 역사 고고학적 관점], M.: Vosto chnaya literatura.

4.18. Ivanova, V. & Li, Gi En[이바노바 · 이기은](1962), *Zhizn' i tvorchestvo* [생활과 창조], M.

4.19. Vanin, Yu.[바닌](1962), *Feodol'naya Koreya v 13~14 vv.*[13~14세기 봉건 시대의 한국], M.: Vostochnaya literatura.

4.20. Shipaev, V.[시파예프](1964), *Kolonial'noe zakabalenie Koreiyaponsk im imperializmom*[일본 제국주의의 한국인 통제], M.

4.21. Kim, Sy'n Khva[김승화](1964), *Ocherki po istorii sovetskikh korejtse v*[소련 고려인들의 역사 개요], Alma-Ata.

4.22. Dzharylgasinova, R.[자릴가시노바](1965), "Osnovnye tendentsii etnich eskikh protsessov u korejchev Srednej Azii I Kazakhstana", *Etnicheskie protsessy u natsional'nykh grupp Srednej Azii*, M.: Nauka.

4.23. Gryaznov G.[그랴즈노프](1966), *Sotsialisticheskaya industrializatsiya v KNDR: 1945~1960 gg.*[북한의 사회주의적 산업화: 1945~1960], M.

4.24. Ionova, Yu.[이오노바](1967), "Sledy totemizma u korejtsev", *Tezisy dokladov nauchnoj sessii. posvyashchennoj itogam raboty Instit uta etnografii AN SSSR za 1966*, L.

4.25. Larichev, V. & B. Grigorenko[라리체프 · 그리고렌코](1967), "Othrytie Paleolita v Koree"[한국의 구석기 유물], *Izvestiya Sibirskogo otdeleniya AN SSSR, No. 1*, N.

4.26. Pak, B.[박 B.](1967), *Osvoboditel'naya bor'ba korejskogo naroda nakanune pervoj mirovoj vojny*[제1차 세계대전 중 한국인의 독립 운동], M.

4.27. Sinitsy′n, B.[시니친](1967), *Ocherki e′konomiki Yuzhnoj Korei: 1945 ~1964 gg.*[남한의 경제 개요: 1945~1964], M.

4.28. Dzharylgasinova, R.[자릴가시노바](1968), ″Traditsionnoe i novoe v se mejnoj obryadnosti korejtsev Srednej Azii″, *Istoriya, arkheolog iya i etnografiya Srednej Azii*, M.: Nauka.

4.29. Ionova, Yu.[이오노바](1968), ″K voprosu o kul′te medvedya, peshcher i gor u korejtsev″, *Strany i narodly Vostoka*, M.

4.30. Vanin, Yu.[바닌](1968), *E′konomicheskoe razvitie korei v 17~18 vv.*[17~18세기 한국의 경제적 발전], M.

4.31. Ionova, Yu.[이오노바](1969), ″Religioznye vozzreniya korejtsev″, *Sborn ik muzeya antropologii i etnografii AN SSSR*, M.

4.32. Pak, Mikhail[박 미하일](1969), ″O vozniknovenii I utverzhenii feodali zma v Koree″[한국의 봉건제의 출현과 정착에 관하여], *Istoriogr afiya Vostoka: problemy′ sotsia′no-e′konomicheskoj istorii feodalizma v stranakh Vostoka*[동양의 사료 편찬: 사회·정치], M.

4.33. Ryu, Khakku[류학구](1969), *Yaponskaya istoriografiya po istorii Korei rannego perioda*[한국의 상고사에 대한 일본의 사료 편찬], M., 284p.

▌5. 1970년대

〈어학〉

5.1. Nikol′skij, L. & 최정후[니콜스키·최정후](1976), 『조로대사전(전2권)』.

5.2. Dmitrieva, V.[드미트리예바](1979), *Uchebik korejskogo yazyka. Chast. 1 i 2*[한국어 교재], M.: MGIMO.

5.3. Kontsevich, Lev[콘체비치](1979), *Nastavlenie narodu o pravil′ny′kh zvukakh: Khunmin dzhonym*[훈민정음], M.: Vostochnaya literat ura.

〈문학 및 번역〉

5.4. *Cherepakhovyj sup: korejskie rasskazy 15~17 vekov*[15~17세기 한국
의 단편소설](1970), L.: Khudozhestvennaya literatura.

5.5. *Novye rasskazy uslyshannye na gore Zolotoj Cherepakhi*[김시습의 <금
오신화>](1972), M.: Nauka.

5.6. *Roza i Alyj Lotos: korejskie povesti 17~19 vekov*[장미와 선홍빛 연꽃:
17~19세기 한국 중편과 민담](1974), M.: Khudozhestvennaya
literatura.

5.7. *Klassicheskaya proza Dal'nego Vostoka*[극동의 고전산문](1975), M.

5.8. Trotsevich, A.[트로체비치](1975), *Korejskaya srednevekovaya povest'*
[한국의 중세 중편소설], M.

5.9. Eliseev, D.[옐리세예프](1977), *Novella korejskogo srednevekov'ya:
E'volyutsiya zhanra*[한국 중세의 단편소설: 장르의 변천], M.

5.10. *Bambuk v snegu: korejskaya lirika 8~9 vekov*(1978), M.: Nauka.

〈역사 및 기타〉

5.11. Dzhary'lgasinova, Roza[자릴가시노바](1970), *Kitaj i Koreya v 5 v. do
n.e'. ~ 3 v. n.e'.: Kitaj i sosedi v drevnosti i srednevekov'e*[기원
전 5세기부터 기원후 4세기까지의 중국과 한국: 고대 및 중세의 중
국과 이웃 나라들], M.

5.12. Marty'nov, V.[마르티노프](1970), *E'konomiko-geograficheskaya khar
akteristika KNDR i Yuzhnoj Korei*[북한과 남한의 경제 · 지리적
특성], M.

5.13. Tyagaj Galina[탸가이]](1971), *Obshchestvennaya my'sl' Korei v e'pok
hu pozdnego feodalizma*[한국 봉건제 후기의 사회적 사상], M.

5.14. Dzhary'lgasinova, Roza[자릴가시노바](1972), *Drevnye kogurestsy*[고

대 고구려인], M.: Nauka, 204p.

5.15. *Korejskoe klassicheskoe iskusstvo*[한국의 고전예술](1972), M.

5.16. *Slovar' geograficheskikh nazvanij Korei*[한국지명사전](1973), M.: Nauka.

5.17. Pak, Mikhail et al.[박 미하일 외](1974), *Istoriya Korei*[한국통사(전2권)], M.: Vostochnaya literatura; 이용권 외 역(1990), 『한국통사』(하), 대야.

5.18. Ryu, Khakku[류학구](1975), *Problemy' rannej istorii Korei v yaponskoj istoriografii*[한국 상고사의 문제에 대한 일본의 사료 편찬], M.: GRVL, 200p.

5.19. *Istoriya Korei v burzhuanoj istoriografii*[부르주아적 사료편찬의 한국사](1976), M.

5.20. *Osvobozhdenie Korei*[한국의 독립](1976), M.

5.21. Pak, Mikhail[박 미하일](1977), "K periodizatsii rannej istorii Korei"[한국 고대사의 시대 구분], *Istoriografiya stran Vostoka: problemy' feodalizma*[동양의 사료 편찬: 봉건 문제], M.

5.22. Dzharylgasinova, Roza[자릴가시노바](1978), *E'tnogenez I e'tnicheskaya istoriya korejtsev po dannym e'pigrafiki: Stela Kvange'tkho-vana*[광개토대왕], M.: GRVL, 182p.

5.23. Dzharylgasinova, Roza[자릴가시노바](1979), *E'thnogenez I e'thicheskaya istoriya korejtsev po danny'm e'pigrafiki*[비혁명 자료에 의한 한민족의 기원과 역사], M.

5.24. Pak, B.[박 B.](1979), *Rossiya i Koreya*[러시아와 한국], M.

5.25. Pak, Mikhail[박 미하일](1979), *Ocherki rannej istorii Korei*[한국 고대사에 대한 논집], M.

5.26. Suslina, S.[수슬리나](1979), *E'kspansiya inostpannogo kapitala v promyshlennosti Yuzhnoj Korei*[남한 산업에서의 외국 자본의 확장], M.

█ 6. 1980년대

〈어학〉

6.1. Skorbatyuk[스코르바튜크](1980), *Stilistika korejskogo yazyka: Kurs lektsij*[조선말 문체론 강의], M.: Voennyj krasnoznamennyj institut[모스크바 적기군사대 출판부].

6.2. Dmitrieva, V.[드미트리예바](1981), *Uchebnoe pocobie po politperevodu dlya 4 kursa*, M.: MGIMO.

6.3 Dmitrieva, V.[드미트리예바](1981/ 1989), *Uchebnoe pocobie po korejsko mu yazyku. 2 kurs*, M.: MGIMO.

6.4. Dmitrieva, V. & A. Irgebaev[드미트리예바 · 이르게예프](1987), *Uchebn oe pocobie po diplomaticheskoj perepiske s terminologicheskim slovaryom. 5 kurs*, M.: MGIMO, 167p.

6.5. Mazur, Yu & L. Nikolskij[마주르 · 니콜스키](1988), *Russko-korejskij slovar'*[러한사전], M.: Russkij yazyk.; Mazur, Yu & L. Nikolskij [마주르 · 니콜스키](1992), 『동아노한사전』, 서울: 동아출판사.

〈문학 및 번역〉

6.6. *Korejskie predaniya i legendy' iz srednevekovy'kh knig*[조선의 중세 전설(중세 책의 조선 전설)](1980), M.

6.7. Chon, A.[정 A.](1980), [조선 고전문학에 있어서의 사실주의 전통]

6.8. Nikitina, M.[니키티나](1982), *Drevnaya korejskaya poeziya v svyazi s ritualom i miform*[의례와 신화 관련 한국 고대시가], M.: Nauka.

6.9. [세계문학사(전10권)](1984~1990)

6.10. Trotsevich, A.[트로체비치](1986), *Korejskij srednevekovyj roman: <Oblachny'j son devyati>*[조선 중세 장편소설: 김만중의 <구운 몽>], M.: Nauka.

6.11. Ivanova, V.[이바노바](1987), [조선의 '신소설']

6.12. Galkina, L.[갈키나](1988), [1920년대 조선시가 개요]

〈역사 및 기타〉

6.13. *Otnosheniya Sovetskogo Soyuza c narodnoj Korej: 1945~1980*[소련과
북한의 관계: 1945~1980](1981), M.

6.14. Shipaev, V.[시파예프](1981), *Yaponiya i Yuzhnaya Koreya*[일본과 남
한], M.

6.15. Vanin, Yuri[바닌](1981), *Agrarny'j stoj feodal'noj Korei v 15~16
vv.*[15~16세기 봉건 조선에 있어서의 농업 제도], M.

6.16. Butin, Yu.[부틴](1982), *Drevnij Choson*[고조선], N.

6.17. Glukharyova, D.[글루하료바](1982), *Iskusstvo Korei s drevnejshikh
vremen do kontsa 19-go veka*[고대에서 19세기 말까지의 한국예
술사], M.: Iskusstvo.

6.18. Ionova, Yu.[이오노바](1982), *Obryady, obychai i ikh sotsial'nye funktsii
v Koree, seredina 19-go veka~nachalo 20-go veka*[19세기 중반
~20세기 초 한국의 의례와 풍습 및 그 사회적 의미], M.

6.19. Lim, Su[임수](1982), *Korejskie narody'e izrecheniya*[조선의 금언(속담
집)], M.

6.20. Pak, V.P.[박 V.P.](1982), *Prosvetitel'skoe dvizhenie i sistema obrazo
vaniya v Koree vo vtoroj polobine 19-nachale 20 v.*[19세기 말~
20세기 초 한국의 민족사상과 계몽운동], M.

6.21. Derevyanko, A.[데레뱐코](1983), *Paleolit Dal'nego Vostoka i Korei*[극
동과 한국의 구석기 시대], N.

6.22. Tyagaj, Galina[탸가이](1983), *Formirovanie Ideologii vobolitel'nogo
Dvizheniya v Koree*[한국에서의 민족·해방 운동 이데올로기의
형성], M.: Nauka.

6.23. Butin, Yu.[부틴](1984), *Koreya: ot Chosona k tryom gosudapstvam,
Izdatel'stvo(2 v. do n.e' ~ 4 v)*[고조선에서 삼국까지(기원전 2세

기부터 기원후 4세기까지)], N.

6.24. *Kalendarny'e oby'chai i obryady' narodov Vostochnoj Azii: Novy'j god*[동아시아 민족의 음력 풍속과 의식: 새해(설)](1985), M.

6.25. *Korejskaya Narodno-Demokraticheskaya Respublika*[조선인민민주주의공화국(북한)](1985), M.

6.26. Proshin, A. & A. Timonin[프로신 · 티모닌](1985), *Neokolonializm CShA i Yuzhnaya Koreya*[미국의 신식민지체계와 남한], M.

6.27. Volkov, Sergej[볼코프](1985), *Rannyaya istoriya buddizma v Koree*[한국 고대 불교사], M.: Nauka.

6.28. Buchkin, A.[부치킨](1987), *Sotsial'naya evolyutsiya sovremennoj Yuzhnoj Korei*[오늘날 남한 사회의 진화], M.: Nauka.

6.29. Ivanova, V.[이바노바](1987), *Novaya prosa Korei*[한국의 새로운 산문], M.

6.30. Pak, Mikhail[박 미하일](1987), *Ocherki po istoriografii Korei*[한국 사료 편찬에 대한 논집], M.: Nauka.

6.31. Petukhov, V.[페투호프](1987), *U istokov bor'by' za edinstvo I nezavicimost' Korei*[한국의 독립과 해방의 근원], M.

6.32. Shipaev, V.[시파예프](1987), *Yuzhnaya Koreya v sisteme mirovogo kapitalisticheskogo khozyaj stva*[남한과 세계 자본주의 경제], M.

6.33. Volkov, Sergej[볼코프](1987), *Chinovnchestvo i aristokratiya v rannej istorii Korei*[한국 고대사에서의 관료조직과 귀족계급], M.: Nauka.

6.34. Zabrovsjkaya, L.[자브롭스카야](1987), *Politika tsinskoj imperii v Kore e: 1876~1910*[1876~1910년 청제국의 대 조선정책], M: Nauka.

6.35. Shabshina, F.[샵시나](1988), [조선 공산주의 운동사: 1918~1945], M.

6.36. Suslina, S.[수슬리나](1988), *Promyshlennost' Yuzhnoj Korei*[남한의 산업], M.: Nauka.

▎ 7. 1990년대

〈어학〉

7.1. Sukhinin, V.[수히닌][1995), *Nekotorye problemy prepodavavaniya dvukh variantov korejskogo literaturnogo yazyka*[남북한 문어(問語)의 차이], M.: MGIMO.

7.2. Sukhinin, V.[수히닌][1995), *Osobennosti pis'ma v KNDR I Respublike Koreya*[북한과 남한의 편지 작성법], M.: MGIMO.

7.3. Dmitrieva, V.[드미트리예바](1996), *Prakticheskij kurs korejskogo yazyka: uchebnik*[실용 한국어 교재], M.: MGIMO, 248p.

7.4. Verkholyak, V. & T. Kaplan[베르홀랴크 · 카플란](1997), *Korejskij yazyk: Uchebnik Ch. 1*[한국어 (상)], V.: DVSU.

7.5. Verkholyak, V. & L. Galkina & V. Kozhemyako[베르홀랴크 · 갈키나 · 코제먀코](1998), *Korejskij yazyk: Uchebnik Ch. 2*[한국어 (하)], V.: DVSU.

〈문학 및 번역〉

7.6. *Istoriya tsvetov: Korejskaya klassicheskaya proza*[꽃의 역사: 한국 고전 산문](1991), M.

7.7. [한문에서 번역한 한국 고전산문](1991).

7.8. Nikitina, M.[니키티나](1994), *Korejskaya poeziya 16~19 vekov v zhan re sidzho*[16~19세기 한국의 시조], SPb.: Peterburgskoe vostok ovedenie, 312p.

7.9. *Zolotaya ptitsa garuda: rasskazy sovremennykh korejskikh pisatelej*(1 994), Sankt-Peterburg: Peterburgskoe vostokovedenie.

7.10. [라츠코프 · 티호노프 · 수하초프 외](1995), *Sezon dozhdej: rasskazy sovremennykh korejskikh pisatelej*, SPb.: Peterburgskoe vostok ovedenie.

7.11. Trotsevich, A.[트로체비치](1996), *Mif i syuzhetnaya proza Korei*[한국의 신화와 서사], SPb.: Peterburgskoe vostokovedenie.

7.12. Zhdanova, L.[즈다노바](1998), Poe'ticheskoe tvopchestvo Chkhve Chkhibona[최치원의 시], SPb., 304p.

〈역사 및 기타〉

7.13. Khrushchev[흐루쇼프](1990), "Pravda o korejskoj vojne", [한국전쟁에 대한 진실], PDB 6/90.

7.14. Kovalev, A.[코발레프](1990), *Politika SShA i Yaponii na Korejskom Poluostrove*[한반도에서의 미국과 일본의 정책], M.: Nauka.

7.15. *Populyarny'e blyuda korejskoj kukhni*[인기 있는 한국 음식](1992), M.

7.16. Pak, B.[박 B.](1993), *Korejtsy' v Rossijskoj imperii: Dal'nevostochny'j period*[제정 러시아의 한국인들: 극동시대], M.

7.17. Trigubenko, M. & G. Toloraya[트리구벤코·톨로라야](1993), *Ocherki e'konomiki Respubliki Koreya*[대한민국 경제 논집], M.

7.18. Vorontsov, V. & Kam Ben Khi[보론초프·감병희](1993), *Rossiya i Koreya: 1945~1992*[러시아와 한국: 1945~1992], M.

7.19. Anosova, L. & G. Matveeva[아노소바·마트베예바](1994), *Yuzhnaya Koreya: vzglyad iz Rossii*[러시아의 시각에서 본 남한], M.: Nauka, 253p.

7.20. Pak, B.[박 B.](1994), *Korejtsy' v Rossijskoj imperii*[제정 러시아의 한국인들], Ir.

7.21. Lan'kov, A.[란코프](1995), *Politicheskaya bor'ba v Koree 16~18 vekov*[16~18세기 조선의 당쟁], SPb.: Peterburgskoe vostokovedenie, 200p.

7.22. Lan'kov, A.[란코프](1995), *Severnaya Koreya: Bchera i cegodnya*[북한의 어제와 오늘], M.: Vostochnaya literatura RAN, 293p.

7.23. Pak, B.[박 B.](1995), *Korejtsy' v Sovetskoj Rossii: 1917 – konets*

30-kh godov[소련의 고려인들: 1917년~1930년대 말까지], M./ Ir./ SPb, 259p.

7.24. Pak, Mikhail trans.[박 미하일 역](1995), *Samguk Sagi(Istoricheskie zapisi Trekh gosudarstv) T. 2: letopisi Koguryo, letopisi Pe'kche, khronologicheskie tablitsy'*[삼국사기 2부: 고구려 본기, 백제 본기, 연표], M.: Vostochnaya literatura.

7.25. Konrad, N.[콘라트](1996), *Neopublikovanny'e raboty', Pic'ma*[미발표 논문, 편지], M.

7.26. *Respublika Koreya: opy't modernizatsii*[대한민국: 현대화의 경험](1996), M.

7.27. Zabrovsjkaya, L.[자브롭스카야](1996), *Russiya i Pespublika Koreya: ot konfrontatsii k sotrudnichestvu(1970~1990-e gg.)*[러시아와 남한: 대립에서 협동으로(1970~1990), V.

7.28. Chzhon, Hyun Su[정현수](1997), *Sotsial'no-e'konomicheskie preobraz ovaniya v Severnoj Koree v usloviyakh sovetskoj voennoj administrtsii 1945~1948 gg.*[소련 통치 하 북한의 사회 · 정치적 변화(1945~1948)], M.

7.29. Samojlov, N.[사모일로프](1997), "Vy'strely' An Chun Gy'na v Khar bine: vzglyad iz Rossii"[하얼빈에서의 안중근의 발포(發砲)], *Vestnik Tsentra korejskogo yazy'ka i kul'tury' Vy'p. 2*, SPb.

7.30. Suslina, S.[수슬리나](1997), *RK na postindustrial'noj stadii razvitiya: konets 80-kh – nachalo 90-kh godov*[한국 신흥 산업의 발전 과정: 1980년대~1990년대], M: Vostochnaya literatura, 224p.

7.31. Vanin, Yuri[바닌](1997), *Perspektivy ob"edineniya Koreya: vzglyad iz Rossii*, PDV 2/97, pp. 142~143.

7.32. Vorob'yov, M[보로비요프](1997), *Koreya do vtoroj treti 7 v.*[7세기 이전의 한국], SPb.

7.33. Tikhomirov, V.[티호미로프](1998), *Korejskaya problema I mezhduna rodny'efaktory': 1945-nachalo 80-kh gg.*[한반도 문제와 국제 관계], M: Vostochnaya literatura, 280p.

7.34. Tikhonov, V.[티호노프(박노자)](1998), *Istoriya kayaskikh protogosud arstv*[고대 가야의 역사], M., 256p.

7.35. Tyagaj, Galina[탸가이](1998), [러시아 고문서에 근거한 19세기 말~20세기 초 한국사]

7.36. Vanin, Yuri[바닌](1998), "한국 숙명에 있어 1948년", 베라 이 지즈니 13호, M: 삼일문화원.

7.37. Kan, Von Sik[강원식](1999), *Rossiya I Koreya na poroge 21 v.*[21세기의 러시아와 한국], M: KOROS, 330p.

7.38. Pak, Voris[박 보리스](1999), "K voprosu o vneshej politike Koguryo i Bokhaya"[고구려와 발해의 외교정책], *Rossijskoe koreevedenie Vy'p. 1*[러시아 한국학 1], M.

7.39. Tolstokulakov, I.[톨스토쿨라코프](1999), "Prezident Kim Yonsam i razvitie demokraticheskogo protsessa v Respublike Koreya"[김영삼 대통령과 대한민국의 민주주의 발전 과정], *Rossijskoe koreevedenie Vy'p. 1*[러시아 한국학 1], M.

▌ 8. 2000년대

〈어학〉

8.1. Li, Valentin[이 발렌틴](2000), *Korejskij yazyk*[한국어], M.

8.2. Kontsevich, Lev & T. Simbirtseva[콘체비치 · 심비르체바](2001), [1950년대 말 북한의 한국어학사: 마주르와 라치코프의 연구를 바탕으로], *Possijskoe koreevedenie 2*, Moscow: Muravej, pp. 247~260.

8.3. Mazur, Yu.[마주르](2001), *Grammatika korejskogo yazyka: Teoreticheb skij kurs*[한국어 문법: 이론], M.: MSU/ MTsK/ Muravej.

8.4. Mun, Hae-Suk[문해숙](2001), [현대 한국어의 명사구: 의미론적 양상], *Possijskoe koreevedenie 2*, M.: Muravej, pp. 231~246.

8.5. Novikova, T. & Ya. Pakulova[노비코바 · 파쿨로바](2001), *Kitajskie iero glify v korejskom yazyke*[한국어의 한자], M.: Muravej-Gajd[무라베이가이드].

8.6. Mun, Khe Un[문혜운](2002), *Uchebnoe posobie po sloboobpazobaniyu*[한러 단어 익히기], V.: DVSTU 동양학대학 출판사.

8.7. Novikova, T. & O. Apteeva[노비코바 · 압테예바](2002), *Korejskij yazyk: Uchebnik dlya studentov starshikh kupsov*[한국어 고급], M.: MGIMO/ ROSSPE′N.

8.8. Trofimenko, O.[트로피멘코](2002), *Korejskij yazyk: Domashnee chtenie. Nachal′nyj e′tap*[한국어 읽기 기초], M.: USPI.

8.9. Kaplan, T. & T. Deryugina[카플란 · 데류기나](2003), *Rechevoj e′tiket korejskogo yazyka*[현대 한국어 말의 예절], V.: DVSU 한국학연구센터/ DVSU 출판부.

8.10. Chalaya, E. & Li, N. & Zdorovenko[찰라야 · 이 N. · 즈도로벤코](2004), *Korejskij yazyk: uchebnoe posobie po praktike rechi*[한국어 회화 교재 초급], M.: USPI/ Vostok-Zapad.

8.11. Chon, In Sun & I. Kasatkina[정인순 · 카삿키나](2004), *Perevod c russkogo na korejskij yazyk: Posobie po perevodu*[러한 번역 교재], M.: MSU ISAA/ Muravej.

8.12. Dmitrieva, V.[드미트리예바](2004), *Uchebnoe posobie po korejskomu yazyku: voenno-politicheskij aspekt*[한국어교재: 군사 · 정치 용어], M.: MGIMO.

8.13. Ivashchenko, N.[이바셴코](2004), *Korejskij yazyk: sbornik uprazhneij i kontrol′nykh zadanij*[한국어 연습문제 초급], M.: Vostok-Zapad.

8.14. Kaplan, T. & Chon, Yn San[카플란 · 정은산](2004), *Chitaem I perev odim gazetu*[시사 한국어], M.: DVSU 동양학대학/ Muravej.

8.15. Kaplan, T. & Chon, Yn San[카플란·정은산](2004), *Korejskij yazyk: dlya delovogo obshcheniya: Uchebnoe posobie dlya starshix kursov*[실무적 커뮤니케이션을 위한 한국어], V.: DVSU.

8.16. Kasatkina, I. & Chon, In Sun & V. Pentyukhova[카샷키나·정인순·펜튜호바](2004), *Korejskij yazyk: bazovyj kurs. Uchebnik*[한국어 교재 초급], M.: MSU/ Muravej.

8.17. Novikova, T. & N. Ivashchenko[노비코바·이바셴코](2004), *Korejskij yazyk: Uchebnik*[한국어 초급], M.: MGIMO/ Vostok-Zapad.

8.18. Podprugina, I.[폿프루기나](2004), *Kratkij korejsko-russkij russko-korejskij e'konomicheskij slovar'*[한러·러한 경제 용어 소사전], M.: ISTU/ Muravej.

8.19. Sirotina, A.[시로티나](2004), *Russko-anglo-korejskij slovar' e'konomiches koj leksiki*[러영한 경제용어사전], M.: Vostok-Zapad.

8.20. Jang, Ho-Jong[장호종](2005), "Oboznachenie russkikh imen I geograficheskikh nazvanij na khangyle"[러시아어 인명·지명의 한글 표기], *Vestnik NSU: Seriya: Istoriya, Filologiya, Tom 4 Vypysk 3*, N.: NSU, pp.161~169.

〈문학 및 번역〉

8.21. [최인훈의 <광장>](2000), 모스크바: 삼일문화원.

8.22. Kontsevich, Lev[콘체비치](2001), [문학 작품과 그 번역의 경계], *Possijskoe koreevedenie 2*, M.: Muravej, pp. 175~196.

8.23. Pogadaeva, A.[포가다예바](2001), [한국의 무가(巫歌)], *Possijskoe koreevedenie 2*, M.: Muravej, pp.209~219.

〈역사 및 기타〉

8.24. Kurbanov, Sergey[쿠르바노프 감수](2000), [이기백의 『한국사 신론』], 모스크바: 삼일문화원.

8.25. Lan′kov, A.[란코프](2000), *Koreya: budin i prazdniki*[한국의 평일과 명절], M.: Mezhdunarodny′e otnosheniya.

8.26. Volkov, Sergej & T. Simbirtseva[볼코프·심비르체바](2000), Koreya: Karmannaya e′ntsiklopediya[한국: 작은 백과전서], M.: Muravej, 512p.

8.27. Kontsevich, Lev[콘체비치]](2001), *Koreevedenie: Izbranny′e raboty′* [한국학 선집], M.: Muravej/ Gajd.

8.28. Pak, Mikhail[박 미하일](2001), ″Russkij perevod 『Samguk Sagi』″[『삼 국사기』의 러시아어 번역], *Possijskoe koreevedenie 2*, M.: Muravej, pp.7~16.

8.29. Pak, Mikhail[박 미하일](2001), ″Russkij perevod 『Samguk Sagi』″[『삼 국지 위지 동이전』에 기술된 1세기 초의 한국], *Possijskoe koree vedenie 2*, M.: Muravej, pp.17~39.

8.30. Petrov, A.[페트로프](2001), *Korejskaya diaspora v Rossii: 1897~1917 gg.*[러시아의 이주 한인들: 1897~1917], V.: DVO RAN, 400p.

8.31. Tikhonov, V.[티호노프(박노자)](2001), ″Institut ′pu′ v rannem Silla(1 ~5 vv.)[1~5세기 신라의 '부' 체계], *Possijskoe koreevedenie 2*, M.: Muravej, pp.40~61.

8.32. Kim, Sy′n Khva[김승화](2002), *Boevy′e iskusstva i oruzhie drevnej Korei*[고대 한국의 무기와 무술], Rostov: Feniks, 168p.

8.33. Kurbanov, S.[쿠르바노프](2002), *Kurs lektsij po istorii Korei: c drevnosti do kontsa 20 v.*[한국어 역사 강의: 고대~20세기 초], SPb.: SPBGU, 626p.

8.34. *Rossiya i Koreya: Traditsii i sovremennost′*(2002), M.: Hauchnaya kniga, 236p.

8.35. Vorob′yov, M.[보로비요프](2002), *Ocherki kul′tury′ Korets*[한국 문화 의 개요], SPb.

8.36. *Istoriya Korei: Novoe prochtenie*[한국사: 새로운 이해](2003), M:

ROSSPAN.

8.37. Pak, Mikhail[박 미하일](2003), *Istoriya i istoriografiya Korej*[한국사와 사료편찬], M., 911p.

8.38. Tikhonov, V.[티호노프(박노자)](2003), *Istoriya Korei T. 1: C drebne jshikh vremen do 1876 g.*[한국사 1: 상고~1876년], M.: Muravej, 464p.

러시아에서의 한국학 연구 현황[*]

1. 서론

얼마 전 유럽의 한 명문대에서 한국학 강좌가 폐지된다고 하여 '해외 한국학의 위기'가 새삼스럽게 이슈로 떠오른 일이 있었다. 그런데 정부와 언론에서 나름대로의 진단과 처방을 제시하느라 일시적으로 부산하기만 한 모습은 전혀 새삼스럽지 않다. 해외 한국학의 발전 속도가 한국인의 기대치에 미흡할 수 있으나, 사실 해외 한국학은 중국학이나 일본학에 비하여 대체적으로 짧은 역사에도 불구하고 꾸준히 발전해 오고 있으며 앞으로의 전망도 밝은 편이라 할 수 있다.[1] 다만,

---

[*] 본고는 <제15회 한중인문학회 국제학술대회: 해외에서의 한국학 연구>(아주대, 2006.01.07)에서 발표한 내용을 기초로 하였다.

[1] 한국학중앙연구원(구 한국정신문화연구원)과 한국국제교류재단 공동주최의 "2005 세계한국학자대회"(한국학중앙연구원, 2005년 10월 17일~19일)에서는 해외 한국학의 현황과 발전 방향에 대한 논의와 세계 한국학의 네트워크를 구축하는 방안에 대한 논의가 진행되었다. 세계 100여 개 대학 또는 연구소에서 한

현재 해외 한국학 연구의 성과와 국내 한국학 연구의 성과가 조화를 이루어 총체로서의 한국학의 긍정적인 발전상을 만들어 내기 위하여 해외 한국학의 현황과 문제점을 정확히 파악하여 미래지향적인 대안을 마련하는 것은 당연한 일이라 할 것이다.

또한 당면한 문제는 단기간 내에 급속한 양적 성장을 이룩한 해외 한국학을 질적으로 성장하도록 유도하는 일이다. 그간 해외 한국학의 위기의식을 제기한 논의들에서 해외 한국학의 기초적인 개념과 문제의식들을 간과해 온 것이 사실이다. 해외 한국학의 개념과 범위, 대상, 주체, 목적, 방법 등에 대한 정립이 필요한 시기라 할 것이다.[2]

이러한 점에서 러시아에서의 한국학 연구 현황은 해외 한국학 연구의 역사를 이해하고 현황을 파악하여 해외 한국학이 지향해야 할 방향을 제시하는 데 중요한 자료가 될 수 있다고 본다. 러시아의 한

국학을 연구하거나 강의하는 이들이 참석한 이 대회에서는 대체로 세계 한국학은 위기나 침체가 아닌 발전 과정에 있다는 데에 의견이 모아졌다. 현재 전 세계 60여 개국 660여 개 대학에서 한국학 프로그램이 설치·운영되고 있다고 추산되는 바, 이는 해외 한국학의 비교적 짧은 역사에 비하여 결코 적은 수치도 아니며 앞으로도 긍정적인 발전이 기대된다. 다만, 한국학술진흥재단, 한국국제교류재단, 한국학중앙연구원, 한국국제협력단, 한국국제교육진흥원, 재외동포재단, 국립국어원 등과 국내 대학 등 국내 관련기관들의 한국학과 관련된 일련의 행사들이 단순히 일회적이고 전시적인 해프닝에 그치지 않기를 바랄 뿐이다.

2) 러시아 한국학을 예로 들면, 고려인(재러동포. 이하에서는 특별한 논의를 생략하고 고려인으로 칭하기로 한다.)들의 이주사 혹은 수난사가 러시아 한국학에 포함되는지, 고려인들에 대한 단순한 한국어교육을 한국학으로 볼 수 있는지 등도 이제껏 충분한 논의 없이 러시아 한국학으로 취급하는 경향이 있어 왔다. 또한 고려인들에 대한 한국어교육이 북한이 아닌 남한의 언어로 이루어져야 한다는 일방적인 당위성을 강요하는 일도 흔하다. 동포애로서의 감정적인 차원이 아닌 학문적 차원에서의 한국학이 무엇인지 진지하게 고민해 볼 시기라 할 수 있다. 그러나 본고의 목적상, 한국학의 개념, 대상 등에 대한 논의는 생략하기로 한다. 그리고 이하에서 한국(또는 남한과 북한), 러시아(또는 소련)의 표현은 기본적으로 한국과 러시아를 기준으로 하여 상황에 따라 다르게 적용하기로 한다.

국학은 해외 한국학 가운데에서도 비교적 그 역사가 깊은 편이고 한국학 연구의 다양한 양상을 나타내고 있으며, 그렇기에 해외 한국학의 발전 방향을 수립하는 데 있어서 모범적인 사례가 될 수 있기 때문이다.

따라서 본고에서는 러시아 한국학 연구의 현황을 정확히 이해하기 위하여 우선 러시아 한국학 연구사를 개괄하기로 한다. 그런데 러시아의 한국학은 모스크바와 상트페테르부르크를 중심으로 한 유럽러시아 지역, 블라디보스토크와 하바롭스크를 중심으로 한 극동러시아 지역, 노보시비르스크와 이르쿠츠크[3)]를 중심으로 한 시베리아 지역의 3대 권역으로 나뉘어 특성 있게 발전해 온 바, 현황을 파악할 때에는 권역별로 정리하기로 한다. 반면에 러시아 한국학 연구의 문제점은 각 권역별 차이가 미세하고 전체적으로 내용이 비슷하기 때문에 러시아 한국학 연구의 문제점은 권역별이 아닌 전체로 설명하기로 한다. 이를 바탕으로 한 러시아 한국학 연구의 전망으로 결론을 대신하고자 한다.

---

3) 이하 러시아어 인명과 지명의 한글 표기는 국립국어연구원의 『외래어표기용례집(2002)』에서 제시한 표기원칙과 용례를 따른다. 한국에 널리 익숙한 러시아어 인명이나 지명은 한글만 표기하였으나, 친숙하지 않은 경우 한글과 로마자를 병기하였다. 러시아어의 로마자 표기는 관례를 확인할 수 없는 경우, 러시아 국가표준(GOST 7.79-2000)을 따른다. 다만, 러시아어의 x를 로마자 x로 표기하는 경우에 혼란이 있을 수 있으므로, 러시아어 x는 일반적인 방법에 따라서 로마자 kh로 표기하기로 한다. 본고의 성격과 여러 상황을 고려하여 러시아 문자인 키릴자모는 표기하지 않는다. 각종 정보 및 수치는 인용 출처와 연도를 굳이 밝히지 않은 경우, 2006년 1월을 기준으로 한다.

2. 러시아의 한국학 연구사 개괄

러시아는 여느 서구의 국가들과 달리 유럽과 아시아에 걸쳐 있으며 한국(정확히는 북한)과 국경을 접하고 있기 때문에 한국에 대한 연구가 대체로 오래 전에 시작된 편이다. 한국과 러시아가 공식적으로 처음 접촉한 것은 17세기의 일이며, 러시아인이 한국 사람들과의 접촉을 기록으로 남긴 최초의 문서가 1854년에 발표되기도 하였다.[4] 우연한 접촉에서 비롯된 러시아의 한국에 대한 관심은 19세기 중반 러시아의 대외팽창정책과 맞물려 본격적인 한국학 연구로 형성되기 시작했던 것이다. 그 결과 1897년 상트페테르부르크 제국대학(현 상트페테르부르크 국립대학)에 러시아 최초의 공식적인 한국어 강좌가 개설된 것을 비롯하여,[5] 블라디보스토크 동양학대학과 카잔 국립대학에서 한국어교육 및 한국학 연구가 활성화될 수 있었다. 또한 1900년에는 러시아 재무부에서 당시 서구의 한국학 수준에서는 획기적이라 할 만한, 구한말의 인구, 정치, 경제, 지리, 역사, 사회, 민속, 종교,

---

4) 1654년과 1658년에 조선과 청의 군대가 러시아 군과 접전을 벌인 이른바 '나선정벌'이 한국과 러시아의 최초의 공식적인 접촉이지만, 그 이전에도 몽고에서 양국의 사신이 조우했을 가능성이 충분하다. 그리고 1854년 러시아의 전함 팔라다(Pallada) 호가 거문도에 정박했을 당시 동행했던 곤차로프(IvanGoncharov)가 발표한 기행문이 한국과 러시아의 접촉에 의한 러시아 최초의 기록이지만, 청에 방문했던 러시아 학자들에 의하여 중국 측 문헌 연구를 통한 한국 인식이 17세기 후반에 이미 형성되었다. 이하에서 러시아 한국학 연구의 대표적인 인물과 논저 등에 대한 자세한 정보는 생략하기로 한다. 러시아의 한국학 형성기에 대한 자세한 정보는 **Концевич, Л.**[콘체비치](2003: 3~6), 김현택(1999b: 3~14), 유학수(1999: 64~69) 등을 참고할 수 있다.

5) 1897년 상트페테르부르크 국립대의 한국어 강좌 개설에 대한 자세한 내용은 박종수(2002)를 참고할 수 있다.

문화, 언어 등에 관한 백과사전 수준의 『한국지』(전3권)를 발간하기도 한다. 그러나 당시 조선의 폐쇄적인 대외정책과 러시아의 일방적인 제국주의적 접근 탓에 러시아의 한국학 연구는 상호작용에 의한 긍정적인 발전을 기대할 수 없었던 한계를 표출하게 된다. 아울러 1905년 러일전쟁과 1910년 한국의 주권 상실, 1917년 러시아 혁명 등 일련의 역사적 사건으로 인하여 20세기 초반부터 1945년까지 러시아 한국학 연구는 다소 주춤하게 된다.[6]

제2차 세계대전이 끝난 후, 새로운 국제질서의 재편에 따라 러시아(정확히는 소련)에 있어서 한국(정확히는 북한 또는 한반도)의 중요성이 새삼 강조되기 시작하였다. 냉전 체제 하에서 정치, 군사, 외교, 경제, 사회 등의 사회과학 분야의 한국학 연구가 친북적인 성격을 띠며 활발하게 진행되었고, 북한에 가서 현지 연수 과정을 밟은 학자들이 증가함에 따라 어학, 문학, 역사 등 인문학 분야의 한국학 연구도 상당한 진전을 보이게 된다. 일례로 1960년대에 러시아에서 발표된 한국어 음성학, 형태론, 구문론, 어휘론, 한글노어표기법 등 한국어학

---

6) 기존에 이루어진 러시아 한국학 연구사에서는 활발하게 형성되던 러시아 한국학 연구가 1917년 러시아 혁명을 기점으로 1945년까지 정체되는 것으로 파악하고 있다. 그러나 이는 해외 한국학의 개념을 단지 외국에서 이루어지는 한국어 교육 및 한국에 대한 연구로 이해하는 데에서 비롯한 피상적인 관찰의 산물일 뿐이다. 해외 한국학은 해당국과 한국과의 상호 교류를 통하여 긍정적으로 발전해 나갈 수 있는데, 초기 러시아 한국학 연구는 러시아의 일방적인 관심과 접근에 의하여 전개되었기 때문에 20세기 전반에 그 한계가 드러난 것으로 보는 것이 더 타당하다. 폴리바노프(E. D. Polivanov)가 람스테트에 앞서 1927년 한국어가 알타이 어족에 속한다는 흥미로운 가설을 제시하였고 홀로도비치(A. A. Kholodovich)가 1938년에 현재까지 러시아의 한국어학계에서 그 권위를 인정받고 있는 한국어의 체계에 관한 저서를 발표한 등의 사실로 보아 1917년 러시아 혁명으로 인하여 러시아 한국학 연구가 침체되었다는 설명이 불합리하다는 것을 알 수 있다.

에 관한 논문 및 저서가 총 140여 편에 이를 정도로, 러시아의 한국학 수준은 동 시기의 서구의 한국학에 비하여 월등한 수준에 도달했다.[7] 이러한 한국학 연구의 세분화·전문화 경향은 1970년대까지 지속되어 역사에서는 한국사 전체의 큰 흐름을 상세하고 체계적으로 기술한 교과서적인 업적의『한국통사』(1974)가, 어학에서는 세계 각지의 관련자료 목록을 거의 완벽하게 수록하고 번역은 물론 본문 내용에 대한 주해와 색인까지 갖춰 중요한 학문적인 성과로 널리 인정받는『훈민정음』(1979)이 발간되기에 이른다. 그러나 이러한 학문적인 성과에도 불구하고, 제2차 세계대전 이후의 러시아 한국학 연구는 북한에 편향된 한계와 스탈린 사망 이후 김일성의 주체사상에 대한 양국의 이견으로 냉각되기 시작한 북한과 러시아의 관계 탓에 상호 교류에 의한 긍정적인 발전상을 유지해 나가는 데에 있어서 그 한계를 드러내게 된다.[8] 아울러 1980년대 중반 고르바초프의 개혁·개방정책과 1988년 서울 올림픽 이후 러시아 한국학 연구는 그 대상

---

7) 1960년대 러시아 한국학은 문학에서도 상당한 수준에 달하였다. 한국의 고전적인 산문인 <춘향전>, <구운몽> 등이, 시에서는 김삿갓의 시들과 김소월의 시집『진달래꽃』등이 러시아어로 번역되었다. 또한 니키티나(M. I. Nikitina)는 향가에 대한, 예레멘코(L. E. Eremenko)는 정약용과 박지원 등의 사실주의적 경향에 대한, 트로체비치(A. F. Trotsevich)는 삼국사기에 나오는 설화의 문학적 특징에 대한 논문을 발표하기도 한다. 1960년대 러시아 한국학 연구에 대한 자세한 정보는 Концевич, Л.[콘체비치](2003: 8~11), 김현택(1999b: 21~28), 유학수(1999: 73~74) 등을 참고할 수 있다.

8) 1960년대 이후 북한과 러시아의 관계가 다소 소원해졌음에도 불구하고, 건국 초기부터 북한 학계에 러시아의 제반 학문이 상당한 영향을 끼쳤음은 주지의 사실이다. 그러나 러시아 한국학과 북한의 한국학의 교류에 대하여는 아직까지 알려진 바가 별로 없다. 다만, 러시아 한국학자들의 북한 현지 연수에도 불구하고 1945년 이후 1980년대까지 러시아 한국학 연구에 있어서 북한의 한국학 연구 성과가 크게 반영되지 않은 것으로 보이므로, 이 시기까지도 러시아 한국학 연구는 상호작용에 의한 것이기보다는 일방향적인 것으로 이해할 수 있다.

에 대한 혼란을 겪게 된다. 즉, 북한 중심의 한국학에서 남한을 포괄하는 진정한 의미의 한국학으로 전환하는 과정에서 정체성에 대한 의문이 제기되기 시작하는 것이다.

1990년대 한국과 러시아의 수교, 러시아의 공식적인 사회주의 포기 등으로 인하여 양국 관계가 급속히 발전해 나감에 따라 러시아의 한국학 연구도 그 방향을 전환해가기 시작한다. 사회과학 분야의 한국학 연구에서는 기존의 친북적인 이념에 의한 연구뿐 아니라 한국 문제에 대하여 비교적 객관성을 유지하고자 하는 반이념적인 연구도 진행되었으며, 인문학 분야의 한국학에서는 국내 관련기관들의 지원을 받아 남한의 시각을 반영하거나 남한을 대상으로 한 연구들이 이루어지기도 한다. 일례로 2000년에 최인훈의 소설 <광장>과 이기백의『한국사 신론』이 러시아어로 번역되어 출간되었고, 1959년에 1부가 번역·출판된 이후 진전이 없던『삼국사기』2부가 국내 관련기관의 지원으로 1995년에 번역·출판되었다. 그러나 이러한 러시아 한국학 연구의 변화가 북한 중심의 연구에서 남한을 포괄하는 방향으로의 발전적인 전환이 아니라, 남한 중심의 연구로 재편됐다는 점에서 새로운 문제점을 야기한다. 즉, 러시아 한국학의 내부적인 요구에 의하여 한국학의 대상을 재정립하게 된 것이 아니라, 재정적인 어려움으로 인한 러시아 한국학계(특히 인문학 분야)의 내부적인 요인에 한국 측의 물질적인 지원이라는 외부적인 요인이 결합하여 한국학의 대상을 남한 중심으로 전환하였기 때문에 진정한 의미의 한국학으로 발전할 가능성이 사라진 셈이다.

이처럼 러시아의 한국학 연구는 형성 초기부터 현재까지 연구 대상과 방법에 따라 다음과 같이 시대를 구분할 수 있다.[9]

1) 조선을 대상으로 한 한국학(일방적 접근, 19세기 후반까지)

2) 대상을 상실한 한국학(교류와 접촉, 20세기 전반에서 1945년까지)

3) 북한을 대상으로 한 한국학(일방향적 연구, 1945년부터 1980년대 초반까지)

4) 대상에 대한 전환기로서의 한국학(교류와 접촉, 1980년 중반부터 1980년대 후반까지)

5) 남한을 대상으로 한 한국학(일방적인 지원에 의한 일방향적 연구, 1990년대부터 현재까지)

3. 러시아 한국학 연구의 현황 및 문제점

3.1. 러시아 각 권역별 한국학 연구의 현황

러시아의 영토는 유럽과 아시아의 매우 광대한 지역에 걸쳐 있다. 따라서 러시아를 이해하고 분석하는 데에 있어서, 지리, 기후, 경제, 정치, 문화, 교통 등을 고려하여 몇 개의 권역으로 나누는 것이 일반적이다. 러시아의 권역을 구분하는 방법이 여러 가지 있으나, 대개 모스크바와 상트페테르부르크를 중심으로 한 유럽러시아 지역, 노보시

---

9) 러시아의 한국학 연구사를 이해함으로써 러시아 한국학 연구의 현황을 정확히 파악할 수 있을 뿐 아니라, 러시아 한국학에 대한 전망을 제시할 수 있으리라 본다. 그러나 발표상의 제약에 따라 러시아 한국학 연구의 주요한 업적과 인물들을 상세히 열거하지 못한 점이 다소 아쉽다. 이 점은 추후 연구를 통하여 보완하기로 하고, 참고할 만한 선행 연구를 몇 개 언급하기로 한다. **Концевич**[콘체비치]2003), Vanin et al.[바닌 외](1999), 김현택(1999b), 유학수(1999), 임영상·김현택·김 게르만(2004) 등에서 통시적인 연구사를, 권철근(1999) 등에서 분야별 연구 성과를 참고할 수 있다.

비르스크와 크라스노야르스크를 중심으로 한 시베리아 지역,[10] 블라디보스토크와 하바롭스크를 중심으로 한 극동러시아 지역으로 구분한다. 이러한 구분은 러시아 한국학의 현황을 이해하는 데에도 크게 도움이 된다. 한국학의 형성이나 전개 과정과 분야가 각 권역별로 상이하기도 하거니와 현재의 상황도 판이하게 다르기 때문이다.

우선 유럽러시아 지역은 초기 러시아 한국학의 형성에서뿐 아니라 현재까지도 그 중심적인 지위를 유지하고 있다. 러시아 내 최초의 공식적인 한국어 강의가 시작된 상트페테르부르크는 초기부터 주로 어학, 문학, 역사, 민속학 등 순수 인문학 분야의 한국학 연구가, 1945년 이후 북한과의 정치적 관계에 의하여 새로이 한국학의 중심지가 된 모스크바는 주로 정치, 외교, 군사, 경제 등 사회과학 분야의 한국학 연구가 진행되어 모스크바와 상트페테르부르크는 한국학 연구를 상호보완적으로 분담해 왔다고 할 수 있다.

현재 모스크바에서는 러시아 과학원 산하 동양학연구소(Institute for Oriental Studies: IOS RAS), 러시아 과학원 산하 극동문제연구소(Institute of Far Eastern Studies: IFES RAS), 모스크바 국립대 부설 한국학국제학술센터(International Center for Korean Studies, Moscow State University: ICFKS), 고리키 세계문학연구소(A. M. Gor'kiy Institute of World Literature), 러시아 과학원 산하 세계경제·정치연구소(Institute of World Economics and Politics, RAS) 등의 연구소에서 한국학을 연구하고 있으며, 모스크바 국립대 부설

---

10) 시베리아는 동서로 넓게 분포되어 있다. 그래서 시베리아를 다시 노보시비르스크와 예카테린부르크를 중심으로 한 서시베리아, 크라스노야르스크와 이르쿠츠크를 중심으로 한 동시베리아로 나누기도 한다.

아시아·아프리카 대학(Institute of Asian and African Countries, Moscow State University), 외무부 산하 모스크바 국립국제관계대학(Moscow State Institute of International Relations, Ministry of Foreign Affairs: MSIIR), 모스크바 국립언어학대학(Moscow State University of Linguistics), 러시아 국립인문대학(Russian State University of Humanities) 등의 대학교에서 한국어 및 한국학을 교육하고 있다.11)

상트페테르부르크에서는 러시아 과학원 산하 동양학연구소 상트페테르부르크 지부(Saint-Peterburg Branch of Institute of Oriental Studies: SPB IOS), 상트페테르부르크 국립대 부설 한국어 및 한국 문화센터(Center for Korean Language and Culture, Saint-Peterburg State University), 표트르 대제 인류학·민속학연구소와 박물관(Research Institute of Peter the Great Museum of Anthropology and Ethnology), 언어학연구소(Linguistics′ Research Institute) 등의 연구소에서 한국학을 연구하고 있으며, 상트페테르부르크 국립대학(Saint-Peterburg State University)의 동양학부(Faculty of Oriental Studies)에서 한국어와 한국사를 분리하여 한국학을 교육하고 있다.

---

11) 러시아의 연구소(Institute)는 러시아 과학원(Russian Academy of Science: RAS) 산하의 연구기관으로서의 연구소와 종합대학(University)이 아닌 단과대학(Institute 또는 Academy)으로서의 연구소가 그 성격이 다르나 영문 표기가 동일하다. 일반적으로 러시아 과학원 산하의 연구소는 연구와 대학원 박사과정 이상의 교육을, 대학교는 학부와 석사 과정까지의 교육을 담당하는 것으로 구분하여 이해할 수 있다. 이하에서 러시아 한국학 연구기관과 교육기관에 대한 자세한 현황은 생략하기로 한다. 이에 대한 자세한 정보는 **Концевич, Л.**[콘체비치](2003a, b), 유학수(1999), 임영상·김현택·김 게르만(2004), 조영건(1996) 등을 참고할 수 있다.

이상과 같은 유럽러시아 지역의 한국학 연구기관이나 교육기관은 그 전통이나 학문적 성과에서 러시아 한국학 연구의 핵심적인 역할을 담당해 온 것이 사실이나, 현재는 신진학자가 양성되지 않고 기존의 연구자들도 고령화 등의 이유로 연구자의 수효가 점차 줄어가고 있는 실정이다. 또한 그간의 학문적 성과가 더 이상 전수되지 않을지도 모른다는 위기의식이 지역 내의 한국학자들 내부적으로, 혹은 국내 관련기관들에 의하여 외부적으로 제기되고 있기도 하다.[12]

이러한 점에서 극동러시아 지역의 한국학 연구는 다소 특이한 양상을 보인다고 할 수 있다. 지리적으로 한국에 인접한 영향으로 일찍부터 형성되었던 이 지역의 한국학은 러시아 한국학의 중심이라 할 유럽러시아 지역과 지나치게 멀리 떨어져 있었고, 스탈린의 탄압과 제2차 세계대전 등으로 인하여 상당한 기간 동안 침체되어 있었다. 1970년대 이후 근근이 명맥을 이어 오던 극동러시아 지역의 한국학 연구는 1990년대 이후 한국과의 활발한 교류를 통하여 급속한 양적

---

12) 유럽러시아 지역의 신진학자 양성이 원활하지 않은 현상은 학술 분야 이외로의 진출이라는 외부적인 원인과 열악한 교육·연구 환경이라는 내부적인 원인이 복합적으로 작용한 결과이다. 모스크바나 상트페테르부르크에는 한국 교민들이나 대기업들이 많이 진출해 있기 때문에 힘든 학자의 길을 가기보다는 손쉽게 돈을 벌 수 있는 길을 선택하는 것이다. 한국의 직제로 이해하면 러시아 대학 시간강사의 급여는 월 20~30$에 불과하다. 전임강사 50$, 조교수 100$, 정교수 200$ 정도의 월급은 현지 물가에 비하여 턱없이 부족한 액수여서 대부분의 러시아 학자들은 2~3개의 직업을 가지고 있으며, 따라서 연구나 교육에 전념할 시간이 부족하다. 또한 구 소련 시대와 같은 정부의 지원이 이루어지지 않기 때문에 연구를 수행할 충분한 인력과 비용을 마련하기도 힘들다. 따라서 신진학자가 양성되지 않는 현상을 러시아가 공식적으로 사회주의 노선을 포기한 후, 러시아의 젊은이들이 급속하게 자본주의화 되어 가고 있는 탓으로만 돌릴 수 없는 측면이 있다. 문제는 이러한 현상이 비단 모스크바나 상트페테르부르크에 국한된 것이 아니라, 러시아 전역에 걸친 것이라는 점이다.

성장을 이루게 된다. 특히 고려인들이 밀집한 지역적 특수성과 한국과의 경제적 이해관계로 인하여, 지역교원과 지역전문가를 양성할 목적으로 사범대와 실용적인 성격이 강한 대학 중심으로 한국학이 진행되고 있다.

블라디보스토크의 극동국립대학(Far Eastern State University)에는 세계 유일의 한국학대학(College of Korean Studies)이 국내 기업과 관련기관들의 지원으로 개설되어 300여 명의 학생들이 약 25명의 한국학 교수진으로부터 한국어, 역사, 경제, 문화 등의 한국학을 교육받고 있다. 또한 극동국립공과대학(Far Eastern State Technical University), 블라디보스토크 사범대학(Vladivostok Pedagogical Institute) 등에서도 한국어 및 한국학 교육이 이루어지고 있다.13) 한편, 극동러시아 지역의 여러 도시에서 주로 한국어 및 한국학 교원 양성을 목적으로 하는 교육이 이루어지고 있다. 극동국립인문대학(Far Eastern State University of Humanities, 구 하바롭스크 사범대학), 우수리스크 사범대학(Ussuriysk Pedagogical Institute), 사할린 국립 사범대학(Sakhalin State Pedagogical Institute), 블라고베시첸스크

---

13) 블라디보스토크의 극동국립대학에 한국학대학이 개설되어 활발하게 한국학이 교육되고 있다는 사실이 긍정적이지만은 않다는 데에서 극동러시아 지역 한국학의 한계를 확인할 수 있다. 사실 극동국립대학의 한국학대학 개설은 극동국립대학의 자체적인 교육기반이 형성되고 학문적 성과가 축적된 결과가 아니라, 한국(특히 민간기업)으로부터의 재정 지원에 기인한 갑작스러운 대학기구의 재편이었다고 볼 수 있다. 이러한 태생적 한계로 인하여, 이 대학의 한국학은 진지한 학문적인 업적보다는 가시적인 행사 위주로 전개되고 있으며 한국학 전공 학부생들의 졸업 후 진로도 자연스레 학업보다는 취직으로 결정되는 것은 아닌가 하여 안타까울 따름이다. 기업이 대학 인력을 대학 정규 시스템 밖으로 유인해 냄으로써 대학의 한국학 교육의 변질과 퇴락을 가져오게 될 것이라는 조영건(1996: 307~308)의 우려가 기우에 그치지 않고 현실화되어 가고 있는 것은 아닌가를 심각하게 고민해 보아야 할 시점에 이르렀다 할 것이다.

국립사범대학(Blagoveshchensk State Pedagogical Institute) 등이 대표적인 예이다.

　이상과 같은 극동러시아 지역의 한국학은 학문적 성격보다는 실용적 성격이 강조되어 그 양적 성장이 급속도로 이루어진 것이 사실이나, 이 지역의 한국학 역시 신진학자의 양성이 원활하지 않은 실정이다. 또한 러시아 내(좁게는 극동러시아 지역)의 초·중·고등학교에 각 사범대학에서 양성된 한국어 및 한국학 교원을 수용할 만큼 한국어나 한국학 교육 환경이 형성되어 있는가가 의문이다.[14)

　한국학의 역사나 전통, 한국과의 관계 등을 고려할 때, 시베리아 지역의 한국학은 유럽러시아 지역과 극동러시아 지역의 한국학과 확연한 차이를 나타낸다. 우선, 이 지역의 한국학은 대체로 그 역사가 10여 년에 불과하기 때문에 각 대학이나 연구소 자체적으로 축적한 한국학의 학문적인 역량을 기반으로 한국학 교육이나 연구가 시작되었다고 볼 수 없다. 다음으로, 이 지역은 정치, 경제 등의 측면에서 한국과 밀접한 관계가 없기 때문에 한국에 대한 순수한 관심에서 한국학이 발생하기 시작한 것은 아니라고 보인다. 그럼에도 불구하고 1990년대 중반 이후 시베리아 여러 도시의 연구소나 대학에서 한국

---

14) 사실 극동러시아 지역의 한국학은 엄밀한 의미에서 한국학이라 할 수 없다. 단지 한국어와 역사, 정치, 경제 등을 교육하는 일은 한국학이 형성되기 위한 기초작업은 될 수 있을지언정, 그 자체로서는 교육 그 이상의 의미를 발견하기 어렵고 그 효과도 크게 기대할 수 없다는 것이 개인적인 견해이다. 이 지역의 한국학이 지금까지 한국어 및 한국학 교재를 편찬하는 수준에서 더 나아간 것도 없고 앞으로 더 나아갈 것도 없는 것이 아닌가 하는 안타까움에서 사견을 피력해 보았으나, 극동러시아 지역의 한국학에 대한 개인적인 몰이해와 극단적인 평가루 해당 지역의 진지한 한국학자들까지 매도하고자 하는 것은 아님을 밝혀 둔다. 이 지역 한국학 교육기관들에 대한 자세한 정보는 다소 오래되기는 하였으나 조영건(1996)을 참고할 수 있다.

학을 연구하거나, 한국학 강좌를 개설하고 있는 것이 특징이다.

시베리아의 수도라 할 만큼 이 지역의 중심적인 도시인 노보시비르스크에는 노보시비르스크 국립대학(Novosibirsk State University), 노보시비르스크 국립공과대학(Novosibirsk State Technical University) 등에 한국학전공이 개설되어 있고, 러시아 과학원 시베리아 지부 소속 고고학·민속학연구소(Institute of Archaeology and Ethnography, SB RAS)와 인문학연구소(Institute of Humanities, SB RAS)에서 비교학문으로서의 한국학 연구가 진행되고 있으며, 노보시비르스크 국립대 부설 한국센터(Korean Center, Novosibirsk State University)에서는 신진학자 양성을 목표로 한국학을 연구해 나갈 예정이다.15) 한편, 시베리아의 여러 도시들에서 한국학전공이 개설되었거나 한국어 강좌를 운영하고 있다. 이르쿠츠크 국립대학(Irkutsk State University), 이르쿠츠크 국립사범대학(Irkutsk State Pedagogical University), 이르쿠츠크 국립경제대학(Irkutsk State Economic Academy), 톰스크 국립대학(Tomsk State University) 등이 대표적

---

15) 1990년대 중반 이후 시베리아 지역의 여러 도시에서 갑작스레 한국학이 발생하기 시작한 원인 가운데 하나는 한인 유학생과 선교사들의 시베리아 진출이다. 이들의 헌신적인(?) 노력으로 한국학에 대한 관심이 전혀 없던 시베리아 각 대학에서 한국학전공이 동시다발적으로 개설되기 시작한 것이 전혀 바람직하지 않았다는 데에서 이 지역 한국학의 한계를 엿볼 수 있다. 대학은 '경제대국' 한국에 대한 막연한 동경 혹은 한국으로부터의 막대한 재정적·물질적 지원에 대한 기대 등으로 교수진이나 교과과정조차 준비하지 않은 상황에서 한국학과 관련된 학과나 전공을 무리하게 개설하였고, 교수 능력이 없으나 단지 한국어를 구사할 수 있다는 이유로 강의하게 된 한인 유학생이나 선교사들로 인하여 정상적인 한국학의 정착은 애초부터 기대할 수 없었다. 이 지역의 한국학이 지닌 문제점을 지적하고자 했을 뿐, 한인 유학생이나 선교사들의 노력을 매도하고자 하는 것은 아님을 밝혀 둔다. 노보시비르스크의 한국학 연구 및 교육에 관한 자세한 현황은 장호종(2006f)를 참고할 수 있다.

인 예이다.

이상과 같이 시베리아 지역에서는 1990년대 중반 이후 한국학에 대한 관심이 증폭되어 한국학을 교육하는 기관들이 늘고 있는 것이 사실이나, 교수진을 확보하는 데에 한계가 있는 것 또한 직시해야 할 현실이다. 생활권이 다르고, 급여가 비현실적이라는 등의 이유뿐 아니라 러시아 내 타 권역에도 한국학을 전공한 신진학자가 양성되지 못하고 있기 때문에, 시베리아 지역의 각 대학에서는 전문적인 한국어 및 한국학 교수 없이 한국학 교육이 이루어지고 있다. 한국학에 대한 몰이해로 인하여 기존의 중국학이나 일본학 교수진으로 한국학 프로그램을 운영하고 있는 것 또한 이 지역 한국학의 한계이다.

3.2. 러시아 한국학 연구의 문제점

현재 러시아에는 50여 개 이상의 대학 및 연구소에서 300여 명 이상의 러시아 한국학자들에 의하여 한국학 교육과 연구가 이루어지고 있는 것으로 추산된다. 또 한국어를 배우거나 한국학을 전공하는 학부생들의 숫자가 증가하는 추세에 있다는 점에서 러시아의 한국학은 외형적으로 상당히 안정적이고 발전적이라 평가할 수도 있을 것이다. 그러나 현재 러시아 한국학은 내부적, 외부적 요인들이 복합적으로 얽혀 있는 여러 문제점을 안고 있으며, 현 상황이 지속된다면 그 전망이 밝지만은 않다고 보인다. 러시아 한국학계는 자체적으로 현재 러시아 한국학이 드러내는 문제점들을 해결해 나갈 만한 능력이 부족하다고 할 수 있는데, 더욱 심각한 일은 표면적인 문제들이 어디에서 기인하는지 근본적인 문제점을 인식하지 못하고 있다는 것이다.

지금까지 러시아 한국학자들 또는 국내 러시아학자들에 의해 이루어진 러시아 한국학의 현황에 대한 선행연구들에서 현재 러시아 한국학의 문제점으로 설명하고 있는 것들은 대략 다음과 같다.

  1) 러시아의 전통적인 한국학 연구 분야(주로 어학, 문학, 역사 등의 인문학 분야)의 전문가가 줄어들고 있다.
  2) 러시아 현지에 파견되는 한국인 교수들이 대개 해당 분야의 전문가가 아니어서 교수로서의 자질이 부족하다.
  3) 현 러시아의 경제 상황으로 인하여 러시아 한국학의 발전은 외부의 재정적 지원이 있어야 하는데, 현재 한국 관련기관들의 지원이 부적절하거나 부족한 편이다.
  4) 한국이나 러시아에서 개발된 한국학 교재들이 러시아 실정에 맞지 않거나 시대에 뒤떨어진 편이다.
  5) 고려인 3세 이후의 세대들이 한국어를 전혀 구사하지 못하고 있다.

이와 같은 문제점을 해결하기 위한 방안으로 제시되고 있는 것들은 대략 다음과 같다.

  1) 러시아 한국학 연구자들이 필요한 자료를 지원할 수 있는 통합적인 정보채널을 구축, 제공해야 한다.
  2) 러시아 한국학 연구자 특히 신진학자들이 국내에서 안정적으로 연수 또는 연구할 수 있는 기회를 확대해야 한다.
  3) 한국인 교수의 현지 파견 시 러시아어 구사 가능자를 파견해야 한다.
  4) 국내 관련기관들이 해외 한국학 지원을 역할을 서로 분담하여, 맡은 분야에 대하여 투자를 집중하되 중복투자가 되지 않도록 해야 한다.

5) 고려인들을 위한 한국어강좌개설을 지원해야 한다.

현재 러시아 한국학이 안고 있는 문제점들은 러시아 한국학의 내부적인 요인과 외부적인 요인이 복합적으로 얽혀서 나타난 결과이지만, 그 해결책은 러시아 한국학의 외부적인 힘(특히 한국 측의 무제한적인 재정적·물질적 지원)에 의한 것만 제시된 셈이다. 또한 내부적인 요인에 의한 문제점들 역시 근본적인 원인을 인식하지 못하고 있는 셈이다.

앞서 러시아 한국학 연구사의 개괄에서 살펴 본 바와 같이, 러시아 한국학은 발생 초기부터 지금까지 연구 대상 설정에 있어서 근본적인 한계를 벗어나지 못하고 있다. 예를 들어 1945년부터 1980년대 전반까지 러시아의 한국학 연구는 남한을 제외한 북한만을 대상으로 진행되었고, 반면에 1990년부터는 북한을 도외시한 채 남한 측의 시각을 반영하는 극히 편향적인 성향을 띤다. 특히 인문학 분야에서 이러한 성향이 두드러지게 나타난다. 1945년부터 1980년대 전반까지는 북한의 문화어만을 대상으로 한국어를 교육하다가, 1990년대 이후 남한의 표준어를 중심으로 한국어를 교육하는 것으로 방향을 전환한 것도 같은 맥락에서 이해할 수 있다.

한편, 한국학 연구의 방법에 있어서 한국의 한국학 연구 성과가 충분히 반영되거나 한국의 한국학 연구에 기여하는 등의 쌍방향적인 연구보다는 자국의 연구 방법론을 획일적으로 적용한 일방향적인 연구가 주된 경향이다. 일례로 현재까지도 러시아 한국어교육에서 그 권위를 인정받고 있는 1950년대 마주르(Yu. N. Mazur)의 한국어 품사 분류는 한국의 품사론에 의한 것이 아니라 러시아어의 문법에 기초한 것이다. 명사, 대명사, 수사, 동사, 형용사, 한정사(attributive), 부사, 후치사(後置詞), 접속사, 계사(繫辭), 조사, 부동사(副動詞, 한국어 품사론에서는 연결어미) 등의 설정은 한국의 품사론과 무관하게 러시아어의 특성을 바탕으로 하였다. 이는 또한 러시아 한국학계의 고질적인 보수성과 폐쇄성을 단적으로 드러내는 예이기도 하다. 1930년대 홀로도비치(A. A. Kholodovich)와 1950년대 마주르(Yu. N. Mazur)의 연구 성과가 현재까지도 러시아 한국어교육에서 절대적인 지위를 유지할 수 있다는 것은 당시 러시아 한국어학의 성취가 높은 수준이었다는 증거이기도 하지만, 반면에 그 이후로 최신 이론이나 방법론의 도입이 전혀 이루어지지 않았다는 말이기도 한 것이다.

러시아 한국학계의 보수성과 폐쇄성으로 인하여 러시아 한국학의 각 권역별 통합적 네트워크를 형성하지 못하고 있는 것 역시 문제이다. 낙후된 출판·인쇄 문화, 저조한 전산화율 및 인터넷 활용도 탓에 권역별 한국학 연구의 성과가 러시아 내에서도 제대로 보급·전파되지 못하고 있는 것이다.

4. 결론 : 러시아 한국학 연구의 전망

러시아의 한국학 연구는 서구 여느 국가에 비해 그 역사가 길고 러시아 내에서도 권역별로 상이한 양상으로 발전해 왔으며 분야별로 다양하고 많은 양의 연구가 축적되어 있으므로, 짧은 발표 속에 러시아 한국학 연구의 현황을 정확하고 상세하게 기술하지는 못하였다. 더욱이 언어적인 제약에 의하여 러시아어로 쓰인 한국학 연구 성과들을 직접 확인하지 못하고 2차 자료들을 토대로 러시아 한국학 연구사를 이해해야 하는 한계가 있었고, 시·공간적인 제약 탓에 현지를 일일이 방문하여 한국학의 연구와 교육 현황을 자세히 확인하지 못한 부분이 있었음을 밝힌다. 그러나 앞서 언급한 내용을 요약하거나 대안을 제시하는 대신 조심스레 러시아 한국학 연구의 발전 가능성을 전망해 보는 것으로 결론을 대신하고자 한다.

2005년 10월 24일부터 25일까지 노보시비르스크 국립대에서 한국국제교류재단의 후원으로 러시아 한국학 진흥을 위한 워크숍이 진행되었다. 모스크바 국립대학, 상트페테르부르크 국립대학, 극동국립대학(블라디보스토크 소재), 극동국립인문대학(구 하바로프스크 사범대학), 이르쿠츠크 국립대학, 노보시비르스크 국립대학 등 러시아 주요 6개 대학의 한국학 프로그램 운영 책임자들이 모인 이 회의에서 위 6개 대학이 한국학 컨소시엄(Russian Association of University Korean Studies: RAUKS)을 구성하기로 합의하여, 향후 RAUKS를 통하여 연례적인 한국학 학술회의 개최, 한국학 저널 발간, 한국어 교수법 워크숍 개최, 러시아 내 한국학 자료의 목록화·전산화 및 공유, 분야별 교재 개발 등 한국학 연구를 공동으로 추진해 나가기로 결정하였다.

러시아 한국학이 오늘날까지 이룩한 연구 성과로 보아, 러시아 한국학 자체적으로 앞서 언급한 내부적인 문제점과 한계들 또한 점차 충분히 극복해 나갈 것으로 믿는다. 일방향적인 연구 풍토를 지양하고 국내 한국학과 활발히 교류하여, 연구의 방법에 있어서 국내 한국학 연구 성과를 러시아 한국학 연구에 반영하고 반대로 국내 한국학 연구에 기여하는 방향으로 발전해 나갈 수 있는 학문적 역량을 러시아 한국학계가 가지고 있다고 믿는다. 아울러 한국학의 대상을 남한 또는 북한이 아닌 진정한 의미에서의 한국으로 설정하여 국내 한국학 나아가 세계 한국학을 온전한 한국학으로 끌어 올리는 일 또한 러시아 한국학의 의무이며, 러시아 한국학은 능히 그럴 만한 자격을 갖추었다고 믿는다. 이러한 전제 하에 국내 관련기관들도 러시아 한국학 연구의 발전을 재정적·물질적으로 지원해야 하는 것은 물론이다.

이상과 같이 개인적인 바람 섞인 전망으로 결론을 대신하기로 한다.

시베리아 지역 한국학의 현황
노보시비르스크를 중심으로 한국학 발생 지역의 특성 고찰[*]

1. 서론

시베리아는 겨울이 길고 매우 춥기 때문에 주거에 그리 적합한 환경은 아니다. '시베리아' 하면 유형지라는 인식이 강한 것도 이 때문일 것이다. 그러나 무한한 자원이 매장되어 있기 때문에 자원이 빈약한 한국으로서는 해외진출에 있어서 큰 관심을 가질 만한 곳이다. 더욱이 남북한의 종단철도를 연결하여 시베리아 횡단열차에 잇는다는 계획을 가진 한국으로서는 시베리아에 진출해야 하는 절실함이 큰 편이다. 이에 2006년에는 이르쿠츠크에 영사관이 설치될 예정이며, 2003년부터 노보시비르스크에 한국무역진흥공사(KOTRA) 지사가 설치되어 향후 이 지역에 한국 기업의 진출이 활발할 것으로 예상된다.

시베리아에서도 한국에 대한 관심이 증가하고 있는 추세인데, 주

---

* 본고는 <제16회 한중인문학회 국제학술대회: 한중 언어문화 비교연구>(중국 길림대, 2006.06.24~29)에서 발표한 내용을 기초로 하였다.

로 경제적인 측면과 맞물려 주요 도시들은 한국과의 교류를 진행 중이거나 교류에 대한 대비를 하고 있다. 그 일환으로 시베리아에서는 10여 년 전부터 한국어 및 한국학 강좌를 개설하는 대학들이 생겨나고 있으나, 이 지역의 한국학 현황은 국내에 잘 소개되지 않고 있다. 기존 러시아 한국학의 중심지인 모스크바, 상트페테르부르크, 블라디보스토크, 하바롭스크에 비하여 시베리아 지역의 한국학은 아직 형성 과정에 있으므로 그 중요성이 크게 부각되지 못한 것이 주요 원인일 것이다.

그러나 한러 교류를 위한 기반을 다지는 측면에서 시베리아 지역의 한국학 현황을 파악하는 일이 의미가 있으며, 정착 단계에 있는 이 지역의 한국학은 발생 초기 한국학의 특성을 잘 보여 주기 때문에 해외 한국학의 보급 차원에서도 관심을 가질 만하다. 따라서 본고에서는 노보시비르스크를 중심으로 시베리아 지역의 한국학 현황을 살펴봄으로써, 한국학 발생 지역의 특성을 고찰하고자 한다.

시베리아의 주요 도시 중, 노보시비르스크와 이르쿠츠크에는 10여 년 전부터 대학의 정규 과정으로 한국학이 개설되어 운영되고 있으며, 톰스크, 옴스크, 크라스노야르스크 등에는 교양 과정으로서의 한국어 과정이 개설되었거나 개설을 준비하는 중이다. 본고는 노보시비르스크를 주 대상으로 하는 바, 노보시비르스크가 '시베리아의 수도'라 할 만큼 학문과 예술의 중심 도시일 뿐 아니라 과학, 정치, 경제, 문화, 산업, 무역, 교통 등의 중심이기 때문이다.

노보시비르스크에서 한국학을 설치하여 운영하고 있는 대학은 노보시비르스크 국립대와 노보시비르스크 국립공대이다. 한국학을 본격적으로 운영하는 두 대학을 중심으로 논의하되 한국학을 다루고 있는 여타 대학과 연구소도 포함하여, 노보시비르스크 지역의 한국학 현황을 소개하고 문제점을 분석하기로 한다. 한국학의 발생 및 정착 시기에 해당하는 이 지역의 한국학 현황과 문제점을 파악함으로써, 해외 한국학이 정착하고 발전하기 위해 필요한 일들을 일부 확인할 수 있을 것이다.

2. 교과과정

노보시비르스크 국립대에는 1997년 9월 인문학부 내에 동양학과가 신설되면서 한국학이 시작되어, 2006년 6월 현재 16명의 졸업생이 배출되었고 5학년까지 학년별로 10여 명의 학생들이 재학 중이다.[1] 1997년에 10명의 신입생을 모집하였으나 체계적인 한국학 운영 프로그램이 없고 한국학 강의를 진행할 교수진을 확보하는 데에 어려움이 있었기 때문에 1998년부터 3년간 신입생을 모집하지 못했다. 대부분의 국가에서 한국학을 도입한 초기에 교수 자원 확보에 어려움을 겪게 되는데, 노보시비르스크 국립대도 초기에 현지 한국인 선교사와 유학생의 도움으로 강의를 개설하기는 했으나 1년 만에 신입생 모집을 중지했던 것이다. 2001년부터 다시 매해 10명의 신입생을 모

---

1) 러시아의 전통적인 대학 편제는 5년제이다. 대학이나 전공별로 차이가 있으나, 대개 인문학 분야는 학부가 5년제 과정으로 운영되어 졸업하면 스페셜리스트(Specialist)라는 학위를 받게 된다. 이는 한국의 학사(Bachelor)와 석사(Master)이 중간 단계 하위에 해당한다 5년 과정이 끝나며 한국의 석사과정을 마친 셈이므로, 박사과정에 입학하게 된다. 박사학위는 한국의 박사에 해당하는 '칸디다트'(Ph.D.)와 고등박사에 해당하는 '독토르'(Doctor)의 두 단계로 이루어진다.

집하고 있다.

한편, 노보시비르스크 국립공대는 2000년 9월부터 인문학부 국제관계 및 지역학과 내에 한국학전공을 개설하여 운영하고 있다. 톰스크 국립대와의 협정에 의해 한국학전공을 개설한 당시 신입생은 5명이었는데, 이들은 한국학을 제2전공으로 선택한 학생들이어서 본격적인 한국학전공생으로 보기 어렵다. 한국학을 제1전공으로 하는 학생들은 2001년과 2002년에 각각 15명씩 입학하였다. 그러나 졸업 후 전망이 불투명하다는 인식과 한국어 전문가의 부재, 한국 교재 및 전문 서적 구비의 한계 등으로 인하여 2003년과 2004년에는 신입생을 모집하지 못하였다. 2005년 9월부터 다시 매해 10명의 신입생을 모집하고 있다.

러시아 내에서 중국학의 역사가 깊고 저변이 넓기 때문에 두 대학 모두 중국학 강좌는 전문 교수진을 갖추는 데에 큰 어려움이 없었다. 일본학 역시 초기부터 '일본국제교류재단'(Japan Foundation)에서 인적·물적 지원이 뒷받침되었고, 러시아에 이미 뿌리를 내린 일본학에 대한 기반을 바탕으로 무리 없이 강좌를 운영할 수 있었다. 그러나 한국학의 경우, 한국어뿐 아니라 역사, 문학, 문화 등을 강의할 교수진을 구성하기 어렵기 때문에 한국학전공 학생들도 동양학이라는 이름으로 중국, 일본의 역사와 문학, 문화 등을 공부해야 하는 어려움이 있었다.[2]

---

2) 노보시비르스크 국립대에 동양학과가 신설된 것은 1997년이지만, 이미 인문학부 내의 세계사학과(Department of General History, 1970), 고고학 및 민족학과(Department of Archeology and Ethnography, 1992) 등을 통하여 동양학에 대한 연구 및 교수 기반을 마련한 상태였다. 따라서 동양학과 신설 당시, 중국학이나 일본학전공의 교수진 확보에 큰 어려움을 겪지 않았다. 반면 이 지역에서

　　다음은 노보시비르스크 국립대 동양학과에 2001년 9월에 입학하여 2006년 6월에 졸업한 한국학전공 학생이 수강한 과목의 목록이다. 이를 참고하면 한국학전공 학생들이 한국학 전문가로 양성되기 위하여 부족한 점이 무엇인가를 쉽게 확인할 수 있을 것이다.[3]

<표 42> 노보시비르스크 국립대 한국학전공 교과과정
(2006년 06월 졸업생 기준)

학년/학기	과목명(주당시간)	학년/학기	과목명(주당시간)
1/1	고고학(2), 동양고대사(4), 러시아사(4), 원시사회사(2), 한국어(12), 영어(2), 체육(2)	1/2	철학개론(3), 민속학개론(2), 한국어(12), 서양고대사(3), 러시아사(4), 한국어사(1), 컴퓨터이용방법론(1), 영어(2), 일본예술사(2), 체육(2)
2/1	철학사(2), 중국고대사(4), 서양중세사(3), 러시아사(3), 한국어(12), 영어(2), 체육(2), 중국문화사(4)	2/2	한국어(12), 사회철학(4), 중국사(3), 서양중세사(3), 러시아사(3), 중국문화사(3), 영어(2), 체육(2)
3/1	정치학(4), 영어(2), 경제학개론(3), 서양근대사(3), 러시아사 – 소비에트시기(3), 중국사(3), 한국어(12)	3/2	서양근대사(3), 한국사(2), 러시아사 – 소비에트시기(3), 한국어(12), 일본문학사(3), 역사학과 컴퓨터(1)

한국학에 대한 기반은 전혀 없었다.

3) 노보시비르스크 국립대 동양학과 개설 당시의 교수진이 인문학부 내의 사학과, 고고학과, 민속학과에서 충원되었기 때문에, 사학과 혹은 고고학과의 성격이 강하다. 그러나 2003년 9월 신입생부터는 전공을 역사와 언어 중에서 선택하는 것으로 교과과정을 조정하여 현재의 수강 과목과 다소 차이가 있다. 러시아 대학 강좌는 교수에 의해 진행되는 강의(lecture)와 강사에 의하여 그룹별로 진행되는 세미나(seminar)의 구분이 있으나, 한국 대학의 교과과정에 비추어 구분의 의의가 없으므로 굳이 구별하지 않기로 한다.

4/1	동양철학(3), 서양현대사(3), 중국사의 사료학과 서지학(2), 일본사(3), 한국어(10), 러시아 동양학사(2), 아시아와 아프리카사(3)	4/2	동양철학(3), 서양현대사(3), 일본사의 사료학과 서지학(2), 일본사(3), 한국어(10), 아시아와 아프리카사(3)
5/1	역사학방법론(2), 역사학교수법2)	5/2	학위논문

위에서 확인하였듯이 한국학과 직접 관련된 것은 매 학기 주당 10~14시간의 <한국어>와 1학년 2학기의 주당 1시간인 <한국어의 역사>, 3학년 2학기의 주당 2시간인 <한국사>가 전부이다. 한국의 역사, 문학, 문화 등에 걸친 강의가 절대적으로 부족한 실정인데, 오히려 중국학, 일본학과 관련한 강의가 많이 개설되어 있다.

이러한 사정은 노보시비르스크 국립공대의 경우에도 마찬가지이다. 다음은 노보시비르스크 국립공대 국제관계 및 지역학과 한국학전공에 2001년 9월에 입학하여 2006년 6월에 졸업한 한국학전공 학생이 수강한 과목의 목록이다.

<표 43> 노보시비르스크 국립공대 한국학전공 교과과정

(2006년 6월 졸업생 기준)

학년/학기	과목명(주당시간)	학년/학기	과목명(주당시간)
1/1	러시아사(4), 동양사(4), 영어(6), 한국어(8), 컴퓨터이용방법론(2), 심리학(4), 수학(2), 생태학(2), 체육(4)	1/2	동양사(4), 철학(4), 한국어(8), 컴퓨터이용방법론(2), 영어(6), 전공소개(2), 러시아어(2), 현대자연과학의 개념(2), 체육(4)

2/1	서양중세·근대사(2), 동양사(4), 영어(6), 한국어(8), 체육(4), 안전생활의 이론(2)	2/2	한국어(10), 동양민족학(4), 동양사(4), 동양문화와 종교(4), 영어(6), 경제학(2), 시베리아사(2), 유럽중세사(2), 국제법(2), 체육(4)
3/1	경제학과 경제지리학(4), 영어(6), 동양헌법(4), 한국어(10), 아시아와 아프리카사(4), 동양문학(4), 외교예절(2), 서류화(2)	3/2	한국어(10), 아시아와 아프리카사(4), 동양사회·정치체제(4), 영어(6), 지역지리학(2), 회계학(2)
4/1	동양사회·정치체제(4), 한국어(10), 국제통합과 국제관계(4), 영어(6), 독립국가연합의 국가들(4), 시민법과 상법(4), 러시아와 동양3국의 관계(4)	4/2	한국어(12), 영어(6), 국제법(2) 국제관계의 역사와 이론(4), 세계경제학과 국제경제관계(4)
5/1	영어(6), 현대세계의 지역적 충돌(4), 동양3국의 대외정책(4), 동양3국의 민주주의(4), 한국어(12), 지역마케팅(2), 민족심리학(2)	5/2	학위논문

한국학과 직접 관련된 것은 매 학기 주당 8~12시간의 <한국어>가 전부이고, 동양 3국을 한데 묶어서 여러 강좌가 개설되어 있기는 하지만 실제 강의 내용은 중국과 일본에 치중된다. 노보시비르스크 국립공대는 동양학을 세분하지 않고 한, 중, 일 3국을 포함하여 강의를 진행하는 것이다. 그러나 담당 교수진이 대부분 한국학 전문가가 아닌 관련 분야 전문가이기 때문에 한국학에 대한 깊이 있는 강의를 기대하기 어렵다.

두 대학 모두 한국학 강좌를 다양하게 개설하지 못하고 있는 것은 노보시비르스크 현지에 한국학이 뿌리를 내리지 못하여 한국학 관련 교수진을 확보하기 어렵기 때문이기도 하거니와, 한국학이 동양학에서 완전히 분리되지 못한 것이 큰 이유이다. 즉, 아직 이 지역에서는 한국학이 독자적인 분야로 정착하지 못한 것이다.

개인적인 편차는 있으나 두 대학 한국학전공 학생들의 학업성취도는 매우 높은 편이라고 할 수 있는데, 이는 주로 한국어와 관련된 이야기일 뿐 한국학 강좌가 부족하기 때문에 학생들이 한국학 전문가로 양성되기에는 교과과정이 매우 부실하다.

3. 교수진

앞서 한국학과 관련하여 한국학전공 학생들이 졸업할 때까지 수강할 수 있는 과목이 드물다는 것을 확인하였다. 또한 현재 한국어를 포함한 한국학 교수진이 대개 전문적인 교육자가 아니거나 해당 분야 전문가가 아닌 관련 분야 전문가이므로, 깊이 있는 강의가 이루어지기 힘들다. 한국어 강좌의 경우, 개설 초기에는 한국인 선교사나 유학생, 재러동포(고려인) 등에 의하여 강의가 진행됨으로써 전문성을 갖추지 못한 한계가 있었다.

2006년 9월을 기준으로 노보시비르스크 국립대와 노보시비르스크 국립공대의 한국학 관련 교수진은 다음과 같다.

<표 44> 노보시비르스크 국립대 한국학 교수진

(2006년 9월 기준)

이름	국적	성별	출생년도	최종학위	전공	담당과목	직위	교육경력	기타
장호종	한국	남	1972	박사	한국어통사론	한국어	부교수	5~10년	한국국제교류재단 파견교수
강성규	한국	남	1964	학사	국어국문학	한국어	시간강사	3년미만	현지 선교사
안명숙	한국	여	1967	학사	교육학	한국어	시간강사	3년미만	현지 선교사
공이영	한국	여	1969	학사	생물학	한국어	시간강사	3~5년	현지 선교사
알킨 S.	러시아	남	1963	박사	중국만주고고학	한국사	부교수	5~10년	고고학연구소 선임연구원
수보티나 A.	러시아	여	1980	석사	한국고고학	한국어한국사	시간강사	3년미만	본교 졸업생 고고학연구소 박사과정
바클라노바 M.	러시아	여	1984	학사(5년제)	한국학	한국어	시간강사	3년미만	본교 졸업생 언어 연수 (한국)
쿠진 E.	러시아	남	1986	학사(5년제)	한국학	한국어	시간강사	3년미만	본교 졸업생 언어 연수 (한국)
트카첸코 T.	러시아	여	1984	학사(5년제)	한국학	한국어	시간강사	3년미만	본교 졸업생 대학원 진학(한국)
게라시모바 M.	러시아	여	1983	학사(5년제)	한국학	한국어	시간강사	3년미만	본교 졸업생
사다예바 O.	러시아	여	1984	학사재학	한국학	한국어	시간강사	3년미만	본교 5학년 재학 중
말리크 E.	러시아	여	1985	학사재학	한국학	한국어	시간강사	3년미만	본교 5학년 재학 중

<표 45> 노보시비르스크 국립공대 한국학 교수진

(2006년 9월 기준)

이름	국적	성별	출생년도	최종학위	전공	담당과목	직위	교육경력	기타
김화옥	러시아	여	1951	학사 (5년제)	경제학	한국어	시간강사	3~5년	고려인
임춘길	러시아	남	1945	박사	기계공학	한국어	시간강사	3~5년	고려인
최 옐레나	러시아	여	1984	학사 (5년제)	한국학	한국어	시간강사	3년 미만	고려인, 본교 졸업생 언어연수 (한국)
쿡시노바 A.	러시아	여	1984	학사 (5년제)	한국학	한국어	시간강사	3년 미만	고려인, 본교 졸업생
김 올레크	러시아	남	1983	학사 (5년제)	한국학	한국어	시간강사	3년 미만	고려인, 본교 졸업생
알킨 S.	러시아	남	1963	박사	중국만 주고 고학	한국사	부교수	5~10년	고고학연구소 연구원
1명	한국					한국어	객원교수		국제교류재단 파견교수 (2006년 9월부터)

　　노보시비르스크 국립대의 한국어 교수진이 한국인 중심으로 구성된 것과 달리, 노보시비르스크 국립공대의 한국어 교수진은 현지 고려인들로 이루어졌다. 고려인들은 러시아어에 능통하나 한국어가 원어민 수준에 이르지 못하고 전공이 언어 교육이 아니라는 한계를 가

지는 반면에, 한국인들은 러시아어 구사력이 떨어지고 대부분 선교사들이므로 교육의 전문성이 떨어진다는 문제가 있다.

해외 한국어 및 한국학 교수진의 문제를 생각해 보기로 한다. 현지에서 한국학에 대한 관심이 고조되면 대학은 의욕적으로 한국학을 설치하여 운영하기 시작한다. 그리고 초기에는 한국어 및 한국학 교수진이 그 지역에 진출해 있는 한국인 선교사나 유학생들로 충원된다. 러시아 혹은 독립국가연합 지역에서는 고려인들이 한국어 강의를 맡게 되는 일도 많다. 그런데 이들은 대부분 한국어 전문가가 아니므로, 현지의 한국학이 제대로 정착하게 하기 위해서는 이들에게 한국어 교수법을 습득하게 하는 일이 중요한 과제이다. 한국에서 전문가들이 현지를 직접 방문하거나 한국으로 이들을 초청하여 교사연수를 할 수 있도록 해야 하는데, 고려인들은 그 대상에 포함되지만 한국인 선교사나 유학생들은 그렇지 못하다. 한국학 불모지에 충분한 수의 한국어 전문가를 파견하기 힘든 현실을 고려할 때, 실제 한국어 강의를 담당하고 있는 한국인 선교사나 유학생들에게 교사연수의 기회를 제공하는 방안을 고려할 만하다.

한편, 한국학의 불모지에서는 관련 분야의 전문가를 한국학 연구자로 유도하는 방안 또한 강구되어야 한다. 예를 들어 알킨 세르게이는 노보시비르스크 국립대, 노보시비르스크 국립공대 양 대학에서 학생들에게 한국사와 민족학을 강의하고 있다. 그의 전공은 중국만주고고학이므로 순수한 한국학 연구자는 아니다. 그러나 노보시비르스크 국립대와 노보시비르스크 국립공대에서 한국학 강좌를 담당하고 있으며 한국학전공 학생들의 한국학 논문을 지도하고 있으므로, 그를 준 한국학 연구자로 이해할 만하다. 학생들은 1학년 때부터 매

학년말에 소논문을 작성하여 제출하여야 하고, 이러한 연구가 쌓여서 5학년 때 학위논문(한국의 석사학위논문에 해당)을 작성하게 된다. 한국에서 파견된 교수는 대체로 1년 단위로 교체되기 때문에 학생들의 논문지도를 일관되게 담당하기 어렵다.

4. 한국어 강좌 운영

한국의 대학이 언어 강좌를 문법, 회화, 작문, 번역, 문학 등으로 세분하는 데에 비하여, 러시아의 대학에서는 일반적으로 한국어라는 단일 강좌명 하에 대학별, 학과별 특성에 맞게 각 영역을 세분하여 강의하여야 한다. 이는 학생이 졸업한 이후에 한국어에 대한 학업 성취도를 평가 받는 데에 불리하게 작용할 수 있다. 또한 교수가 학생의 한국어 능력을 정확하게 파악하는 데에도 어려움이 있어서, 언어 능력을 객관적으로 인정받을 수 있는 공인시험이 필요하다.

노보시비르스크 국립대 한국학전공에서는 학과의 특성을 고려하여 주당 10~14시간의 한국어 강좌를 다시 회화, 문법, 작문 및 번역, 문학, 문화, 한자의 6개 영역으로 세분하여 강의를 운영하는 반면에, 노보시비르스크 국립공대 한국학전공에서는 한국어 강좌를 학과 특성에 맞게 영역별로 세분하지 못하고 주로 문법, 작문과 번역에 치중하고 있는 실정이다. 노보시비르스크 국립공대 한국어 담당 교수진이 강의를 원활하게 운영할 만큼 한국어 구사 능력이 완전하지 못하고 언어교육 전문가가 아니라는 점과 충분한 교재를 갖추지 못하였다는 이유 때문이다.

따라서 노보시비르스크 국립대의 한국어 강좌 운영 체계만 일부 소개하고자 한다. 다음은 각 영역 별로 강의하게 되는 내용이다.

<노보시비르스크 국립대 동양학과의 한국어 강좌 운영>
- 회화 : 발음, 듣기, 말하기, 회화연습
- 문법 : 형태론, 어휘론, 통사론
- 작문 및 번역 : 한국어 작문, 러한 번역, 한러 번역
- 문학 : 한국 시, 소설, 수필, 한국 고전문학사, 한국 현대문학사
- 문화 : 전통문화, 한국의 현대사회, 신문기사, 영화, TV 드라마, 대중 가요
- 한자 : 교육용 한자 1,800자, 한국 한자어의 특성, 한문문법의 기초

노보시비르스크 국립대에서 한국어 강좌를 운영하는 체계에 대하여 1학년을 예로 들어서 설명하도록 한다.

1학년 1학기에는 주당 14시간씩 18주의 한국어 강의가 진행된다. 주당 14시간의 한국어 강좌는 다시 회화, 문법, 작문 및 번역, 문학, 문화의 5개 영역으로 세분하여 강의를 진행한다. 저학년에서는 회화와 문법 영역에 많은 시간을 할애하지만 학년이 높아질수록 그 비중을 줄이고 기타 영역에 더욱 집중함으로써 한국학 전문가로서의 자질을 갖출 수 있도록 지도한다. 각 영역을 구분하되 상호 긴밀하게 연결되도록 강의의 내용을 구성하는 것이 매우 중요하다.

회화 영역에서는 초기에 한국어 발음을 집중적으로 교정하면서 간단한 일상대화를 듣고 말할 수 있도록 지도한다. 점차 특정 상황을 설정하여 러시아어의 표현과 한국어의 표현을 비교하면서 한국어 회

화에 익숙해지도록 유도한다.

문법 영역에서는 초기에 한글을 익히는 데에 주력하면서, 쉬운 기초어휘들을 익힐 수 있도록 지도한다. 해외 한국어교육에서 중요한 일의 하나가 체계적인 어휘목록의 정리이다. 학생들의 능력에 맞게 수준별로 일상대화에 자주 사용되는 한국어 어휘를 분류해야 하며, 또한 학과의 특성을 고려하여 전문용어를 어휘목록에 첨부하여야 한다. 예를 들어 노보시비르스크 국립대 한국학전공은 역사, 고고학, 민족학 분야의 전문용어를, 노보시비르스크 국립공대 한국학전공은 정치, 경제, 국제관계 등의 전문용어를 익혀야 한다. 이때 기초어휘들의 품사를 러시아어의 품사와 비교하면서 익힐 수 있도록 지도한다. 문장 구조 역시 러시아어와의 비교를 통하여 강의하게 된다.

작문 및 번역 영역에서는 회화와 문법 시간을 통하여 익힌 문장들을 활용하여 짧은 글을 지을 수 있도록 지도한다. 대개 일기나 편지 등의 과제를 통하여 학생들의 작문을 첨삭지도한다.

문학 영역에서는 한국의 동시나 동요 등을 시청각 자료와 함께 제시함으로써, 듣기 교육을 병행한다. 차츰 동시나 동요의 내용에 익숙해지면, 러시아어로 번역된 한국의 신화, 전설, 민담 등을 러시아어와 한국어를 비교하면서 읽게 한다.

문화 영역에서는 한국 문화에 대한 이해를 깊게 할 수 있는 시청각 자료를 시청하고 러시아어로 된 한국 문화 안내서를 함께 읽는다. 러시아 언론에 소개되는 한국에 관한 뉴스를 통하여 함께 생각하고 토론하는 시간도 갖는다.

1학년 2학기에는 주당 14시간씩 16주의 한국어 강의가 이루어진다. 주당 14시간의 한국어 강좌는 다시 회화, 문법, 작문 및 번역, 문

화, 문화의 5개 영역에 한자(漢字)를 추가하여 6개 영역으로 나누어
진행한다.

어휘의 약 50% 가량이 한자어인 한국어의 특성과 한국전통사회에
서의 한자의 역할 등을 고려할 때 한자의 교육은 불가피한 것이다.
그러나 33개의 러시아 문자에 익숙한 러시아 학생들이 약 50,000자
이상이 되는 한자를 익히는 것은 매우 힘든 일이다. 4학년까지 한국
의 교육용 한자 1,800자를 배우게 하되, 모든 글자를 쓸 수 있게 하기
보다는 읽고 뜻을 이해하여 한국어 어휘력을 향상시키고, 한자로 된
서적을 읽을 수 있는 능력을 키우는 데에 초점을 맞춘다. 1학년 1학
기부터 한자를 강의하게 되면 학생들이 한국어 어휘를 익히는 데에
소홀해지게 되므로, 한자는 1학년 2학기부터 강의하게 된다. 1학년 2
학기에 약 100개의 기초 한자를 익히게 되는데, 그 목록은 한국의 교
육용 한자 1,800자를 참고하여 학과 특성과 교과과정에 적합하도록
조정하고 있다.

<노보시비르스크 국립대 동양학과의 한국어 기본 교재>
- 서울대 어학연구소 편(2003), 『한국어』 1~4, 문진미디어.
- 연세대 한국어학당 편(2000), 『한국어』 1~6(한글판, 노어판), 연세
  대 출판부.
- 이화여대 언어교육원 편(2003), 『말이 트이는 한국어』 1~3, 이화여
  대 출판부.
- 이상억 외(2003), 『한국어』 1~3(영어판, 노어판), 한림출판사.
- 고려대 한국어문화연수부 편(1991), 『한국어 회화』 1~6, 고려대 민
  족문화연구소.
- 고려대 한국어문화연수부 편(1991), 『한국어』 1~6, 고려대 민족문

화연구소.
- 원광학교 편(2003), 『한국어』 1~3, 모스크바 원광학교.

이상은 한국어 회화 및 문법 강의의 기본 교재로 활용하고 있으며, 이 외에도 강의와 관련한 자료를 한국국제교류재단, 주러 한국대사관과 자매대학인 아주대, 충남대 등을 통하여 구비하고 있다. 러시아 내에서 개발된 한국어교재를 활용하지 않는 것은 러시아 내 개발 교재들의 수준이 현저히 떨어지기 때문이다.

5. 재학생 및 졸업생

노보시비르스크 국립대 동양학과 한국학전공에는 학년당 10여 명의 학생이 재학 중이다. 학사 관리가 엄격하여 매년 10명이 입학하나, 과락 등으로 인하여 중간에 휴학을 하고 이듬해 복학해야 하는 학생들이 있어 2006년 9월을 기준으로 학생 현황은 다음과 같다.

<노보시비르스크 국립대 한국학전공 학생 현황(2006년 9월 기준)>
- 1회 졸업생(1997년 입학) 9명
- 2회 졸업생(2001년 입학) 7명
- 5학년(2002년 입학) 9명
- 4학년(2003년 입학) 10명
- 3학년(2004년 입학) 9명
- 2학년(2005년 입학) 10명
- 1학년(2006년 입학) 10명

1회 졸업생 9명 중 2명은 러시아 과학원 시베리아 지부(SB RAS) 고고학 및 민속학연구소 대학원 박사과정(각각 한국고고학, 한국고대사 전공)에 재학 중이며, 2명은 한국의 대학원 석사과정에 재학 중이다. 2회 졸업생 7명 중 2명은 한국국제교류재단의 한국어연수펠로십으로 언어연수 중이며, 1명은 대한민국정부초청장학생으로 선발되어 2006년 9월 한국의 대학원에 진학하게 된다.

노보시비르스크 국립대 동양학과 한국학전공 재학생 50여 명 가운데 고려인은 3명으로 순수 러시아인의 비율이 러시아 타 지역 한국학 교육기관에 비하여 높은 편이다.[4] 모스크바 국립대, 상트페테르부르크 국립대와 더불어 러시아 3대 국립대로 꼽히는 노보시비르스크 국립대의 특성상, 재학생들은 시베리아 각 지역에서 모여든 수재들로 학습 의욕과 성취도가 매우 높다. 또한 한국어 및 한국학을 전공하게 된 계기도 취업보다는 학업과 연구에 있으며, 학자·교수로서의 성향이 짙은 편이다.

그러나 아직은 졸업생이 적을 뿐더러 한국학을 전공하여 한국학과 관련한 일에 종사하는 사람이 드물기 때문에 현 재학생들은 졸업 후의 진로에 대한 불안함을 가지고 있는 경우가 많다. 또한 러시아의 학자나 교수의 급여가 적기 때문에, 한국학 학자 또는 연구자로 진로를 결정하기를 주저하는 일도 있다. 이들이 한국학 연구자로 자리잡을 수 있도록 한국에서 지원하는 일도 고려할 만하다.

노보시비르스크 국립공대 재학생의 경우도 현재는 고려인의 비율

---

4) 노보시비르스크 국립대의 한국학은 '국학으로서의 한국학'이기보다는 '해외 한국학'의 성격을 띤다고 이해할 수 있다. 그러나 노보시비르스크의 2,000여 고려인 가운데 300여 명이 대학생이고 한민족의 교육열과 이 지역의 한국학 전망을 고려할 때 동포의 비율은 점차 늘어날 가능성이 있다.

이 낮으나, 향후 그 비율이 점차 늘어날 가능성이 있다.

> <노보시비르스크 국립공대 한국학전공 학생 현황(2006년 9월 기준)>
> - 졸업생(2000년 입학, 제2전공) 5명
> - 1회 졸업생(2001년 입학) 15명
> - 5학년(2002년 입학) 15명
> - 2학년(2005년 입학) 10명
> - 1학년(2006년 입학) 10명

한국어를 제2전공으로 했던 2000년 입학생을 제외하고 순수 한국학전공 졸업생은 현재 15명으로, 학과의 교과과정이 경제와 국제관계 혹은 민족학에 집중되었고 교수진도 그러하였기 때문에 대개 경제학이나 국제관계, 민족학에 관련한 논문을 제출하였다.

인문학부를 운영 중이기는 하지만, 전체적으로 보아 노보시비르스크 국립공대는 공과대학의 성격이 강하다고 이해할 수 있다. 또한 노보시비르스크 국립대의 졸업생들이 졸업 후 대개 순수 연구자로 일하는 데에 비하여, 노보시비르스크 국립공대의 졸업생들은 해당 분야의 실무자로 일하는 양상을 띤다. 따라서 시베리아 학문의 중추적인 역할을 담당하는 두 대학 노보시비르스크 국립대와 노보시비르스크 국립공대에는 한국학도 상반된 경향으로 정착될 것으로 보인다.

6. 교육 지원 제반 사항

노보시비르스크 국립대는 주러 한국대사관과 한국국제교류재단,

아주대 등 자매결연 대학들을 통하여 한국학 자료와 장서를 꾸준히 지원 받고 있다. 한국학전공 개설 초기 한국으로부터의 지원이 대개 개인이나 민간단체에 의한 것이었음에 비하여, 최근 몇 년 동안의 지원은 정부기관 혹은 교육전문기관에 의하여 이루어졌기 때문에 체계적으로 한국학 자료와 장서를 구비해 나가는 상황이다.

다음은 노보시비르스크 국립대 한국학전공에서 보유한 한국학 자료와 장서 현황이다.

<노보시비르스크 국립대 보유 한국학 관련 자료(2006년 06월 현재)>
- 한국어 교재류 : 10종 250여 부
- 한국어 사전류 : 20종 150여 부
- 오디오 테이프 : 100여 개
- 비디오 테이프 : 100여 개
- VCD/DVD : 400여 개
- 전공서적 및 교재류 : 500여 부
- 일반서적 : 1,000여 부
- 한국 문화상품 : 100여 점

위의 자료 및 장서는 노보시비르스크 국립대 부설 한국센터(Korean Center)에 보관하고 있으며, 학생들이 필요한 자료들의 대출, 반납 등도 한국센터에서 관리하고 있다. 그러나 러시아 내 교육자와 교직원의 급여가 현실적이지 못하여 센터를 효율적으로 관리할 직원을 구하지 못하고 있는 실정이다. 참고로 말하면, 정교수 월급이 200달러를 넘지 않는다. 조교수 100달러, 전임강사 50달러, 시간강사 20달러 수준이다. 현지 물가는 한국과 비슷한 수준이기 때문에, 대부분의 교수들이 서너 대학에서 강의를 하고 있다. 현재는 한국학전공 재학생 일부가 자료와 장서를 관리하고 있으나, 앞으로 자료의 수가 더욱 늘어날 것에 대비하여 이를 체계적이고 효과적으로 관리할 인력이 절실하다.

노보시비르스크 국립대가 한국으로부터 여러 방면에서 비교적 다양한 지원을 받고 있는 데 비하여, 노보시비르스크 국립공대는 한국으로부터의 지원이 거의 없다고 할 수 있다. 다음은 노보시비르스크 국립공대가 보유한 한국학 관련 자료 현황이다.

<노보시비르스크 국립공대 보유 한국학 관련 자료(2006년 6월 현재)>
한국어 교재류 2종 10여 부
사전류 2종 3부
한국학 전문서적 50부
시청각 자료 10여 점

해외 한국학 자료지원과 관련한 몇 가지 문제점을 언급하기로 한다.

첫째, 해당 대학에서 한국학 발전을 위해 자구적인 노력을 강구하고 있는가의 문제이다. 노보시비르스크 국립대에서 보유하고 있는 대다수의 한국학 자료들은 대학 자체적인 능력으로 구비한 것이 아니라 한국의 여러 단체로부터 지원 받은 것이다. 노보시비르스크 국립공대의 얼마 안 되는 자료 역시 한국으로부터 지원받은 것이고, 자체적으로 마련한 것은 전무하다. 이를 객관적인 시각으로 분석해 볼 필요가 있다. 한국 측에서는 각 대학의 한국학 전망이 어떠한가, 한국학을 발전시켜 나가고자 하는 의지가 있는가 등을 파악한 후 지원 규모 등을 실정에 맞게 조정해야 할 것이다.

둘째, 어떠한 자료를 지원해야 하는가의 문제이다. 개인이나 민간 단체에서 지원한 자료들은 한국학전공 학생들에게 실질적으로 도움이 되지 않는 것들이 허다하다. 많은 양의 자료를 지원하는 일도 중요하지만, 해당 대학에 필요한 자료를 파악하여 지원하는 일이 더욱 중요하다는 사실에 유의해야 할 것이다. 일부 한심한 개인 혹은 단체에서 지원 받는 대상의 수준 등을 고려하지 않고 초등학교 수학, 과학 교과서 따위를 보내는 일이 있는데, 이를 해외 한국학에 대한 지원이라고 생각하는 풍토는 지양되어야 한다.

7. 기타

노보시비르스크는 20여 개의 일반 대학, 예술 대학과 30여 개의 연구소가 위치한, 시베리아의 중추적인 학술연구도시로 특히 부드커핵물리연구소(Budker Institute of Nuclear Physics), 반도체물리연구소(Institute of Semiconductor Physics) 등은 해당 분야에서 세계 최고의 연구소로 평가되고 있다. 또한 과학 분야뿐 아니라 인문, 사회학 연구도 높은 수준에 달해서 인문학연구소(Institute of Humanities), 고고학 및 민속학연구소(Institute of Archaeology and Ethnography) 등이 세계적으로 유명하다. 따라서 노보시비르스크에 한국학이 정착하면 시베리아 한국학 연구의 선도적인 역할을 하게 될 것이다.

노보시비르스크 국립교통대(구 철도대)에서는 정식 학과 과정이 아닌 외국어교육의 일환으로 한국어 강좌를 개설하여 운영하고 있다. 강의는 현지 유학생에 의하여 일주일에 2회씩 진행되고 있으며, 학기마다 15~20명이 수강하고 있다. 노보시비르스크 국립사범대와 노보시비르스크 국립경제대는 한국어 강좌 또는 한국학전공을 신설하는 방안을 추진하고 있으나 한국어 및 한국학 강의를 담당할 교수진을 현지에서 구하기 어렵고 한국학 운영 프로그램이 없으며 한국어와 한국학 교재 및 전문서적의 부족하기 때문에 아직 실행하지 못하고 있다.

인문학 연구소(Institute of Humanities)에서는 수년 전부터 한국의 알타이어학회와 공동으로 알타이어에 대한 연구를 진행함으로써 한국어의 계통을 밝히는 작업을 수행하고 있다. 소속 연구원 중에 순수 한국학 연구자는 없으나, 준 한국학 연구자로 볼 수 있는 5명 내외의 언어학자들이 있다. 현재 노보시비르스크 국립대와 노보시비르스크 국립공대의 한국학전공에서 언어학을 전공하는 학생들은 졸업하면 인문학연구소에서 박사과정을 공부하게 된다. 따라서 인문학 연구소는 준 한국학 운영 기관으로 분류할 만하다.

고고학 및 민속학연구소(Institute of Archaeology and Ethnography)에서는 2001년부터 한국의 문화재연구소와 공동으로 아무르 강 유역과 하바롭스크 지역의 러시아 내 한국유적발굴을 실시하고 있다. 소속 연구원 중에 준 한국학 연구자로 볼 수 있는 10명 내외의 고고학, 민족학자들이 있으며, 노보시비르스크 국립대 한국학전공 졸업생 중 2명이 박사과정에서 한국사를 전공하고 있다. 향후 노보시비르스크 국립대와 노보시비르스크 국립공대의 한국학전공 학생들 중 일부가 박사과정에 진학하게 되면 고고학 및 민속학연구소는 노보시비르스크의 본격적인 한국학 연구기관이 될 전망이다.

8. 결론

러시아의 한국학은 100년이 넘는 역사에, 한때 세계적으로 인정받을 정도로 기반이 탄탄하였으므로, 기존의 한국학 중심지인 모스크바, 상트페테르부르크, 블라디보스토크, 하바롭스크에 비하여 시베리아의 한국학은 열악한 편이라 할 수 있다. 교과과정, 교수진, 교육기자재 등에서 비교할 수 없을 만큼 낙후되어 있는 것이 사실이다. 그러나 학생들의 교육열로 보아, 시베리아 지역의 한국학은 그 가능성이 충분하다고 본다. 다음은 2005년도 한국어능력시험의 결과이다.

<표 46> 러시아 각 지역의 2005년도 한국어능력시험 합격자

	노보시비르스크	블라디보스토크	사할린	하바롭스크	모스크바	상트페테르부르크
총	60	37	25	16	53	36
6급	2	0	0	0	0	0
5급	6	1	1	0	3	1
4급	15	8	2	7	11	3
3급	8	6	1	4	12	9
2급	15	9	5	3	7	11
1급	14	13	16	2	20	12

노보시비르스크는 시베리아의 중심 도시이며 노보시비르스크 국립대와 노보시비르스크 국립공대가 시베리아의 선도적인 대학이므로, 양 대학에 한국어 및 한국학이 정착된다면 노보시비르스크 내에는 물론 시베리아 전 지역으로 한국어 및 한국학을 보급·전파할 수 있을 것으로 기대한다. 특히, 모스크바와 상트페테르부르크를 중심으

로 한 유럽러시아 지역 한국학의 매너리즘과 블라디보스토크와 하바롭스크를 중심으로 한 극동러시아 지역 한국학의 상업화로 인해 러시아 한국학이 양적으로는 확산되고 있으나 질적인 측면에서 침체에 빠져 있다는 점에서 기존 러시아 한국학계와 차별화될 수 있는 시베리아 한국학의 형성이 중요한 의미를 지닌다고 볼 수 있다.

끝으로 해외 한국학에 대한 근원적인 고민을 제기하는 것으로 결론을 대신하고자 한다.

첫째, 해외 한국학의 개념이다. 일단 "한국 이외의 국가에서 한국이 아닌 외국 국적을 지닌 연구자들에 의하여 한국의 언어 또는 한국에 대해 연구하는 것"이라고 정의해 보자. 우선, 외국에서 거주하는 한국인 혹은 재러동포나 재미동포 등 해외동포의 한국학 연구는 해외 한국학으로 보아야 하는가의 문제가 발생한다. 또 내용 중 일부만 한국을 대상으로 하는 연구를 한국학으로 볼 수 있는가의 문제도 제기해 볼 만하다.

둘째, 해외 한국학의 지원 이유이다. 해외 한국학이 근본적으로 한국의 유형적, 무형적 자산인가 아닌가를 생각할 필요가 있다. 한국의 자산이 아니라면 왜 해외 한국학을 지원하는가 또는 어떤 방법으로 해외 한국학을 한국의 자산이 되도록 만들 수 있는가 등에 대한 충분한 고민이 필요한 시기라고 판단된다.

이러한 근원적인 고민을 바탕으로 지원의 대상, 내용, 방법, 기간 등이 체계적이고 효과적으로 이루어질 수 있도록 해야만, 해외 한국학 지원은 좋은 성과를 기대할 수 있을 것이다.

러시아 한국학 진흥을 위한 전문 교재의 필요성과 개발의 방향
언어학과 문학 교재를 중심으로[*5]

1. 서론 : 해외 한국학의 정체성과 한국학의 전환기

한국의 국제적인 위상이 상승하고, 국가 간의 네트워크가 강화, 확대됨에 따라 해외 한국학에 대한 관심도 증가하고 있는 추세이다. 이른바 한류 열풍으로 지칭되는 한국 대중문화에 대한 관심이 꾸준하고, 외국어로서의 한국어교육에 대한 수요가 증가하고 있는 현상도 이런 추세를 뒷받침한다. 해외 한국학은 이러한 추세를 반영하면서 학문적 범주로서의 체계를 정립하는 것을 당면 과제로 요구받고 있다. 한류라는 문화적 차원과 한국어 습득이라는 실용적 차원의 관심을 학문적 차원에서 수용하고 각 지역의 특수성과 역사성에 바탕을

* 본고는 『한중인문학연구』 24집(한중인문학회, 2009.08.30, pp.335~362)에 아주대 김형규 선생님과의 공동 연구로 게재하였다. 본 저서에 수록할 수 있도록 해주신 김형규 선생님께 감사한다.

두면서 '해외 한국학'이란 보편적인 학문 체계를 구축해야 할 필요성이 요구된다고 하겠다. 이런 점에서 해외 한국학은 질적인 전환기를 맞고 있는 상황이라 할 수 있다.

양적인 성장에 바탕을 둔 다양한 수요를 수용하면서 해외 한국학의 학문적 체계를 구축하는 과정은 해외 한국학의 기초적인 개념과 문제의식에 대한 진지한 검토와 함께 이루어져야 한다. 즉, 해외 한국학의 개념과 범위, 대상, 주체, 목적, 방법 등에 대한 본격적인 검토를 통해 해외 한국학의 정체성을 확립하는 과정이 되어야 한다. 양적으로 증가한 한국학의 수요를 안정적이고 지속가능한 연구 및 교육 시스템으로 발전시키기 위해서는 해외 한국학의 정체성에 대한 규명이 전제가 될 수밖에 없기 때문이다. 하지만 현재 해외 한국학에 대한 관심 증대는 다분히 각 지역의 한국학 현황과 특성을 파악하는 정도에 그치고 있거나 한국어교육이라는 실용 학문적 차원에서 집중적으로 검토되고 있는 수준이다. 해외 한국학 일반의 위상과 체계에 대해 통합적으로 접근하면서 동시에 어떻게 국내 한국학의 성과와 조화롭게 소통하고 총체로서의 한국학에 대한 성찰로 확장시킬 것인가에 대한 논의는 아무래도 미약한 실정이다.

해외 각 지역마다 역사적인 특수성과 환경이 다르기 때문에 해외 한국학의 특성을 추출하여 보편적인 차원에서 정립하는 과정은 쉽지 않다. 각 나라에서 요구되는 한국학의 수요가 다르고 한국학의 역사적 전개, 학문적 전통과 환경 또한 상이하다. 게다가 한국과의 학문 내외적 관계도 나라마다, 지역마다 특수하다. 이런 상황이기 때문에 해외 한국학의 정체성 확립에는 국내 한국학의 적극적인 역할과 지원이 동반되어야 한다. 다양한 지역적 요구를 수용하면서 발전적인 연구 및 교육 내용을 지속적으로 생산하는 것은 해외 각 지역의 독자적인 노력만으론 감당하기 힘들다. 통합적인 차원에서 해외 한국학의 체계에 대해 고민하고, 국내 한국학의 성과를 바탕으로 각 지역 한국학의 진흥을 꾀하기 위해서는 국내 한국학의 주도적이고 적극적인 노력이 필수적이다.

그렇지만 한국학 일반의 개념과 범주는 국내 학계에서도 명확하게 정리된 바가 없다. 언제부턴가 국학(National Studies)을 대신하여 객관적 의미를 강조하는 한국학(Korean Studies)이란 명칭이 통용되고 있지만 한국의 언어, 문학, 역사, 철학 등 인문학 분야의 하위 분류로서의 분과학문들을 기계적으로 결합시킨 개념 이상으로 인식되고 있지 못하다.[1] 이런 상황이다 보니 각 분과학문들의 심화된 발전 성과들을 한국학이라는 통합적 체계 속에서 융합시켜 내고 있지 못하며, 해외 한국학으로의 접목과 확산 또한 원활하지 않다. 결국 해외 한국학의 정체성을 확립하고자 하는 시도와 노력은 국내 한국학, 또는 한국학 일반의 개념과 범주 등을 정립하는 과정과 병행되지 않을 수 없다. 질적인 전환이 요구되는 것은 비단 해외 한국학에만 국한된 것이 아니라 한국학 일반의 차원에서도 해당된다.[2]

---

1) 이영호(2006:16) 참조.
2) 한국학의 범주와 내용, 역할, 그리고 각 분과 학문들과의 관계, 해외 한국학과의 위상 등에 대한 검토는 별도의 정밀한 논의가 필요할 것이다. 한국학의 정체성에 대해 검토하고 있는 최근의 논의는 다음의 글들을 참고할 수 있다. 임재해(2006), 「국학 발전을 위한 세 가지 지표와 연구 방향 구상」, 『한국학논집』 40, 한양대학교 한국학연구소. 이영호(2006), 「한국학 연구의 동향과 '동아시아 한국학'」, 『한국학연구』 15, 인하대학교 한국학연구소, 박찬승(2007), 「한국학 연구 패러다임을 둘러싼 논의」, 『한국학논집』 35, 계명대학교 한국학연구소, 백영서(2007), 「인문한국학이 나아가야 할 길: 이념과 제도」, 『한국학연구』 17, 인하대학교 한국학연구소, 전상인(2007), 「한국학, 한국어, 한국어교육」, 『국어교육

이렇듯 해외 한국학의 추세를 반영하면서 해외 한국학의 정체성을 미래지향적으로 확립하고자 하는 노력은 국내 한국학의 정체성을 확인하고 검토하는 과정과 궤를 같이 한다. 해외 한국학이 지닌 통합적 시각은 세부 학문 분야별로 성취해낸 한국학의 성과들을 융합하고 상승시키는 역할을 할 수 있다. 국내 한국학 분야는 갈수록 전공분야가 전문화, 세분화되고 그에 따른 성과도 그만큼 깊이를 더해가고 있다. 하지만 전공의 세분화와 전문화가 커질수록 각 전공분야 간의 소통과 통합적인 연구 가능성은 더욱 많은 노력을 필요로 한다. 해외 한국학이 각 지역별 특수성에 기반하지만 '한국'에 대한 일반적이고 보편적인 의미 탐색을 지향한다는 점에서, 그리고 한국의 언어, 문학, 역사, 철학 등의 세부 학문을 '한국학'이란 통합적 체계 속에서 다루고자 한다는 점에서 국내 분과 학문들의 성과를 총체적인 한국학의 성과로 융합하는 데 도움을 줄 것이다.

또한, 한국학의 세부 학문 분야별 성과에 대한 반성적 검토의 과정으로, 한국학의 의미를 객관화하는 역할을 할 수도 있다. 해외 한국학은 한국을 대상으로 하여 이루어지는 각 지역이나 국가 간의 학문적 소통 과정이다. 국내 한국학의 성과는 국제적인 수준에서 검토되고 객관화되어야 실질적인 의미를 가지게 된다. 해외 한국학에 대한 적극적인 관심은 바로 국내 한국학의 성과를 반성하고 객관화하는 과정 그 자체이면서 동시에 세계사적인 보편의 차원에서 학문적 의미를 획득할 수 있는 국제적 감각과 시야를 보완하는 역할을 할 수 있

연구』 20, 서울대학교 국어교육연구소, 정광(2007), 「해외 한국학과 한국어교육의 전망」, 『국어교육연구』 20, 서울대학교 국어교육연구소, 윤여탁(2007), 「한국학으로서 한국어교육학의 정체성에 대한 연구」, 『국어교육』 124, 한국어교육학회.

을 것이다.

이런 점에서 해외 각 지역의 한국학 수요에 부응하기 위한 차원에서 뿐만 아니라 한국학의 국제적 위상 제고를 위해서도 해외 한국학에 대한 국내 한국학계의 적극적인 노력이 필요한 시점이기도 하다.

2. 러시아 한국학의 현황과 문제점

러시아 지역의 한국학도 질적인 전환이 시급히 요구되는 상황이다. 한국학의 수요가 증가하고 있지만 지난 시기와는 목적과 동기가 다르고, 그에 따라 변화된 내용과 방법이 절실히 요구되고 있기 때문이다. 과거 구소련 시기의 러시아 한국학은 한반도에 대한 정치적인 관심과 필요에 의해 출발하였다. 그렇기 때문에 문화적인 차원보다는 사회·역사적 차원에서 소수의 전문가를 배출하기 위한 동양학의 한 분야로 주로 인식되고 진행되었다. 하지만 최근의 한국학 수요는 한류[3]와 한국어라는 대중적인 동기에서 출발하여 취업이나 한국 문화에 대한 이해라는 문화적이고 실용적인 목적을 지향하고 있다.

---

3) 지리적으로 아시아 대륙에 걸쳐 있다고는 해도 전통적으로 유럽 문화권에 속하는 러시아에서 TV 드라마나 가요 등 대중문화를 통한 한류는 정서적인 동질성을 공유하는 동아시아에서만큼 폭발적인 영향력을 발휘하지 못하는 것이 사실이다. 오히려 러시아에서의 한류는 개방 후 경제 발전의 모델로 삼고자 했던 한국의 고도 성장과 이를 계기로 한 한국 문화에 대한 관심의 증대 정도로 이해할 수 있다. 그러나 러시아에서도 영화 <쉬리>의 상업적 성공 이후, '작가주의' 감독이라 할 이창동, 박찬욱, 김기덕 등의 한국 영화가 꾸준히 관심을 받고 있어서 향후 영화를 발판으로 하여 한국 대중문화, 한류의 확산을 기대해 볼 만하다. 러시아에서의 한국 영화의 수용은 레샤코프(2007)을 참고할 수 있다.

러시아 한국학은 동기와 목적, 그리고 주체를 포함한 전반적인 환경이 달라졌다는 점에서 한국학의 내용과 방법을 포함한 교육 및 연구 시스템의 혁신이 요구된다. 하지만 러시아 지역의 한국학은 이러한 변화와 혁신을 어렵게 하는 여러 가지 문제들을 안고 있다. 특히 교류 협력과 전문성의 부족을 대표적인 문제로 거론할 수 있다.

2.1. 러시아 한국학 및 한국학자 현황

러시아의 한국학은 전통적으로 교류 협력에 매우 취약하였다. 냉전 시대에 기본적으로 상호교류에 대한 인식이 약했던 탓도 있지만 무엇보다 지역 간의 거리가 멀고, 재정적으로 취약하기 때문에 권역별, 도시별 연구 성과가 러시아 내에서도 공유되지 못하는 어려움이 있다. 특히 구소련 해체 후 러시아 한국학은 동유럽 지역, 시베리아, 동아시아, 중앙아시아 등의 권역으로의 분화가 오히려 더욱 심해졌다.[4] 학술교류가 적다보니 기존의 연구 성과를 공유하고 비판적으로 발전시키는 데도 제약이 많다. 또한 학술 언어로서 영어와 한국어의 활용이 적기 때문에 해외 다른 지역의 한국학이나 국내 한국학계와의 교류 협력 또한 잘 이루어지지 못하고 있다. 사정이 이렇다보니 러시아 한국학은 그동안의 성취에 비해 대외적인 기여도가 낮고 교육 성과로의 파급력 또한 미약했다.

한국학 연구 및 교육의 전문성을 강화할 체계를 갖추고 있지 못해 한국학의 장기적인 전망이 불투명하다는 것도 커다란 문제이다. 이

---

4) 러시아 권역별 한국학의 전개와 특성은 장호종(2006e)를 참고할 수 있다.

는 무엇보다 한국학의 수요가 양적으로 크게 증가하고 있지만 러시아 한국학자의 수는 그만큼 증가하지 않는 현상에서도 확인할 수 있다. 특히 젊은 연구자들이 양산되지 못하고 있는 점은 장기적으로 큰 문제가 아닐 수 없다.

다음은 러시아 한국학자의 연령별, 학위별 분포이다.

<표 47> 러시아 한국학자의 연령별, 학위별 분포

(2008년 기준, 단위: 명)5)

	학사 이하	Master	Ph.D.	Doctor	계
90대(1909~1918)	0	0	0	1	1 (0.8%)
80대(1919~1928)	3	0	2	0	5 (3.9%)
70대(1929~1938)	8	0	12	4	24 (18.9%)
60대(1939~1948)	5	0	6	1	12 (9.5%)
50대(1949~1958)	12	0	8	5	25 (19.7%)
40대(1959~1968)	2	0	10	1	13 (10.2%)
30대(1969~1978)	21	1	11	0	33 (26.0%)
20대(1979~1988)	11	1	2	0	14 (11.0%)
합	62	2	51	12	127 (100%)

위의 표를 보면 정년의 나이를 넘긴 70대 이상이 여전히 왕성한 활

---

5) 러시아의 전통적인 교육 제도는 석사과정 없이 학부가 5년제이며, 박사 학위는 다시 Кондидат(Candidate)와 Доктор(Doctor)의 두 단계로 이루어진다. 러시아의 교육 제도와 유사한 국가에서는 Кондидат를 준박사 혹은 부박사로, Доктор를 박사 혹은 고등박사로 표기하기도 하지만, 러시아 학계의 관례에 따라 Кондидат와 Доктор를 각각 Ph.D.와 Doctor로 표기하였다. 러시아 한국학자의 연령별, 학위별 분포는 Kontevich&Simbirtseva[콘제비치 · 심비르체바](2006)의 인명 사전을 참고하여 정리하였다. 이하 러시아 한국어교육과 한국학에 관한 각종 통계 및 자료는 『Korean Studies in Russia: Almanac vol. 1~5』 및 여러 학술회의에 보고된 내용 등에 기초하여 개인적인 조사로 수정, 보완하였다.

동을 하며 러시아 한국학계에서 주요한 역할을 하고 있음에 반하여 40~50대 중진학자들의 비중이 상대적으로 높지 않음을 알 수 있다. 특히 40대 학자들은 1980년대의 러시아 정치, 경제 상황 등 학문 외적인 요인과 구조의 취약성으로 인한 학문 내적인 요인이 복합적으로 작용하여 러시아 한국학이 크게 위축되었던 시기에 대학에 입학한 세대이므로 그 수가 적은 편이다. 그러나 1990년대 이후에는 한국 측의 물적, 인적 지원을 통하여 러시아 한국어교육 및 한국학이 다시 활성화되기 시작했음에도 불구하고, 이후에 양성된 20~30대 신진학자들이 크게 증가한 러시아 한국어교육의 수요를 감당하기에는 터무니없이 부족한 실정이다.

한편, 위의 표에서 20~30대 석사(Master) 학위 소지자가 적다는 점은 1990년대 이후 한국의 대학원에서 유학한 많은 이들이 러시아 한국어교육이나 한국학계로 돌아오는 경우가 드문 현실을 반영한다. 20~30대는 아직 학자나 교수로 정착하기에 이른 편이지만 러시아 대학에서 실질적으로 20대 중반부터 한국어교육 및 한국학 강좌를 담당하기 시작하는 현실을 고려하면 이들이 러시아 한국어교육 혹은 한국학계에서 신진학자나 교수로 정착해 나갈 때에야 비로소 러시아 한국학의 기반을 충실히 다질 수 있게 될 것이다.

다음은 1980년대 침체기를 지나면서 러시아 한국학이 크게 위축되었던 1990년 러시아 한국학자의 학위별 분포와 러시아 한국어교육의 수요가 증가하면서 한국학 전공자가 많이 배출된 최근 러시아 한국학자의 학위별 분포를 비교한 것이다.

<표 48> 러시아 한국학자의 학위별 분포 비교

(1990년과 2008년, 단위: 명)

	1990년	2008년	비고(가감)
Master 이하	81	64	-17
Ph.D.	59	51	-8
Doctor	23	12	-11
합	163	127	-36

위의 표를 통해 1990년대 이후 크게 증가한 러시아 한국어교육의 성과가 학문적인 차원으로 반영되지 못하고 있음을 알 수 있는데, 각 학위별 한국학자의 수가 오히려 감소하는 추세라는 점이 눈에 띈다. 이러한 현상은 러시아 한국학이 과거에는 소수의 전문가에 의한 정치, 외교적인 차원의 연구를 중심으로 이루어졌다면 최근에는 다수의 취업을 중심으로 한 실용적인 목적으로 변화됨으로써 연구에 뜻을 둔 젊은 층이 많지 않다는 점에서 그 원인을 찾을 수 있을 것이다.

또한 급격한 체제 전환과 오랜 경기 침체를 겪었고, 상대적으로 교수나 학자의 경제적 지위가 낮아 안정적인 연구 환경이 제공되지 못하는 러시아 학계의 일반적인 상황에 기인하는 바도 크다. 문제는 이러한 상황이 러시아 한국학의 전문성을 제고하지 못함으로 한국학의 수요 증가를 일시적인 현상에 머물게 할 수 있으며, 한국학의 연구 및 교육 체제의 개선을 바탕으로 한 장기적인 차원에서의 발전을 기대하기 어렵게 만들 것이 분명하다는 점에 있다. 결국 러시아 한국학의 발전적인 전환은 국내외적인 차원에서 교류 협력을 실질적으로 강화하고, 연구와 교육을 병행하면서 전문성을 제고할 수 있도록 해야 한다. 특히 단기적이고 일시적인 차원의 협력과 변화가 아니라 장기적인 차원에서 러시아 한국학계의 내적 기반과 체질을 강화할 수 있는 방향으로 이루어져 할 것이다.

2.2. 러시아의 한국학 교재 발간 실태

한·러 외교관계 회복 이후 다방면에 걸쳐 한국 측의 재정적 후원이 이루어지면서 러시아 한국어교육이 양적으로 크게 성장했음에도 불구하고 최근의 러시아 한국학계에 대한 위기론이 끊임없이 제기되고 있다. 실제로 1990년과 최근의 각 지역별 러시아인 한국학자의 수를 비교해 보면 블라디보스토크나 이르쿠츠크 등에서 한국어교육이 활발해짐에 따라 한국학자의 수도 증가하였으나, 러시아 한국어교육 및 한국학 연구의 중심이라 할 모스크바의 러시아인 한국학자 수가 크게 감소하였고 상트페테르부르크도 그 수가 오히려 감소하는 추세에 있다.[6] 한국학자의 감소는 필연적으로 학술 분야의 성과에도 반영되게 마련이어서 러시아 한국학의 균형적인 성장에 장애가 될 것이다.

다음은 1991년부터 2003년까지 러시아에서 러시아어로 발간된 한국학 관련 출판물 현황이다.[7]

---

6) 장호종(2007b) 참조.
7) Концевич[콘제비치](2003a : 53)참조.

<표 49> 러시아의 한국학 관련 출판물(1991~2003년, 단위: 편)

		한국학 출판물	비고
일반	선집, 발표자료집, 학술지	38	
	현대 국제관계	18	
	안내서	11	
	한국학사	1	소계 68
서지학		2	
사료 편찬 및 사료		7	
역사	역사 전반	16	
	고대, 중세	4	
	19세기~1945년	13	
	민족해방운동	5	
	북한 관련	4	
	한국전쟁	4	
	한러 관계	18	
	통일 문제	3	소계 67
경제학		8	
법학		2	
지리학		1	
민속학		5	
철학 및 종교		3	
문화	문화 전반	5	
	예술	5	소계 10
문학	문학 전반	5	
	민담, 전설	3	
	작품 번역	18	소계 26
언어	언어학	1	
	교과서	12	
	회화집	3	소계 16
이주민(고려인) 관련		27	
합		242	

위의 표를 보면 1990년대 이후에 한국어교육이 양적으로 크게 성장한 결과가 한국학에 반영되지 못하고 있으며, 한국학의 연구 결과가 한국어교육의 질적 향상을 선도하기 어려운 상황임을 짐작할 수 있다. 문학의 경우 한국 측의 재정 지원에 의한 작품 번역에 치우쳐 개론서나 연구서의 출간은 많지 않으며, 언어의 경우에도 실용 문법서의 출간이 어느 정도 이루어지고 있음에 비하여 이론 문법은 크게 위축되었음을 알 수 있다. 이러한 학술적 불균형은 다시 교육에 부정적인 영향을 끼치게 된다. 다양한 분야의 수준 높은 이론적 연구가 뒷받침되어야 한국어교육 및 한국학의 각 영역이 체계적이고 유기적으로 연계될 수 있을 것이다.

다음은 러시아에서 한국어교육 혹은 한국학 강좌 및 연구가 이루어지고 있는 대학 및 연구소, 한국센터의 분포이다.[8]

---

8) 러시아의 **Институт**(Institute)는 연구기관과 교육기관으로 나눌 수 있으며, 교육기관은 다시 한국의 단과대학과 대학원 중심의 교육·연구 기관으로 구별할 수 있다. 그러나 모두 표기는 **Институт**로 동일하기 때문에 조직이나 교과과정을 일일이 확인하여야 그 성격을 분명히 알 수 있다. 이 가운데 확연히 연구만 수행하는 학술기관으로서의 **Институт**는 통계에서 제외하였다.

<표 50> 러시아 지역별 한국학 대학 및 연구소 분포

(2008년 기준, 단위: 개)

권역	도시	대학, 연구소, 한국센터	비고
유럽러시아	모스크바	6	
	상트페테르부르크	3	
	카잔	1	
	로스토프나도누	1	
	크라스노다르	1	
	마그니토고르스크	1	
	볼고그라드	1	소계 14
시베리아	노보시비르스크	4	
	이르쿠츠크	3	
	크라스노야르스크	1	
	야쿠츠크	1	
	울란우데	1	
	바르나울	1	
	톰스크	2	소계 13
극동러시아	블라디보스토크	7	
	하바롭스크	5	
	우수리스크	2	
	유즈노사할린스크	1	
	블라고베셴스크	1	
	나홋카	2	
	아르툠	1	소계 19
합		46	

　　이를 통하여 역사적으로 한국어교육 및 한국학의 중심이었던 모스크바, 상트페테르부르크, 블라디보스토크 등은 물론이고 최근에는 러시아 전 지역에서 고르게 한국어교육 및 한국학 강좌가 진행되고 있

음을 알 수 있는데, 문제는 각 지역의 교육·연구 기관에서 이를 뒷받침하는 교육 제반 여건을 충분히 갖추고 있는가 하는 점이다. 특히, 앞서 살펴본 바와 같이 러시아 한국학계에서 신진 교수나 학자가 꾸준히 배출되지 못하고 있는 탓에 교육과 연구의 질적 성장은 기대하기 어려운 것이 사실이다. 오히려 130여 명의 한국학자가 러시아 전역의 50여개 교육·연구 기관에서 2,000여 명의 학생들(추정치)에게 한국어 혹은 한국학을 강의하고 있다는 것이 기적적인 일이다.

더욱이 대다수 러시아 한국학자들이 모스크바 등 일부 지역에 편중되어 있어서, 이외의 지역에서는 교육이 충실히 이루어지기 어려운 실정이다. 따라서 대부분의 지역에서는 전문성을 갖추지 못한 한국인 유학생이나 선교사, 고려인들이 한국어교육을 담당하고 있는데, 지역별로 한국어교육이 활발하게 이루어지고는 있으나 충분한 교육 자료를 개발하는 데에 한계가 따른다. 러시아의 출판 관례상 대부분의 자료가 모스크바에서 발간되고 있으므로 지역별 교재류 발간 분포는 의미가 없으므로 생략하였으나, 실제로 모스크바, 상트페테르부르크, 블라디보스토크 정도를 제외하면 여타 지역에서 자체적으로 교육 자료를 개발할 여력이 없다고 보아도 무방하다.

다음은 1990년대 이후 러시아에서 발간된 한국어교육 및 한국학 관련 자료를 분야별로 정리한 것이다.9)

---

9) 기타로 분류한 자료들 가운데 문학, 역사, 사회, 정치 등 각 분야의 개론서 따위도 교육 현장에서 교재로 활용되는 일이 없지는 않겠으나, 해당 분야의 주교재나 부교재임을 표명한 경우만을 교재류에 포함하였다. 그리고 본고의 분석 대상이 된 러시아 한국어 교재류의 목록은 생략하였다. 별도의 후속연구를 통하여 지금까지 발간된 러시아 한국어교육 및 한국학 교육 자료의 현황과 문제점을 심층적으로 분석하면서 러시아 한국어교육 및 한국학 교육 자료의 목록을 제시하기로 한다.

<표 51> 러시아 한국어교육 및 한국학 관련 자료

(1991~2008년, 단위: 종)

		출판물	비고
교재류	한국어교육	46	
	언어학	2	
	문학	1	
	역사	1	
	정치	1	
	경제	1	
	문화사	1	교재류 총 53
사전류		10	
강의프로그램 및 교수법		12	
기타		42	
합		117	

개발된 교육 자료의 수적인 측면을 보면 일견 안정적인 듯하나, 실제로는 "의사소통, 교수성, 부교재의 활용 가능성, 학습자의 수준 및 흥미" 등 교재 개발의 일반적인 원리에 따라 장기적으로 준비하여 발간하기보다는 한국 측의 여러 단체를 통한 재정적 후원에 힘입어 급조하거나 기존 성과를 재발간한 경우가 많다. 또한 교재류 발간이 한국어교육에 집중되어 있고 언어학, 문학, 역사 등의 다양한 분야로 확산되지 못하고 있기 때문에 교육 현장에서 활용되기에는 한계가 있다. 한편, 한국어교육 분야의 교재들도 수준별 교과서로 세분화되고, 학습 목적에 따라 각종 전문 교재와 일반 교재로 편찬되어야 하며, 학습자에 따른 범용 교재와 특정 교재로 나누어 개발되어야 할 것이다.

3. 러시아 한국학의 진흥과 전문 교재 개발

한국어나 한국학 강좌가 상대적으로 많이 늘어나고 있는 추세를 감안하면 앞서 언급한 한국학자의 수는 오히려 상대적으로 줄었다는 판단이 가능하다. 이는 결국 양적으로 확산된 한국어 및 한국학 교육 수요를 전문성이 뒷받침 되지 못한 비전문 인력을 통해 해결하고 있음을 의미한다. 물론 한국의 국제교류재단이나 한국학중앙연구원 등에서 지원을 받은 전문 인력[10]이 일정부분 그 수요를 충당하고 있지만 이는 단기적인 지원체제에 불과하고 그 숫자 또한 많다고 할 수 없다. 한국학의 수요는 증가하고 있지만 전문성을 갖춘 한국학자의 수는 절대적으로 부족해 교육의 질이 문제가 될 뿐 아니라 장기적인 계획에 따른 연구 및 교육의 체질 개선에 어려움이 있다.

기본적으로 연구자의 수가 부족하여 개별적이고 일회적인 연구를 선호하는 성향이 강하고 재정적인 지원이 열악해 장기적인 연구는 계획하기 어렵다. 그나마 외부 지원을 통해 이루어지는 연구는 장기적인 이론 연구보다는 즉각적인 결과를 보여줄 수 있는 단순한 교재 개발에 집중되고 있다. 사정이 이러하다보니 러시아 한국학은 연구 분야나 주제가 더 이상 다양해지지 못하고 있는 편이다. 과거 러시아 한국학은 역사·어학·문학뿐 아니라 민속학이나 고고학 등의 다양한 연구가 있었지만 전문 연구자들이 안정적으로 배출되지 못함으로

---

10) 현지 한국어 및 한국관련 강좌를 담당하고 있는 비전문 인력, 선교사나 유학생들에 비하면 한국에서 지원·파견된 인력들은 상대적인 전문성을 지닌 인력들이라 할 수 있다. 하지만 이들도 언어, 문학, 역사 등을 포괄하는 한국학 일반을 함께 담당하는 경우가 많기에 전문성이 떨어지는 편이다.

그 성과들이 발전적으로 계승되지도, 확산되지도 못하고 있다.

3.1. 한국학의 전문성 강화와 교재 개발

외형적인 성장에도 불구하고 전망이 불투명하다는 우려의 목소리가 높은 러시아 한국학의 질적인 전환을 위해서는 보다 체계적이고 장기적인 계획을 바탕으로 한 접근이 필요하다고 할 수 있다. 러시아 국내외적인 교류협력 체제를 장기적인 발전 계획을 바탕으로 한 실질적인 협력 관계로 이끌어야 한다. 또한 장기적인 발전 계획은 러시아 한국학 자체의 전문성을 강화하는, 러시아 한국학의 체질을 개선하여 연구 및 교육 시스템을 안정적으로 구축하는 방향으로 이루어져야 한다.

국내외 한국학계와의 실질적인 교류를 활성화하면서 러시아 한국학의 내적인 기반을 충실히 다지기 위한 구체적인 방안은 여러 가지 차원에서 모색될 수 있을 것이다. 그 중에서 러시아 학자나 대학과 협력하여 체계적인 교재를 개발하는 것이 한 방안이 될 수 있을 것이다. 특히 1990년대 이후 확산되고 있는 러시아 한국어교육의 열기를 학문적인 분야로 유도하여 러시아 한국학의 질적인 수준을 향상시키고, 현지의 한류 및 한국 문화에 대한 관심을 한국학의 체계 안으로 끌어들여야 한다는 점에서 한국학 전문 교재의 개발은 시급하다.

사실 한국학 교육의 폭이 넓어지는 데 반해 그에 따른 전문교사가 절대적으로 부족하고 한국 사회문화에 대한 정확한 이해를 바탕으로 지역 한국학의 교육 여건을 반영한 적절한 교재가 없다는 점은 해외 한국학의 공통 문제이기도 하다.[11] 말하기, 듣기, 쓰기, 읽기의 의사소통 능력에 중점을 두고 있는 한국어교육 중심을 한국학으로 확대하고, 장기적인 차원에서 전문 인력을 양성할 수 있는 토대를 확대하는 데 기여하는 전문 교재가 필요하다.

다른 지역보다 특히 러시아 지역의 한국학 관련 교재는 체계적으로 정리된 것이 전무하다고 해도 과언이 아니다. 한국어 습득에 국한된 한국어 교재는 많지만 수준이 낮아서 교육 현장에서 활용되지 못하는 것이 대부분이고 개발된 교재들조차 한국어 회화나 문법 등 초보적인 한국어교육용 교재에 그치고 있어서 한국학의 발전을 도모하기 어렵다. 특히 어학용 교재를 제외한 문학, 문화 관련 교재는 개발될 엄두조차 내지 못하고 있는 실정이며 체계적인 수준 향상을 꾀하기 위한 단계별 교재 또한 전무하다. 현재 러시아 한국학계의 제반 여건이나 수준으로 보아 한국학의 체계적인 소개와 진흥을 위한 교재 개발의 여력 또한 갖추고 있지 못하다.[12]

한국어교육 관련 교재도 대부분 학습자의 수준이나 교재의 용도 등을 고려하지 않고 교재 개발의 필요성이나 방법에 대한 고민 없이 단기간에 완성한 것들이 대부분이다. 학습 대상이 일반인인지 학생인지 구별하지 않아서 정규 교육 과정의 교재로 활용하기 곤란한 경

---

11) 이안나(2007:60) 참조.

12) 지난 2005년부터 한국국제교류재단의 재정적 지원으로 '러시아한국학대학연합'(RAUK: Russian Association of Universities of Korean Studies)이 결성되었으며, 이를 통하여 러시아 대학에서 한국어교육에 사용할 공통 교재의 개발이 논의되고 있으나 지역 간의 거리가 멀어서 공동 작업을 하기 쉽지 않으며 특히 각 대학의 이해관계가 상충되어 좀처럼 진전이 없는 상황이다. 이마저도 한국 측의 전적인 재정 지원이 없다면 당분간 러시아 내에서 한국어교육은 물론 어학, 문학, 역사, 사회 등의 각 분야에 걸친 다양한 한국학 교재 개발을 기대하기 어려울 것으로 보인다.

우가 많다. 한국어를 모국어로 하는 전문가들의 감수를 거치지 않아서 구어와 문어의 구분이 없다든가 남북한의 표현을 뒤섞어 놓은 것들도 있고, 어색한 예문을 제시하거나 문법 설명이 잘못된 것들도 많다는 점 또한 문제가 된다. 이렇게 한국어교육의 교재들이 대부분 초보적인 수준의 회화와 문법용 교재에 집중되어 있고 전문적인 한국어학자 양성을 위한 언어학 교재는 전혀 개발되지 못하고 있다고 할 수 있다.

낮은 급여와 연구비 등으로 인하여 힘들여 교재를 개발할 동기가 없기도 하거니와, 적은 부수만 인쇄하고 재판을 만들지 않는 출판문화와 타 지역에 보급이 잘 안 되는 유통체제 등도 엉성한 한국어 교재를 양산하는 원인의 하나이다. 그나마 교재를 개발할 만한 한국어교육 전문가가 있는 지역이나 대학은 형편이 나은 것으로, 교수진이 비전문가들로 구성된 대부분의 대학들은 자체적으로 교재를 개발할 능력이 없어서 한국에서 발간된 교재들을 어렵게 한두 권 구비하여 학생들에게 복사하여 나누어 주고 있다. 수준과 활용도가 높은 교재를 개발하고 보급하는 일이 러시아 한국어교육이 당면한 시급한 과제의 하나이다.

사정이 이렇다 보니 한국어교육을 제외한 문학, 역사, 철학 등 여타 한국학 분야의 전문 교재는 더 언급할 여지도 없는 상황이다. 한국어에 대한 교육 수요를 체계적이고 전문적인 한국학의 틀로 전화시킬 수 있는 전문 교재 개발의 시급성이 여기에서 비롯된다고 할 수 있다. 특히 한국어교육과 직접적인 연관이 깊으면서 한국학의 전문적인 지식 체계를 습득하게 만들 수 있는 언어학과 문학 관련 전문 교재가 우선적으로 요구된다.

전통적으로 러시아 한국학에서 어문학의 비중은 크지 않았다. 한국어나 문학과 관련한 출판물이 10%에도 이르지 못할 정도로 러시아 한국어교육 및 한국학의 기반이 빈약했고, 엄밀한 의미에서 한국학으로 분류할 수 없을 만큼 동양학의 일환으로 다루어졌던 것이 사실이다.[13] 이처럼 러시아 한국학 내에서 어문학의 비중이 낮았던 것은 러시아 한국학의 목적 자체가 정치, 외교적인 수단에 그쳤던 데에 기인한 것이다. 또 문학의 경우 그나마도 남북한의 분단으로 인하여 근·현대문학을 소홀하게 취급하여 왔으며, 개론서나 이론서보다는 개별 작품의 번역에 집중된 경향이 강하여 현재에도 대학용 문학 교재는 전무한 실정이다. 대부분의 대학에서 한국 문학을 체계적으로 강의할 문학 전문가가 거의 없으며, 있다 하여도 체계적으로 한국 문학을 강의할 교재 없이 교수 자신이 관심을 가지고 있는 작가나 작품을 학생들에게 강요하는 실정이라 문학 전문가가 양성되지 못하는 악순환이 되풀이되고 있는 실정이다.

3.2. 한국학 전문 교재의 방향과 초점

지금까지의 논의에 따라 러시아 한국학의 질적인 전환을 뒷받침할 한국학 전문교재는 다음과 같은 기본 방향을 염두에 두고 진행되어야 할 것이다.

첫째, 한국어 회화 습득이라는 초보적, 실용적 목적을 한국어 의사소통 능력을 고급화하고 한국 문화에 대한 이해를 심화시키는 것으

---

13) 장호종(2006d:340~341)참조.

로 발전시킬 수 있어야 한다. 러시아 한국학은 양적으로 확대되는 모습을 보이고 있다. 그것은 무엇보다 한류로 대표되는 대중적, 실용적인 관심을 중심으로 나타나고 있으며, 각 지역마다 한국어교육 관련 강좌의 증가로 이어지고 있다. 한국학 전문 교재는 한류에 대한 관심을 대중적, 실용적 차원에서 학문적인 체계로 상승시키면서 단순히 한국어를 구사할 수 있는 능력을 향상시키기보다는 한국어를 학문적으로 습득할 수 있도록 해야 한다. 한국어 능력을 향상하는 데에 있어서 한국 사회와 문화 전반에 대한 깊이 있는 이해를 함께 배양할 수 있도록 해야 한다.

둘째, 한국문학, 역사, 사회, 경제 등을 전공하는 한국 전문가 양성의 토대를 확대하는데 기여해야 한다. 현재 러시아 한국학은 교육의 전문성을 강화하는 것이 시급하다. 전문적 지식 체계 안에서 한국에 대한 이해를 도모함으로써 현재 교육을 담당하고 있는 비전문 인력들의 전문성 강화에 기여해야 할 것이다. 또한 잠재적인 한국학 전공 희망자들에게 학문적 차원에서 한국학을 소개함으로써 장차 러시아 내 한국어 및 한국 문화의 보급에 힘쓸 수 있는 러시아인 한국학 전문가를 양성하는데 기여해야 할 것이다.

셋째, 러시아와 한국 학자 및 교육기관과의 실질적인 협력 시스템을 구축해야 한다. 러시아 한국학 교재는 한국에 대한 정확한 이해와 학문적인 체계도 중요하지만 그에 못지않게 러시아 지역의 특수성을 고려해야 한다. 러시아 현지의 문화적 특성 및 교육 환경 등을 고려해야 하고 교재의 활용방안 등도 현지 학교나 학자와의 긴밀한 협조 체계가 바탕이 되어야 한다. 전문 교재의 개발을 매개로 한 공동 연구를 통해 단기적이고 일회적인 러시아 한국학에 대한 지원이 아니라 러시아 한국학의 내적 기반을 충실히 하는 데 도움이 되어야 한다. 이러한 과정은 한·러 양국의 문화적 이질성을 극복하고 양국의 문화 교류에 기여할 수도 있을 것이다.

넷째, 장기적 차원에서 한국학의 전문적 지식을 체계적으로 구성해야 한다. 러시아 한국학의 체질을 실질적으로 혁신하고 한국학의 연구 및 교육 시스템의 내적 기반을 공고히 하기 위해서는 궁극적으로 러시아 현지 한국학자를 양성하는 방향으로 나가야 한다. 이를 위해 한국학 전문 교재는 한국학 전공을 위한 기초 지식으로 활용될 수 있도록 한국학 전문 지식의 체계 아래 구성되어야 한다. 그렇기 때문에 일회적인 교재 개발보다는 장기적인 차원에서 단계별, 분야별 한국학 전문 교재 총서로 확대해 나갈 필요가 있다.

이밖에도 산발적이고 독립적으로 진행되는 러시아 내 각 지역의 한국학 교육을 통일적으로 선도할 수 있는 표준 교재로서의 역할도 고려해야 할 것이다. 또한, 재러동포인 고려인에게 한국의 사회 문화에 대한 정확한 이해를 도와 정서적인 우호의식을 한국에 대한 전문적인 이해로 이끌어 내는 역할도 염두에 둘 필요가 있다.

4. 교재 구성의 방향 : 언어학과 문학을 예로

한국학 전문 교재는 장기적으론 한국학의 다양한 분야를 망라해야 바람직할 것이다. 하지만 여러 가지 여건상 다양한 분야의 한국학 전문 교재를 일시에 기획하여 출간하는 것은 쉽지 않을 것이다. 우선적으로 고려할 수 있는 분야로 언어학과 문학 분야를 들 수 있다.

현재 러시아 한국학의 수요는 많은 부분 한국어 습득에서 비롯된다. 언어학과 문학은 한국어교육 분야와 자연스럽게 연계될 수 있어 실용적인 수요를 전문적인 지식 체계 안으로 수용하기 수월하다는 점에서 장점이 있다. 또한 전문적이고 체계적인 교재 내용을 통해 한국어에 대한 정확한 습득을 뒷받침하는 역할을 기대할 수도 있다. 국내 한국학의 차원에서는 한국학의 핵심 분야임에도 불구하고 상대적으로 한국어교육 분야에 취중하고 있는 어문학 계열에 한국학의 중요성과 역할을 환기하는 계기로 활용될 수 있으리라 기대된다.

언어학과 문학 분야의 한국학 전문 교재가 목표로 삼는 대상은 러시아 지역의 한국어 중·고급 학습자, 러시아 내에서 한국학 전문가를 지향하는 학습자, 그리고 러시아 현지에서 한국학 교육에 종사하는 연구자들이 될 수 있다. 또한 한국 내에서 해외 한국학 교육에 관심을 가진 연구자들에게도 한국학 보급과 확대에 대한 일정한 역할 모델을 기대할 수도 있을 것이다.

4.1. 언어학 교재의 개발 방향과 구성

1970~80년대까지 러시아 한국어학은 비록 소수의 연구자에 의한 것이기는 하나 일정 수준의 성과를 거둘 만큼 독자적인 이론 문법을 발전시켜 왔다. 그러나 한국어 수요가 많지 않던 시기였기에 이론 문법의 성과가 대중화, 실용화되지 못하여 한국어 교수법이나 교재 개발에서는 뚜렷한 진전이 없었던 것도 사실이다. 반면에 1990년대 이후 각 대학이 앞 다투어 한국학 강좌를 개설하고 한국어 학습자가 크

게 증가하면서 한국어교육에 있어서 오히려 이론 문법은 점차 쇠퇴하면서 이론적 기반이 매우 취약한 상황에서 실용 문법 중심의 각종 한국어 교재나 사전류가 범람하게 되었다. 또한 체계적인 교수법을 익히고 충분한 경험을 쌓은 한국어교육자의 수가 절대적으로 부족하다 보니 비전문 인력들이 한국어교육 현장의 다수를 차지하게 되었다.

교육의 제반 여건이 충분히 성숙되지 않은 상황에서 한국어 학습자가 증가한다는 것은 일시적인 현상에 그칠 가능성이 크기 때문에 향후 러시아의 한국어교육 및 한국학의 지속적인 성장을 위해서도 수준 높은 단계별 교재나 사전류 등을 개발하고 현지 실정에 적합한 교수법을 발전시켜 나가는 것이 필요한 시점이다. 이에 새로 개발할 언어학 분야의 교재들은 지금까지 러시아에서 발간된 한국어 교재들과 차별화하여 개발하되 기존 교재들이 지닌 문제점들을 보완하는 방향에서 다음과 같이 구성되어야 할 것이다.

첫째, 중급 이상의 학습자가 외국어로서의 한국어교육문법의 체계를 익혀 고급 단계의 의사소통 능력을 갖추도록 유도한다. 기존에 러시아에서 발간된 교재들은 한국어교육문법의 이론적 기반 없이 한국어를 러시아어의 문법적 특성에 맞추어 설명하려는 '러시아어 번역식'의 문법 설명이나 항목으로 구성된 것들이 다수이다. 가령 러시아어에서 주요 문법범주라 할 복수 표지 '-들'을 초급 1과에서 설명하고 있으나, 사실 한국어교육에서 복수는 기초 항목으로 설정될 만큼 빈도가 높지 않으며 규칙적인 현상도 아니다. 이런 체계로는 오히려 "저것들은 책들이다."와 같은 표현이 한국어에서 왜 어색한지를 설명하지 못하여 중급 수준의 러시아인 학습자조차 여전히 유사한 오류를 범하게 된다. 따라서 한국어의 개별적 특성을 반영한 외국어로서의 교육문법을 체계적으로 이해할 수 있는 학습서를 개발함으로써 한국어 학습의 효율성을 높일 수 있어야 할 것이다.

둘째, 비전문적인 한국어교육자들이 한국어 규범문법(혹은 표준문법)의 틀을 이해하여 효과적인 교수법을 개발해가는 데에 도움이 되도록 한다. 현재 러시아 한국어교육 현장의 다수를 이루고 있는 이들은 러시아어를 모국어로 하고 있으며, 한국어가 모국어인 경우에도 한국어의 문법 체계를 전문적으로 습득한 경우가 드물다. 따라서 세부적인 문법 항목의 설명에 한계를 드러내게 되는데, 예컨대 기존 교재들에는 '-은/는'과 '-이/가'를 동일한 주격 표지로 설명하는 수준에 머물거나 그 차이를 명확히 제시하지 못하여 "우리 반 학생들 중에 디마는 키가 제일 큽니다."와 같이 어색한 예문을 보이기도 한다. 이에 한국어 규범문법을 정밀한 수준에서 설명하는 교사용 지침서를 개발하여 한국어교육의 방법론을 정비하고 발전시켜 나갈 수 있도록 유도해야 할 것이다.

셋째, 한국어학자를 희망하는 학습자가 이론언어학의 기초를 익혀서 러시아 한국어교육 및 한국어학의 활성화에 기여하도록 유도한다. 러시아 한국어학은 1980년대 이후 전문가가 양성되지 못하여 외형적으로 크게 성장한 한국어교육의 이론적 기반을 제공하지 못하고 있는 실정이다. 또한 대조언어학적 분석이 충분히 진행되지 못하여 러시아어 화자에게 적합한 한국어 교수법의 개발이 요원한 형편이다. 예를 들어 한국어와 음운체계가 상이한 러시아어 화자들은 한국어 학습에서 모음 'ㅗ'와 'ㅓ', 자음 'ㄱ, ㄲ, ㅋ'의 구별에 어려움을 겪게 되지만, 러시아뿐 아니라 국내에서 개발된 교재들조차 이에 대한 효과적인 교수법이나 학습법을 제시하지 못하고 있다. 따라서 한국어와 러시아어의 대조 분석을 바탕으로 한 한국어 이론언어학의 입문서를 개발하여 침체된 러시아 한국어학을 활성화하는 계기를 마련할 필요가 있다.

끝으로, 한국학 전문가를 지향하는 학습자가 언어를 통해 한국 사회와 문화의 특성을 깊이 있게 이해할 수 있도록 한다. 지금까지도 언어와 사고의 관계가 명확하게 밝혀지지 않았으나, 언어에 그 사회와 문화의 특질이 반영된다는 점만은 자명한 사실이다. 반면에 한국과 러시아는 역사적 배경과 문화적 발전이 상이하게 전개되어 왔기 때문에 한국어 학습자 스스로 비교문화적 특질을 터득하는 데에는 한계가 있다. 이를테면 높임법이 크게 발달하지 않은 러시아어 화자들은 한국어의 세분화된 높임체계를 학습하는 데에 큰 어려움을 겪을 뿐 아니라, 이를 바탕으로 하는 사회적 대인관계에도 쉽게 적응하지 못하는 경향이 많다. 그러므로 한국어교육이나 이론언어학의 교재에서 이러한 비교문화적 특질을 제시함으로써 한국어 학습자 스스로 양국의 문화적 차이를 체득하거나 한국어교육자가 한국 사회의 특질에 대해 효과적으로 지도할 교수 방안을 마련하도록 유도하여 한국 사회와 문화를 깊이 있게 이해하는 한국학 전문가를 배양할 수 있어야 할 것이다.

4.2. 문학 교재의 개발 방향과 구성

현재 러시아 한국학계에는 한국문학과 관련된 교재는 거의 없다고 해도 무방하다. 있다고 해도 고전문학과 관련된 오래된 교재나 간헐적으로 소개되는 단편적인 작품번역에 국한되어 있다. 다른 어떤 분

야보다도 한국현대문학과 관련된 체계적인 교재 개발이 시급하다고
할 수 있다. 문학 분야의 교재는 다음과 같은 방향에서 구성되어야
할 것이다.

한국현대문학 분야의 전문 교재는 우선 한국 사회문화에 대한 체
계적인 지식을 목표로 구성해야 한다. 한국 현대 사회문화에 대한 정
확한 이해를 위해, 그리고 한국 현대 사회의 정신사적 배경을 이해하
기 위해 한국 근대문학의 형성과정과 특성을 사회문화적인 차원에서
구성할 것을 목표로 해야 한다.

두 번째로 한국어교육을 고급화하고 확장할 수 있는 내용으로 구
성해야 한다. 문학작품은 구체적인 맥락 속에 존재하는 문화적인 상
황을 수용하는데 효과적이다.[14] 한국어 의사소통 능력을 문화적인
차원으로 확대하여 한국학의 전문적인 지식체계 습득을 위한 바탕으
로서의 역할을 할 수 있도록 해야 한다.

세 번째로 한국현대문학에 대한 체계적인 지식을 전달하는 것을
목표로 구성되어야 한다. 한국학의 주요한 분야 중 하나인 현대문학
에 대한 전문적인 지식 체계 아래 단계적으로 구성하여 추후 한국문
학 전문가를 지향하는 잠재적 인력들을 배양하는데 도움을 주어야
한다.

이러한 기본 원칙에 따라 한국 근대 대표 작가를 선정하여 역사주
의적 방법으로 문학 세계 및 작품의 특징을 교재의 내용으로 구성할
수 있을 것이다. 한국 사회문화에 대한 체계적인 이해를 목표로 하고
있으므로 한국 근대 사회의 성립과 전개라는 시대적인 의의를 부각

---

14) 박성창(2004:51)참조.

할 수 있는 작가를 우선적으로 고려할 필요가 있다. 식민지 시대 한국의 근대성이란 거시적인 시각에서 해당 작가와 작품의 특징을 설명함으로써 한국의 근대사회와 근대문학에 대한 기초적이지만 체계적인 지식을 습득할 수 있도록 해야 한다. 또한 한국문학 교재가 한국어를 통한 의사소통 능력을 문화적인 차원으로까지 확장시키는 것을 목표로 삼은 만큼 한국 문화의 특징이나 한국어의 아름다움을 특징적으로 드러낼 수 있는 예시를 주요 내용으로 포함시켜야 할 것이다.

근대 문학 작가나 작품과 관련한 현대적 계승과 활용이란 측면을 강조한 구성도 필요하다. 외국인을 위한 교재인 만큼 한국 문화의 당대적 특징과 연계되지 못한 채 단순한 과거 사실을 나열하는 지식에 그쳐서는 안 될 것이다. 근대 작가나 작품과 관련된 문학 유적 그리고 그것의 당대적 활용을 소개함으로써 한국 문화의 현재성을 전달할 필요가 있다. 다양한 문화행사를 진행하고 있는 문학관이 대표적인 사례가 될 것이다. 최근의 문학관들은 작가와 관련된 자료나 작품을 전시하는데 그치지 않고 다양한 형태의 지역, 문화 행사를 통해 문학 체험의 지평을 문화체험으로 확대하고 있다. 실제로 김유정 문학촌의 경우 문학 자료의 단순한 전시에 그치지 않고 지역의 복합 문화공간임을 자처하며 각종 예술 활동을 지원하며, 지역주민, 학교 등과 연계해서 춘천의 지역 문화 행사를 주도적으로 실천하고 있는 경우라 할 수 있다. 이러한 문학관을 중심으로 한 문학 유적의 당대적 현황과 활용을 이미지 자료를 중심으로 소개함으로써 해당 작가나 작품과 관련된 역사적인 의미뿐만 아니라 한국사회의 당대적 문화체험의 양상을 구체적으로 보여줄 수도 있을 것이다. 이 과정에서 활용될 다양한 이미지 자료들은 교재로서의 대중적 활용도 또한 높이는 역할을 할 것이다.

5. 결론

다양한 해외 한국어교육의 수요를 충족하면서 해외 한국학의 학문적인 기반을 강화하는 작업은 국내 한국학계와의 유기적인 협조 속에 이루어져야 한다. 각 지역의 구체적이고 특수한 상황과 국내 한국학의 세부 분야별 성과들이 조화롭게 소통되어야 해외 한국학의 안정적이고 장기적인 발전을 도모할 수 있을 것이며, 궁극적으로 한국학의 국제적인 위상을 높이는 데에 기여할 수 있을 것이다. 이런 점에서 해외 한국어교육의 수요가 증가하고 있는 지금은 해외 한국학 진흥을 위해 국내 한국학계에서 적극적이고 주도적으로 노력해야 할 시점이라 할 수 있다. 특히 최근 들어 한국학과 한국어교육 수요가 증가하고 있는 지역은 학문적인 기반이 상대적으로 취약한 국가들이라는 점에서 국내 한국학계의 관심과 노력이 더욱 절실한 실정이다.

러시아 지역도 학문 내적, 외적인 기반이 취약해 증가 추세에 있는 한국학의 수요를 체계적으로 수용하지 못하고 있어 국내 한국학계와의 긴밀한 상호협조가 절실하다. 특히, 러시아 한국학은 동기와 목적, 그리고 주체를 포함한 전반적인 환경이 달라졌기 때문에 한국학의 내용과 방법을 포함한 교육 및 연구 시스템의 혁신이 요구되는 상황이다. 그럼에도 불구하고 러시아 한국어교육의 성과가 취업을 중심으로 한 실용적인 목적에 치중되어 있고, 그에 따른 신진 한국학자의 배출이 이루어지지 않아 장기적인 차원에서 러시아 한국학의 전문성을 제고하기 어려운 실정이다. 사정이 이러하다 보니 양적으로 증가한 한국어교육 및 한국학 강좌의 많은 부분을 비전문 인력에 의존하고 있는 상황이 반복되고 있으며, 교재 개발이나 교육 과정 또한 주로 일회적이고 산발적으로 차원에서 이루어지고 있다.

외형적인 성장에도 불구하고 전망이 불투명하다는 우려의 목소리가 높은 러시아 한국학의 질적인 전환을 위해서는 보다 체계적이고 장기적인 계획을 바탕으로 하여 양국의 한국학계가 실질적인 협력 관계를 구축해야 할 필요가 있다. 그리고 이러한 협력 관계는 러시아 한국학 자체의 전문성을 강화하고, 러시아 한국학의 체질을 개선하여 연구 및 교육 시스템을 안정적으로 구축하는 방향으로 이루어져야 한다. 물론 현재 폭발적으로 증가하고 있는 한국어교육 수요를 체계적인 교육 시스템 속으로 수용하는 것도 시급히 해결해야 할 상황이다. 하지만 러시아 한국학계의 학문 내적, 외적 기반이 취약한 현 상황에서 한국어교육 수요를 효과적으로 수용하는 것은 쉽지 않다. 많은 부분을 한국의 재정적, 교육적 지원을 통해 해결해야 할 상황이다. 러시아 한국학계 내부의 학문적, 교육적 기반을 강화하지 않는다면 외부의 지원을 통한 한국학의 수용은 한계가 있을 수밖에 없다. 아니 오히려 장기적인 차원에서 보면 단기적이고 일회적인 지원은 한국학의 체질 개선과 내적 기반의 강화에 부정적인 역할을 할 수도 있다.

한국학 전문 교재의 개발이 필요한 이유가 바로 여기에 있다. 즉, 장기적인 차원에서 러시아 한국학의 전문성을 제고할 수 있는 실질적인 교류 협력 과정을 통해 러시아 한국학의 질적인 전환을 뒷받침하고 이를 통해 러시아 한국학의 내적 기반을 강화하는 데 기여하는 노력이 필요하기 때문이다. 이런 점에서 한국학 전문 교재는 한국어 회화 습득이라는 초보적, 실용적 목적을 한국어 의사소통 능력을 고급화하고 한국 문화에 대한 이해를 심화시키는 것으로 발전시킬 수 있어야 하며, 한국문학, 역사, 사회, 경제 등을 전공하는 한국 전문가 양성의 토대를 확대하는데 기여해야 한다. 또한 러시아 현지의 문화적 특성 및 교육 환경을 반영할 수 있도록 러시아와 한국 학자 및 교육기관과의 실질적인 협력 시스템을 구축하여 한국학의 전문적 지식을 체계적으로 구성해야 할 것을 염두에 두어야 할 것이다.

민족어교육과 외국어교육의 이중성

러시아의 한국어교육

참고문헌

강덕수 외(1995), 『러시아 언어학 연구의 방법과 문제』, 한신문화사, 342p.

강덕수(1991), 「한국어와 노어의 상호 표기문제 연구」, 『이중언어학』 8, 이중언어학회, pp.306~335.

강덕수(1992), 「노어의 한글 표기 어떻게 할 것인가?: 한·노 음운 체계 비교를 바탕으로」, 『노어음성학』, 진명출판사, pp.150~178.

고대러시아문화연구소 편(2003), 『노한사전』, 도서출판 일념, 1748p.

고영근(1998), 『한국어문운동과 근대화』, 탑출판사, 354p.

고영근(2008), 『민족어의 수호와 발전』, 제이앤씨, 501p.

과학원 조선어·조선문학연구소(1956), 『조선어 외래어 표기법』, 평양.

곽충구(1994), 『함경북도 육진방언의 음운론』, 태학사, 261p.

곽충구(2000), 「함북방언의 비자동적 교체 어간과 그 단일화 방향」, 『21세기 국어학의 과제』, 월인.

곽충구(2003), 「재외동포의 언어 연구」, 박창원 편, 『남북의 언어와 한국어교육』, 태학사, pp.123~167.

국립국어연구원(1995a), 『남북한 외래어의 비교연구』.

국립국어연구원(1995b), 『한국 어문 규정집』, 국립국어연구원, 265p.

국립국어연구원(1999), 『표준국어대사전』(상·중·하), 두산동아, 7082p.

국립국어연구원(2002a), 『국어 어문 규정집』, 대한교과서주식회사, 269p.

국립국어연구원(2002b), 『외래어 표기 용례집(인명)』, 국립국어연구원.

국립국어연구원(2002c), 『외래어 표기 용례집(지명)』, 국립국어연구원.

국립국어연구원(2002d), 『외래어 표기 용례집(일반용어)』, 국립국어연구원.

국립국어원(2006), 『외래어 표기 용례집(포르투갈어, 네덜란드어, 러시아어)』, 국립국어원, 233p.

국어사정위원회(1985), 『외국말 적기법』, 평양: 과학백과사전출판사.

국어연구소(1986), 『외래어 표기 용례집(지명·인명)』, 문교부.

권재일(2006), 『남북 언어의 문법 표준화』(서울대 한국학 연구총서 20),
　　　　　서울대 출판부, 310p.

권미정(1991), 「북한의 외래어사」, 김민수 편, 『북한의 조선어 연구사』,
　　　　　도서출판 녹진, pp.74~95.

권철근(1999), 「러시아에서의 한국학의 제 분야와 범위」, 『러시아지역연구』 3,
　　　　　한국외대 러시아연구소, pp.49~107.

기광서 역(1999), Vanin, Yuri et al.[바닌 외], 『러시아의 한국 연구: 한국 인식
　　　　　의 역사적 발전과 현재적 구조』, 풀잎, 358p.

기광서(2001), 「구소련 한인의 민족 정체성 상실과 회복: 역사와 현재」,
　　　　　『재외한인연구』 10, 재외한인학회, pp.133~176.

김 게르만(2005), 『한인 이주의 역사』, 박영사, 460p.

김계환(2002), 「러시아 체제 전환과 대학 교육의 변화」, 『교육개발』 135,
　　　　　한국교육개발원, pp.79~83.

　　　　(2003), 「한때는 러시아 교육, 세계수준이었다 - 러시아 교육 시스템의
　　　　　자유주의적 개혁과 위기」, 『교육개발』 137,
　　　　　한국교육개발원, pp.81~84.

김기중(2001), 「들온 말 적기 문제에 관한 고찰: 현행 '외래어 표기'의 개선·보
　　　　　완점」, 『출판잡지연구』 9-1, 출판문화학회, pp.96~124.

김동소(2005), 『한국어 특질론』, 정림사, 274p.

김상대(2001), 『국어 문법의 대안적 접근』, 국학자료원, 480p.

김성렬(1994), 『국어음운론』, 아주대 출판부, 206p.

김성렬(2001), 『국어방언연구』, 국학자료원, 263p.

김세중(1998), 「외래어의 개념과 변천사」, 『새국어생활』 8-2,
　　　　　국립국어연구원. pp.5~19.

김영일 역(2000), Kontsevich, Lev ed.[콘체비치 편], 『러시아에서의 현대 한국
　　　　　어 연구』, 사람, 458p.

김중섭(2001), 「러시아 및 중국 지역 한국어교육 실태조사 및 지원방안 연구」,

교육인적자원부 학술연구보고서, 310p.

김중섭·조현용(1996), 「북한의 언어 정책과 한국어교육 연구」, 『이중언어학』 13, 이중언어학회, pp.115~136

김지윤(2005), 「한국어의 러시아어 표기에 관한 연구: 지명을 중심으로」, 단국대 석사학위논문, 72p.

김하수(1999), 「한국어 외래어 표기법의 문제점」, 『배달말』 25, 배달말학회, pp.247~259.

김현택(1999a), 「1990년대 러시아 한국학의 내용과 방향」, 『슬라브연구』 15, 한국외대 러시아연구소, pp.1~36.

김현택(1999b), 「러시아에서 한국학 연구의 역사와 현재 상황」, 『러시아지역연구』 3, 한국외대 러시아연구소, pp.1~48.

김형규·장호종(2008a), 「러시아 한국학 진흥을 위한 전문 교재의 필요성과 개발의 방향: 언어학과 문학 교재를 중심으로」, 『한중인문학연구』 24, 한중인문학회, pp.335~362.

김형규·장호종(2008b), 「러시아 한국학의 전환과 한국학 전문교재 개발의 필요성」, 『제20회 한중인문학회 국제학술대회: 해외에서의 한국어교육』(중국 산동대, 2008.06.22~25), 한중인문학회, pp.37~47.

김희진(1996), 「외래어 표기 - 남북한이 어떻게 다른가」, 『새국어생활』 6-4, 국립국어연구원, pp.73~104.

김희진(1998), 「남북한 외래어의 표기와 사용 실태」, 이옥련 외, 『남북한 언어연구』, 박이정, pp.41~114.

남성우 외(2006), 『언어교수이론과 한국어교육』, 한국 문화사, 314p.

남혜경 외(2005), 『고려인 인구 이동과 경제환경』(전남대 사회과학연구원 세계한상·문화연구단 총서 4), 집문당, 303p.

레샤코프 P.(2007), 「Past and Future of Korean Cinema in Russia」, 『한국문학번역원 제1회 세계번역가대회: 유럽에서의 한국 문화 수용과 전망』, 한국문학번역원, pp.205~215.

류한배(1999), 『한민족 러시아이민사 연구서설: 한민족공동체 구상과 관련하여』,

세종연구소, 96p.

명월봉(1991), 「이중언어와 재소한인의 모국어교육 문제」, 『이중언어학』 8, 이중언어학회, pp.1~10.

민족문제연구소 편(1994), 『소련의 한국학』, 부산대 출판부, 299p.

바실리예프·최인나(2001), 「러시아 한국학의 어제와 오늘: 상트페테르부르크 대학교를 중심으로」, 『독립국가연합(CIS) 지역 한국학 진흥방안에 대한 국제학술대회 자료집』, 한국외대.

박갑수(2005), 『국어교육과 한국어교육의 성찰』, 서울대학교 출판부, 516p.

박성창(2004), 「문학텍스트와 외국어 교육」, 『제6회 한국어교육 국제 학술회의: 한국어교육과 문학』, 서울대학교 국어교육연구소, pp.235~253.

박영배(2003), 「언어접촉현상 연구」, 『어문학논총』 22, 국민대 어문학연구소, pp.151~183.

박영순(1991), 「소련의 한국어학과 한국어교육 그리고 언어이질성에 대하여」, 『이중언어학』 8, 이중언어학회, pp.271~298.

박영순(2005), 「이중언어교육의 최근 동향과 재외동포의 한국어교육 문제」, 『이중언어학』 28, 이중언어학회, pp.11~31.

박영순(2007), 『다문화사회의 언어문화 교육론』, 한국 문화사, 388p.

박일재·홍사명 편(1990), 『소련의 한국학』

박종수(2002), 『러시아와 한국: 잃어버린 백년의 기억을 찾아서』, 백의, 287p.

박진근(1999), 『최신 러시아어 문법』, 문예림, 556p.

박찬승(2007), 「한국학 연구 패러다임을 둘러싼 논의」, 『한국학논집』 35, 계명대학교 한국학연구소, pp.73~118.

박창원 편(2003), 『남북의 언어와 한국어교육』(BK21 언어학 총서 5), 태학사, 766p.

박춘은(1995), 「러시아인명 및 지명의 한글 표기에 대하여」, 『슬라브학보』 10, 한국슬라브학회, pp.132~166.

박춘은(2001), 「러시아인명 및 지명의 한글 표기 이론과 실제」, 『노어노문학』 13-1, 한국노어노문학회, pp.49~73.

박춘은(2004), 「새로운 음절 정의에 따른 러시아인명 및 지명의 한글 표기」, 『노어노문학』 16-1, 한국노어노문학회, pp.3~23.

박환(2008a), 『러시아지역 한인언론과 민족운동』(동북아시아 학술총서 1), 경인문화사, 444p.

박환(2008b), 『시베리아 한인민족운동의 대부: 최재형』(한국의 독립운동가들), 역사공간, 238p.

박휴용(2008), 「Linguistic Capital and Code-switching: Korean Bilingual Students' Appreciation of Heritage Language Learning」, 『이중언어학』 36, 이중언어학회, pp.137~166.

배석주(2002), 「국어의 외국어 문자 표기법 표기체계의 비교 연구」, 『일어교육』 24, pp.47~70.

배주채(2003), 『한국어의 발음』, 삼경문화사, 427p.

배현숙(1989), 「남북한 외래어 표기법 비교 분석」, 『북한의 어학 혁명』, 도서출판 백의.

백영서(2007), 「인문한국학이 나아가야 할 길: 이념과 제도」, 『한국학연구』 17, 인하대학교 한국학연구소, pp.41~55.

上海外國語學院 漢俄詞典編寫組編(1989/ 2004), 『漢俄詞典』, 北京: 商務印書館, 1250p.

성광수(1989), 「북한의 외래어 표기법」, 『북한의 인식 7: 북한의 말과 글』, 을유문화사.

신은경(2002), 「남북한 외래어 표기법의 변천과 통일방안」, 김민수 편, 『남북의 언어 어떻게 통일할 것인가』, 국학자료원, pp.161~187.

신지영·차재영(2003), 『우리말 소리의 체계 - 국어 음운론 연구의 기초를 위하여』, 한국 문화사, 391p.

辛華編(1982/ 1997), 『俄語姓名譯名手冊』, 北京: 商務印書館, 575p.

연규동(1998), 『통일시대의 한글 맞춤법』, 박이정.

여규동(2003), 「북하의 외래어: <조선말 대사전>을 중심으로」, 『언어학』 37, 한국언어학회, pp.169~195.

유 일리야(1991), 「소비에트 한인들의 민족어 발전 과정」, 『이중언어학』 8, 이중언어학회, pp.11~25.

유네스코 아시아·태평양 국제이해교육원 편(2008), 『다문화 사회의 이해: 다문화 교육의 현실과 전망』, 동녘, 410p.

유학수(1999), 「러시아에서의 주요 한국학 연구기관과 교육기관」, 『슬라브연구』 15, 한국외대 러시아연구소, pp.63~110.

윤여탁(2007), 「한국학으로서 한국어교육학의 정체성에 대한 연구」, 『국어교육』 124, 한국어교육학회, pp.151~180.

윤인진(2004), 『코리안 디아스포라: 재외한인의 이주, 적응, 정체성』(인문사회과학총서 55), 고려대 출판부, 352p.

이광규(2005), 「세계 속 동포들의 현황과 과제」, 『이중언어학』 28, 이중언어학회, pp.1~10.

이광정(2003), 『국어문법연구 Ⅱ: 국어학사 외』, 역락, 431p.

이상규(2004), 『국어방언학』, 학연사, 535p.

이안나(2007), 「동아시아 한국학 교육의 현황과 문제」, 『한국학연구』 17, 인하대학교 한국학연구소, pp.57~85.

이영호(2006), 「한국학 연구의 동향과 '동아시아 한국학'」, 『한국학연구』 15, 인하대학교 한국학연구소, pp.9~20.

이은순 편역(2001), 『러시아어학사전』, 신아사, 385p.; Касаткин, Л., Е. Клобуков & П. Лекант[카샷킨·클로부코프·레칸트](1995), *Краткий справочник по современному русскому языку[현대 러시아어 소편람]*, Москва: Высшая школа, 361p.

이은정(1974), 『남북한 어문 규범 고찰』, 백산출판사.

이인영(1997), 『러시아어학』, 서울.

이주행(2000), 『한국어 문법 연구』, 중앙대 출판부, 392p.

이주행(2003), 「남한과 북한의 '표준 발음법'의 통일 방안에 대한 고찰」, 『김상대 교수 정년퇴임기념논총: 언어와 진실』, 국학자료원, pp.439~457.

이중언어학회 편(1991), 『제3회 국제학술대회: 소련에서의 한국어학과 한국어
　　　　교육』(이중언어학회지 제8호), 이중언어학회, 706p.

이채문(2007), 『동토의 디아스포라: 러시아 극동지역과 한인들에 관한 사회학
　　　　적 연구』(경북대 학술총서 29), 경북대 출판부, 473p.

임영상 외(2006), 『고려인 사회의 변화와 한민족』, 한국외대 출판부, 477p.

임영상·김건숙·김민수(2005), 「시베리아의 고려인 사회와 한민족」, 연구보
　　　　고서.

임영상·김현택·김 게르만(2004), 「독립국가연합 지역 한국학 진흥 방안 연
　　　　구」, 연구보고서. 『슬라브학보』 16-2, 한국슬라브학회, pp.325~
　　　　362.

임재해(2006), 「국학 발전을 위한 세 가지 지표와 연구 방향 구상」, 『한국학논
　　　　집』 40, 한양대학교 한국학연구소, pp.37~70.

임채욱(1999), 「남북한의 외래어 사용현상」, 『극동문제』 240(99년 2월), 극동문
　　　　제연구소, pp.93~102.

임현수(1982a), 「노어문자와 발음의 비교 연구」, 『육사논문』 21.

임현수(1982b), 「노어의 한글 표기안 연구」, 『중소연구』 6-2, 한양대 중소문제
　　　　연구소, pp.191~222.

임홍빈(1997), 『북한의 문법론 연구』, 한국 문화사, 648p.

임홍빈(2003), 「이른 시기의 '한글 맞춤법 통일안' 개정의 실체」, 『김상대 교수
　　　　정년퇴임기념논총: 언어와 진실』, 국학자료원, pp.459~482.

임홍수(1999), 「러시아와 중앙아시아에서의 한국어교육 실태와 문제점: 설문조
　　　　사를 통한 통계학적 분석」, 『러시아지역연구』 3, 한국외대 러시
　　　　아연구소, pp.109~134.

장준희(1999), 「카자흐스탄 고려사람의 민족정체성 변화과정연구」, 『재외한인
　　　　연구』 8, 재외한인학회, pp.53~85.

장호종(2005a), 「러시아어 인명·지명의 한글 표기」, *Vestnik NSU tom 4
　　　　vypusk 3: Cepiya: Istoriya, Filologiya*[노보시비르스크 국립대
　　　　논문집 4-3: 인문학편], Novosibirsk: NSU, pp.161~169.

장호종(2005b), 「현행 "외래어 표기법" 중 '러시아어의 표기 원칙'과 관련한 제
　　　　　문제」, 『한중인문학연구』 15, 한중인문학회, pp.161~191.

장호종(2006a), "The Critical Review of the Translation of Russian Characters
　　　　　into the Korean Letters(South Korean System of 2005)", *Proceedi*
　　　　　ngs of the International Conference: Dedicated to the 100th
　　　　　Anniversary of A.A. Kholodovich, Saint-Petersburg: SPbSU,
　　　　　pp.70-73.

장호종(2006b), "Критический обзор южнокорейской системы транслитера
　　　　　ции русского письма корейскими буквами (2005 г.)", *Междун*
　　　　　ародная научная конференция. К 150-летию Восточного
　　　　　факультета СПбГУ. Тезисы докладов: Востоковедение и
　　　　　африканистика в университетах Санкт-Петербурга, Ро
　　　　　ссии, Европы[상트페테르부르크 국립대 동양학부 150주년 기
　　　　　념 국제학술대회 발표자료집: 러시아 상트페테르부르크 국립대
　　　　　의 동양학과 아프리카학], Санкт-Петербург[상트페테르부르
　　　　　크]: СПбГУ[상트페테르부르크 국립대], pp.235~236.

장호종(2006c), 「"러시아어 외래어 표기법"의 비판적 이해」, 『한중인문학연구』
　　　　　18, 한중인문학회, pp.307~346.

장호종(2006d), 「러시아 한국학의 전개 및 발전 양상: 인문학 분야의 연구사를
　　　　　중심으로」, 『한중인문학연구』 17, 한중인문학회, pp.337~392.

장호종(2006e), 「러시아에서의 한국학 연구 현황」, 『한중인문학회 제15회 국제
　　　　　학술대회 발표자료집』(아주대, 2006.01.07), 한중인문학회, pp.89
　　　　　~100.

장호종(2006f), 「시베리아 지역 한국학의 현황: 노보시비르스크를 중심으로 한
　　　　　국학 발생 지역의 특성 고찰」, 『제16회 한중인문학회 국제학술
　　　　　대회 발표논문집』(중국 장춘 길림대, 2006.06.24~29), 한중인문
　　　　　학회, pp.444~456.

장호종(2007a), "Современное состояние и проблемы преподавания корей

ского языка в Новосибирске"[노보시비르스크 지역 한국어교
　　　　육의 현황과 문제점],『국제학술대회 발표자료집: 러시아 한국학
　　　　의 현실적 문제』(우수리스크 국립사범대, 2006.10.17~18), 우수
　　　　리스크 국립사범대 한국 문화교육센터.
장호종(2007b), 「러시아 한국어교육의 실태와 과제: 시베리아의 한국어교육 현
　　　　황을 중심으로」,『한중인문학연구』21, 한중인문학회, pp.309~
　　　　345.
장호종(2007c), 「러시아어에서의 한국 성씨의 변이 양상」,『2007년 한중인문학
　　　　회 특별기획 국제학술대회: 한중문화와 유학』, 중국 호남대,
　　　　pp.142~156.
장호종(2008a), 「러시아 중부 지역의 한국인/동포를 위한 한국어교육의 현황과
　　　　과제」,『제5회 Korean교육연구 국제학술회의: 해외 한국인/동포
　　　　를 위한 한국어교육의 현황과 과제 (2)』(이화여대, 2008.12.10),
　　　　이화여대 다문화연구소, pp.45~54.
장호종(2008b), 「러시아 한국어 교재 발간의 역사와 현황」,『제21회 한중인문
　　　　학회 국제학술대회: 서울, 북경 그리고 상해』(서울대, 2008.11.
　　　　01), 한중인문학회, pp.79~87.
장호종(2009a), 「러시아 시베리아의 교육정책 및 현황」, <International Confe
　　　　rence on Education in the Asian Context>(중국 길림성 동북
　　　　사대, 2009.01.12) 발표문.
장호종(2009b), 「러시아 한인 이주민과 모국어」,『2009년 아주대 인문과학연
　　　　구소 이주문화연구센터 특별기획학술대회: 이주민의 언어와 역
　　　　사』(아주대, 2009.04.28), 아주대 인문과학연구소, pp.10~21.
장호종(2009c), 「러시아의 교육개혁과 한국어교육」, <2009년 아주대 인문과학
　　　　연구소 정기학술대회>(아주대, 2009.03.25) 발표문.
장호종(2009d), 「시베리아의 한인 사회와 한국어교육」, <제32차 서강-KF포
　　　　럼>(서강대, 2009.04.30) 발표문.
장호종·공이영 & 체흘로바[A. Chehlova](2005), *Корейский язык: Рабочая*

программа[한국어 강의 운영 프로그램], 노보시비르스크 국립대, 28p.

전상인(2007), 「한국학, 한국어, 한국어교육」, 『국어교육연구』 20, 서울대학교 국어교육연구소, pp.45~62.

전수태(1988), 「북한 문화어의 한자어와 외래어」, 『국어생활』 15, 국어연구소, pp.49~74.

전수태·최호철(1989), 『남북한 언어비교』, 도서출판 녹진.

정광(2007), 「해외 한국학과 한국어교육의 전망」, 『국어교육연구』 20, 서울대학교 국어교육연구소, pp.7~43.

정동환(2002), 「통일 시대의 외래어 표기법」, 『한말연구』 11, 한말연구학회, pp.241~259.

조영건(1996), 「러시아대학에 있어서의 한국학 교육과 개발에 관한 연구」, 『동북아연구』 2, 경남대, pp.303~352.

조오현·김용경·박동근(2002), 『남북한 언어의 이해』, 도서출판 역락.

최문정(2002), 「러시아어 고유명사의 한글 표기법 비교 연구」, 『슬라브학보』 16-2, 한국슬라브학회, pp.27~59.

최선·김병린 역(1984), 『국역 한국지』, 한국정신문화연구원.

최용기(2003), 『남북한 국어 정책 변천사 연구』, 박이정.

최한우(1996), 「구소련 해체 후 중앙아시아 현상과 고려인 정체성 문제」, 한국사회사학회 편, 『중앙아시아 고려인의 의식과 생활』, 문학과 지성사, pp.165~239.

표상용(2003), 「러시아어 사람 이름에 대한 연구: 조어적 관점에서 이름 지소체의 의미발현 양상」, 『슬라브학보』 17-2, 슬라브학회, pp.109~142.

한국국제교류재단 편(2007), 『해외 한국학 백서』, 을유문화사, 1626p.

허용 외 6명(2004), 『외국어로서의 한국어교육학 개론』, 박이정, 456p.

100 let peterburgskomu koreevedeniyu[페테르부르크 한국학의 100년: 국제 학술회의 자료집](1997), Sankt-Peterburg.

Adami, Norvert(1978), *Die russische Koreaforschung. Bibliographie. 1682 ~ 1976*[러시아 한국학 논문 목록 1682~1976].

Ageeva, Galina[아게예바](1987), 『1917~1986년에 소련에서 러시아어로 출판된 한국문학작품 번역문 논문 목록(전2권)』.

Ginsburgs, George(1973), *Soviet Works on Korea: 1945~1970*, LA: Univ. of Southern California Press.

Kim, German[김 게르만](2000), *Koryo saram: Istoriografiya i bibliografiya [고려인: 역사학과 서지학]*, Almaty.

Kontsevich, Lev & Alain Lucas[콘체비치·루카스](1986), *Linguistique Coréenne. Bibliografie 1960~1985*.

Kontsevich, Lev & Tatiana Simbirtseva[콘체비치·심비르체바](2006), **Совре менное российское корееведение**[*러시아 한국학 현황: 인명 사전을 포함하여*], Moscow: 러시아과학원 동방학연구소/ 모스크바 삼일문화원, 624p.

Kontsevich, Lev ed.[콘체비치 편], 김영일 역(2000), 『러시아에서의 현대 한국어 연구』, 사람.

Kontsevich, Lev[콘체비치](1994), 「러시아에서의 전통적인 한국학의 발전사 현황과 문제점: 한국어학을 중심으로」, 『이중언어학』 11, 이중언어학회, pp.125~170.

Kontsevich, Lev[콘체비치](2003b), "Iz istorij koreevedeniya"[한국학의 역사], *Rossijskoe koreevedenie 3[러시아 한국학 3]*, Moscow: Mura vej, pp.7~76.

Kurbanov, Sergey[쿠르바노프](2005), "Trend of Korean Studies Curriculum in Russian Universities: Development of Korean Studies Textbooks in Russia", 『2005 세계한국학자대회 발표논문집』 (한국학중앙연구원, 2005.10.17~19), 한국학중앙연구원, pp.235 ~244.

Mazur, Yu.[마주르](1991), 「러시아와 소련에서의 한국어학과 한국어교육」,

『이중언어학』 8, 이중언어학회, pp.26~41.

Miliband, S.[밀리반트](1995), *Biobibliograficheskij slovar' otechestvennykh Vostokovedov c 1917 g. kn. Tt. 1 i 2[러시아 동양학자 인명 사전(전2 권)]*, Moscow.

Shaw, J. Thomas(1967), *The Transliteration of Modern Russian for English: Language Publications*, Madison: The University of Wisconsin Press.

Sohn, Ho-Min(1999), *Cambridge Language Surveys: The Korean Language*, Cambridge University Press.

Tikhonov, Vladimir[티호노프](1998), 「러시아에서의 한국사연구의 현황」, 『한성대 민족문화』 9, 한성대 민족문화연구소, pp.35~45.

Vanin, Yuri et al.[바닌 외], 기광서 역(1999), 『러시아의 한국 연구: 한국 인식의 역사적 발전과 현재적 구조』, 풀잎, 358p.

Verkholyak, Vladimir & Tamara Kaplan[베르홀랴크 · 카플란](2002), 「러시아 대학의 한국어교육과정의 현 능력평가제도에 대하여: 러시아 국립극동대학교 한국학대학을 예로」, 『국어교육연구』 10, 국어교육연구회, pp.275~289.

Volodina, Lyudmila ed.[볼로디나 편](1981), *Bibliografiya Korei[한국학 논문목록 1917~1970]*. Moscow: Nauka.

Касаткин, Л., Е. Клобуков & П. Лекант[카삿킨·클로부코프·레칸트](1995), *Краткий справочник по современному русскому языку[현대 러시아어 소편람]*, Москва: Высшая школа, p.361.; 이은순 편역(2001), 『러시아어학사전』, 신아사, p.385.

Концевич, Л.[콘체비치](1983), *Фонетический словарь китайских иероглифов*, Москва: Наука, 375p.

Концевич, Л.[콘체비치](2003a), "Modern Korean Studies in Russia", *Российское корееведение 3[러시아 한국학 3]*, Москва: Муравей, pp.7~76.

Концевич, Л.[콘체비치](2003b), 「러시아 한국학의 약사와 현황(1991~2002)」, (한국국제교류재단 보고서), 한국국제교류재단 홈페이지 (http://www.kf.or.kr).

Мазур, Ю.[마주르](2004), *Грамматика корейского языка (Морфология. С ловообразование): Теоретический курс*[한국어 문법(형태 론, 어휘론)], Москва: Муравей/ Вост. лит., 310p.

Прошина, З.[프로시나](2005), *Передача китайских, корейских и японских слов при переводе с английского языка на русский и с рус ского языка на английский: Теория и практика опосредова нного перевода*[영러, 러영 번역을 통한 중국어, 한국어, 일본 어 표기: 간접번역의 이론과 연습], Москва: Восток-Запад, 159p.

Российское корееведение 2[러시아 한국학 2](2001), Москва: Муравей, p.404.

Российское корееведение 3[러시아 한국학 3](2003), Москва: Муравей, p.313.

Усатов, Д., Ю. Мазур & В. Моздуков[우사토프·마주르·모즈두코프](1951/ 1954 3판), *Русско-корейский словарь*[러한사전], Москва.

Холодович, А.[홀로도비치](1938/ 1997), *Сторой корейского языка*, Санкт- Петербург: АНДРА, 47p.

Холодович, А.[홀로도비치](1951/ 1958), *Корейско-русский словарь*[한러사 전], Москва, 664p.

Цой Ен Гын & Ян Вон Сик[Tsoj En Gyn & Yan Von Sik](2002), *Истоки наши*[우리의 뿌리], Алматы: Sansam, 135p.

아주대학교 인문과학연구소
이주문화연구총서 **2**

민족어교육과 외국어교육의 이중성
러시아의 한국어교육

초판인쇄 2009년 10월 10일
초판발행 2009년 10월 19일

저자 장호종

발 행 인 윤석원
발 행 처 도서출판 박문사
책임편집 이혜영
등록번호 제2009-11호

우편주소 서울시 도봉구 창동 624-1 현대홈시티 102-1206
대표전화 (02) 992 / 3253
팩시밀리 (02) 991 / 1285
전자우편 bakmunsa@hanmail.net

ⓒ 장호종 2009 All rights reserved. Printed in KOREA

ISBN 978-89-94024-13-4 93810   정가 25,000원